KATHY REICHS

Née à Chicago, Kathy Reichs est anthropologue judiciaire à Montréal et professeur d'anthropologie à l'université de Charlotte, en Caroline du Nord. Elle fait partie des quatre-vingt-huit anthropologues judiciaires certifiés par l'American Board of Forensic Anthropology et collabore fréquemment avec le FBI et le Pentagone. Elle s'impose en France dès son premier roman, *Déjà dead* (1998, récompensé par le prix Ellis), dans lequel apparaît pour la première fois son héroïne Temperance Brennan, également anthropologue judiciaire. Depuis, elle a notamment publié, aux éditions Robert Laffont, *À tombeau ouvert* (2007), *Meurtres au scalpel* (2008), *Meurtres en Acadie* (2009), *Les Os du diable* (2010), *Autopsies* (2011), *Les Traces de l'araignée* (2012) et son dernier roman, *Circuit mortel* (2013). Elle a également commencé une nouvelle série de romans, écrite avec son fils Brendan Reichs. *Viral* (Oh ! Éditions, 2010), *Crise* (Oh ! Éditions, 2011) et *Code* (XO Éditions, 2013), les trois premiers tomes, mettent en scène Victoria Brennan, la nièce de la célèbre Temperance Brennan. Kathy Reichs participe à l'écriture du scénario de *Bones*, adaptation des aventures de Temperance Brennan pour la télévision, dont elle est aussi productrice.

Kathy Reichs est connectée :
www.facebook.com/kathyreichsbooks
www.twitter.com/KathyReichs
www.kathyreichs.com

Béatrice
Chisseaux

MEURTRES À LA CARTE

DU MÊME AUTEUR
CHEZ POCKET

DANS LA SÉRIE TEMPERANCE BRENNAN

DÉJÀ DEAD
PASSAGE MORTEL
MORTELLES DÉCISIONS
VOYAGE FATAL
SECRETS D'OUTRE-TOMBE
OS TROUBLES
MEURTRES À LA CARTE
À TOMBEAU OUVERT
MEURTRES AU SCALPEL
MEURTRES EN ACADIE
LES OS DU DIABLE
AUTOPSIES
LES TRACES DE L'ARAIGNÉE

VIRAL
CRISE

KATHY REICHS

MEURTRES
À LA CARTE

Traduit de l'anglais (Etats-Unis)
par Viviane Mikhalkov

ROBERT LAFFONT

Titre original :

MONDAY MOURNING

Publié avec l'accord de Scribner/Simon & Schuster, New York

MIXTE
Papier issu de
sources responsables
FSC® C003309

Pocket, une marque d'Univers Poche, est un éditeur qui s'engage pour la préservation de son environnement et qui utilise du papier fabriqué à partir de bois provenant de forêts gérées de manière responsable.

ISBN : 978-2-266-24786-3

À Deborah Miner,
ma petite sœur,
mon Harry à moi

Merci d'être toujours à mes côtés

Oh Monday mornin' you gave me no warnin'
of what was to be[1].

John Phillips
The Mamas and the Papas

1. Oh, lundi matin, aucun signe de ta part ne m'a fait présager ce qui allait arriver. *(N.d.T.)*

1

Monday, Monday...
Can't trust that day[1]...

Tel était l'air qui me tournicotait dans la tête quand un coup de feu a explosé dans la cave exiguë où je travaillais, le nez au ras du sol.

Mon regard a volé vers le rocher à un mètre de moi.

Y était collé un corps désarticulé, magma de muscles, d'os et de boyaux qui ont glissé lentement le long de la paroi en y laissant une traînée de sang et de poils.

J'ai vivement essuyé de ma main gantée les gouttelettes chaudes qui dégoulinaient sur ma joue.

— *Assez**[2] ! ai-je crié tout en pivotant sur mes talons.

— Ces rats, c'est une engeance du diable ! m'a répliqué Luc Claudel dans son français de la campagne haché et nasal, et ses sourcils ont plongé l'un vers l'autre jusqu'à se rejoindre en V.

Le sergent détective a baissé son 9 mm sans le ranger pour autant.

1. Lundi, lundi... le jour auquel on ne peut pas se fier... *(N.d.T.)*

2. Les mots en italique suivis d'un astérisque sont en français dans le texte. *(N.d.T.)*

— Vous n'avez qu'à leur jeter des pierres !

— Il était si gros, ce salaud, qu'il me les aurait renvoyées.

Cela faisait des heures que j'étais accroupie dans le froid et l'humidité de Montréal en ce lundi matin, et mes genoux commençaient à en avoir leur dose. Ils me l'ont signalé dès que j'ai voulu retrouver la station debout.

— Où est Charbonneau ? ai-je demandé en faisant tourner mes pieds chaussés de bottes pour tenter de les réchauffer.

— Il interroge le propriétaire. Je lui souhaite bonne chance. Ce connard a de la soupe aux pois en guise de cerveau.

— C'est lui qui a tiré le gros lot ?

— *Non, le plombier.*

— Qu'est-ce qu'il faisait dans cette cave, celui-là ?

— Ce génie avait repéré une trappe près de la cuvette des chiottes. Il a décidé de s'offrir une petite exploration souterraine, histoire de se familiariser avec les canalisations d'égout.

Me rappelant l'escalier branlant par lequel j'étais descendue, je me suis étonnée que quelqu'un puisse prendre un tel risque rien que pour le plaisir.

— Et il a trouvé les os en surface ?

— Il prétend qu'il s'est pris les pieds dans quelque chose qui dépassait du sol. Là-bas..., a précisé Claudel en désignant du menton un creux au sud, à la jonction du mur et du sol en terre battue. Il a tiré dessus. Après, il l'a montré au propriétaire et ils sont allés en chœur consulter un ouvrage à la section Anatomie de la bibliothèque municipale pour voir s'il ne s'agissait pas d'un os humain. J'imagine qu'ils ont dû demander un bouquin avec des images en couleurs parce que, la lecture, ça ne doit pas être leur fort.

Je m'apprêtais à poser une autre question quand un cliquettement au-dessus de nos têtes m'a cloué le bec.

Nous avons levé les yeux, certains de voir débarquer Charbonneau.

Au lieu du coéquipier de Claudel nous sont apparues des Nike bleues cradingues, un jean trop grand, un chandail qui arrivait aux genoux de son propriétaire et un bandana rouge d'où jaillissait une auréole de petites nattes.

Tapi dans l'ouverture, l'épouvantail pointait sur moi un Kodak jetable.

Sur le front de Claudel, l'espace entre les branches du V s'est rétréci. Son nez de perroquet a viré au rouge profond.

— *Tabarnac** !

Deux déclics, et le curieux a fait un bond de côté.

Remisant son arme, Claudel a saisi la rambarde en bois et m'a lancé :

— Jetez des pierres à ces salopiauds jusqu'au retour de la SIJ.

Comprendre : la section d'identité judiciaire, équivalent québécois des services chargés d'examiner les lieux après un crime, chez moi, aux États-Unis.

J'ai regardé les fesses de Claudel disparaître par la petite ouverture rectangulaire. Une cible parfaite. J'ai dû me retenir pour ne pas y lancer un caillou.

J'ai tendu l'oreille : bruit étouffé de voix et raclements de bottes au-dessus de moi. À côté, ronron du générateur alimentant les lampes portatives.

Pas un couinement parmi les ombres qui m'entouraient. Pas un grattement. Pas même un bruissement de pattes affolées.

J'ai fait un rapide examen des lieux.

Pas de petits yeux de fouine, pas non plus de queues couvertes d'écailles.

Les rats devaient être en train de se regrouper pour une nouvelle offensive. Si je ne partageais pas avec Claudel sa façon d'aborder le problème, j'étais d'accord avec lui sur un point : je me serais volontiers passée de ces rongeurs à la con.

Heureuse de me retrouver seule un moment, j'ai reporté les yeux sur la caisse moisie à mes pieds. « Tonic du Dr Energy. La puissance en boîte qui vous redonne envie de danser quand vous êtes crevé ! »

Crevé, oui ! Mais pas réduit à un effroyable tas d'os rassemblés dans une caisse.

Des os encore couverts de terre pour la plupart. Les rares à avoir été nettoyés étaient marron comme des châtaignes sous la lumière crue des lampes portatives.

Une clavicule. Des côtes. Un bassin. Un crâne.

Et tout ça : humain !

Merde !

J'avais beau avoir déjà lâché ce mot une bonne demi-douzaine de fois depuis le début de la matinée, ça ne gâchait rien de le répéter. J'étais arrivée hier à Montréal, de Charlotte où j'habite, pour témoigner à un procès qui se tiendrait demain. Un homme accusé d'avoir tué sa femme et découpé son corps en morceaux.

Je devais y présenter le résultat de mes analyses des marques de scie sur le squelette. C'était un dossier compliqué et je tenais à le revoir à fond avant d'être appelée à la barre. Et voilà qu'à la place je me gelais le cul à creuser le sous-sol d'une échoppe de pizzas à emporter, entières ou à la part.

Tôt ce matin, Pierre LaManche était venu me trouver dans mon bureau. À son regard, j'avais tout de suite compris ce qui me valait sa visite.

Des ossements avaient été découverts dans une cave, m'avait expliqué mon patron. Le propriétaire avait appelé la police, laquelle avait appelé le coroner, lequel avait appelé le labo médico-légal.

LaManche voulait que j'aille y jeter un coup d'œil.

— Aujourd'hui même ?

— *S'il vous plaît.*

— Je témoigne demain.

— Au procès Petit ?

J'avais hoché la tête.

— L'examen ne devrait pas vous prendre longtemps, ce sont sûrement des restes d'animaux, avait insisté LaManche dans son français sans accent.

— Où est-ce ? avais-je demandé en prenant mon bloc-notes.

Le patron m'avait lu l'adresse écrite sur le papier qu'il tenait à la main : rue Sainte-Catherine. Un peu à l'est du centre-ville.

Autrement dit : la CUM[1].

Autrement dit : Claudel.

Et c'était à la perspective de travailler en tandem avec ce monsieur que j'avais lâché mon premier « merde » du matin.

Les petites villes autour de l'île de Montréal disposent de polices municipales, mais, dans l'ensemble, les organismes chargés de faire respecter la loi demeurent principalement la SQ et la CUM. La sûreté du Québec regroupe les forces de police de toute la province. Elle a autorité sur la cambrousse et les localités ne possédant pas de police municipale. Les flics de Montréal, eux, dépendent du SVPM, le service de police de la ville de Montréal. L'île proprement dite est leur chasse gardée.

Luc Claudel et Michel Charbonneau sont tous deux enquêteurs à la division des crimes de la CUM. De par mes fonctions d'anthropologue judiciaire auprès de la province du Québec, j'ai eu maintes fois l'occasion de travailler avec eux au fil des années. Avec Charbonneau, c'est toujours un plaisir. Avec son collègue, disons que c'est chaque fois une expérience. Car Luc Claudel a la lenteur d'un explosif, la sensibilité de Vlad l'Empaleur

1. Communauté urbaine de Montréal. *(N.d.T.)*

et le scepticisme de saint Thomas quand il est question d'admettre les bienfaits de l'anthropologie judiciaire.

Bon flic par ailleurs.

Mais surtout gravure de mode.

À mon arrivée dans la cave deux heures plus tôt, je m'étais dit, en voyant la caisse de Dr Energy remplie d'os en vrac, que ce devait être le propriétaire, peut-être aidé du malheureux plombier, qui les avait regroupés. Mais allez savoir ! Claudel avait encore pas mal de détails à me communiquer. Pour l'heure, mon boulot consistait à déterminer s'il s'agissait de restes humains.

C'était le cas. D'où mon deuxième « merde » de la matinée.

Ma tâche suivante avait été de découvrir si d'autres ossements étaient ensevelis dans cette cave. Pour mener à bien l'exploration, j'avais mis en œuvre trois techniques.

Tout d'abord, balayer les lieux à l'aide d'une torche tenue au ras du sol, de manière à faire ressortir des dénivellations laissant supposer la présence d'objets à fleur de terre. Ensuite, sonder ces dénivellations. Enfin, creuser le sol aux endroits suspects. Résultat : d'autres restes humains avaient été exhumés.

Mon projet de revoir tranquillement le dossier Petit était plutôt mal parti.

En entendant mes conclusions, Claudel et Charbonneau avaient fait grimper le score des « merde » de trois à cinq, y ajoutant quelques jurons québécois pour l'emphase.

La SIJ avait été convoquée et le travail de routine avait pu débuter : éclairage du sous-sol, photos, etc. Pendant que Claudel et Charbonneau interrogeaient le propriétaire et l'employé de la boîte à pizzas, un radar avait été promené tout autour de la cave. Ce sondage avait révélé des perturbations dans tous les creux, à une dizaine de centimètres de profondeur. À part ça, rien d'anormal.

Pendant la pause des techniciens, tandis que je divisais le champ à fouiller en deux rectangles de quatre carrés chacun, Claudel et son semi-automatique avaient jugé bon de se lancer dans une chasse aux rats. J'étais en train d'attacher une corde de délimitation à mon dernier piquet lorsque Claudel s'était soudain pris pour Rambo.

Que faire maintenant ? Attendre le retour des techniciens de la SIJ ?

Oui.

Me servant de leur équipement, j'ai pris des photos et tourné des vidéos. Après quoi, je me suis frotté les mains pour faire circuler mon sang. Ayant remis mes gants, je me suis accroupie et j'ai commencé à creuser le carré 1-a à la truelle, prise de cette excitation qui s'empare toujours de moi sur les scènes de crime : une sorte d'activation des sens due à une intense curiosité. Et s'il n'y avait rien ? Et si je faisais une découverte incroyable ?

Excitation mêlée d'inquiétude.

Et si j'abîmais un indice hyperimportant ?

D'autres excavations me revenaient en mémoire, d'autres morts aussi. Un saint en herbe dans une église incendiée. Un ado décapité dans un repaire de bikers. Des toxicos criblés de balles dans une tombe au bord d'un fleuve.

Je raclais et retirais la terre depuis je ne sais combien de temps quand les techniciens de la SIJ sont revenus, le plus grand lesté d'un gobelet de café pour moi.

Je me suis creusé la cervelle pour retrouver son nom.

Ah ! oui, Racine. Grand et mince comme une racine. Y a pas à dire, la mnémotechnique, ça marche.

René Racine, un nouveau. Je pouvais compter sur les doigts d'une main le nombre de fois où j'avais collaboré avec lui. Son collègue, plus petit, s'appelait Pierre Gilbert. Lui, je le connaissais depuis une bonne dizaine d'années.

Tout en buvant le café tiède, je leur ai expliqué ce que j'avais fait en leur absence. J'ai demandé à Gilbert de photographier la terre avant de la porter à Racine pour qu'il la tamise.

Je suis retournée à ma grille.

Quand j'ai eu creusé le carré 1-a sur huit centimètres de profondeur, je suis passée au 1-b. Et, de là, au 1-c puis au 1-d.

De la terre, c'est tout.

Très bien. Dix centimètres plus bas, le radar indiquait une anomalie.

J'ai recommencé à creuser.

J'avais les doigts et les orteils engourdis, la moelle épinière glacée, et plus aucune notion du temps.

Gilbert portait les seaux de terre de ma grille jusqu'au tamis où Racine l'inspectait. De temps à autre, Gilbert prenait une photo. Quand toute la grille 1 a eu baissé de quinze centimètres par rapport au niveau du sol, je suis retournée au carré 1-a pour le creuser de quinze centimètres supplémentaires. Après quoi, je suis passée au carré 1-b.

À peine en avais-je retiré deux truelles de terre que la couleur du sol m'a semblé différente. J'ai demandé à Gilbert de réorienter la lampe.

Un simple coup d'œil m'a suffi. Mon sang n'a fait qu'un tour.

— Bingo !

— Vous avez trouvé quelque chose ? m'a lancé Gilbert, et il est venu s'accroupir à côté de moi, bientôt rejoint par Racine.

J'ai promené le bout de ma truelle le long du monticule de terre retirée du carré 1-b.

— C'est nettement plus sombre ! s'est écrié Racine.

— Ça indique la présence d'un corps étranger en décomposition.

Les deux techniciens m'ont dévisagée. Je leur ai désigné les carrés 1-c et 1-d.

— Il y a quelque chose là-dessous. Ça part d'ici et ça va vers le sud.

— On prévient Claudel ? a demandé Gilbert.

— Ça serait méchant de ne pas le faire !

Quatre heures plus tard, tous mes indicateurs corporels affichaient une température au-dessous de zéro. J'avais beau avoir une toque de fourrure au ras des yeux et une écharpe autour du cou, je tremblais comme une feuille dans ma parka Kanuk en polyuréthane polymérisé 100 % micropore, doublée nylon et garantie jusqu'à moins 40 °C.

Gilbert faisait le tour de la cave en prenant des photos et des vidéos sous tous les angles possibles. Racine le regardait faire, les mains sous les aisselles pour les réchauffer. Pourtant les combinaisons qu'ils portaient, tous les deux, semblaient faites pour défier une température arctique.

Claudel et Charbonneau se tenaient côte à côte, les pieds écartés, les mains croisées devant leurs parties génitales. Ni l'un ni l'autre n'avaient l'air heureux dans leurs pardessus en laine noire et leurs gants en cuir assorti.

Huit rats morts égayaient le pied des murs.

Le trou et les deux dénivellations près des murs avaient été creusés sur une profondeur de soixante centimètres environ. Le trou avait régurgité quelques os oubliés par le plombier. Les dénivellations, c'était une autre histoire.

Dans le carré 1, un squelette avait été retrouvé, nu et recroquevillé en position fœtale. Le tamisage de la terre n'avait fait apparaître aucun objet manufacturé.

En revanche, l'individu exhumé du carré 2 avait été

enterré empaqueté. D'après ce qu'on pouvait en voir, le corps semblait totalement réduit à l'état de squelette.

Ayant retiré ce qui restait de poussière sur les ossements récupérés dans cette seconde fosse, j'ai posé mon pinceau et me suis relevée. Puis j'ai tapé des pieds pour me réchauffer.

— C'est une couverture ? a lancé Charbonneau d'une voix qui m'a paru enrouée.

— On dirait plutôt une bâche en cuir.

— C'est les restes du type qui est dans la boîte ? a-t-il demandé en désignant du pouce la caisse de Dr Energy.

Michel Charbonneau, sergent détective de son état, est né du côté de Chicoutimi, dans une région appelée le Saguenay, au nord-est du Saint-Laurent, à six heures de Montréal. Avant d'entrer à la CUM, il a travaillé plusieurs années sur des gisements de pétrole à l'ouest du Texas. Fier de sa jeunesse de cow-boy, il s'adresse toujours à moi dans ma langue maternelle. Bien qu'il ait tendance à remplacer les « th » par des « d » et à accentuer parfois la mauvaise syllabe, il a un bon accent en anglais. Pour ce qui est de l'argot, il est imbattable et pour contenir son répertoire, il vaut mieux tabler sur un bidon de vingt litres que sur une demi-bouteille.

— Espérons-le.

— Vous l'espérez vous-même ?

Un petit nuage de vapeur s'est échappé de la bouche de Claudel pendant qu'il prononçait ces mots.

— Exactement, monsieur Claudel. Je l'espère moi-même.

Il a pincé les lèvres, mais n'a rien ajouté.

Quand Gilbert a eu fini de photographier le corps empaqueté, je me suis laissée tomber à genoux. J'ai tiré sur un coin de la bâche en cuir. Un morceau m'est resté dans la main.

Ayant échangé mes gants de laine contre des gants

en caoutchouc, j'ai entrepris de la décoller à partir du bord en secouant délicatement. Petit à petit, j'ai réussi à soulever une bande sur toute la longueur du paquet. Je l'ai rabattue en arrière.

Quand j'ai eu dégagé le pan de dessus dans sa totalité, j'ai attaqué celui de dessous. Par endroits, le contenu de la bâche adhérait aux lambeaux de cuir putréfié. Des os. Les mains tremblantes d'excitation et de froid, je les ai tous épluchés.

— Qu'est-ce que c'est, ce truc blanc ? a demandé Racine.

— De l'adipocire.

— C'est quoi ?

— Un résidu provenant de la modification des acides gras et des matières calciques des muscles, le plus souvent après un long séjour sous terre ou dans l'eau, ai-je indiqué succinctement, n'étant pas d'humeur à me lancer dans un cours de chimie.

— Pourquoi est-ce qu'il n'y en a pas sur l'autre squelette ?

— Ça, mystère.

J'ai entendu Claudel soupirer bruyamment. J'ai fait comme si je ne l'entendais pas.

Un quart d'heure plus tard, j'avais fini de décoller le pan de dessous. Un squelette est apparu à la vue de tous.

On reconnaissait facilement le crâne bien qu'il soit endommagé.

— Trois crânes, trois individus ! s'est exclamé Charbonneau, face à l'évidence.

— *Tabarnouche**, a réagi Claudel.

Pour ne pas être de reste, j'y suis allée d'un « merde ». Gilbert et Racine sont restés muets.

— Vous avez une idée de ce qu'on a pêché ici, doc ? a demandé Charbonneau.

Je me suis remise debout en craquant. Quatre paires d'yeux ont suivi mon trajet jusqu'à la caisse de Dr Energy.

J'en ai retiré les deux moitiés de pelvis et le crâne et je les ai examinés.

Revenue m'agenouiller près de la première fosse, j'en ai extrait les mêmes parties de squelette et je les ai inspectées à leur tour.

Doux Jésus !

Ayant remis les ossements en place, j'ai regagné la seconde fosse à croupetons pour étudier les fragments de crâne qu'elle contenait.

Et allez donc ! Comme toujours, les victimes habituelles.

J'ai extirpé la moitié droite d'un pelvis.

De la vapeur a tourbillonné devant nos cinq visages.

M'étant rassise sur les talons, j'ai essuyé la terre qui recouvrait la symphyse pubienne.

Un froid glacé a contracté ma poitrine.

Trois femmes.

Trois jeunes filles à peine sorties de l'adolescence.

2

Mardi, en me réveillant avec les infos météo, j'ai compris que j'étais bonne pour subir un froid de gueux. Je ne parle pas du petit froid humide avoisinant les 5 °C qui nous fait bien pleurer au mois de janvier en Caroline du Nord, non. Je parle d'un froid inférieur à moins 18 °C. D'un froid polaire. D'un froid si-j'arrête-de-remuer-je-vais-geler-sur place-et-je-serai-dévorée-par-les-loups !

J'adore Montréal. J'aime sa montagne qui ne fait même pas deux cent cinquante mètres de haut ; j'aime le Vieux-Port, la Petite Italie et le quartier chinois ; j'aime le village gay et les gratte-ciel du centre-ville avec leurs façades en acier et en verre. Et j'aime les quartiers en pierre grise avec leur enchevêtrement de rues et leurs escaliers impossibles.

Montréal est une ville atteinte de schizophrénie, toujours en train de se battre contre elle-même. Francophone et anglophone. Séparatiste et fédéraliste. Catholique et protestante. Ancienne et moderne. Personnellement, je trouve ça fascinant. Je plonge avec enchantement dans son multiculturalisme où les *empanadas*, les *falafels* et la *poutine* le disputent au poulet *Kong Pao*. Où le *Hurley's Irish pub*, le *Katsura* et *L'Express* s'allient au

Fairmont Bagel et à la *Trattoria Trastevere* pour vous offrir du bon temps.

Je prends part à la ronde incessante des festivals : le festival international de jazz, les fêtes gourmandes internationales, le festival des films du monde, la dégustation de plats à base d'insectes qu'organise l'Insectarium. Je fais du lèche-vitrine rue Sainte-Catherine, je flâne aux marchés Jean-Talon et Atwater, je chine chez les antiquaires de la rue Notre-Dame. Je visite les musées, je pique-nique dans les parcs, je me balade à vélo le long du canal Lachine. Je me délecte de tout.

Sauf du climat, de novembre à mai.

J'ai vécu trop longtemps dans le Sud, je l'admets. Je déteste avoir froid. Je n'ai pas de patience envers la neige et la glace. Vos bottes fourrées, vos crèmes antigerçures et vos hôtels en glace, vous pouvez vous les garder ! Donnez-moi des shorts, des sandales et une crème solaire de protection 30.

Mon chat partage totalement mon opinion. Quand je me suis assise dans mon lit, il s'est levé, a fait le gros dos et s'est glissé sous le tunnel de mes couvertures. Je l'ai regardé en souriant se recroqueviller en un rond tout petit. Birdie. L'unique ami fidèle à partager ma chambre.

— Je suis de tout cœur avec toi, mon oiseau, lui ai-je déclaré en coupant le radio-réveil.

Le rond s'est encore resserré.

J'ai regardé les chiffres à l'écran. Cinq heures et demie.

J'ai regardé la fenêtre. Noire comme dans un four.

J'ai filé à la salle de bains.

Vingt minutes plus tard, j'étais attablée à la cuisine, un café à portée de la main et le dossier Petit ouvert devant moi.

Marie-Reine Petit, mère de trois enfants, âgée de quarante-deux ans, travaillait comme vendeuse dans une boulangerie à l'époque où elle avait disparu, voilà deux ans. Quatre mois plus tard, dans une remise derrière sa maison, son torse décomposé avait été retrouvé dans un sac de hockey. Sa tête et ses membres se trouvaient juste à côté, dans une valise assortie.

La perquisition effectuée au domicile des Petit avait fait apparaître tout un jeu de scies dissimulé au sous-sol : scie à métaux, scie égoïne, scie à bande. J'avais été missionnée pour analyser les traces de découpe sur les os de Marie-Reine et déterminer si elles avaient pu être laissées par un outil similaire à ceux que possédait le mari. Bingo pour la scie à métaux. Réjean Petit était maintenant jugé pour le meurtre de son épouse.

Deux heures et trois cafés plus tard, j'ai rassemblé photos et documents et relu ma citation.

À comparaître en personne devant la cour du Québec, chambre criminelle et pénale, au palais de justice de Montréal, à 09:00 heures, le 3 décembre…

Chouette, alors, une invitation !… Aussi chaleureuse qu'un contrôle fiscal, cela dit. Inutile de répondre.

J'ai pris note du numéro de la salle d'audience.

Ayant remonté les fermetures Éclair de mes bottes et de ma parka, j'ai attrapé mes gants, mon chapeau et mon écharpe et j'ai branché l'alarme. Birdie n'a rien changé à sa spirale. Il devait digérer son petit déjeuner pantagruélique d'avant le lever du jour. Je suis descendue au garage.

Ma vieille Mazda a démarré au quart de tour. Bon signe.

Arrivée en haut de la rampe, un coup de frein trop brutal m'a expédiée en travers de la chaussée où je me suis mise à glisser comme un gamin sur sa planche à roulettes. Mauvais signe.

C'était l'heure de pointe. Des bouchons partout et un pare-brise opaque à cause de la gadoue. J'avais beau faire marcher essuie-glaces et lave-glaces, par moments je n'y voyais rien du tout, éblouie que j'étais par le soleil de ce début de matinée. Je n'avais pas parcouru trois cents mètres que je regrettais déjà de ne pas avoir pris un taxi.

Vers le milieu du XVIIe siècle, en l'an 1642, des missionnaires et des aventuriers français s'installèrent dans un village du nom d'Hochelaga. Situé entre une petite montagne et un fleuve très large, juste à la sortie d'une succession de rapides, il était alors peuplé par un groupe d'Iroquois des Laurentides. Les Français en firent leur avant-poste et le baptisèrent Ville-Marie. Au fil des ans, la prospérité s'établit, les habitants de Ville-Marie bâtirent des maisons et pavèrent les rues. Le village prit alors le nom de la montagne à laquelle il était adossé, Mont-Réel, et le fleuve reçut le nom de Saint-Laurent.

Bonjour, les Européens ; au revoir, les peuples autochtones !

De nos jours, l'ancien Hochelaga Ville-Marie, qui part du fleuve et remonte jusqu'au quartier des affaires, forme un lieu apprécié des touristes pour son atmosphère. Becs de gaz, fiacres, vendeurs des rues, cafés à terrasse, anciennes demeures, écuries, ateliers ou entrepôts transformés en musées, boutiques, galeries d'art ou restaurants. Ruelles étroites et pavées. C'est le Vieux-Montréal.

Et jamais une place où se garer !

Ce qui m'a fait pester encore plus de ne pas avoir pris de taxi. En fin de compte, j'ai abandonné ma voiture dans une sorte de parking payant et j'ai remonté en hâte le boulevard du Saint-Laurent vers le palais de justice sis 1, rue Notre-Dame Est, en bordure du périmètre historique, côté nord. Le sel craquait sous mes pas. Mon haleine gelait sur mon écharpe. Les pigeons préféraient rester blottis les uns contre les autres plutôt que de s'envoler à mon passage. La chaleur collective primait sur la sécurité.

Tout en marchant, je pensais aux ossements découverts dans la cave de la pizzeria. L'analyse confirmerait-elle que ces squelettes étaient ceux de jeunes filles ? J'espérais bien que non, mais, au fond de moi, je connaissais la réponse.

Je pensais aussi à Marie-Reine Petit. L'idée qu'une vie puisse être interrompue par une malice aussi indicible me navrait. Pauvres enfants ! Comment s'en sortiraient-ils avec une mère assassinée et un père en prison ? Parviendraient-ils un jour à surmonter cette abomination ou en resteraient-ils marqués à vie, irrémédiablement ?

En passant, j'ai regardé le McDonald's de l'autre côté du boulevard, en face du palais de justice. Les gérants ont voulu s'essayer au style colonial en faisant l'impasse sur les arches au profit d'auvents bleus. Le résultat n'était pas probant mais, au moins, ils se sont donné du mal.

Ce qui n'a pas été le cas des bâtisseurs de la première cour de justice de Montréal. Eux, ils n'ont pas placé l'harmonie au cœur de leurs priorités architecturales. Leur construction se fond dans le voisinage comme une Hummer sur la place d'un village amish. Elle se présente sous la forme d'une boîte oblongue sertie de barres noires verticales, posée au-dessus d'une boîte plus petite, dotée d'une façade en verre, le tout servant de support à un monolithe qui s'élève dans le ciel sans rien qui mérite l'attention.

Une foule grouillante se pressait dans la salle des pas perdus. vieilles dames en manteau de fourrure jusqu'à la cheville. Ados dans des pantalons pouvant accueillir une armée entière. Messieurs en costumes chic. Avocats et juges en robes noires. Les uns patientaient, les autres se hâtaient. Ici, c'était ou l'un ou l'autre.

Slalomant entre de grandes jardinières et des poteaux lumineux, j'ai gagné la batterie d'ascenseurs tout au fond. Une bonne odeur de café s'échappait du Café

Vienne. J'ai hésité à en boire un quatrième, mais j'étais déjà assez énervée comme ça.

En haut, scène identique avec un petit avantage en faveur de l'attente. Les gens bavardaient à voix basse, appuyés aux murs ou assis sur des banquettes en métal rouge perforé. Certains discutaient avec leurs avocats dans de petites salles de part et d'autre du couloir. Personne n'avait l'air détendu.

Je me suis installée sur un siège près de la porte 401 et j'ai sorti le dossier Petit de ma serviette. Dix minutes plus tard, le procureur de la Couronne émergeait de la salle d'audience. Avec ses longs cheveux blonds et ses lunettes immenses, Louise Cloutier paraissait tout juste dix-sept ans. Elle était visiblement tendue.

— C'est vous que j'appellerai en premier.

— Je suis prête.

— Votre témoignage sera capital.

Elle tordait et détordait un trombone entre ses doigts. Elle avait voulu me voir hier, mais avec ce bazar à la pizzeria, je n'avais pas pu me libérer. Notre conversation au téléphone tard dans la soirée lui avait laissé le sentiment de n'être pas suffisamment préparée. J'ai tenté de la rassurer.

— Je ne suis pas en mesure d'affirmer que les marques sur les os ont été faites spécifiquement avec la scie à métaux de Petit, mais je peux affirmer qu'elles correspondent à un outil identique.

Louise Cloutier a hoché la tête.

— qu'elles correspondent ?

— qu'elles correspondent, c'est bien cela.

— Votre témoignage est capital parce que Petit a déclaré dans sa déposition initiale qu'il n'avait jamais vu cette scie de sa vie. Une analyste de votre labo chargée d'examiner la poignée témoignera qu'elle a retrouvé d'infimes traces de sang dans une cannelure des vis.

Louise Cloutier m'avait déjà expliqué tout cela hier soir,

mais elle éprouvait le besoin de répéter les arguments qu'elle s'apprêtait à utiliser à l'encontre de l'accusé.

— Un expert en ADN témoignera que ce sang est bien celui de Petit. Ce qui le relie à la scie, a-t-elle poursuivi.

— Et moi, je relie la scie à la victime.

Elle a hoché la tête et ajouté :

— Ce juge est d'un pointilleux achevé, pour ce qui est d'agréer les experts.

— Oh, qui ne l'est pas, vous savez ?

Un sourire crispé est passé sur son visage.

— L'huissier vous appellera d'ici à cinq minutes.

Il s'en est bien écoulé vingt avant qu'on m'introduise.

La salle d'audience ne se distinguait en rien de celles que je connaissais : moderne et indéfinissable. Du papier floqué gris sur les murs ; une moquette floquée grise par terre ; de longs bancs tendus d'un tissu floqué gris, boulonnés au plancher. Les seules taches de couleur se trouvaient sur l'estrade, derrière les portillons séparant les spectateurs des acteurs : du rouge, du jaune et du brun pour les sièges des avocats ; du bleu, du rouge et du blanc pour les drapeaux du Québec et du Canada.

L'assistance éparpillée sur les bancs comptait une douzaine de personnes qui m'ont suivie des yeux pendant que je remontais l'allée centrale jusqu'au fauteuil des témoins. Devant moi j'avais le juge, un peu décalé à gauche. Pile en face, j'avais le jury. À ma droite, M. Petit.

J'ai témoigné un nombre incalculable de fois. J'ai rencontré des hommes et des femmes accusés des crimes les plus odieux. Meurtre. Viol. Torture. Démembrement. En découvrant leurs visages, j'ai toujours été déçue.

Réjean Petit, l'homme qui se trouvait aujourd'hui sur le banc des accusés, ne faisait pas exception à la règle. Il n'avait rien d'extraordinaire. Timide, égal. Il aurait pu être mon oncle Frank.

L'huissier m'a fait prêter serment. Louise Cloutier s'est levée et a commencé à m'interroger de sa place, à la table du procureur.

— Veuillez énoncer vos nom et prénom, s'il vous plaît.

— Temperance Deasee Brennan.

Nous parlions dans des microphones suspendus au plafond. Seules nos voix retentissaient dans le silence de la salle.

— Quelle est votre profession ?

— Je suis anthropologue judiciaire.

— Depuis combien de temps l'exercez-vous ?

— Environ vingt ans.

— Où pratiquez-vous ?

— Au Québec auprès du Laboratoire des sciences judiciaires et de médecine légale de Montréal, ainsi qu'en Caroline du Nord, auprès du bureau du médecin légiste de l'État, à Chapel Hill. J'enseigne également cette discipline à l'université de Caroline du Nord, section de Charlotte. Je suis professeur titulaire.

— Vous êtes citoyenne des États-Unis d'Amérique ?

— Oui. Je dispose d'un permis de travail canadien. Je partage mon temps entre Montréal et Charlotte.

— Comment se fait-il qu'une citoyenne des États-Unis d'Amérique exerce les fonctions d'anthropologue judiciaire dans une province du Canada ?

— Personne au Canada n'est à la fois certifié par une académie d'anthropologie judiciaire et capable de parler le français.

— Nous reviendrons sur cette question de certification. Pour le moment, veuillez nous décrire votre parcours scientifique.

— J'ai obtenu ma licence d'anthropologie à l'American University de Washington, DC, puis ma maîtrise et mon diplôme d'État en anthropologie biologique à la North-Western University d'Evanston, en Illinois.

Ont suivi des questions interminables sur mes études supérieures, ma thèse de doctorat et les sujets dans lesquels je m'étais spécialisée, sur mes recherches et les subventions dont j'avais bénéficié, sur mes publications dans les journaux professionnels et mes diverses communications. Où ? Quand ? Sous la direction de qui ? Dans quelles revues ? J'ai cru que Louise Cloutier allait me demander la couleur de ma petite culotte, le jour de ma soutenance.

— Avez-vous supervisé la publication d'ouvrages écrits en collaboration, docteur Brennan ?

J'ai énuméré les titres.

— Appartenez-vous à des associations professionnelles ?

Je les ai toutes nommées.

— Avez-vous occupé des fonctions administratives dans l'une ou l'autre de ces associations ?

Je les ai énumérées.

— Vos compétences ont-elles fait l'objet d'une certification par un quelconque organisme d'agrément ?

— Je suis certifiée par le Conseil américain d'anthropologie judiciaire.

— Dites à la cour en quoi cela consiste.

J'ai décrit le processus à suivre en vue d'obtenir l'agrément en question : soumettre au Conseil la demande de certification accompagnée d'un certificat de moralité et passer un examen de compétences. Ensuite, j'ai expliqué l'importance des organismes de certification pour s'assurer de la compétence des experts, et la nécessité d'en instituer là où il n'y en avait pas.

— En dehors des laboratoires de sciences médicolégales du Québec et de Caroline du Nord, pour le compte de quelles institutions avez-vous pratiqué votre profession ?

— J'ai travaillé pour les Nations unies, ainsi que pour le Laboratoire central d'identification militaire des

États-Unis, à Honolulu, à Hawaï. J'ai également été instructeur à l'académie du FBI de Quantico, en Virginie, et à l'École des sciences policières de la gendarmerie royale canadienne d'Ottawa, en Ontario. Je suis membre d'une équipe de secours fédérale chargée de la gestion des crises ou des désastres d'envergure nationale aux États-Unis, et il m'arrive d'effectuer des consultations privées.

Le jury était immobile, fasciné ou vaseux. L'avocat de Petit ne prenait pas de notes.

— Expliquez-nous en quoi consistent exactement les activités d'un anthropologue judiciaire, docteur Brennan ?

Je me suis adressée directement au jury.

— Les anthropologues judiciaires sont des spécialistes du squelette humain. En général, mais ce n'est pas systématique, ils interviennent à la demande des pathologistes, lorsque ceux-ci sont dans l'incapacité de pratiquer normalement l'autopsie des organes et des tissus mous ou lorsque les résultats de leurs analyses risquent d'être peu probants. On requiert notre avis d'expert pour des questions cruciales.

— De quel genre ?

— Le plus souvent, pour déterminer l'identité d'un individu, la façon dont il est mort, les dommages ou les mutilations qu'il a subis *post mortem*.

— Quelle contribution êtes-vous en mesure d'apporter en matière d'identification ?

— Nous pouvons, grâce à l'analyse du squelette, reconstituer le profil biologique du défunt, son âge, son sexe, sa race et sa taille. Dans certains cas, les clichés radiologiques permettent de comparer les caractéristiques anatomiques d'un mort dont on ignore le nom avec celles d'un individu dont l'identité est connue.

— La plupart des identifications ne sont-elles pas

établies sur la base des empreintes digitales, des dossiers dentaires ou des analyses d'ADN ?

— Si. Mais, si l'on veut pouvoir utiliser les renseignements contenus dans un dossier dentaire ou médical, il faut commencer par restreindre au maximum le champ des recherches. Dès lors que la personne chargée de l'enquête connaît le profil anthropologique du mort à identifier, elle peut comparer les données en sa possession avec celles d'un individu inscrit au Fichier des personnes disparues, et elle peut également consulter d'autres listes regroupant des restes non encore identifiés. Bien souvent, ce sont les anthropologues judiciaires qui pratiquent les premières analyses sur des restes dont on ignore encore tout.

— En quoi un anthropologue judiciaire peut-il contribuer à déterminer la façon dont un individu est décédé ?

— Par l'analyse de traces typiques présentes sur un squelette, comme une fracture par exemple, il peut reconstruire la succession des événements qui ont été à l'origine d'un trauma particulier.

— Quel genre de trauma analysez-vous le plus souvent, docteur Brennan ?

— Les blessures causées par une arme à feu, une arme blanche ou un objet contondant. Les traces d'étouffement. Encore une fois, permettez-moi de souligner que ces expertises ne sont effectuées que lorsque le corps présente des dommages tels que l'examen habituel des organes et des tissus mous ne saurait apporter de réponse aux questions qui se posent.

— Qu'entendez-vous par dommages ?

— Un corps décomposé, brûlé, momifié, réduit à l'état de squelett…

— Démembré ?

— Oui.

— Merci.

L'intérêt du jury s'était sans aucun doute avivé. Trois paires d'yeux écarquillés étaient rivées sur moi. Une femme assise au dernier rang se couvrait la bouche d'une main.

— Avez-vous déjà été habilitée à témoigner en tant qu'expert dans un procès en assises jugé par une cour de la province du Québec ou d'ailleurs ?

— Oui, un grand nombre de fois.

Louise Cloutier s'est tournée vers le juge.

— Votre Honneur, dans le procès qui nous intéresse, nous proposons le Dr Temperance Brennan en qualité d'expert en anthropologie judiciaire.

La défense n'a pas formulé d'objection.

Mon témoignage pouvait commencer.

Vers le milieu de l'après-midi, le procureur en avait fini avec moi. À présent, c'était au tour des avocats de la défense de me passer au grill.

Mon ventre s'est crispé. J'ai pensé : « Voici venir l'orage. » On allait critiquer mes qualités d'expert, décréter mon expertise erronée. S'ensuivraient incrédulité et coups bas.

Mais l'avocat de Petit était un homme organisé et courtois.

À cinq heures, il en avait terminé.

L'avenir allait me démontrer que ce contre-interrogatoire avait été une partie de plaisir, comparé à l'horreur qui m'attendait dans l'affaire des ossements de la pizzeria.

3

Lorsque je suis sortie du tribunal, la nuit était tombée. Le long de la rue Notre-Dame, des lumières blanches scintillaient dans les arbres. Un fiacre est passé dans un claquement de sabots. Le cheval avait les oreilles protégées par des coques rouges surmontées d'un rameau de pin. Des flocons tournoyaient autour des faux becs de gaz.

*Joyeuses fêtes** ! Noël au Québec.

Les voitures roulaient pare-chocs contre pare-chocs. M'étant faufilée dans la circulation, j'ai remonté le boulevard du Saint-Laurent en direction du nord.

Je tambourinais sur mon volant. Mes pensées volaient d'un sujet à l'autre. Le procès. Les ossements découverts à la pizzeria. Ma fille. La soirée qui s'annonçait.

Est-ce que je n'avais pas oublié un point capital dans ma déposition ? Est-ce que mes explications avaient été assez claires ? Est-ce que le jury m'avait bien comprise ? Est-ce que ce salaud serait condamné ?

Qu'est-ce qui m'attendrait, demain, au labo ? La confirmation des idées que j'avais déjà sur les trois squelettes ? Et Claudel, est-ce qu'il serait aussi infect que d'habitude ?

Est-ce que j'empoisonnais la vie de ma fille ? La

dernière fois que je lui avais parlé au téléphone, elle m'avait laissé entendre que tout n'était pas rose pour elle à Charlottesville. Katy terminerait-elle sa dernière année à l'université de Virginie ou allait-elle m'annoncer à Noël qu'elle abandonnait ses études sans même se présenter aux examens ?

Qu'est-ce que j'allais apprendre au cours du dîner de ce soir ? Est-ce que l'amour que j'éprouvais, et que j'avais fini par admettre tout récemment, était sur le point d'éclater ? Et d'abord, est-ce que c'était bien de l'amour ?

Rue de la Gauchetière, je suis entrée dans Chinatown par la porte du dragon. Les magasins fermaient et les derniers piétons se hâtaient de rentrer chez eux, le visage caché sous leurs écharpes, le dos voûté pour se protéger du froid.

Le dimanche, le quartier chinois prend des allures de bazar. Les restaurants servent des raviolis vapeur. Quand le temps est doux, les trottoirs sont envahis par des étals où s'amoncellent les produits exotiques, les œufs en pot, les poissons séchés et les herbes aromatiques. Les jours de festival, il y a des danses du dragon, des démonstrations d'arts martiaux et des feux d'artifice mais, en semaine, le boulot, c'est sacré. Rien ne permet de déroger à la règle.

Katy aime bien cet endroit. Quand elle vient me voir à Montréal, la virée à Chinatown n'est pas sujette à débat.

Avant de prendre à gauche sur le boulevard René-Lévesque, j'ai jeté un coup d'œil à la rue Main qui s'étire au nord. Comme la rue Notre-Dame, elle affichait ses plus beaux atours de Noël.

Le boulevard Saint-Laurent. La rue Main. Au siècle dernier, cette artère était une voie commerciale importante, un arrêt obligatoire pour tous les immigrés. Irlandais, Portugais, Italiens, Juifs : d'où qu'ils viennent et quelle que soit leur ethnie, les nouveaux arrivants s'offraient toujours la visite du quartier du boulevard Saint-Laurent.

Au feu rouge de la rue Peel, un homme est passé dans la lumière de mes phares. Grand, avec des joues vermeilles et des cheveux blond sable soulevés par le vent.

Mes pensées ont ricoché sur Andrew Ryan.

Lieutenant détective à la sûreté du Québec, section des crimes contre la personne. Mon premier pas sur le chemin du romantisme, après avoir mis fin à un mariage de vingt ans.

Mon amant. L'aventure la plus courte de tous les temps ?

Mes doigts ont accéléré leur tempo sur le volant.

Nos vies professionnelles s'entrecroisent souvent du fait qu'il est chargé d'alpaguer les meurtriers et moi d'identifier les victimes. En dix ans, nous avons travaillé ensemble sur des viols collectifs, des sectes, des gangs de motards, des psychopathes et bien d'autres crimes perpétrés par des individus qui en avaient marre de leur conjoint.

Au cours de cette période, j'ai eu le temps d'en entendre des vertes et des pas mûres sur le Ryan d'autrefois. Sa jeunesse scandaleuse. Sa conversion spectaculaire. Son ascension au sein de la police du Québec. J'en ai entendu aussi sur le Ryan d'aujourd'hui.

Pour ce qui est du thème, tous les récits convergent : le monsieur aime s'amuser.

Et, de fait, il m'avait souvent laissé entendre qu'il me prendrait bien comme partenaire de jeu.

Sauf que moi, j'ai une règle incontournable : pas d'*amour** au bureau.

Mais Ryan a une façon de penser qui est bien souvent aux antipodes de la mienne. Et le défi n'est pas pour lui déplaire. Il persistait, je tenais bon. La force dynamique contre la force de l'inertie.

Seulement voilà… Cela faisait maintenant deux ans que j'étais séparée de Peter. Nous ne reprendrions pas la vie commune, c'était une affaire entendue. Et j'aimais Ryan. Il était intelligent, sensible et diablement sexy.

Quatre mois plus tôt, au Guatemala… Après une période épuisante pour lui comme pour moi sur le plan émotionnel, je l'avais invité chez moi, en Caroline du Nord. J'avais fait main basse sur une cargaison de slips époustouflants et m'étais même offert une petite robe noire à faire tourner la tête aux hommes. Parée pour le grand plongeon. Quitte à faire une entorse à la règle, autant mettre toutes les chances de mon côté.

Nous avions passé une semaine en amoureux au bord de l'océan quasiment sans lui jeter un coup d'œil. Et sans que je mette une seule fois ma sublime robe noire.

Quand je pense à Ryan, j'éprouve aussitôt une crispation au creux de l'estomac. Ou quand je me rappelle cette semaine à la plage.

Autre point positif à ajouter à la liste des talents de mon amoureux : monsieur a beau être canadien, au lit, c'est Captain America !

Bref, depuis le mois d'août nous formions une paire, à défaut d'être un couple. Une paire secrète. Un secret bien gardé. Nous passions ensemble des moments tirés tout droit des comédies romantiques. Promenades main dans la main, câlins au coin du feu, roulades dans les feuilles mortes, roulades sur le lit…

Alors, d'où me venait ce sentiment bizarre que quelque chose ne tournait pas rond entre nous ?

J'ai pris à droite dans la rue Guy, tout en réfléchissant au problème.

Au début, quand Ryan était rentré à Montréal, me laissant en Caroline du Nord, nous nous étions téléphoné pendant des heures, la nuit. Le temps passant, nos conversations s'étaient espacées.

Quelle importance, puisque j'allais à Montréal tous les mois.

Juste. Mais, lors de mon dernier voyage, Ryan avait été moins disponible. Crevé, disait-il. Trop de boulot. J'avais commencé à me poser des questions.

Jusque-là, j'avais nagé dans le bonheur… Ryan m'aurait-il envoyé des signaux que je n'aurais pas reçus ? Ou que j'aurais mal interprétés ? Cherchait-il à mettre de la distance entre nous ?

Mais peut-être que je m'imaginais des choses, à force de rêvasser à lui comme une héroïne de roman-photo ?

Pour me changer les idées, j'ai allumé la radio.

Daniel Bélanger chantait *Sèche tes pleurs*.

Bien vu, coco !

La neige tombait plus dru, à présent. J'ai mis en marche les essuie-glaces et me suis concentrée sur la conduite.

Que l'on dîne chez lui ou chez moi, c'est généralement Ryan qui fait la cuisine. Ce soir, j'avais proposé de m'en occuper.

Je cuisine bien, mais je n'ai pas d'instinct pour ça. J'ai besoin de suivre une recette.

Arrivée à la maison à six heures, j'ai passé quelques minutes à faire le point de ma journée avec Birdie avant de sortir la chemise dans laquelle je conserve les menus découpés dans *La Gazette*.

Une recherche de cinq minutes a fait apparaître le numéro gagnant : blanc de poulet grillé avec une sauce au melon d'eau, accompagné de riz sauvage. Tortilla et salade de roquette.

La liste des courses étant relativement courte, la recette ne devait pas être très compliquée.

J'ai enfilé ma parka et suis partie au Faubourg, rue Sainte-Catherine.

Volaille, légumes, riz, pas de problème.

Melon d'eau… Vous avez déjà essayé de dégotter un melon d'eau en plein mois de décembre, au pays des neiges ?

Un entretien avec le chef de rayon m'a convaincue de me rabattre sur un melon d'hiver.

À sept heures et quart, la sauce au melon marinait, le riz cuisait, le poulet grillait au four et la sauce à salade était prête. Sinatra roucoulait et je fleurais le nº5 de Chanel.

J'étais fin prête. Mon jean rouge Noël m'effaçait le ventre jusqu'à me faire un petit 36, et mes cheveux bien rangés derrière les oreilles et gonflés sur la nuque et le front me transformaient en sosie de Meg Ryan. Orchidée et lavande sur les paupières. Une idée de Katy. Avec des yeux noisette, l'effet est époustouflant.

Ryan est arrivé à sept heures et demie, lesté d'un pack de six Moosehead, d'une baguette et d'une boîte en carton blanc portant le nom d'une pâtisserie. Le visage rouge de froid, les cheveux et les épaules saupoudrés de flocons de neige miroitants.

Me prenant dans ses bras, il a posé un baiser sur mes lèvres.

— Tu sens bon, a-t-il dit en me serrant contre lui.

Une odeur de cuir et d'after-shave Irish Spring a chatouillé mes narines.

— Merci.

Il a retiré sa veste de pilote et l'a lancée sur le canapé.

Birdie a bondi sur le plancher et filé dans l'entrée.

— Pauvre petit gars, je ne t'avais pas vu !

— Il s'en remettra.

— Tu es *vraiment* superbe, a repris Ryan en me caressant la joue du dos de la main.

Un pantin a fait la cabriole dans mon ventre.

— Vous non plus, vous n'êtes pas à moitié moche, détective.

C'était vrai. Grand et dégingandé, Ryan a des cheveux blond cendré et des yeux d'un bleu inouï. Le jean et le chandail Galway qu'il portait ce soir lui seyaient à ravir.

Que voulez-vous ? Les yeux bleus et les pulls à torsades me font perdre la tête. La faute à l'ADN ! Je descends de générations de fermiers et de pêcheurs irlandais.

— C'est quoi, dans la boîte ?

— Une surprise pour le chef.

Il a extirpé une bière du pack et rangé les autres dans le réfrigérateur.

— Ça sent bon, dis donc ! s'est-il exclamé en soulevant le couvercle d'une casserole.

— Sauce au melon d'eau. Enfin… pas facile de trouver des melons d'eau en décembre.

Je m'en suis tenue là.

— Tu veux une bière, Bouton-d'or ? Je te sers un verre de quelque chose ?

Ryan a joué des sourcils et fait semblant de secouer la cendre d'un cigare imaginaire.

— Ma boisson habituelle.

Il a pioché un Coca light dans le réfrigérateur et me l'a tendu pendant que je croquais un grain de riz. Mes lèvres se sont pincées en une moue dégoûtée.

— Qui t'appelle le plus souvent ?

— Pardon ? ai-je dit, complètement larguée.

— Agents artistiques, dénicheurs de talents ?

Ma main s'est immobilisée en l'air ; j'avais compris.

— Tu as vu mon nom où ?

— Dans *Le Journal de Montréal.*

— Aujourd'hui ?

— Juste au-dessus de la pliure.

— En première page ? ai-je demandé, consternée.

— En dernière, mais en couleurs. Je crois que tu aimeras bien l'angle choisi.

— Parce qu'il y a des photos ?

J'ai eu un flash du Noir gringalet dans son chandail qui lui arrivait aux genoux, penché au-dessus de la trappe. Ce petit merdeux avait vendu ses photos du sous-sol de la pizzeria.

Quand je suis sur une affaire, je suis intraitable avec la presse, et bien des journalistes se plaignent de ma grossièreté. Certains me décrivent en termes colorés. Je m'en fiche. Avec les années, j'ai compris que les déclarations aboutissaient invariablement à des citations fausses. Et les citations fausses à des problèmes.

En plus je me trouve toujours moche en photo.

— Tu veux que je te l'ouvre ?

Ryan m'a pris le Coca des mains, en a arraché la languette et me l'a rendu.

— Tu m'as apporté un numéro, bien sûr, ai-je dit en posant sèchement la canette sur le comptoir pour aller jeter un coup d'œil dans le four.

— Pour la sécurité des dîneurs, la lecture aura lieu quand tous les couverts auront été rangés.

Pendant le dîner, j'ai raconté à Ryan ma journée au tribunal. Sa réaction a été immédiate :

— Les rapports sont positifs.

Le fait est que Ryan dispose d'un réseau d'espions à côté duquel la CIA fait figure de meute de scouts. Il connaît en général mes faits et gestes avant même que je lui en fasse part. Ça m'exaspère.

Son amusement à propos de l'article paru dans *Le Journal de Montréal* a encore réduit mon seuil de tolérance.

À quoi bon prendre la mouche ?

J'ai réussi à sourire.

— Vraiment ?

— Les critiques vont jusqu'à t'accorder quatre étoiles.

— Pas plus ?

— Petit n'a pas la cote.

Voyant que je ne disais rien, Ryan a changé de sujet.

— Parle-moi un peu de cette affaire de pizzeria.

— Ce n'est pas raconté en long et en large dans *Le Journal* ? ai-je demandé en reprenant de la salade.

— C'est un peu vague. Tu me passes le plat ?

Je me suis exécutée.

Pendant trois minutes pleines, nous avons mâché la roquette en silence. Jusqu'à ce que Ryan n'y tienne plus.

— Tu vas me dire de quoi il s'agit ?

Mes yeux ont rencontré les siens. Il avait vraiment l'air intéressé. Ça m'a radoucie.

Je lui ai fait un résumé succinct de la situation. Quand je me suis tue, il est allé chercher le journal dans sa veste.

Deux photos de moi : l'une prise d'au-dessus, l'autre de ma droite. Sur la première je parlais à Claudel. Le doigt dressé en l'air, j'avais l'air furibonde. La légende aurait pu être : « La mégère attaque. »

La seconde représentait cette même mégère à quatre pattes, cul en l'air.

— Une idée sur la façon dont *Le Journal* s'est procuré ces photos ? a voulu savoir Ryan.

— Par ce fumier de serveur.

— Claudel a ouvert une enquête ?

— Oui.

J'ai rassemblé des miettes de pain éparpillées sur la table. Ryan a posé sa main sur la mienne.

— Je trouve qu'il tourne beaucoup autour de toi.

Je n'ai pas répondu.

Ryan allait ajouter quelque chose quand son portable a grésillé. Après une pression sur mes doigts, il a sorti l'appareil de sa ceinture et vérifié le nom de l'interlocuteur. Il a levé les yeux au ciel. Frustration. Irritation. Ou encore autre chose. Je n'ai pas su déchiffrer.

— Faut que je réponde.

Il s'est levé de table et s'est dirigé vers l'entrée.

Tout en débarrassant, j'ai perçu le bruit de la conversation. Des mots inaudibles, mais une intonation agitée.

Un instant plus tard, il était de retour.

— Excuse-moi, bébé. Faut que j'y aille.

— Tu t'en vas ? ai-je demandé, ahurie.

— Une sale affaire.

— On n'a même pas goûté à ton gâteau.

Les beaux yeux irlandais refusaient de croiser les miens.

— Je suis vraiment désolé.

Une bise sur la joue. Et le cordon bleu s'est retrouvé en tête à tête avec la surprise du chef.

4

Je me suis réveillée déprimée sans savoir pourquoi.

Parce que j'étais seule ? Parce que le seul être à partager mon lit était un gros chat blanc ? Ce n'était pas ainsi que j'avais projeté de vivre. Avec Peter, nous avions souhaité vieillir ensemble. Aborder unis au rivage de la vie après la mort. Puis mon mari « pour le pire et le meilleur » avait décidé de partager le meilleur avec une dame agent immobilier.

Et j'avais trouvé mon bonheur dans la bouteille.

Quoi qu'il en soit…, comme aurait dit Katy, la vie continuait.

Dehors, le temps était gris, venteux et peu engageant. Mon réveil annonçait sept heures dix. Birdie n'était nulle part en vue.

J'ai pris une douche bien chaude et me suis séché les cheveux. Birdie est entré dans la salle de bains d'un pas nonchalant pendant que je me brossais les dents. Je lui ai dit bonjour. Je me suis souri dans le miroir. Un jour à mettre du mascara.

C'est alors que je me suis rappelée…

Le départ précipité de Ryan. Son regard en partant.

Ayant replacé ma brosse à dents électrique sur son chargeur, je me suis mise à déambuler dans ma chambre, les yeux rivés sur la fenêtre couverte de givre. Les spirales cristallines et les flocons de neige géométriques étaient si délicats, si fragiles.

Comme la vie que je m'étais imaginée avec Ryan ?

Je me suis demandé une fois de plus ce qui se passait entre nous.

Et aussi pourquoi je jouais à la blonde évaporée, style Doris Day ?

— Va te faire foutre, Doris ! me suis-je écriée à haute voix.

Birdie a relevé les yeux, mais il a gardé ses commentaires pour lui.

— Et va te faire foutre aussi, Andrew Ryan.

De retour dans la salle de bains, j'ai appliqué le Revlon sur mes cils.

Le LSJML, Laboratoire des sciences judiciaires et de médecine légale, occupe les deux derniers étages de l'édifice Wilfrid-Derome, un bâtiment en forme de T situé entre le quartier Hochelaga-Maisonneuve et le centre-ville. Le bureau du coroner se trouve au onzième étage, la morgue au sous-sol. Le reste du bâtiment abrite la SQ.

À huit heures et quart, mon douzième étage se remplissait déjà d'hommes et de femmes en blouses blanches. Plusieurs personnes m'ont saluée pendant que j'appliquais mon badge de sécurité contre le boîtier de la porte d'entrée, puis contre celui qui déclenchait l'ouverture des portes de verre séparant notre aile médico-légale du reste du T. Je leur ai rendu leur *bonjour** sans m'arrêter. Je n'étais pas d'humeur à causer, j'étais encore fâchée de ma soirée avec Ryan. De ma non-soirée, plutôt.

Au LSJML, comme presque partout chez nous dans les bureaux des coroners et des médecins légistes, la matinée débute par une réunion des chefs de service. Je venais seulement de retirer ma parka quand le téléphone de mon bureau a sonné. Pierre LaManche. La nuit avait été assez chargée, il était impatient de se mettre au travail.

Quand je suis entrée dans la salle de conférences, seuls le patron et son adjoint, Jean Pelletier, étaient assis autour de la table. Ils ont esquissé l'un et l'autre le geste de se lever, comme le font encore les hommes d'un certain âge à l'entrée d'une dame.

LaManche m'a demandé comment s'était passé mon témoignage au procès Petit.

— Plutôt bien, semble-t-il.

— Et ces ossements retrouvés hier ?

— Là aussi, tout s'est bien passé, si j'oublie que j'ai failli mourir d'hypothermie. Mais vos os d'animaux, ils appartiennent bel et bien à l'espèce humaine.

— Vous comptez commencer les analyses aujourd'hui ? s'est enquis LaManche dans son français digne de la Sorbonne.

— Oui.

Je n'ai pas mentionné ce que je pensais savoir déjà grâce à mon rapide examen sur place. Je préférais être certaine de mon fait.

— Le détective Claudel m'a prié de vous transmettre qu'il passerait aujourd'hui à une heure et demie.

— Il faudra qu'il patiente. J'aurai à peine commencé.

Pelletier a émis un grognement. Je me suis tournée vers lui.

C'est un homme trapu et de petite taille, avec des cheveux gris et des poches sous les yeux aussi grosses que des maquereaux. Il travaillait déjà au labo depuis une bonne dizaine d'années quand LaManche en a pris la tête.

Le sachant un lecteur assidu du *Journal de Montréal*, je devinais déjà ce qu'il allait me dire. Ça n'a pas raté.

— *Oui**. Je trouve cet angle-là beaucoup plus flatteur, a-t-il déclaré en pointant sur moi un doigt jauni par un demi-siècle de Gauloises. Ça fait ressortir vos beaux yeux verts.

Pour toute réponse, les beaux yeux verts se sont levés au ciel. J'étais en train de tirer une chaise pour m'asseoir quand Nathalie Ayers, Marcel Morin et Emily Santangelo, les chefs de service, ont fait leur entrée. Après les salutations d'usage, Pelletier a complimenté Emily sur sa coupe de cheveux. À son air désespéré, il était clair qu'elle préférait oublier le sujet. Ce en quoi elle avait bien raison.

Après avoir distribué à tout le monde la liste des analyses en cours, LaManche a entrepris d'exposer les nouveaux cas.

Un homme de quarante-sept ans avait été retrouvé pendu à une poutre dans son garage de Laval.

Un homme de cinquante-quatre ans avait été poignardé par son fils à la suite d'une dispute à propos de saucisses. C'était la mère qui avait alerté la police de Saint-Hyacinthe.

Un conducteur de Longueuil en état d'ébriété avait planté son 4 × 4 dans une congère sur une route de campagne de la région de Gatineau.

Un couple en instance de divorce était mort par balles dans une maison de Saint-Léonard. Deux pour elle, une pour lui. Le futur ex avait été retrouvé avec un 9 mm dans la bouche.

— Ce sera moi ou personne ! a ironisé Pelletier, et il a fait cliqueter son dentier.

— Classique ! a lâché Nathalie Ayers sur un ton attristé.

Il est vrai que ce scénario se produit souvent.

Une jeune femme avait été découverte morte derrière un bar à karaoké, rue Jean-Talon. A priori, overdose plus hypothermie.

Les squelettes retrouvés dans le sous-sol de la pizzeria portaient les numéros *LSJML 38426, 38427 et 38428.*

— Selon le détective Claudel, ces restes seraient vieux et ne présenteraient pas d'intérêt médico-légal, a déclaré LaManche sur un ton plus proche de l'interrogation que de la constatation.

L'hypothèse était plausible, mais j'étais agacée que le policier se soit permis d'émettre un avis sur un sujet dépassant ses compétences. J'ai lancé vertement :

— Sur quoi M. Claudel se fonde-t-il pour affirmer cela ?

— Oh ! M. Claudel ne manque pas de talents, a déclaré Pelletier.

Le vieux pathologiste avait beau avoir conservé un visage de marbre, je n'étais pas dupe. Il était au courant des frictions entre Claudel et moi, et prenait un malin plaisir à me taquiner.

— Claudel aurait-il étudié l'archéologie ? ai-je susurré.

Les sourcils de Pelletier sont remontés jusqu'au milieu de son front.

— M. Claudel passe des heures à examiner les reliques du passé.

L'assistance gardait le silence, attendant la chute, obligatoirement assassine.

— Vraiment ? ai-je dit pour le relancer car, après tout, à quoi bon tourner autour du pot ?

— *Bien sûr** ! Il vérifie son zob tous les matins.

— Nous vous remercions grandement pour cette information capitale, docteur Pelletier, a déclaré LaManche, imperturbable. Sur ces belles paroles, que diriez-vous de vous occuper du pendu ?

Nathalie Ayers a écopé des poignardés. L'accident de voiture est allé à Emily Santangelo et l'homicide-suicide à Morin.

LaManche inscrivait les deux premières lettres des noms de famille des chefs de service en face des affaires en question, au fur et à mesure qu'il les répartissait entre nous. Pe. Ay. Sa. Mo. Les cas 38426, 38427 et 38428, pizzeria, se sont vus affecter Br.

LaManche ne s'est pas assigné d'autopsie. Il avait une réunion avec le conseil chargé de la mortalité infantile dans la province et craignait que les débats s'éternisent.

La séance levée, je suis revenue dans mon bureau. Un instant plus tard, LaManche y passait la tête. Un des techniciens d'autopsie n'était pas venu ce matin pour cause de bronchite. Avec cinq affaires en cours, son absence n'allait pas nous faciliter la tâche. Est-ce que j'arriverais à me débrouiller seule ?

Super !

J'étais en train de glisser trois formulaires sous la pince de mon écritoire quand j'ai noté que la lumière rouge de mon téléphone clignotait.

Ryan ? J'ai eu une minute de flottement. Reprends-toi, Doris !

J'ai appelé ma messagerie.

Un journaliste de *Allô Police*.

Un journaliste de *La Gazette*.

Un journaliste de CTV pour les infos du soir.

Déçue, j'ai effacé les messages et me suis hâtée vers le vestiaire des dames. Ayant passé ma tenue de chirurgien, j'ai suivi un couloir latéral menant à un unique ascenseur coincé entre le secrétariat et la bibliothèque. Réservé aux personnes munies d'une autorisation spéciale, cet ascenseur ne s'arrête qu'à trois niveaux. LSJML. Bureau du coroner. Morgue. J'ai enfoncé le M. Les portes se sont refermées.

Arrivée au sous-sol, j'ai franchi une autre porte sécurisée et emprunté l'étroit couloir qui s'étire sur toute la longueur du bâtiment. À gauche, le cabinet de radiologie et quatre salles d'autopsie : trois pourvues d'une seule table de dissection, une pourvue de deux. À droite, des racks à séchage, des ordinateurs, des baquets à roulettes et des chariots pour transporter les spécimens aux labos des étages supérieurs : histologie, pathologie, toxicologie, ADN et odontologie, anthropologie.

Par les vitres encastrées dans les portes, j'ai pu constater que Nathalie Ayers et Marcel Morin étaient déjà au boulot dans les salles 1 et 2. L'un comme l'autre avaient pour l'aider un photographe de la police et un technicien d'autopsie.

En salle 3, le technicien préparait des instruments à l'intention d'Emily Santangelo.

Moi, je serais toute seule.

Et, dans moins de quatre heures, j'aurais Claudel sur le poil.

J'avais commencé la journée quelque peu déprimée, sa visite n'allait pas me requinquer.

J'ai marché jusqu'à la salle 4. Ma salle. Celle réservée aux décomposés, noyés, momifiés et autres cadavres particulièrement odorants. Dotée d'un système de ventilation spécial.

Comme les autres, elle donne par une porte à double battant sur un compartiment de la morgue qui possède plusieurs casiers frigorifiques contenant un chariot à deux étages.

Ayant expédié mon écritoire sur la paillasse, j'ai sorti un tablier en plastique d'un tiroir et d'un autre des gants et un masque, en vue d'apporter la dernière touche à ma tenue de chirurgien. Puis j'ai attrapé un petit chariot métallique dans le couloir et je l'ai tiré à reculons jusque dans le compartiment.

Décompte des casiers occupés.

Six casiers portant une carte blanche, un dernier portant un autocollant rouge.

Sept morts en résidence, dont un séropositif.

J'ai comparé les numéros inscrits sur ces cartes à ceux qui m'avaient été attribués. LSJML-38 426. LSJML-38 427. LSJML-38 428. *Ossements. Inconnus**.

En temps normal, j'aurais analysé les cas l'un après

l'autre, ne commençant l'un qu'après en avoir fini avec le précédent. Mais le prince charmant des détectives était attendu à une heure et demie. Connaissant son impatience, j'ai décidé de ne pas respecter le protocole et de faire une rapide évaluation du sexe et de l'âge de chaque groupe de restes.

Erreur que je regretterais par la suite.

J'ai mis à part sur le chariot les os que j'avais déjà examinés au sous-sol de la pizzeria, et je les ai transportés en salle 4 en un va-et-vient à travers trois portes en acier inoxydable.

J'ai commencé l'analyse. En premier, le cas 38426: les os regroupés dans la caisse de Dr Energy.

D'abord le crâne.

Attaches musculaires graciles. Occiput arrondi. Mastoïdes de petite taille. Arcades supra-orbitales lisses, présentant des arêtes pointues près de l'orbite.

Je suis passée à un os du pelvis.

Hanches larges et évasées. Arête légèrement surélevée sur toute la longueur de la partie allongée du pubis, côté ventre. Angle sub-pubien obtus. Large entaille sciatique.

Au fur et à mesure, je notais ces caractéristiques sur la fiche « Estimation du sexe ». En bas, j'ai indiqué ma conclusion: sexe féminin.

Sur la fiche « Estimation de l'âge », j'ai précisé que la suture basilaire, c'est-à-dire l'espace entre les os de l'occiput et le sphénoïde à la base du crâne, était jointive depuis peu de temps. Cela indiquait un âge entre la moitié et la fin de l'adolescence.

Retour au bassin.

Dans l'enfance, l'ilium, l'ischium et le pubis, les trois éléments constitutifs de chaque moitié pelvienne, sont séparés. Au début de l'adolescence, ces os se rejoignent dans la cavité de la hanche.

Le bassin que j'avais sous les yeux avait passé l'âge de la puberté.

Les symphyses pubiennes présentaient des sillons là où les deux moitiés pelviennes se rejoignent à l'avant. J'ai retourné l'os.

Sur l'autre face, on pouvait voir des lignes ondulées sur le bord supérieur de la plaque de la hanche, indiquant que l'os n'avait pas fini de former un croissant. Il y en avait également sur l'ischium, près de l'endroit où le corps est soutenu lorsqu'il est en position assise.

Un froid que je connais bien s'est faufilé dans mon ventre. Bien sûr, je vérifierais en analysant les dents et les os longs mais, pour l'heure, tous les indicateurs étayaient ma première impression : les éléments de squelette regroupés dans la caisse de Dr Energy appartenaient à une adolescente âgée de treize à dix-huit ans.

Ayant replacé le nº 38 426 sur le chariot, je me suis intéressée aux éléments que j'avais sélectionnés parmi les ossements du cas 38 427. Puis à ceux du cas 38 428.

Le monde a battu en retraite dans une autre dimension. Sonneries de téléphone, cliquettement des imprimantes, bruits de voix, roulement des chariots, tout a disparu. Plus rien n'existait en dehors des fragiles ossements étalés sur ma table.

J'ai travaillé sans lever le nez jusqu'à l'heure du déjeuner, saisie d'une tristesse croissante à mesure que j'avançais dans ma tâche.

On m'accuse souvent d'être plus sensible envers les morts qu'envers les vivants. Je récuse cette critique. Il est vrai que les ossements étalés sur ma table suscitent en moi du chagrin. Néanmoins je suis parfaitement consciente de l'affliction qu'éprouvent ceux qui restent. Dans le cas présent, je me sentais prise d'une grande compassion à l'égard des familles qui avaient aimé et perdu ces jeunes filles.

À une heure trente-quatre, très exactement, le téléphone a hurlé. Je me suis dirigée vers l'antichambre, baissant mon masque en chemin.

— Docteur Brennan.

— Vous avez fini ?

Pas un mot pour se présenter. Signé Claudel.

— Je n'ai que des renseignements préliminaires. Salle 4.

— Je vous attends en haut, dans votre bureau.

Ben voyons, M. Claudel, faites comme chez vous.

— Vous ne voulez pas voir ce que j'ai trouvé ?

— Ce ne sera pas nécessaire.

L'aversion de Claudel pour les autopsies est légendaire. Dans le temps, j'aimais bien imaginer toutes sortes de ruses pour le forcer à regarder. Maintenant, ce petit jeu ne m'amuse plus.

— J'aurai besoin de quelques minutes pour me nettoyer.

— De toute façon, ce que j'ai à vous dire est probablement hors sujet.

— Je l'espère de tout cœur.

Sur ce, j'ai raccroché.

Du calme. C'est Claudel. Un survivant de l'âge des cavernes.

Ayant étalé un drap au-dessus de la table, j'ai retiré mes gants et me suis lavé les mains. Direction : les étages supérieurs.

Je sentais grandir la crainte en moi. Les os, je connais. Pas de risque que je me trompe.

J'ai beau mépriser Claudel pour son arrogance, j'ai prié le Ciel pour qu'en l'occurrence ce soit lui qui ait raison.

5

Installé dans le fauteuil en face de mon bureau, Claudel avait les sourcils, le nez et la bouche pointés au sud. Il ne s'est pas levé à mon entrée et ne m'a pas saluée. Je lui ai retourné sa politesse.

— Vous avez fini ?

— Non, monsieur Claudel. Je n'ai pas fini. J'ai à peine commencé, ai-je répliqué en m'asseyant. Mais j'ai fait quelques observations inquiétantes.

Claudel a courbé ses doigts en un geste me signifiant d'accoucher.

— D'après les caractéristiques crâniennes et pelviennes, je peux dire que le squelette n° 38 426 est celui d'une femme toute jeune, entre le milieu et la fin de l'adolescence. L'analyse des os longs me permettra de réduire la fourchette, mais il est évident que la fusion de la suture basilaire est toute récente et que la crête iliaque…

— Épargnez-moi le cours d'anatomie.

Tu veux mon pied au cul à la place ?

— La victime est jeune, ai-je dit sur un ton plutôt frais.

— Continuez.

— Les autres aussi.

Les sourcils de Claudel ont formé un angle interrogateur tout en haut de son front.

— Ce sont toutes des femmes. Adolescentes ou à peine plus âgées.

— Cause de la mort ?

— Ça demandera un examen détaillé de chaque squelette.

— Faut bien mourir un jour.

— D'habitude, ça arrive plus tard.

— La race ?

— Incertaine, pour le moment.

D'ores et déjà, plusieurs caractéristiques du crâne et de la face me donnaient à croire que les trois filles étaient blanches, mais je devais pratiquer d'autres analyses pour corroborer cette interprétation.

— Si je comprends bien, on a peut-être ramené au grand jour la cour de Pocahontas.

Je me suis mordu les lèvres. Pas question de me laisser emberlificoter. Claudel n'aurait pas de ma part un avis prématuré.

— Les ossements de la caisse et ceux du creux nord-est ne portaient plus aucune trace de tissu mou. En revanche, ceux empaquetés dans la bâche présentent des traces d'adipocire. La vase des tombes. Je ne suis pas convaincue que la mort de ces personnes remonte à très longtemps.

Claudel a levé les mains, paumes en l'air.

— Cinq ans, dix ans, un siècle ?

— L'estimation du temps écoulé depuis la mort exigera un examen plus approfondi. Pour l'heure, je ne les daterais pas à l'époque de la préhistoire.

— Pas besoin de m'indiquer comment rédiger mes rapports. Qu'est-ce que vous voulez dire, exactement ?

— Que nous avons trois filles mortes dans le sous-sol d'une pizzeria. À ce stade, il ne convient pas d'en conclure que ce sont des vestiges de l'Antiquité.

Nous sommes restés plusieurs secondes à nous regarder en chiens de faïence. Puis il a tiré de sa poche de poitrine un sachet hermétique et l'a jeté sur mon bureau.

Lentement, j'ai baissé les yeux.

Le sachet contenait trois objets ronds.

— Il n'est pas interdit de les sortir du paquet.

Je les ai fait glisser sur ma paume : des ronds en métal mesurant un peu plus de deux centimètres de diamètre et percés en leur milieu. Sous la rouille, on distinguait une silhouette de femme sur la face et les lettres ST gravées sur le revers.

J'ai interrogé Claudel des yeux.

— Avec un peu de persuasion, le roi de la pizza a bien voulu admettre qu'il avait mis certains objets de côté pendant qu'il remplissait la caisse.

— Ce sont des boutons ? Ils étaient enterrés avec le squelette ?

— Le monsieur est un peu vague sur leur provenance. Mais oui, ce sont bien des boutons. Et vieux, de toute évidence.

— Comment pouvez-vous en être certain ?

— Moi, pas. Le Dr Antoinette Legault, à McCord.

Le musée McCord abrite plus d'un million d'objets se rapportant à l'histoire du Canada. La collection de vêtements et de lingerie en compte plus de seize mille à elle seule.

— Mme Legault est expert en boutons ?

Claudel a ignoré ma question.

— Ces boutons ont été fabriqués au XIXe siècle.

Son portable a gazouillé, me réduisant au silence avant même que j'aie le temps d'ouvrir le bec. Claudel est sorti dans le couloir sans même un mot d'excuse.

J'ai reporté les yeux sur les boutons. Leur présence signifiait-elle que les squelettes étaient sous terre depuis plus d'un siècle ?

Moins d'une minute plus tard, Claudel était de retour.
— Une affaire importante.
Autrement dit, je pouvais aller me rhabiller.
Je reconnais que j'ai un sacré caractère et qu'il m'arrive de perdre patience. Avec ses airs supérieurs, Claudel était en train de me pousser à bout. J'avais tout laissé tomber pour effectuer des estimations préliminaires soi-disant urgentes et, maintenant, il balayait d'une chiquenaude mes efforts pour lui venir en aide.
— Dois-je comprendre que cette affaire-là n'a plus vos faveurs ?
Claudel m'a dévisagée longuement. Image de la patience infinie.
— Je suis flic, pas historien.
— Et moi, je suis une scientifique. Pas un clampin qui se satisfait d'hypothèses.
— Ces choses-là appartiennent à un autre siècle. (Mouvement de la main en direction des boutons.)
— Ces trois mortes appartiennent au nôtre, ai-je jeté en me levant brutalement.
Claudel s'est raidi. Ses paupières se sont plissées.
— Une prostituée vient d'être transportée à l'hôpital Notre-Dame avec le crâne fendu et un couteau dans le ventre. Sa copine n'a même pas eu ce bonheur, elle est à la morgue. Si je veux augmenter les chances de survie d'autres dames, je dois retrouver mon coéquipier et arrêter certains maquereaux… Voilà, madame, ce qui a mes faveurs !
Sur ce, il a passé la porte.
Je suis restée plantée derrière mon bureau, le visage brûlant de colère. Je hais Claudel et sa capacité à me transformer en explosif, et je me méprise moi-même pour me laisser marcher dessus sans raison. Mais le fait était là : une fois de plus, ce petit con avait réussi à me mettre hors de moi.
Je me suis laissée retomber dans mon fauteuil et j'ai

pivoté de façon à avoir les pieds sur l'appui de fenêtre et la tête contre le mur. Douze étages plus bas, des voitures et des camions lilliputiens traversaient le pont Jacques-Cartier en direction de l'île Sainte-Hélène, de la rive sud et de l'État de New York tout au bout de la route.

J'ai fermé les yeux en me forçant à respirer à fond plusieurs fois, selon la méthode du yoga. Ma colère s'est résorbée lentement.

Quand j'ai rouvert les yeux, je me sentais... raplapla. Et avec de la bouillie dans la tête.

Les enquêtes sont toujours compliquées. Avec Claudel elles le sont toujours deux fois plus. Pourquoi ?

Pourquoi est-ce qu'avec lui je n'arrive jamais à avoir une conversation normale, comme j'en ai avec les autres policiers chargés des homicides ? Avec Ryan, par exemple ?

Ryan... Doris a scandé sur mon épaule quelques mesures de *Pillow Talk*.

Plusieurs faits étaient clairs : Claudel n'aimait pas les rats, Claudel n'aimait pas la pizzeria, et Claudel s'était déjà forgé une opinion définitive : ces ossements ne valaient pas la peine qu'on s'en occupe. Si j'avais besoin d'aide dans cette enquête, il faudrait que je m'adresse ailleurs.

— Très bien, espèce de petit branleur arrogant et sceptique. Rigole tant que tu voudras de mes analyses sans chercher à les comprendre. Je saurai bien me débrouiller sans toi !

Attrapant mon écritoire planchette avec les formulaires concernant « mes » cas, je suis repartie pour le sous-sol.

Trois heures plus tard, j'avais terminé l'inventaire du squelette nº 38 426. Les restes étaient complets. Ne manquaient que l'hyoïde, un os minuscule en forme de U en suspension dans le tissu mou de la gorge, et quelques os de la main et du pied parmi les plus petits.

Les os longs continuent de s'allonger tant que les épiphyses, c'est-à-dire les boules qu'ils ont à chaque bout, restent séparées de la partie formant l'axe. Dès que les épiphyses et cet axe ont effectué leur jonction, la croissance s'arrête. Heureusement pour les anthropologues, chaque groupe d'épiphyses se développe selon son propre rythme.

Une étude attentive du stade de développement auquel étaient parvenus les os longs du bras, de la jambe et des clavicules m'a permis de réduire la fourchette de l'âge. J'avais réclamé des radios des dents de façon à connaître le stade de développement des racines des molaires. Je ne les avais pas encore reçues, mais je savais déjà que les ossements regroupés dans la caisse étaient ceux d'une jeune fille âgée de seize à dix-huit ans.

Dans la colonne indiquant l'ascendance, mon formulaire d'analyses comportait une douzaine de croix : ouverture nasale étroite ; os à la base du nez protubérant ; pont nasal fortement pentu ; arête du nez proéminente ; pommettes rapprochées. Ces caractéristiques et toutes mes mesures plaçaient ce crâne dans la catégorie « Caucasien ». Cette fille était blanche, j'en étais convaincue.

Et petite. D'après la taille de l'os de sa jambe, elle devait mesurer dans les un mètre cinquante-cinq.

J'avais examiné minutieusement tous les os et fragments d'os sans découvrir une seule marque de violence. Il y avait bien quelques éraflures en forme de V près du canal auditif droit, mais elles semblaient superficielles au microscope. Il devait s'agir d'abrasions *post mortem*, dues au frottement de la terre ou à une manipulation maladroite pendant le transfert des os dans la caisse.

L'aspect des dents révélait une hygiène buccale médiocre, même si la victime n'avait aucun plombage.

À présent, je devais étudier le temps écoulé depuis que cette jeune fille était morte. Avec des ossements aussi desséchés, ça allait être coton.

Le corps humain est un microcosme copernicien composé de carbone, d'hydrogène, d'azote et d'oxygène. Le cœur remplit les fonctions d'astre du jour. C'est lui la source de vie de tous les systèmes métaboliques de la galaxie.

Dès qu'il cesse de pomper, un chaos cytoplasmique se produit. Les enzymes des cellules se lancent dans un festin cannibalesque, jetant leur dévolu sur tous les hydrates de carbone et protéines contenus dans le corps. Les membranes des cellules se rompent, libérant de quoi nourrir des armées de micro-organismes. Les bactéries présentes dans l'intestin se mettent à régurgiter, tandis que les bactéries présentes dans l'environnement, comme les insectes charognards et les animaux poubelles, se mettent à absorber.

Si l'ensevelissement, l'immersion ou l'embaumement retardent le processus de décomposition, d'autres facteurs, d'ordre chimique ou mécanique, peuvent l'accélérer.

Donc, de combien de temps parlons-nous quand nous disons : « De la poussière à la poussière » ?

Dans des conditions de chaleur et d'humidité extrêmes, les tissus mous peuvent disparaître dans un laps de temps aussi restreint que trois jours. Mais, pour cela, il faut que le corps repose *sur* la terre. En condition normale, c'est-à-dire enterré peu profondément, un corps met de six mois à un an pour se transformer en squelette.

Le fait que le corps de cette jeune fille ait été enfermé dans une cave avait pu ralentir le processus. Et le fait que la cave en question soit située dans un lieu subarctique avait pu le ralentir encore plus.

Quels éléments d'information avais-je à ma disposition ?

Des tombes peu profondes. Les corps avaient-ils été enterrés tout de suite après la mort ? Et, si non, combien de temps après ?

La position des corps. Deux de ces filles avaient été ensevelies les genoux remontés contre la poitrine ; la troisième avait été enveloppée dans une bâche en cuir.

En dehors de ça, il y avait l'humidité, l'acidité du sol, les changements de température.

Que savais-je encore, en toute certitude ?

Que ces os étaient secs, désarticulés, dépourvus de chair et d'odeur.

Qu'ils présentaient des taches et que les sinus et les cavités des vertèbres comportaient un peu de terre.

Que ces filles avaient été planquées sous terre, dans des tombes anonymes, nues et sans aucun objet avec elles. Ce dernier point, tant qu'il n'avait pas été établi en toute légitimité l'existence d'un lien entre ces jeunes filles et les boutons.

Combien de temps s'était-il écoulé depuis la mort ? Plus d'un an et moins d'un millénaire. Claudel avait de quoi s'amuser comme un petit fou.

J'ai remballé le n° 38 426, déterminée à trouver des réponses à bon nombre de questions.

Je sortais le n° 38 427 quand le téléphone a sonné. J'ai arraché mon masque, irritée d'être interrompue dans mon travail. À coup sûr par ce Claudel cynique et arrogant.

— Brennan !

— Le Dr Temperance Brennan ?

Une voix de femme, hésitante et tremblotante.

— *Oui**.

J'ai regardé ma montre. Dans cinq minutes le standard passerait en service de nuit.

— Je ne m'attendais pas vraiment à ce que vous répondiez en personne. Je veux dire, je pensais tomber sur une secrétaire. L'opérat…

— Qu'est-ce que je peux faire pour vous ?

Elle avait parlé en anglais, je répondais de même.

Il y a eu une pause, comme si mon interlocutrice se posait réellement la question. Dans le fond, on entendait une sorte de gazouillis d'oiseau.

— Eh bien, je ne sais pas. En vérité, je crois que c'est moi qui pourrais vous être utile.

Génial. Encore une de ces citoyennes pleines de bonne volonté.

Les membres des équipes de récupération sur les scènes de crime ne sont pas des scientifiques au sens propre du terme, certes. Mais ce sont des techniciens hautement spécialisés. Leur travail consiste à trouver des preuves matérielles : poils, fibres, fragments de verre, écailles de peinture, sang, sperme, salive, etc. Ils relèvent les empreintes et prennent des photos. Une fois tous ces trésors étiquetés et enregistrés, ils ne sont plus utiles à l'enquête. Leur activité n'est pas de la magie high-tech. Elle ne leur procure aucune accélération cardiaque et ne leur fait pas vivre de fusillades enfiévrées.

La tâche de pourchasser les méchants, c'est aux flics qu'elle revient. Mais Hollywood, avec son clinquant, a créé une nouvelle façon de danser les claquettes. À force de manipulations scénaristiques, elle a convaincu le public que les techniciens de l'identité judiciaire étaient à la fois des savants et des détectives. Résultat, il ne s'écoule pas une semaine sans que je sois contactée par un téléspectateur émerveillé, persuadé d'avoir mis la main sur un indice capital. J'essaie de rester aimable, mais je trouve quand même que le mythe qui entoure notre profession mérite un sérieux coup de pied au cul.

— Excusez-moi, madame, mais pour travailler dans ce laboratoire, il faut certaines compétences. Vous devez soumettre votre candidature et passer un entretien d'embauche.

— Oh.

Je l'ai entendue prendre une bruyante inspiration tandis que je poursuivais :

— Passez au bureau du personnel. Je suis sûre que l'on vous remettra un descriptif des tâches.

— Non, non. Vous m'avez mal comprise. J'ai vu votre photo dans *Le Journal de Montréal* hier. J'ai téléphoné à votre bureau.

Pis que le fan des séries télévisées, il y a le voisin fouineur qui détient le scoop du siècle. Ou le junkie prêt à tout pour empocher une récompense. J'ai jeté mon stylo sur mon sous-main et me suis renversée sur le dossier de ma chaise.

Cette conversation ne mènerait probablement nulle part, mais c'était aussi ce qu'on s'était dit à propos de Deep Throat[1].

— Cela peut paraître... (Raclements de gorge nerveux.) Et je sais combien vous êtes occupée, mais...

— Je suis justement en plein travail, madame... ?

Gallant ? Ballant ? Talent ? Grésillements sur la ligne. Impossible de comprendre le nom.

— ... ces ossements que vous avez récupérés...

Nouvelle pause. Les sifflements et les gloussements me sont parvenus plus fort.

— Eh bien, ces ossements ?

D'une voix raffermie, l'inconnue a repris :

— Je considère qu'il est de mon devoir moral...

Je n'ai rien dit. Les yeux fixés sur les restes encore sur le chariot, je pensais moi aussi au devoir moral.

— ... de mon devoir moral de ne pas laisser tomber. De passer au moins un coup de fil. Avant de partir. C'est le moins que je puisse faire. Les gens ne prennent plus le

1. Littéralement : gorge profonde. Nom utilisé par l'informateur de Bob Woodward dans l'affaire du Watergate. Le secret le mieux gardé dans l'histoire de la politique et du journalisme américains. *(N.d.T.)*

temps de nos jours. Tout le monde s'en fiche. Personne ne veut s'impliquer…

Du hall m'arrivaient des bribes de conversation, des claquements de portes, et puis le silence est tombé. Pour les techniciens d'autopsie, la journée était terminée. Je me suis penchée en arrière, fatiguée mais impatiente d'en finir avec cette conversation pour me remettre au travail.

— Qu'est-ce que vous vouliez me dire ?

— Ça fait longtemps que je vis à Montréal. Je sais ce qui s'est passé dans cet immeuble.

— Quel immeuble ?

— Celui où les os étaient cachés.

La dame avait maintenant toute mon attention.

— La pizzeria ?

— À l'époque, il y avait là un autre commerce.

— Oui…

Une sonnerie a retenti. Stridente, comme dans les écoles autrefois pour signaler les changements de cours.

Et la communication a été coupée.

6

J'ai cliqué sur l'appareil dans l'espoir d'obtenir l'attention de la standardiste.

Sans résultat.

Merde !

J'ai raccroché brutalement et foncé jusqu'à l'ascenseur.

Suzanne, notre réceptionniste, habite une petite ville à mi-chemin entre Montréal et l'Ontario. Sa journée de travail commence et se termine par des trajets en train et en métro. Cela l'oblige à organiser son temps avec une précision à côté de laquelle arrimer la navette à la capsule spatiale est un jeu d'enfant. À l'heure de la fermeture, Suzanne est plus rapide qu'une flèche.

J'espérais l'intercepter en plein décollage.

D'après le panneau lumineux, l'ascenseur était au treizième.

Allez, allez !

Il a pris tout un mois pour descendre au sous-sol et tout un autre pour remonter. Au douzième, j'ai jailli des portes avant même qu'elles aient fini de s'ouvrir.

Le bureau de Suzanne était vide.

J'ai couru jusqu'à mon bureau, priant le ciel pour que mon informatrice ait rappelé et que son appel ait été transféré sur ma boîte vocale par le système automatique en service la nuit.

La lumière rouge clignotait.

Hourrah !

La voix mécanique a annoncé sept messages.

Anne, de Caroline du Sud.

Allô Police. Encore *Allô Police.*

The Gazette. Et encore *The Gazette.*

Un petit nouveau des CFCF News.

Ryan.

Émotions variées. Curiosité : que voulait donc me dire mon amie ? Soulagement : Ryan avait cherché à me joindre. Effondrement : ma mystérieuse informatrice n'avait pas rappelé. Crainte : et si elle ne rappelait pas ?

Comment s'appelait-elle, déjà ? Gallant ? Ballant ? Talent ? Mais quelle idiote j'étais, aussi, de ne pas lui avoir demandé comment ça s'écrivait !

Je me suis écroulée dans mon fauteuil, les yeux fixés sur le téléphone, suppliant le seigneur que le petit carré lumineux se mette à clignoter, annonçant un nouvel appel. J'ai tambouriné des doigts sur mon sous-main. J'ai tiré sur le fil du téléphone. J'ai regardé les spirales revenir à leur place.

Pourquoi est-ce que cette dame n'essayait pas de me joindre ? Elle avait mon numéro. Mais… N'avait-elle pas dit qu'elle avait appelé plus tôt ? Croyait-elle que je lui avais raccroché au nez ? Que j'avais voulu me débarrasser d'elle ? Avait-elle abandonné l'idée de me parler ?

J'ai fourragé dans mon tiroir à la recherche d'un stylo.

N'avait-elle pas parlé de partir ? Mais partir d'où ? De chez elle ? De la ville ? De la province ? Pour une journée ? Pour de bon ?

Je divisais des triangles en d'autres triangles plus petits en pestant de n'avoir pas été plus attentive, quand mon portable a sonné. J'ai couru jusqu'à mon sac.

— Madame Gallant ?

— On m'a déjà dit que je l'étais, galant, mais on ne m'avait encore jamais appelé madame.

Ryan.

— Je croyais que c'était quelqu'un d'autre.

Réaction idiote puisque Mme Gallant/Ballant/Talent m'avait appelée par le standard. Aucune raison pour qu'elle connaisse mon numéro personnel.

— La déception que je sens dans ta voix me brise le cœur.

Je me suis rassise, le sourire aux lèvres. Premier sourire de la journée.

— Toi, tu es merveilleux. Ce qui me déçoit, c'est l'affaire sur laquelle je travaille.

— Quelle affaire ?

— Des squelettes retrouvés au sous-sol d'une boutique de pizzas à emporter.

Je parlais tout en surveillant du coin de l'œil le clignotant de téléphone sur mon bureau. Qu'il scintille à peine et je bondirais jusqu'à ma table.

— Tu as eu le plaisir immense de passer la journée en compagnie de Claudel ?

— Il n'a fait que passer.

— Tout seul ?

— Le reste de sa Waffen SS n'a pas eu le temps de le rejoindre.

— C'est vrai qu'il est parfois un peu guindé.

— C'est un Neandertal, ce type. Non, c'est une offense au paléolithique, car les hommes de Neandertal avaient des cerveaux d'*Homo sapiens*, eux.

— Claudel n'a pas le cerveau détraqué. C'est juste qu'il a un peu tendance à privilégier l'expérience. À ne pas se risquer hors des sentiers battus. Charbonneau n'était pas avec lui ?

— Deux prostituées avaient été agressées. L'une était

morte, l'autre s'accrochait à la vie à l'hôpital Notre-Dame.

— Ah ! ouais, j'ai entendu parler de ça.

Naturellement !

— Je crois bien que le directeur commercial de ces dames a été invité à répondre à quelques questions, poursuivait Ryan sur sa lancée.

— Si quelqu'un est au courant, c'est forcément toi !

Il n'a pas relevé. Il ne devait pas se rendre compte de mon agacement. Ou peut-être que ça lui passait au-dessus de la tête.

— Qu'est-ce qu'il compte faire avec tes os, Claudel ?

— Rien ou presque, malheureusement.

— À sa place, j'aurais une petite idée.

— Ah bon ? Hier soir, ce genre d'inspiration n'entrait pas dans ton programme.

Satanée Doris ! Elle avait encore réussi à me damer le pion.

Ryan n'a pas réagi. J'ai battu en retraite, vite fait.

— Ce sont des jeunes filles.

— Mortes récemment ?

— Claudel a soulagé le propriétaire de plusieurs boutons qu'il prétendait avoir trouvés avec les os. Un expert du McCord les a estimés comme datant du XIXe siècle.

— Ça va, j'ai compris. Pour Claudel, cette affaire relève de la préhistoire et ne l'intéresse pas ?

— Tu ne trouves pas ça bizarre, pour quelqu'un qui a la tête dans le cul depuis le néolithique ?

— La journée a été difficile, mon petit rayon de soleil ?

J'ai perçu de l'amusement dans la voix de Ryan, ça m'a énervée. Tout comme m'avait énervée son départ précipité, hier soir. Et comme m'énervait aussi mon envie qu'il s'explique.

« N'explique jamais et ne te plains jamais », a l'habitude de dire mon amie Anne.

Pile dans le mille, ma vieille !

— La semaine n'a pas vraiment été folichonne, ai-je reconnu, les yeux fixés sur le petit carré du téléphone qui s'évertuait à ne pas s'allumer.

— Claudel est un bon flic, a insisté Ryan. Il a seulement besoin d'être un peu plus convaincu que nous, qui sommes dotés d'une intuition plus brillante que la sienne.

— Il s'est déjà fait son opinion sur la question.

— Force-le à en changer.

— Ça alors ! Je n'y avais pas pensé !

Un silence. C'est Ryan qui l'a rompu.

— Tu considères que ces os sont vieux ?

— Je ne sais pas. Je ne suis même pas sûre que ces filles soient toutes les trois mortes en même temps.

— Des réparations sur les dents ?

— Pas que j'aie vu.

Re-silence.

— Et ton instinct te dit quoi ?

— qu'elles ne sont pas enterrées dans cette cave depuis très longtemps.

— Ce qui veut dire ?

— Qu'il faudrait s'occuper du problème.

Cette fois encore, Ryan n'a pas relevé ma brusquerie.

— Sur quoi se base ton instinct ?

Trois jours que je me posais la question.

— Sur l'expérience.

Je n'ai pas mentionné ma mystérieuse informatrice. Ni mon inconséquence.

— Eh bien, mon petit rayon de soleil…

Je l'ai coupé sèchement :

— Oui, beau brin d'homme…

Il a marqué une pause et a repris sur le ton patient de la maîtresse de maternelle qui gronde un bambin.

— Il faut que tu trouves une preuve capable de le convaincre qu'il a tort.

Pause plus longue, uniquement remplie du bruit de ma respiration énervée.

Cette fois encore, c'est Ryan qui a parlé le premier.

— Je vois que tu n'es pas dans un bon jour.

— Qu'est-ce qui te fait dire ça ?

— Je comprends que tu sois fatiguée et frustrée. Rentre chez toi et prends un de tes fameux bains moussants. Demain, ça ira mieux.

Nous avons raccroché. Je suis restée à écouter le bourdonnement du bâtiment vide.

Il était temps que je regarde les choses en face. J'étais à Montréal depuis trois jours entiers. Et depuis trois nuits. Ryan s'était montré l'homme aimable et charmant qu'il savait être.

Mais aussi, presque tout le temps débordé.

Pas besoin de me faire un dessin.

Bel Étalon était en train de passer son chemin.

Et me laissait, piquée sur le bord de la route, avec Tête de Nœud pour toute compagnie.

J'ai failli verser une larme. Je l'ai ravalée brutalement.

J'avais vécu sans Ryan. Je vivrais sans lui.

J'avais coexisté avec Claudel. Je coexisterais avec lui.

Mais… Le problème venait-il de Ryan ? N'était-ce pas plutôt moi qui le créais ? Pourquoi avais-je été aussi sèche avec lui, là, maintenant ?

Dehors, le vent soufflait. En bas, trois jeunes femmes attendaient en silence sur une table en inox.

J'ai jeté un coup d'œil au téléphone. Mme Gallant/Ballant/Talent ne devait pas savoir comment fonctionnait la touche bis de son appareil.

— Au diable, les bains moussants ! me suis-je écriée en bondissant hors de mon siège. Et au diable, aussi, Andrew Ryan ! Où que tu sois.

Sur les coups de neuf heures, j'en avais fini avec le nº 38 427, le squelette découvert dans le premier creux du sol.

Une femme. Blanche. De quinze à dix-sept ans. Entre 1,62 et 1,70 mètre. Pas d'odeur, pas de cheveux, pas de tissu mou. Des os bien préservés, mais secs et décolorés, avec de la terre çà et là. Des dommages au crâne survenus *post mortem*, parmi lesquels une fragmentation du temporal droit, des os de la face et du ramus de la mandibule, côté droit. Aucun signe sur le squelette d'un trauma subi au moment de la mort. Pas de plombage ni de couronne. Pas de vêtements ni de biens.

Le nº 38 427 était la copie conforme du nº 38 426.

Avec une petite différence : j'avais vu cette jeune dame *in situ*. La demoiselle immatriculée LSJML-38 427 avait été placée dans sa fosse nue et repliée en position fœtale. Or je possédais quelques connaissances en matière d'enterrement.

Nous, les judéo-chrétiens, nous avons pour habitude d'expédier nos morts *ad patres* sanglés dans leurs habits du dimanche. Nous en faisons un étalage, au sens propre du terme : nous les étendons, jambes allongées, mains croisées sur le ventre, ou bras le long du corps. Mais nos frères amérindiens, avant d'entrer en contact avec les étrangers, privilégiaient la posture recroquevillée pour l'ensevelissement.

Bon. Le fait que ce corps ait été enseveli recroquevillé confortait-il la théorie de Claudel selon laquelle ces ossements seraient des reliques de l'Antiquité ?

Pas si simple.

Car l'enterrement d'un corps plié requiert un trou plus petit, ce qui réduit le temps et l'énergie consacrés à creuser. Détail très apprécié des gens pressés.

Comme les meurtriers.

Épuisée, j'ai rapporté les os dans leur compartiment

frigorifié. M'étant changée, je suis remontée dans mon bureau.

Toujours pas de message sur mon répondeur.

Le temps que je me retrouve dehors, il était dix heures bien sonnées. Au coin de l'édifice Wilfrid-Derome, le vent cinglant a traversé mes vêtements comme une lame. J'ai foncé vers ma voiture. Mon haleine faisait des tourbillons opaques.

Pendant tout le trajet, je n'ai pensé qu'aux filles laissées à la morgue, incapable de me concentrer sur rien d'autre.

Étaient-elles mortes de maladie ? Avaient-elles été tuées sans que leurs os en portent la trace ? Empoisonnées ? Étouffées ?

Étaient-elles mortes d'hypothermie ?

Au feu de la rue Viger, deux ados ont émergé du noir sous le pont Jacques-Cartier, brandissant des raclettes avec une nonchalance crispée. Tatoués, le visage hérissé de piercings et de pointes. Je leur ai fait un « Allez-y » de la tête et j'ai pioché un dollar dans mon sac pendant qu'ils chassaient l'eau sale de mon pare-brise.

Les filles retrouvées dans le sous-sol de la pizzeria avaient-elles été de jeunes rebelles comme ceux-là ? Avaient-elles basculé dans la marginalité après avoir suivi des chemins interdits ? Avaient-elles été abandonnées à elles-mêmes ? maltraitées par un tyran familial ? S'agissait-il de fugueuses luttant pour leur survie ?

Je n'avais pas retrouvé un seul indice se rapportant à leur habillement. Les fibres naturelles telles que le coton, la toile ou la laine se détériorent rapidement. Mais pourquoi n'y avait-il même pas une dent de fermeture Éclair ? un œillet ? un bouton-pression ? une agrafe de soutien-gorge ? Ces filles avaient été dépouillées de leurs habits avant d'être cachées dans des tombes anonymes.

Étaient-elles mortes ensemble ? à plusieurs mois d'intervalle ? à plusieurs années d'écart ?

Et, de nouveau, la question centrale : quand ? Dix ans ? un siècle ?

Avant même d'arriver chez moi, j'avais l'impression d'avoir un ballon de foot à la place du crâne. Et une faim à dévorer la Lituanie. Je n'avais rien avalé de la journée, sauf des barres de céréales et des sodas sans sucre.

Après avoir pris une douche, j'ai réglé son sort à un plat mexicain surgelé. Tout en dînant en tête à tête avec Letterman[1], j'ai pensé à Anne. Elle comprendrait. Ça me permettrait d'évacuer. Elle trouverait des mots réconfortants. Je venais d'attraper le téléphone pour l'appeler quand il a sonné.

Anne !

— Comment va Birdie ?

— Tu m'appelles pour me parler du chat ?

— J'ai peur que le pauvre petit ne se sente un peu délaissé.

— Je suis sûre qu'il en conviendrait volontiers.

Pour l'heure, le pauvre petit ne lâchait pas de l'œil les traînées de crème aigre sur mes restes de buritos.

J'ai reposé mon assiette sur la table basse, j'ai pris un peu de crème sur mon doigt. Le chat l'a léchée jusqu'à ce qu'il n'en reste plus et a recommencé à reluquer mon assiette.

— Et toi ?

Je n'ai pas compris la question.

— Moi, quoi ?

— Tu ne te sens pas délaissée ?

Qu'Anne ait l'instinct d'un NAVSAT, d'accord ! Mais comment pouvait-elle deviner que je m'inquiétais à propos de Ryan ?

— J'étais justement sur le point de t'appeler.

1. Animateur de télévision. *(N.d.T.)*

— Moi pas, a-t-elle poursuivi sans avoir écouté ma réponse.

— De quoi tu parles ?

— De Tom-Ted.

Comprendre : Tom Turnip, son mari avocat. Jadis, alors qu'il travaillait depuis deux ans comme associé dans un cabinet juridique, l'un des partenaires l'avait appelé Ted pendant tout un mois. Depuis, on lui donne les deux noms, Tom-Ted.

— Quoi, T.-T. ?

— Devine ?

— Ça va, ne me fais pas languir.

Je ne cherchais pas à être désagréable ; tout simplement, j'étais trop crevée pour les devinettes.

— Très bien. Je débarque chez toi demain, a annoncé mon amie.

7

Huit heures plus tard, mon humeur s'était nettement améliorée. Je n'avais plus mal à la tête, il faisait un temps radieux et ma meilleure amie arrivait ce soir.

Enfin peut-être. Parce que, avec Anne, on ne sait jamais. Elle a une façon de changer d'avis, parfois.

À propos de changer d'avis… Ryan avait raison. Je devais absolument trouver une preuve susceptible de convaincre Claudel que ces filles étaient mortes récemment. Car c'était ça, le point qui nous divisait, lui et moi : le temps écoulé depuis la mort.

Tout en faisant craquer les céréales sous mes dents, j'ai considéré le problème.

Pour l'heure, je savais que les n° 38 426 et 38 427 provenaient de tombes peu profondes creusées dans un sol sec. Les os, dépourvus de toute chair, étaient bien préservés et leurs surfaces n'étaient ni fendues ni ébréchées.

Pour les ossements desséchés, quelles autres données permettaient de déterminer précisément le temps écoulé depuis la mort ?

Le degré de détérioration des objets se trouvant à côté. Il n'y en avait pas.

Les insectes. Il n'y en avait pas.

Birdie s'est faufilé jusqu'à mon bol de céréales, espérant s'offrir une lampée de mon lait. Je l'ai intercepté et posé sur une chaise plus loin.

Est-ce que je devais continuer à tenter de déterminer le temps écoulé depuis la mort de ces jeunes filles, ou bien passer au n° 38 428 ?

Birdie a de nouveau grimpé sur la table. Je l'en ai fait redescendre.

Si je trouvais un indice prouvant qu'il s'agissait d'ossements anciens, je pourrais céder la place aux archéologues. D'un autre côté, si j'arrivais à découvrir qu'il s'agissait d'individus morts récemment, comme je le soupçonnais, le coroner insisterait pour qu'on enquête et Claudel serait bien obligé de s'incliner. Avec Charbonneau, ils déblayeraient le terrain et, pendant ce temps-là, je pourrais tranquillement analyser le troisième squelette.

Birdie a lancé un nouvel assaut, profitant que je me versais du café. Je l'ai remis à sa place un peu moins gentiment.

Bon. Je n'avais à disposition ni objet façonné ni insectes. Qu'est-ce que j'avais encore qui puisse me servir de point de départ ?

Mes connaissances.

Je savais que la composition des éléments constitutifs de l'os se modifie avec le temps. Le taux d'azote diminue, le taux de fluorure augmente. Mais cette évolution est trop lente pour qu'on puisse s'en servir en vue de dater des restes contemporains.

J'avais lu des articles sur diverses méthodes de datation fondées sur la radiographie, l'histologie, les réactions chimiques et la teneur en isotopes. Des études tendaient à démontrer que les acides aminés permettraient d'établir une distinction entre des os anciens et récents.

Mais une foule de facteurs interfèrent dans les processus biochimiques et physiques. La température.

L'humidité du sol. Le taux d'oxygène. L'activité microbienne. Le pH du sol. Aucune technique n'est véritablement précise. Quand il n'y a plus ni chair ni insectes et qu'il faut déterminer le temps écoulé depuis la mort, les spécialistes en anthropologie légale se retrouvent confrontés à un véritable triangle des Bermudes.

Je ne voyais qu'un seul test susceptible d'apporter des résultats irréfutables, mais il était onéreux et prenait un temps fou. Pour ne rien dire du fait qu'une poignée de laboratoires seulement était en mesure de l'effectuer. Compte tenu de la conjoncture actuelle, il était peu probable que je parvienne à convaincre LaManche de l'utilité de cette dépense. Enfin, je pouvais toujours essayer.

J'ai déposé mon bol par terre à l'intention du chat et j'ai quitté la maison, lestée de mon ordinateur portable.

Dans mon bureau, le petit voyant du téléphone indiquant les messages ne clignotait pas.

La réunion du matin n'a pas apporté de cas extravagants : un homme asphyxié par les fumées de sa chaudière ; un conducteur ivre tué dans un accident de la route ; un érotomane qui s'était étranglé avec son nœud coulant ; un corps carbonisé dans l'incendie d'un camping-car.

Pelletier a écopé du brûlé, qui était probablement le propriétaire du camping-car. À tout hasard, il m'a demandé de lui donner un coup de main, au cas où l'identification se révélerait problématique.

Mes collègues repartis avec leurs dossiers, j'ai demandé à LaManche si je pouvais lui parler un instant.

— *Mais oui**, a-t-il répondu en se calant dans son siège.

— J'ai examiné deux des trois squelettes trouvés dans le sous-sol de la pizzeria.

Il a levé les sourcils. Ses rides se sont allongées et creusées. Soudain, il m'a paru plus âgé que d'habitude, plus usé. Était-ce parce que j'étais dos à la fenêtre et que lui-même était ébloui par la lumière de ce matin froid ? Couvait-il une maladie ? Avait-il toujours cet air épuisé, et je ne l'aurais pas remarqué jusque-là ?

— Ce sont des jeunes femmes. La troisième victime aussi, j'en suis convaincue.

— Victime, dites-vous ?

— Ce sont encore des gamines, et elles sont mortes ! ai-je rétorqué sur un ton plutôt sec.

LaManche n'a pas cillé. Son regard est demeuré tout aussi mélancolique.

— Je reconnais que je n'ai vu aucune trace de violence.

— D'après M. Claudel, ces restes ne seraient pas récents.

— Il dit ça parce que le propriétaire du restaurant a également retrouvé des boutons qui dateraient du XIXe siècle.

— Dateraient ? a répété LaManche, et ses sourcils se sont relevés encore d'un cran.

— Claudel les a montrés à une conservatrice du McCord.

— Vous n'avez pas l'air convaincue.

— Authentiques ou pas, rien ne prouve que ces boutons aient appartenu à l'une de ces jeunes filles. Leur présence dans la cave peut s'expliquer de mille façons.

LaManche a soupiré tout en se tirant une oreille.

— M. Claudel m'a dit aussi que le bâtiment avait plus de cent ans.

— Parce qu'il a fait des recherches au cadastre ? Il ne m'en a rien dit !

J'ai senti mes joues s'empourprer.

Je m'enflamme rapidement. Je tiens ça de mon père qui avait parfois autant de mal à contenir sa fureur que son amour pour l'alcool. Mon enfance s'est passée dans les scènes.

Par la suite, j'ai moi-même succombé à l'appel de la bouteille. Mais, à la différence de mon père, j'ai réussi à m'en éloigner. Et j'ai appris à contrôler mes pulsions, contrairement à lui. Quand le feu fait rage à l'intérieur de moi, je suis d'un calme glacial au-dehors.

— M. Claudel n'a pas considéré que cette information méritait de m'être transmise ?

— Je suis sûr qu'il vous donnera tous les détails.

— Dans cette vie-ci ?

— Ne soyez pas agressive avec moi, je ne vous attaque pas.

J'ai exhalé un profond soupir.

— Il y a bien un test qui pourrait résoudre la question.

— Expliquez-moi ça.

— Vous avez entendu parler de la datation au carbone 14 ?

— Je sais qu'on s'en sert pour dater des matériaux organiques, y compris l'os humain. Je ne connais pas le principe.

— Le radiocarbone, ou carbone 14, est un isotope instable. Comme toutes les substances radioactives, il se dégrade en libérant des particules subatomiques à un taux uniforme.

Les yeux de LaManche se sont appesantis sur moi.

— Prenez un groupe d'atomes de radiocarbone. On sait que pour moitié, ils seront redevenus de l'azote dans environ 5 730 ans.

— Cette période est donc la moitié de leur existence.

J'ai hoché la tête.

— 11 460 ans plus tard, il ne restera plus qu'un quart de la quantité originale de radiocarbone. Et, dans encore 5 730 ans, il n'en demeurera plus qu'un huitième, et ainsi de suite.

LaManche ne m'a pas interrompue.

— La quantité de radiocarbone dans l'atmosphère est

véritablement infime : environ un atome de radiocarbone pour un trillion d'atomes stables de carbone. Suite au bombardement cosmique de l'azote, il se crée constamment du radiocarbone dans l'atmosphère supérieure. Une partie de cet azote se convertit en radiocarbone, lequel s'oxyde immédiatement en CO_2. Ce CO_2 redescend dans la biosphère où il est absorbé par les plantes. Comme une seule et même chaîne alimentaire régit le monde vivant, les plantes, les animaux et les hommes contiennent tous en eux une quantité de radiocarbone constante, aussi longtemps qu'ils sont en vie. En raison de la dégradation de la radioactivité, la quantité réelle de radiocarbone décroît progressivement, mais le niveau se rétablit dans le monde animal grâce à la nourriture absorbée et dans le monde végétal grâce à la photosynthèse, de sorte que l'équilibre perdure aussi longtemps que l'organisme en question est vivant. Une fois qu'il est mort, le seul processus qui reste actif, c'est la dégradation de cet atome de radiocarbone. En mesurant la quantité de radiocarbone, on peut donc déterminer à quel moment le déséquilibre a débuté. C'est ce qu'on appelle la méthode de datation au radiocarbone.

LaManche a soulevé les mains et ce geste révélait son scepticisme.

— Plus de cinq mille ans, dites-vous ? Comment un processus aussi lent peut-il avoir une valeur quelconque pour des restes récents ?

— La question est pertinente, et il est vrai que ce sont principalement les archéologues qui recourent à la datation au carbone 14. Toutefois, la technique s'est révélée parfaitement fiable. Elle se fonde sur un certain nombre d'hypothèses, dont l'une est que le taux de radiocarbone dans l'atmosphère est demeuré constant au fil des âges. Des données extérieures n'ayant rien à voir avec le carbone 14 peuvent effectivement être employées pour élargir le champ d'application du processus.

— Comment cela ?

— C'est là où ça devient intéressant. Des études ont fait état d'anomalies significatives dans la quantité de radiocarbone présente dans l'atmosphère à certaines époques. Au cours des quatre-vingts dernières années, deux perturbations se sont produites, toutes les deux ayant pour origine l'activité humaine.

LaManche s'est enfoncé dans son fauteuil et a croisé les doigts, les mains posées sur sa poitrine. Une façon de me signifier d'abréger ? J'ai opté mentalement pour le oui.

— La période qui va grosso modo de 1910 à 1950 est caractérisée par une diminution de la quantité de radiocarbone dans l'atmosphère, probablement due aux produits qui se dégagent dans l'air pendant la combustion des combustibles fossiles tels que le pétrole, le charbon et le gaz naturel.

— Pourquoi ?

— En raison de leur grand âge, les combustibles fossiles ne contiennent pas de radiocarbone détectable. On dit que ce sont des éléments morts. Comme ces combustibles libèrent en brûlant un anhydride de carbone qui ne présente pas de radiocarbone, la quantité relative de carbone 14 dans l'atmosphère diminue.

— *Je comprends**.

— À partir des années 1950, les essais d'armes thermonucléaires dans l'atmosphère ont renversé cette tendance.

— Vous voulez dire que la quantité de radiocarbone présente dans le monde vivant a augmenté ?

— Oui, et fortement. Entre 1950 et 1963, les valeurs ont grimpé de presque 85 % par rapport aux niveaux de référence de l'époque. En 1963, un accord international signé par la plupart des nations a mis un terme aux essais nucléaires dans l'atmosphère et les niveaux de radiocarbone dans la biosphère ont commencé à s'organiser selon un nouvel équilibre.

— C'était une telle folie..., a fait LaManche en secouant la tête tristement.

— Ces permutations sont connues sous le nom d'effet de la bombe atomique et de la combustion des fossiles.

LaManche a jeté discrètement un regard à sa montre.

— Le résultat, c'est qu'on peut employer ce carbone 14 artificiel, appelé aussi « carbone 14 de la bombe », pour déterminer si quelqu'un est mort avant ou après la période où l'on pratiquait des essais nucléaires dans l'atmosphère.

— Et comment s'effectue le test ?

— En fait, il y a deux méthodes. Ou bien on recourt à la radiométrie standard, et les matériaux sont analysés en synthétisant le carbone témoin au benzène, puis en mesurant la quantité de carbone 14 dans un spectromètre de scintillation...

— Et l'autre méthode ?

— Dans l'autre méthode, on réduit le carbone témoin en graphite. On analyse ce graphite et on mesure la quantité de carbone 14 à l'aide d'un spectromètre à accélérateur de masse.

LaManche est resté muet plusieurs secondes. Puis :

— Ça demande une grande quantité d'os ?

— Pour le calcul de la dégradation par la méthode courante, deux cent cinquante grammes. Pour la spectrométrie à accélérateur de masse, un gramme ou même moins.

— Et ce test par spectrométrie à accélérateur de masse est plus cher ?

— Oui.

— De beaucoup ?

Je lui ai dit combien.

LaManche a retiré ses lunettes et a pincé l'arête de son nez entre son pouce et son index.

— Il n'existe pas de moyen intermédiaire qui nous éviterait une aussi grosse dépense ?

— Il y a bien une technique que je pourrais tenter. Elle n'est pas terriblement fiable, mais elle est simple. Et elle pourrait nous dire si la mort a eu lieu, il y a plus ou moins de cent ans.

LaManche a voulu dire quelque chose. Je me suis empressée d'ajouter :

— Et elle est gratuite. Je peux faire le test moi-même. Mais encore une fois, ça ne nous donnera qu'une indication très approximative sur l'âge de ces ossements. Uniquement s'ils ont plus de cent ans ou moins de cent ans.

— Eh bien, faites-la, s'il vous plaît.

LaManche a remis ses lunettes et s'est levé.

— Dans l'intervalle, je parlerai de votre proposition au Dr Authier.

Jean-François Authier, le coroner en chef. C'est lui qui examine toutes les demandes de dépenses exceptionnelles. Il en agrée fort peu.

Ayant récupéré dans mon bureau une blouse de laboratoire, je suis descendue à la morgue. En salle 2, Morin et Nathalie Ayers pratiquaient déjà des incisions en Y. J'ai demandé au technicien une lampe UV. Lestée de l'appareil, je me suis hâtée vers le compartiment où reposaient les trois squelettes n°s 38 426, 38 427 et 38 428. J'en ai retiré les trois fémurs gauches.

Entrée dans ma salle 4, j'ai pris soin d'inscrire les numéros des cas sur les extrémités proximales et distales de chacun de ces os avant de les placer sur la table d'autopsie. Trois boums assourdis ont retenti successivement dans le silence.

Ayant mis un masque, j'ai branché une scie. Un cône de poudre blanche s'est entassé sur l'acier inoxydable pendant que je découpais les fémurs dans le sens de la longueur. Une odeur chaude et âcre a rempli la salle.

Une fois de plus, je me suis interrogée sur ces jeunes filles dont j'allais analyser les os. Étaient-elles mortes entourées de leurs proches ? Probablement pas. Plus probablement, seules et terrifiées. En espérant la délivrance ? Plongées dans l'abattement ? Fâchées ? Soulagées ? Toutes les variantes étaient possibles. Elles n'étaient plus là pour me dire laquelle était la bonne.

Les fémurs sciés en deux, je les ai emportés avec la lampe UV dans un cagibi tout au bout du couloir.

Pourvu que ça marche.

Du seuil, j'ai repéré la prise électrique. La première chose que j'ai faite a été de brancher la lampe. Ensuite, j'ai déposé mes demi-fémurs sur une étagère, partie découpée vers le haut.

Après, j'ai refermé la porte sur moi.

Il faisait noir comme dans un four.

Retenant mon souffle, j'ai braqué la lampe sur les os et appuyé du pouce sur le bouton d'allumage.

8

— Ouais ! me suis-je exclamée en faisant des moulinets avec mon bras.

Sous éclairage UV, les os longs ayant moins de cent ans peuvent devenir fluorescents. Cette luminescence jaune-vert diminue avec le temps, la zone morte progressant du centre vers l'extérieur, c'est-à-dire de la cavité contenant la moelle vers la surface externe. Cent ans après la mort, ils n'émettent plus aucune fluorescence. Or ces petits chéris-là étincelaient comme une réclame au néon.

Première étape, mon cher Claudel !

Ayant remisé les fémurs dans leurs sachets respectifs, je suis partie à la recherche de mon patron.

Protégé par un tablier en plastique noué au cou et à la taille, LaManche découpait un cerveau en tranches dans le labo d'histologie. À mon entrée il a relevé les yeux, son couteau à la main. Je lui ai expliqué ce que je venais de faire.

— Et alors ?

— Les surfaces découpées se sont mises à briller comme des novas.

— Indiquant ?

— La présence de constituants organiques.

LaManche a déposé son couteau sur la planche de liège.

— Il ne s'agit donc pas d'Indiennes des anciens temps.

— Ces filles sont mortes après 1900.

— C'est une certitude ?

— Une forte probabilité, ai-je reconnu sur un ton moins exalté.

— L'immeuble de la pizzeria a été construit vers le tournant du siècle.

Je n'ai pas répondu.

— Vous vous rappelez les restes retrouvés près de la cathédrale Marie-Reine-du-Monde ?

LaManche parlait du jour où il m'avait envoyée dans le bas de la ville étudier des « corps » découverts par une équipe de la voirie. Une kyrielle de pelleteuses mécaniques et de camions de décharge était regroupée près d'un trou énorme creusé dans le boulevard René-Lévesque. Des ossements s'alignaient le long du trottoir et jonchaient le fond du trou : crânes, côtes, fragments d'os longs. Mêlés à des morceaux d'êtres humains, il y avait des planches de bois et des clous rouillés.

Facile : une sépulture avec des cercueils.

Déduction qui serait confirmée par les archéologues. Le terrain d'où la cathédrale surveille aujourd'hui les bouchons sur le boulevard René-Lévesque à l'heure de pointe avait été occupé par un cimetière jusqu'à ce qu'une épidémie de choléra en impose la fermeture, au milieu du XVIIIe siècle. L'équipe de la voirie était tombée sur des âmes oubliées lors de la délocalisation des sépultures.

— Vous pensez que cet immeuble aurait été construit sur des tombes non répertoriées ? ai-je demandé. Je n'avais rien trouvé me laissant supposer que des cercueils aient été enterrés là.

Les Canadiens français sont des virtuoses de la gestuelle. Par toutes sortes de mouvements subtils des mains, des yeux, des épaules ou des lèvres, ils arrivent à exprimer un nombre infini de sous-entendus, allant du : « J'en conviens » à : « Faites comme vous voudrez », en passant par : « Je ne suis pas d'accord… Ça m'est égal… Qu'est-ce que je peux y faire ?… Allez savoir… » ou bien : « Non mais, quel imbécile ! »

En l'occurrence, LaManche avait haussé une épaule et levé les deux sourcils, me signifiant par là : « P't-être ben qu'oui, p't-être ben qu'non. » Je lui ai demandé :

— Vous avez parlé à M. Authier du test pour la datation ?

— Il reçoit des représentants de l'institut de médecine légale du Maroc. Je lui ai laissé un message le priant de me rappeler.

— Ce test demande pas mal de temps, ai-je insisté sans chercher à dissimuler mon agitation.

— Temperance…

LaManche est la seule personne de toute la planète à s'adresser à moi de cette façon. Dans sa bouche, mon prénom acquiert un petit côté guilleret et rime bizarrement avec « sconse ».

— Vous commencez à vous impliquer beaucoup trop.

— Je ne crois pas qu'il s'agisse d'os anciens. Non, je n'en ai pas l'impression. Ils n'en ont pas du tout l'aspect. Ils ne correspondent absolument pas au site sur lequel ils ont été retrouvés. Je…

— Est-ce que ces filles sont mortes la semaine dernière ? m'a coupée LaManche en laissant retomber sa tête de bon chien de chasse patient.

— Non.

— Est-ce qu'il y a urgence ?

Je n'ai pas répondu.

Il est resté un si long moment à me regarder que j'ai cru qu'il pensait à autre chose. Puis il a soupiré :

— Faites-moi parvenir vos échantillons. Je rappellerai le Dr Authier.

— Merci.

Je me suis retenue pour ne pas me jeter à son cou.

— En attendant, le troisième squelette vous apportera peut-être des renseignements intéressants.

Sur ce sous-entendu peu subtil, LaManche est retourné à son cerveau. Et moi à ma salle nº 4, le cœur en fête.

En chemin vers le sous-sol, je suis tombée sur Lisa qui m'a transmis que le Dr Pelletier souhaitait avoir mon avis sur le type brûlé dans son camping-car. Son identification posait problème, car on n'avait ni dents, ni dentier, ni empreintes digitales. Je lui ai répondu que je passerais le voir d'ici à une demi-heure.

Ayant revêtu ma tenue de chirurgien, je me suis mise à la tâche sans perdre une seconde. J'ai découpé un tronçon de deux centimètres et demi de long dans la partie axiale de chaque fémur, puis, munie de mon butin, je suis remontée en hâte dans mon bureau pour me connecter sur le site Internet d'un laboratoire de Floride que je savais capable d'exécuter les tests désirés. Ayant fait apparaître à l'écran la fiche technique de l'échantillon, j'ai rempli les cases requises et réclamé un test de spectrométrie par accélérateur de masse.

Retour au sous-sol pour préparer mes spécimens, après une halte au département Expéditions pour m'informer des délais de livraison du paquet. En envoi normal, entre deux et quatre semaines ; en express, pas plus de six jours.

À un prix nettement plus élevé.

Et zut ! Si Authier traînait des pieds, je paierais de ma poche.

Remontée au département Expéditions, j'ai coché la case « express » et validé l'envoi du paquet.

Après avoir rempli les formulaires de transfert de pièces à conviction, j'ai indiqué l'adresse à Denis et l'ai prié d'empaqueter mes spécimens et de les faire partir par Federal Express immédiatement.

À présent, direction la salle de Pelletier au sous-sol.

Le cadavre sur sa table portait des menottes et les résidus carbonisés d'un soutien-gorge Wonderbra, or le camping-car appartenait à un homme blanc de soixante-quatre ans.

OK, le proprio était un pervers...

Sauf que les clichés radio révélaient la présence d'un diaphragme au milieu du pelvis.

Ce n'est qu'en fin d'après-midi que nous avons résolu la partie du problème qu'il nous incombait d'étudier, à savoir l'identification de la victime décédée dans l'incendie du camping-car.

Il s'agissait d'une femme blanche ayant foulé la terre pendant une période allant de trente-cinq à cinquante ans. Elle était édentée et avait des traces de fractures guéries sur le radius droit et les deux os du nez.

Cela ne nous disait pas où se trouvait M. Camping-car. Mais cette partie-là de l'enquête n'était pas de notre ressort. C'était aux détectives qu'il appartenait de la résoudre.

À quatre heures moins vingt, lavée et changée, je suis remontée dans mon bureau, attrapant au passage un Coca light et deux beignets au sucre.

Du seuil, j'ai vu que mon téléphone clignotait comme une enseigne de soldes chez K-mart. J'ai bondi et attrapé le combiné.

Anne. Son vol atterrissait à cinq heures vingt-cinq.

Arthur Holliday, le spécialiste qui réaliserait le test au carbone 14. Il me demandait de le contacter avant d'envoyer les échantillons.

J'ai filé au secrétariat, j'ai vérifié la montagne de courrier sortant. Federal Express n'était pas encore passé. J'ai récupéré mon paquet. Revenue dans mon bureau, j'ai appelé le laboratoire de Floride, me demandant quel pouvait être le problème.

— Tempe ? Bien, bien. Je vous ai contactée dès que j'ai reçu votre courriel. Vos échantillons d'os sont déjà partis ?

— Non, ils sont prêts, mais toujours ici. Il y a un problème ?

— Non, non. Pas du tout. Très bien, tout va bien. Bon. Écoutez, est-ce que vos inconnues ont des dents ?

— Oui.

— Bien, bien. En ce moment, voyez-vous, nous travaillons sur un projet, ici, et nous nous demandions si cela vous intéresserait d'apprendre des choses sur l'endroit où sont nés vos individus.

— Je n'y avais pas songé, mais oui, bien sûr. Ça pourrait être utile de le savoir. Vous avez un moyen de le découvrir ?

— Est-ce qu'il y a beaucoup d'infiltrations souterraines dans cette cave ?

— Non, c'est plutôt sec.

— Je ne peux rien promettre, mais nous obtenons de très bons résultats avec les analyses isotopiques au strontium. Si vous nous autorisez à stocker les résultats dans notre base de données, et vous vous engagez à nous contacter quand vos inconnues auront été identifiées, alors je serais heureux d'effectuer ce test expérimental gracieusement.

— Gratis ?!

— Oui, nous devons élargir notre base de références.

— De quoi avez-vous besoin au juste ?

Après m'avoir indiqué en détail quels spécimens d'os et de dents lui étaient nécessaires, il s'est lancé dans une longue explication. Ma pendule indiquait trois heures cinquante.

— Arthur, l'ai-je interrompu, vous pourrez m'expliquer ça quand nous discuterons des résultats ? Si je veux que mes spécimens partent aujourd'hui, il faut que j'aie extrait les dents de mes squelettes dans la demi-heure qui suit.

— Oui, oui. Naturellement. Nous en parlerons plus tard. Peut-être que ça ne donnera rien, mais on ne sait jamais.

Redescendue à la morgue, j'ai découpé un autre segment du fémur de chaque squelette et remis les os à leur place anatomique. Ensuite, j'ai photographié les trois mâchoires avant d'en extraire les deuxièmes molaires droites. Par bonheur, j'avais déjà fait faire les radios des dents. Enfin, j'ai reconditionné mon colis et suis allée le déposer au courrier.

Vers quatre heures et demie, j'ai réintégré mon bureau.

Les pieds posés sur le rebord de la fenêtre, j'ai siroté un Coca et grignoté mon premier beignet de la journée en me forçant à penser à autre chose qu'à ces malheureuses jeunes filles découvertes dans le sous-sol d'une pizzeria.

Katy, ma fille.

Où en était-elle dans sa vie et que faisait-elle en ce moment ? Aucune idée. L'appeler ? J'ai regardé ma montre. Elle était sûrement sortie, en cours ou à la bibliothèque. Bien.

Apparemment, Katy ne séchait pas ses cours et semblait même avoir des projets postuniversitaires. Je n'étais pas dans le secret des dieux. Ma petite fille semblait être entrée dans l'âge adulte. Est-ce que cela voulait dire que je ne ferais plus que de petites incursions dans sa vie privée ?

Cette pensée m'a fait sourire. Surtout, elle m'a ramenée à ces jeunes filles transformées en squelettes.

Pourquoi n'avait-on retrouvé aucun vêtement avec elles ? Qu'est-ce qui pouvait expliquer que trois filles soient enterrées nues dans une cave ? Est-ce que je serais passée à côté d'un indice sans le voir ? Peut-être que j'aurais dû employer un tamis plus fin. Le propriétaire de la pizzeria avait-il ramassé autre chose que ces boutons ?

Une gorgée de Coca light. Volte-face dans mes pensées : Anne.

Hier, au téléphone, elle avait une drôle de voix. Pourquoi cette visite impromptue ?

Au deuxième beignet, mes réflexions sont reparties à fond sur les trois jeunes filles.

Si elles étaient mortes en même temps, pourquoi le troisième squelette était-il le seul à présenter de l'adipocire ? D'accord, il était empaqueté. Mais pourquoi uniquement cette fille-là ?

Pas d'idée sur la question. Passons à un autre sujet.

Le chandail aperçu dans la vitrine d'Ogilvy. Le vilain bruit que faisait ma voiture. La drôle de tache marron sur mon épaule droite.

À la dernière bouchée de beignet, les squelettes se sont à nouveau imposés.

Ils étaient enterrés à moins de quinze centimètres de profondeur. Pourquoi si près de la surface ? En général, les Amérindiens creusaient des tombes beaucoup plus profondes. *Idem* pour les colons des temps anciens.

Est-ce qu'Arthur pourrait vraiment m'indiquer où était née chacune de ces filles ? Qu'est-ce que ça m'apporterait de le savoir ? Le test indiquerait-il qu'elles étaient nées ici, dans la région de Montréal ?

LaManche avait peut-être raison de trouver que je m'impliquais trop. J'étais irritable, sur la défensive. Je ne dormais pas bien. J'avais même rêvé de l'affaire.

Mes pensées se sont engagées dans une autre ruelle.

Mon travail et mon mécontentement du moment. Mon problème avec Ryan viendrait-il de là ? Est-ce que je ne risquais pas de mettre le feu aux poudres en transférant sur lui mon anxiété et ma frustration ? De signer moi-même la fin de notre relation ?

Ryan…

La sonnerie du téléphone a retenti comme si un électron libre échappé à cette synapse l'avait déclenchée. J'ai pivoté et saisi le récepteur, manquant de peu de renverser ma canette.

— Docteur Brennan ?

Suzanne. Pour m'informer qu'un détective était en chemin vers mon bureau.

Claudel, forcément. Juste ce dont j'avais besoin.

Sauf que ce n'était pas lui, mais Ryan.

Croisement de Pierce Brosnan et du type de la pub Adidas, avec son mètre quatre-vingt-dix enveloppé dans une veste en tweed, une chemise rouille et un pantalon kaki.

Il a hoché la tête en me découvrant un Coca light à la main, des grains de sucre éparpillés sur le sous-main devant moi.

— Cette femme est un tourbillon de contradictions.

— Que veux-tu, j'ai des goûts éclectiques.

— Des goûts qui réduiront ton pancréas en capilotade.

— C'est le mien, j'en fais ce que veux.

Ryan m'a jeté un regard surpris.

— Je vous prends au mauvais moment, Bouton-d'or ?

— J'attendais quelqu'un d'autre… Trésor.

— Je m'entends souvent dire ça, ces temps-ci.

— Que tu es un trésor ?

— Que je déçois les gens.

— Je pensais à quelqu'un censé me donner des renseignements sur certaine affaire.

— Une fois de plus, je fais voler en éclats des espoirs dont j'ignorais tout.

— Tu parles comme Winston Churchill, ai-je dit en me renversant contre le dossier de mon siège.

— C'est un non-sens, et je ne l'admettrai pas !

— A pour la grammaire ; D moins pour la clarté de l'exposé !

J'ai entrepris de récolter des grains de sucre avec le bout de mon doigt.

— C'est également une citation de ce cher Winston ?

— Tu continues ?

— Comment ça va, avec Claudel ?

Adossé au chambranle, Ryan se tenait les bras croisés, une jambe légèrement pliée et la cheville posée sur l'autre. Comme d'habitude, mes yeux ont été happés par les siens sans que je puisse lutter contre. J'ai beau connaître par cœur le bleu intense de son regard, il me désarçonne toujours.

— Claudel fonctionne avec une quantité minimale de cellules cérébrales. Le peu qu'il a est obligé de se concentrer à mort pour empêcher les coupures dans la transmission des données.

— Et, en ce moment, il y a des grésillements sur la ligne ?

— Je ne lui ai pas parlé aujourd'hui. À vrai dire, j'attends avec intérêt de voir sa réaction quand je lui aurai fait part de certaines choses.

J'ai léché le sucre sur mon doigt et suis repartie à la pêche sur mon sous-main.

— Tu veux bien dire à ton trésor de quoi il s'agit ?

— LaManche a autorisé la dépense pour un test spécial que je lui demandais.

— Sans passer par Authier ?

J'ai hoché la tête.

— Mais quel coquin, ce LaManche ! Quel test ?

— Au carbone 14.

— Comme pour les momies et les mammouths ?

J'ai fait à Ryan un résumé de mes explications à LaManche, mais sans lui parler de l'analyse isotopique au strontium. Trop incertain.

— Dans combien de temps, les résultats ?

— Moins d'une semaine si tout va bien. LaManche m'a suggéré de passer au troisième squelette. En gros, il me dit de ne pas me focaliser sur le temps écoulé depuis la mort, pour l'instant.

— Ce n'est pas un mauvais conseil.

— C'est frustrant.

— La frustration va de pair avec le boulot.

Le beeper de Ryan a retenti. Il a jeté un coup d'œil au numéro et a renfoncé son machin dans l'étui accroché à sa ceinture.

— Ce qui est sûr, ai-je repris, c'est que ces filles ne sont pas mortes la semaine dernière, ni même le mois dernier. N'empêche, ça m'embête de laisser passer le temps sans rien faire. J'ai un mauvais pressentiment.

— Pourquoi ?

J'ai raconté à Ryan le coup de téléphone de Mme Gallant/Ballant/Talent.

— Qu'est-ce qu'elle a dit exactement ?

— Qu'elle savait ce qui s'était passé dans cet immeuble.

— Quoi donc ?

— La conversation n'est pas allée jusque-là.

— Peut-être qu'elle n'a pas tous ses esprits.

— Possible.

— Tu dis qu'elle t'a paru vieille ?

— Oui.

— Il se peut que…

— J'y ai pensé, Ryan. Mais admettons qu'elle ait toute sa tête et sache quelque chose…

— Elle rappellera.

— Elle ne l'a pas fait.

— Tu as fait rechercher son appel ?

— Oui.

— Tu veux que je voie si je trouve quelque chose ?

— Je peux me débrouiller.

— En quoi une vieille dame peut-elle représenter une menace ?

— En tout cas, elle est au courant de notre petite partie de plaisir au sous-sol. Et Dieu sait combien de gens peuvent l'être aussi. Tu as lu l'article. Les journalistes sont comme des chats après un chariot de poissons.

— Que sais-tu sur cet immeuble, mis à part qu'il est vieux ?

— Qu'on y a retrouvé trois filles enterrées au sous-sol.

— Qu'est-ce que tu peux être chiante, Brennan !

— Oh ! je me donne du mal, tu sais. Ne crois pas que ça me vienne tout seul.

— Tu dînes avec moi, ce soir ?

— Je suis prise.

Un silence assourdissant a flotté à travers le bureau. Trente secondes. Toute une minute. Ryan a décroisé les pieds et s'est écarté du mur. Ses yeux bleus de glace se sont plantés dans les miens. Il n'y avait pas de gaieté dans son regard.

— Il faut que nous parlions.

— Oui, ai-je répondu.

Mais en le regardant disparaître de l'autre côté de la porte, j'ai pensé : « *Adios*, cow-boy. »

9

À Montréal, en milieu de semaine, ce n'est pas une bonne idée de prendre sa voiture en fin d'après-midi. Si dans le tunnel Ville-Marie et sur la bretelle menant à la 20, je filais à cinquante-cinq kilomètres-heure, à l'échangeur Turcot je n'avançais plus qu'à petits sauts de puce qui me propulsaient, au mieux, d'une longueur de voiture chacun.

Un slogan collé sur le pare-chocs de la voiture devant moi s'est mis à scintiller dans la lumière de ses feux arrière. *La raclée se prolongera tant que vous ne serez pas capable d'en rire*. Traduire : Votre frustration persistera aussi longtemps que vous vous impatienterez. La première lecture m'a arraché un sourire. À la dixième, j'en avais ma claque.

Pour chasser l'ennui, j'ai balayé des yeux les panneaux publicitaires. Les accroches vantaient des téléphones portables, des Honda, des sitcoms et des laques pour les cheveux dans un sabir d'anglais et de français.

Avec la tombée de la nuit, un vent violent s'était levé. Par moments la voiture tressautait et tanguait, comme si un géant la soulevait du bout de sa chaussure. Un panorama urbain pétrifié par l'hiver défilait lentement le long de mes vitres. La ligne de lumière des lampadaires, en haut de Westmount. Des entrepôts ferroviaires plongés dans un noir d'encre. Des bicoques électrisées à grand renfort de guirlandes clignotantes. La banlieue à Noël, le royaume de la pacotille dégottée dans les grandes surfaces à prix réduits.

Passé Ville-Saint-Pierre, la circulation est redevenue plus fluide et j'ai pu frôler un cinquante à l'heure d'enfer. Je tambourinais malgré moi sur mon volant. Cinq heures et demie au tableau de bord. À coup sûr, Anne avait déjà atterri.

Une heure entière après avoir quitté le labo, j'ai enfin pénétré à l'intérieur du terminal de Dorval. Anne avait franchi la douane et attendait à côté de la cascade de passagers qui déferlait de la porte des arrivées.

J'ai fait le moulin à vent avec mes bras. M'ayant aperçue, elle a empoigné une valise qui faisait bien la taille d'un wagon de marchandises et s'est élancée vers moi, un ordinateur arrimé à une épaule, un énorme sac en cuir à l'autre.

Brusque flash-back de ma sœur Harry entourée d'assez de Vuitton pour faire le tour du monde. Censée rester une semaine, elle s'était incrustée tout un mois.

Oh ! Seigneur !

Anne est très grande et très blonde. Je n'ai pas été la seule à la suivre des yeux, tandis qu'elle manœuvrait avec adresse son Pullman au milieu de la foule. Se penchant vers moi, elle a jeté ses deux bras autour de mon cou. L'ordinateur a glissé de son épaule et m'a flanqué un coup dans les côtes. Je l'ai soulagée de son attirail.

— La circulation était cauchemardesque.

— Tu es un amour d'être venue me chercher.

— Je suis ravie que tu sois là.

— Le pilote a dit qu'il faisait dix-huit en dessous de zéro. C'est possible ?

Dans le brouhaha québécois, l'accent traînant d'Anne

était aussi déplacé que l'air de *Rawhide* à une soirée du PETA[1].

— C'est en Celsius.

Je me suis gardée de lui préciser que ça correspondait à un cheveu de plus que zéro dans son monde en Fahrenheit.

— Ce serait génial s'il y avait une tempête de neige !

— Tu as des vêtements chauds ?

Elle a écarté les bras pour se faire admirer.

Chandail en crochet sous une veste en daim, pantalon en velours côtelé vert, écharpe en angora rose et bonnet assorti. À tous les coups, elle avait des moufles roses au fond de son sac pour compléter la tenue : son idée du chic en hiver.

Anne est née en Alabama et a fait ses études dans le Mississippi. Cela dit, elle a quand même voyagé dans le Nord. Mais, comme beaucoup de gens du Sud, elle n'a retiré du froid qu'une notion théorique. Et l'esprit est un papa surprotecteur. Ce qu'il ne veut pas que vous voyiez, il se débrouille pour vous le cacher.

Visiblement, Anne avait effacé de son esprit tout ce à quoi correspond un mercure en dessous de zéro. On était au Québec, elle était habillée pour un automne frisquet dans les Blue Ridge Mountains.

Quand elle s'est retrouvée dehors, Mme Chic-en-hiver a eu un hoquet. En souriant, je me suis empressée de l'entraîner vers la voiture. Je ne pouvais pas vraiment la critiquer. Cette année, même moi qui fais régulièrement la navette entre Charlotte et Montréal, j'étais totalement déstabilisée sur le front vestimentaire.

Pendant le trajet jusqu'à la maison, Anne a babillé par à coups à propos de tout et de rien. De ses chats,

1. *People for the Ethical Treatment of Animals.* Association de défense des animaux. « Rawhide » est une chanson du groupe punk Dead Kennedy's. *(N.d.T.)*

Regis et Kathie Lee. De son dernier fils, Stuart, qui voulait devenir porte-parole des droits des gays. De ses jumeaux, Josh et Lola. Entre deux jets de paroles, un silence pesant remplissait l'habitacle.

De temps à autre, je lui jetais un coup d'œil furtif. Dans la mosaïque de lumières que projetaient les néons, son visage clignotait. Impossible d'y déceler quoi que ce soit. Elle n'a pas lâché un mot sur les raisons de sa venue.

OK, vieille copine. Tu me les diras quand tu voudras.

Une heure et demie plus tard, elle a amorcé un début d'explication en louvoyant. Son discours avait un côté un peu vacillant, comme si elle examinait ses pensées en même temps qu'elle les exprimait.

Nous avions déposé les bagages à la maison et nous étions maintenant attablées à la Trattoria Trastevere, rue Crescent. Le serveur venait de nous apporter des Cesar salades. Je buvais du Perrier. Anne attaquait son troisième verre de chardonnay.

Et le chardonnay commençait à riposter.

— J'ai quarante-six ans, Tempe. Si je ne cherche pas maintenant à remplir ma vie avec quelque chose qui ait du sens, je me retrouverai plus tard Gros-Jean comme devant. Et sans rien là-dedans, a-t-elle ajouté en tapotant sa poitrine de son ongle manucuré.

De nouveau, j'ai pensé à ma sœur. Venue à Montréal en quête de paix intérieure, elle s'était retrouvée embringuée dans un groupe de cintrés apocalyptiques, décidés à lui faire atteindre le repos éternel. Dieu soit loué, elle avait survécu. Le baratin d'Anne sur le développement de son moi profond semblait jaillir du même pipeline de psychoconneries.

— Donc, tous les gosses vont bien ?

— En pleine forme.

— Tom n'a rien fait qui t'emmerde ?

Son ongle s'est pointé sur moi.

— Tom n'a rien fait. Jamais rien fait de toute sa vie. À moins que pour toi ce soit quelque chose de passer une moitié de son temps à défendre des crétins décidés à raser tous les arbres du monde et l'autre moitié à essayer d'envoyer la balle dans un trou en un seul coup. Tout ça, c'est de ma faute. Je n'avais qu'à pas épouser un type qui s'appelait Navet.

Turnip... Depuis des années, le nom de famille de Tom-Ted est source de nombreuses plaisanteries.

— Au compost, le tubercule !

— Tu l'as quitté ? me suis-je écriée, ahurie. Après vingt-quatre ans de vie commune et trois gosses ?

— Les gosses n'ont rien à voir là-dedans.

Ma fourchette s'est arrêtée à mi-chemin de ma bouche. Nous nous sommes regardées fixement.

— Ce n'est pas ce que je voulais dire, tu sais bien. Les enfants sont grands. Josh et Lola ont leur diplôme en poche. Stuart s'occupe de ses trucs habituels.

Elle a planté sa fourchette dans une feuille d'épinard.

— Ils vont de l'avant avec leur vie pendant que moi, je fais du surplace à vendre des terrains ou à bichonner mes saloperies d'azalées.

Je la comprenais. Alors que je venais tout juste de passer mon doctorat à la North-Western University, Peter avait été engagé dans un cabinet d'avocats de Charlotte. Du coup, j'avais accepté un poste à l'université de Caroline du Nord, ravie de quitter Chicago pour retourner dans mon pays natal.

Cependant, la transplantation ne s'était pas faite sans mal. Le jour, j'étais entourée de professeurs cultivés. Dévoués. Compatissants. Brillants. Mais, socialement parlant, aussi sophistiqués qu'un catalogue de graines.

Mes collègues n'avaient pas d'enfants et aucune idée des exigences qu'implique le statut de parent. Moi, j'avais déjà Katy. Tous les soirs, je la récupérais à la crèche et regagnais mon univers de country club cinq étoiles : pelouses soigneusement entretenues, voitures élégantes et femmes au foyer ayant pour tout souci leurs rendez-vous de golf ou de tennis et le covoiturage des enfants – en un mot, des *Stepford Wives*[1].

Je désespérais de jamais réussir à me lier d'amitié avec aucune de mes voisines quand j'avais rencontré Anne à un thé de bienfaisance. Plus exactement, quand je l'avais entendue. Aussitôt, j'avais mis le cap sur elle. Marin ivre percutant un magnolia solide comme de l'acier.

Entente immédiate.

En vingt ans, nous avons vécu ensemble la vie de nos bambins, de leurs chutes et fractures à leurs peines de cœur. Nous campons et skions de concert, nous fêtons Thanksgiving tantôt chez l'une tantôt chez l'autre, nous nous retrouvons aux baptêmes et aux enterrements. Jusqu'à ce que mon mariage vole en éclats, il ne s'était pas passé un été sans que les Turnip et les Peterson se retrouvent au bord de la mer. Désormais, c'est à deux que nous travaillons notre bronzage. Anne et moi.

— Qu'est-ce que tu as dit aux enfants ?

— Rien. Je n'ai pas physiquement quitté la maison. Je suis absente. En déplacement.

— Mais…

— Ne parlons plus de moi, chérie. Parlons de toi. Tu es sur quoi, en ce moment ?

Impossible de poursuivre une conversation avec Anne lorsqu'elle a décidé d'y mettre fin.

Je lui ai fait un résumé de l'affaire, sans lui cacher mon énervement contre Claudel.

1. *Et l'homme créa la femme* (2004) : film de Franklin Oz, avec Nicole Kidman, Matthew Broderick, Glenn Close, Christopher Walken. Remake d'une comédie dramatique à suspense de 1975 sur les épouses idéales d'une petite ville du Connecticut. *(N.d.T.)*

— Tu sauras le retourner, je n'en doute pas un instant. Tu y es toujours arrivée. Parle-moi du principal. Tu vois quelqu'un, ces temps-ci ?

— Plus ou moins.

Le serveur a remplacé nos entrées par nos plats de résistance. Lasagnes pour Anne. Piccata de veau pour moi.

Ayant commandé un autre verre de vin, Anne s'est emparée de la râpe à fromage. J'ai tenté de ramener la conversation sur Tom.

— C'est quoi, exactement, ton programme de développement intérieur ? lui ai-je demandé en faisant de mon mieux pour effacer tout cynisme de ma voix.

— Réalisation. Estime de soi. Appréciation.

Elle a reposé la râpe avec bruit.

— N'essaie pas de me faire changer d'avis. Il n'est pas question que je rempile pour une nouvelle session d'emmerdements.

Nous avons mangé en silence pendant un moment. Quand Anne a repris la parole, c'était sur un ton plus léger, quoique encore un peu forcé.

— Au cours des douze derniers mois, j'ai reçu moins d'attention de la part de Tom Turnip que du beau mec assis à la 3-C. Celui-là, je parie qu'il est en train de m'acheter des gardénias à l'heure qu'il est. Et je parie aussi…

Elle s'est interrompue pour lamper une gorgée de vin.

— … que ton répondeur est déjà saturé depuis qu'on a quitté la maison.

— Quel mec assis à la 3-C ?

— Un beau mec tout mignon que j'ai rencontré dans l'avion.

— Et tu lui as donné mon numéro ?

— Il n'est pas dangereux.

— Comment tu le sais ?

— Il voyageait en première.

— Comme les charmants barbus qui ont fait sauter le World Trade Center.

Elle m'a regardée comme si je lui ordonnais de se couper un pied.

— Ne te frappe pas, Tempe. Je n'ai pas vraiment envie de le voir, ce type.

Je n'en croyais pas mes oreilles. Personnellement, je fais toujours très attention à ne pas donner mon numéro de téléphone au premier venu. Et Anne, comme une imbécile, l'avait refilé à un type qu'elle ne connaissait ni d'Ève ni d'Adam.

— J'ai pris un ou deux Gin Fizz, a-t-elle ajouté sans remarquer ma contrariété. On a bavardé. Il a demandé où il pouvait me joindre. Je lui ai écrit tes coordonnées sur une serviette…

— Tu veux dire, l'adresse aussi ?

Anne a levé les yeux au ciel en une mimique qui lui aurait valu l'Academy Awards.

— Oh ! je suis sûre qu'il l'a jetée à peine sorti de l'avion. Ton veau est bon ?

— Oui, ai-je marmonné, ce qui n'était pas rendre justice à mon plat délicieux.

Autrement dit, ce type pouvait aussi bien ne jamais appeler que se présenter un beau jour à ma porte.

— Mes lasagnes sont *parfaites*. Tu vois ? Je ne suis déjà plus dans la même galaxie que Clover, en Caroline du Sud. *Le Québec ! La belle Province ! C'est magnifique !** a-t-elle conclu en faisant des ronds en l'air avec sa fourchette.

On m'accuse de parler français avec l'accent du sud des États-Unis. Celui d'Anne m'a replongée dans la poussière de Dixie.

— C'est juste un petit froid temporaire, n'est-ce pas ? Un répit sabbatique dans ta vie de couple ?

Du temps où j'étais mariée, cette expression était une

plaisanterie entre nous. Notre code, à Anne et moi, pour signifier : « Prendre le large, mais sans qu'il y ait de pantalon à l'horizon. »

— Je pourrais être morte depuis une semaine que ce navet de Tom ne s'en serait pas aperçu.

La fourchette est remontée, pointée sur moi cette fois.

— Non. J'exagère. Parce que je crois qu'il pourrait brailler mon nom et se demander où je suis passée, pour peu que le papier cul vienne à manquer.

Elle a eu un de ses profonds rires de gorge.

— Je le vois d'ici. Le grand avocat, surpris au beau milieu…

— Anne !

— Chérie, ce monsieur est de l'histoire ancienne.

Pendant quelques instants, nous avons mangé en silence. Mon plat terminé, j'ai fait une dernière tentative.

— Annie ! C'est moi, Tempe, qui suis assise en face de toi. Je te connais et je connais Tom. Je vous regarde vivre depuis plus de vingt ans. Dis-moi exactement ce qui s'est passé entre vous.

Elle s'est mise à jouer avec le sous-verre en papier, les yeux fixés sur sa fourchette. Une minute entière s'est écoulée dans le silence.

— Quand nous nous sommes rencontrés, j'ai vécu la Marche des toréadors toutes les nuits. Entre Tom et moi, c'est toujours resté un feu d'enfer, contrairement à ce que rabâchent les livres et les sitcoms, comme quoi ce serait normal que l'amour tiédisse. Rien ne s'est jamais dégradé.

Les festons autour du sous-verre partaient en lambeaux.

— Jusqu'à il y a deux ans.

— Tu veux dire, le sexe ?

— Je parle d'une baisse de vitesse dans tous les

domaines. De but en blanc, Tom a cessé d'être ardent pour s'intéresser à tout et n'importe quoi du moment que ça n'avait pas de rapport avec moi. Nous partagions de moins en moins de choses. Brusquement, la semaine dernière, j'ai eu le déclic : nos chemins ne se croisaient pour ainsi dire plus.

— Il ne s'était rien passé ?

— Plus *rien* ne se passe, c'est bien ça le problème. Rien ne se produisait plus, et rien ne se produirait plus. J'étais déjà tout engourdie. Je commençais même à me dire que ce n'était pas si mal, d'être engourdie. Que c'était normal.

Anne a rassemblé les morceaux de sous-verre en un petit tas.

— La vie est trop courte, Tempe. Je ne veux pas que ma nécrologie se résume à ces mots : « Une dame qui vendait des maisons nous a quittés. »

— C'est un peu tôt pour débrancher, tu ne crois pas ?

D'un geste de la main, elle a expédié par terre les morceaux de papier.

— Plus de la moitié de ma vie, j'ai aspiré à être la femme parfaite. Résultat, je suis déçue. « Arrête tout et file ailleurs », telle est ma nouvelle devise.

— Tu n'as pas envie de voir un conseiller conjugal ?

— Quand l'enfer et les terrains de golf seront pris par le gel.

— Tom t'aime, tu le sais bien.

— Lui ?

— C'est rare, dans la vie, de trouver des gens qui s'inquiètent vraiment de vous.

— Tu as tout à fait raison, chérie, a déclaré Anne avec force avant de vider son quatrième verre de chardonnay. Et ce sont justement ces gens-là qui nous blessent le plus.

— Annie.

Je l'ai forcée à me regarder droit dans les yeux. Ses pupilles brillantes frémissaient sous l'effet de l'alcool, perdues dans le vert profond et sombre de l'iris.

— Tu es sûre de ce que tu fais ?

Elle a replié les doigts et posé son front sur ses poings. Au bout d'un moment, elle a relevé la tête et dit : « Non. »

La tristesse qu'il y avait dans sa voix m'a brisé le cœur.

Pendant le dîner, le vent avait donné le meilleur de lui-même et la température manifesté sa contrariété en chutant sensiblement. Nous avons franchi les quatre cents mètres de bouillasse qui nous séparaient de la maison, avec l'impression de parcourir l'Iditarod[1] en entier, d'Anchorage jusqu'à Nome.

Les rafales de vent qui s'engouffraient en gémissant dans la rue Sainte-Catherine se faufilaient sous nos vêtements et les soulevaient, tout en nous polissant le visage avec un mélange de glace et de neige. Nous courions, pliées en deux, comme des soldats à l'assaut.

Du bout de la rue, j'ai remarqué un drôle de petit tas blanc, plaqué contre la porte de mon immeuble. Et cela, malgré mes yeux brûlés par le froid.

J'ai cligné des paupières pour mieux voir. Le monticule blanc grossissait, changeait de forme puis rapetissait.

Je me suis arrêtée, interloquée.

Un appendice est sorti du monticule et s'est rétracté.

De quoi pouvait-il s'agir ?

Saisie d'un mauvais pressentiment, j'ai traversé la rue comme un bolide et gravi quatre à quatre les marches du perron.

— Birdie !

1. L'une des plus grandes courses de traîneau du monde, avec la Yukon Quest. *(N.d.T.)*

Il a levé le menton et roulé des yeux fous. Puis, me reconnaissant, il a bondi sur moi sans même fléchir les pattes pour prendre son élan. Ce poids catapulté contre ma poitrine m'a fait expulser un nuage de vapeur.

S'aidant de ses griffes, Birdie est remonté jusqu'à mon menton et s'est serré contre moi, la tête enfouie dans le creux de mon épaule. Il était trempé et il tremblait de tout son corps, de froid ou de peur.

— Qu'est-ce qu'il fabrique dehors par ce temps ?

Une bourrasque a emporté la question d'Anne jusqu'à l'autre bout de la rue.

— Je ne sais pas.

— Est-ce qu'il peut sortir tout seul ?

— À condition que la porte soit ouverte.

— Quelqu'un dans l'immeuble a tes clefs ?

— Non.

— Qui a pu entrer, alors ?

— Je n'en ai pas la moindre idée.

— Eh bien, on va tâcher de le découvrir.

Ayant retiré ses moufles, Anne s'est mise à fourrager dans son sac et en a extirpé fièrement une bombe antiagression.

— Je ne crois pas que ce soit légal ici.

— Bon, eh bien tire-moi dessus !

Sur ces mots, elle a ouvert d'un coup sec la porte extérieure.

Dans le sas entre les deux portes, j'ai eu l'impression de passer d'un vortex à un lieu sous vide.

J'ai déposé Birdie par terre et retiré mes gants pour sortir mes clefs de ma poche. Les mains en sueur, j'ai ouvert la porte intérieure.

Un calme de cimetière régnait dans le vestibule. Aucune trace de neige ou d'eau ne souillait les tapis ou le dallage en marbre. Le cœur battant, j'ai avancé et tourné à droite, Anne sur les talons.

Le hall d'entrée et les couloirs sont éclairés par des appliques en laiton. D'habitude, cet éclairage suffit.

Ce soir, dans le couloir menant chez moi, deux lampes avaient sauté, laissant des mers d'obscurité entre les îlots de lumière jaune.

Les ampoules étaient-elles déjà grillées au moment où nous étions parties ? Je n'aurais su le dire.

Mon appartement se trouvait droit devant.

J'ai stoppé net, sur le qui-vive.

Entre ma porte et le chambranle, il y avait un espace noir.

10

Dans l'entrebâillement de la porte, on distinguait des ombres désordonnées et une lueur étrange qui évoquait un clair de lune sur l'eau.

J'ai jeté un coup d'œil derrière moi. Anne brandissait sa bombe, le doigt sur la valve. Agrippé à sa poitrine, la tête tournée à cent quatre-vingts degrés, Birdie fixait l'appartement.

Je me suis retournée vers la porte, l'oreille aux aguets. Chuchotement de ma manche contre ma parka. Match de foot chez les voisins et quinte de toux. Respiration saccadée d'Anne dans mon dos.

De l'autre côté de la porte entrouverte, un silence intimidant.

Immobiles, les yeux écarquillés, nous formions à nous trois un triptyque dédié à l'angoisse.

Le temps d'un battement de cœur. Toute une vie.

Avec un « rrrp » agressif, Birdie a escaladé la poitrine d'Anne presque jusqu'à hauteur de son épaule et a bondi hors de ses bras.

Le mouvement brusque qu'elle a fait pour le retenir n'a réussi qu'à dévier l'envol du chat. Ses pattes se sont abattues avec bruit sur la porte qui est allée cogner contre le mur. Birdie n'a eu que le temps de filer à l'intérieur, le battant s'est refermé.

Le sang a quitté mon cerveau. Mon esprit s'est métamorphosé en un kaléidoscope où se mélangeaient toutes les actions à entreprendre.

Battre en retraite. Crier. Appelez police secours ?

Merde, j'avais laissé mon portable à la maison. Je hais les gens qui prennent les restaurants pour des cabines publiques.

Je me suis retournée vers Anne. Dans la faible lumière, son visage crispé était un ovale blanc.

J'ai fait le geste de composer un numéro de téléphone. Elle a secoué la tête, le bras toujours dressé en l'air. Statue de la Liberté éclairant le monde au moyen de sa bombe paralysante.

Pas de téléphone. Échange de regards indécis.

C'est moi qui ai rompu le silence. À peine un chuchotement.

— Est-ce que la porte se serait mal fermée quand on est parties ?

— J'ai tiré fort, pourtant ! m'a-t-elle soufflé tout bas. Et, de toute façon, ça n'explique pas que le chat soit sorti, a-t-elle ajouté, un ton plus haut.

— Si quelqu'un voulait nous attaquer, il n'aurait pas laissé la porte ouverte.

— Nous attaquer ? a-t-elle répété, les yeux gros comme des soucoupes. Doux Jésus ! Tu veux dire : un cinglé qui voudrait nous tuer ? À cause du boulot que tu fais ?

— Non, un voleur. Entré par effraction.

Mais c'était bien ce que je voulais dire.

Les yeux d'Anne se sont élargis jusqu'à devenir deux ballons.

— Un violeur pris de folie meurtrière ? Manquait plus que ça !

— N'importe qui. Pour qui que ce soit, laisser la porte ouverte, c'est signer son arrêt de mort.

— J'admire ton choix des mots.

On voit qu'Anne n'est pas femme à perdre son humour, même en situation de stress.

— Je veux dire : ça serait prévenir tout le monde qu'il est là. Cette porte ouverte ne rime à rien.

Le bras de la statue de la Liberté s'est relâché un tantinet, pas plus.

Je me suis avancée sur la pointe des pieds pour coller mon oreille contre la porte.

Pas un bruit dans l'appartement. Mais autre chose.

De l'air froid filtrant de dessous la porte, comme j'ai pu m'en convaincre en m'accroupissant, la main au ras du plancher.

— Qu'est-ce qui se passe ? a demandé Anne sur le même ton d'église.

Je me suis remise debout.

— Il y a une fenêtre ou une porte ouverte à l'intérieur.

— Est-ce que ça veut dire que l'Étrangleur s'est enfui ? Ou qu'il nous attend avec son garrot, installé dans un bon fauteuil avec une Guinness ?

À ce moment, la porte de l'immeuble s'est ouverte. Nous nous sommes raidies.

Des voix. D'hommes.

Le bras d'Anne s'est levé de nouveau, armé de la bombe.

Les pas se sont éloignés vers le fond du couloir de l'aile opposée à la mienne. Une porte s'est ouverte et refermée.

Silence.

Et soudain d'autres pas. Venant vers nous !

J'ai désigné à Anne le palier à côté de ma porte, où débouchait l'escalier. D'un même mouvement, nous nous sommes aplaties dans le renfoncement.

La silhouette d'un homme coiffé d'une toque de fourrure a rempli l'espace au bout du couloir. Impossible de distinguer ses traits. Tout ce qu'on devinait de lui, c'était sa corpulence. Un type grand et mince.

Il a marqué une hésitation. A retiré sa toque et s'est dirigé droit sur nous.

Les doigts d'Anne crispés sur l'aérosol étaient devenus tout blancs aux jointures.

La silhouette est passée sous une applique. Des cheveux blond sable. Une veste de pilote.

Soulagement immédiat, suivi de gêne. Et d'autres sentiments encore, plus difficiles à nommer.

Sur un signe rassurant à l'adresse de mon amie, je suis sortie dans le couloir.

— Qu'est-ce que tu fiches ici ? ai-je lancé à voix basse, sur un ton rendu agressif par l'augmentation subite de mon taux d'adrénaline.

Le sourire de Ryan a rétréci, sans disparaître pour autant.

— Je ne me formalise plus. Je sais que chez toi l'agressivité est une marque d'affection.

— C'est parce que tu débarques toujours au moment où on t'attend le moins.

— Je suis un homme frappé au cœur, incapable de rester loin de toi, a rétorqué Ryan en portant les deux mains à sa poitrine.

Anne a baissé le bras. Ses traits tendus exprimaient toute son incompréhension.

Ryan a dirigé son charme sur elle. En apercevant la bombe, son sourire a vacillé. Il m'a lancé un regard interrogateur.

L'agacement et la honte sont montés au créneau, prenant le pas sur ma peur et mon soulagement. Je ne tenais pas à avoir l'air d'une imbécile aux yeux de Ryan, au cas où il n'y aurait personne tapi chez moi. Et même s'il y avait quelqu'un, je ne voulais pas qu'il pense que j'avais besoin de son aide. Ou de sa protection.

Hélas, pour l'heure, j'avais besoin des deux.

— Je crains que quelqu'un se soit introduit chez moi.

Ryan n'a pas mis mes paroles en doute un instant.

— Tu as été absente longtemps ? a-t-il demandé tout en s'avançant vers la porte.

— Deux heures environ. On est là depuis moins de cinq minutes.

— Tu avais branché l'alarme en partant ?

— Probablement.

En temps normal, je suis assez sérieuse en matière de sécurité. Mais, ce soir, toute au plaisir de retrouver Anne, je n'étais plus certaine de l'avoir fait.

Ayant fourré ses gants et sa toque dans sa poche, Ryan a ouvert sa veste et dégainé son Glock. D'un geste, il nous a intimé l'ordre de reculer vers l'escalier.

Anne s'est aplatie contre le mur de gauche. Je me suis placée derrière Ryan.

Plaqué contre le mur, il a gratté la porte du bout de son pistolet.

— *Police ! On entre** !

Pas de réponse. Aucun bruit.

Ryan a répété son injonction en français puis en anglais.

Silence.

Il a visé la serrure.

Je me suis avancée avec la clef. Il m'a écartée du bras pour ouvrir lui-même, puis il a poussé la porte du pied.

— Reste ici.

Il a franchi le seuil, tenant à deux mains son pistolet, canon relevé.

Je suis entrée derrière lui.

Quelque chose a craqué sous mes pieds.

J'ai fait un pas. Un deuxième.

Le mur en miroir de l'entrée réfléchissait l'obscurité des lieux, alors que le sol en marbre renvoyait la lumière des lampadaires de la cour en milliers de taches phosphorescentes.

Un pas de plus.

Dans la salle à manger, le plateau de verre de la table brillait, tel un trapèze couleur safran. D'autres formes ressortaient dans l'ombre. Mon bureau. Un coin du buffet.

Brusquement, je me suis rappelé que j'avais laissé les lumières allumées en partant.

Ryan a crié encore.

Pas de réponse, cette fois non plus.

Je progressais dans le noir, sur les talons de Ryan. Deux fauves aux aguets. Des bruits d'appartement désert. Le ronron du réfrigérateur. Celui de l'humidificateur.

Du froid, provenant du salon.

Ryan a étendu le bras sur le côté et allumé la lumière. M'ayant indiqué de rester où j'étais, il a tourné à droite et disparu à ma vue. Les unes après les autres, les lampes se sont allumées dans la chambre à coucher, la salle de bains et le bureau.

Personne n'a jailli de l'ombre. Personne ne s'est jeté sur moi. Les seuls bruits étaient ceux que faisaient Ryan.

Revenu dans l'entrée à reculons, Ryan a inspecté la cuisine avant de passer au salon. Quelques secondes plus tard, il était de retour.

— Personne.

Pour la première fois depuis que j'étais entrée dans l'immeuble, j'ai respiré normalement.

Voyant ma terreur, Ryan a fait cliquer le cran de sûreté de son arme et l'a remisée dans son holster avant de me prendre dans ses bras.

— La vitre de la porte-fenêtre a été découpée.

— Mais l'alarme ?

Ma voix m'a paru traînante et tremblotante, comme une cassette trop souvent écoutée.

— Elle n'a pas été neutralisée. Tu as un détecteur de mouvement ?

— Il est coupé.

J'ai senti le menton de Ryan tapoter le sommet de mon crâne.

— Birdie n'arrêtait pas de la déclencher, ai-je jeté sur un ton agressif.

— Alors ?

Nous nous sommes retournés d'un coup. Anne se tenait dans la porte, la bombe brandie, les yeux hagards.

— *Bienvenue à Montréal**, a déclaré Ryan.

Les sourcils d'Anne ont grimpé d'un cran sur son front.

— C'est un flic, ai-je dit.

— Servir et protéger, a enchaîné Ryan.

Bombe et sourcils se sont baissés en même temps.

— Ça fait plaisir de voir quelqu'un mettre autant de flamme à incarner la devise !

Ryan m'a libérée, j'ai fait les présentations.

En nous entendant parler, Birdie a déboulé de la chambre à coucher pour entamer une série de huit autour de mes pieds, le poil encore hérissé d'angoisse.

— Le détective Ryan serait-il « le plus ou moins » dont tu m'as parlé pendant le dîner ? a demandé Anne.

— Quelqu'un est entré ici, l'ai-je interrompue en lui intimant silence du regard.

— Sainte merde ! a-t-elle lâché encore en pénétrant plus avant dans l'appartement.

Laissant Ryan s'occuper d'appeler la police, j'ai fait le tour des lieux avec Anne pour évaluer les dégâts.

Le carreau de la porte-fenêtre avait été découpé proprement, sans toucher aux fils de l'alarme, mais il y avait du verre dans toutes les pièces, jusque dans l'entrée et dans la salle à manger. Tous les verres des tableaux avaient été brisés, ainsi que les miroirs dans la salle de bains. Il y avait des éclats partout dans la cuisine, dans l'évier, sur le plan de travail, par terre.

À première vue, les pièces principales n'avaient pas

été saccagées, mis à part des livres et des papiers déplacés çà et là.

En revanche, les chambres à coucher étaient sens dessus dessous. Oreillers déchiquetés, tiroirs renversés, penderies visitées.

Un rapide inventaire faisait apparaître deux disparitions : l'appareil photo numérique d'Anne et son ordinateur portable. En dehors de ça, rien ne semblait manquer.

— Merci, mon Dieu ! s'est exclamée Anne en faisant traîner sa voix sur la syllabe invoquant l'Être suprême.

— Je suis vraiment désolée pour toi !

— Visiblement, ces petits cons ne partagent pas les goûts de Tom en matière de joyaux ! a-t-elle déclaré en jetant sur la commode sa pochette à bijoux.

Nous avons bien passé une heure à remplir les papiers. Les policiers ont promis d'envoyer l'identité judiciaire dans la matinée pour relever les empreintes et les traces d'instruments.

Nous les avons remerciés sans grand enthousiasme. Tout le monde était convaincu que les affaires d'Anne avaient disparu dans les profits et pertes des cambriolages.

Ryan était resté. Peut-être pour insuffler de l'ardeur aux représentants de la CUM. Peut-être pour me remonter le moral, car j'étais plutôt à plat.

Les flics partis, il a proposé de nous recueillir chez lui. J'ai regardé Anne. Elle a fait non de la tête. On pouvait lire dans ses yeux l'effet de l'alcool sur l'adrénaline.

Avec son aide, j'ai fait un semblant de ménage tandis que Ryan allait chercher de quoi boucher le carreau. Nous l'avons regardé découper un carton et le fixer avec du papier collant, puis Anne s'est excusée et a disparu dans la salle de bains.

Ryan a rangé son rouleau dans le sachet en papier.

— Je ne sais pas comment te remercier..., ai-je commencé.

— Tu n'as pas besoin.

— Ce cirque m'a tellement chamboulée que je ne t'ai même pas demandé pourquoi tu étais passé ce soir.

Il a déposé l'emballage sur la table basse et s'est redressé. Il est resté un long moment sans rien dire, les mains posées sur mes épaules, puis son visage s'est adouci. Il a écarté une mèche de mes cheveux et a reposé la main sur mon épaule.

Son silence commençait à m'être insupportable.

— Je vais me faire rare pendant un moment, a-t-il déclaré.

Mon ventre s'est contracté. Dans deux minutes, je serais au fond du trou.

— Je ne peux pas entrer dans les détails, mais c'est important. Ça implique la CUM, la SQ, la RCMP et même les Américains. Ils sont sur l'affaire depuis des mois.

Il s'est passé un moment avant que je comprenne.

— Tu veux dire : un gros coup ?

— Ça implique Claudel aussi, et Charbonneau. Je ne dévoile pas un secret en te disant ça.

Je ne faisais pas le lien.

— Je te dis ça pour que tu comprennes que Claudel ne se fiche pas de tes ossements. Je sais que son attitude t'a exaspérée.

— Tu vas partir ?

— Bien contre mon gré, tu peux me croire. (Il a eu un soupçon de sourire.) Que veux-tu, c'est la rançon de la fortune et de la gloire.

J'ai baissé les yeux.

— Je n'aime pas l'idée de te laisser seule dans cette situation.

— Je ne t'avais rien demandé, Ryan. C'est toi qui as débarqué au beau milieu de la soirée.

— Cette histoire ne me plaît pas, Tempe.

Il avait parlé d'une voix toute douce.

— On ne va pas en faire un plat.

Je sentais son regard cobalt posé sur moi.

— Je vais demander qu'on renforce la surveillance dans le voisinage.

— Tout ira bien.

Il a soulevé mon menton avec un doigt.

— Je ne sais pas qui est venu ici, mais je le saurai.

— C'est juste une effraction à la con.

Son doigt est remonté jusqu'à mes lèvres.

— Demande-toi ce qui a été pris. Pourquoi on a laissé le reste et répandu du verre cassé partout sauf dans l'entrée.

Il a serré mes mains dans les siennes en un geste censé m'apaiser.

Mais qui n'a fait qu'accroître mon angoisse.

— J'aimerais tant rester, Tempe.

J'ai scruté son visage, espérant m'entendre dire des mots de réconfort. À la place, Ryan a enfilé son blouson et attrapé son sachet avec le papier collant. Il a frôlé ma joue du bout du doigt et il s'en est allé.

Je suis restée plantée là où j'étais, à m'interroger sur le sens de sa dernière phrase.

Rester toute la vie ou juste cette nuit ? Rester tranquille, rester libre ? Qu'est-ce que tu veux, Andrew Ryan ?

Pas un bruit en provenance de la salle de bains ou du bureau. Dans la chambre d'amis, la lumière était éteinte.

J'ai remonté le chauffage et me suis assurée que toutes les portes et fenêtres étaient fermées. J'ai branché l'alarme, consulté mon répondeur et me suis dirigée vers ma chambre.

Dès le seuil, l'outrage macabre perpétré au-dessus de mon lit a capté mon regard, tel un fantôme malin.

Je ne l'avais pas remarqué avant. J'ai eu un choc. Je me suis sentie vaciller.

11

— Non !

D'un bond, j'ai sauté sur mon lit. J'ai arraché un long tesson de verre planté dans le tableau pendu au mur et l'ai lancé à l'autre bout de la pièce. Il s'est brisé en dizaines d'éclats qui se sont éparpillés à côté de ceux hâtivement rassemblés près de la plinthe pendant le balayage.

— Salopard de fils de pute !

J'avais le cœur qui battait à tout rompre. Les larmes me brûlaient les paupières.

J'ai expédié mes vêtements dans le coin sur les tessons de verre et je me suis jetée sous mes couvertures, nue et tremblant de tous mes membres.

Cette toile originale, signée Katy Peterson, était l'œuvre de ma fille. Elle avait choisi les arts plastiques en première année à l'université de Virginie. À l'époque, elle s'était prise de passion pour la peinture et, si son intérêt n'avait pas duré, elle avait néanmoins rêvé à Montmartre comme tout étudiant en art qui se respecte. En un semestre, elle avait produit quatre estampes, quatorze dessins et six huiles, le tout dans un style d'un réalisme tapageur entre le fauvisme et l'école de Barbizon.

Ce tableau, interprété avec un lyrisme outrancier, représentait un paysage vallonné de Charlottesville. Je l'aimais beaucoup. Surtout, il m'avait été offert pour mes quarante ans par mon enfant unique. C'était l'un des rares objets personnels que j'avais emportés de Caroline pour faire de cet appartement au Québec un lieu qui ressemble un peu à une maison. Ce paysage de Katy capte mon regard chaque fois que je me déplace dans ma chambre. C'est la dernière chose sur laquelle mes yeux se posent le soir, lorsque j'ouvre mon lit.

Pourquoi le voleur ne s'était-il pas contenté de prendre ce qui l'intéressait ? Pourquoi avait-il cherché à détruire la peinture de Katy ? Pourquoi bousiller ce tableau si réussi ?

J'ai serré les paupières, trop furieuse pour pleurer et trop furieuse pour ne pas pleurer, froissant et défroissant la couverture.

Les minutes passaient.

Une.

Deux.

Les larmes coulaient le long de mes tempes, goutte à goutte.

Trois minutes.

Quatre.

Peu à peu, ma respiration est redevenue plus régulière, mes doigts serrés à mort sur la couverture se sont relâchés.

J'ai ouvert les yeux sur la lueur orangée de mon radio-réveil. J'ai fixé les chiffres en m'efforçant de récupérer un mode de pensée rationnel.

Ma colère s'est enfin calmée et j'ai pu commencer à étudier la mosaïque d'événements qui avait composé les trois dernières heures de ma journée.

Que s'était-il passé ici ? Un cambriolage interrompu par notre retour inopiné ou quelque chose de plus sinistre ? Les flics n'avaient pas été en mesure de me donner une réponse.

Mes doigts se sont crispés de nouveau.

Ce qui était sûr et certain, c'est que quelqu'un avait violé mon espace personnel. Mais qui ?

Un voleur qui ne partageait pas mes goûts artistiques et s'était défoulé, furieux de ne pas trouver d'objets de valeur ? Un junkie en quête de quelque chose à fourguer facilement pour s'acheter une ligne ? Des ados en mal de sensations ?

Mais pourquoi cette violence gratuite ? C'était ça, le plus important.

Je me suis rappelée le conseil de Ryan : « Demande-toi ce qui a été dérobé. »

L'ordinateur et l'appareil photo d'Anne.

Qu'y avait-il d'anormal dans ce cambriolage ?

Le fait que la boîte à bijoux d'Anne n'ait pas été emportée alors qu'elle trônait bien en vue ? Le fait qu'on ait laissé la télé et le lecteur de DVD ? D'accord, c'était plus encombrant. Mais pourquoi ne pas avoir pris aussi mon ordinateur ? Ah oui ! Parce que je l'avais oublié dans le coffre de la voiture, tout à la joie de retrouver mon amie.

Le voleur avait-il été dérangé avant d'avoir repéré tout ce qui l'intéressait ? Probablement pas, puisqu'il avait pris le temps de saccager les lieux. À considérer qu'il s'agisse d'un « il ». Mais il est vrai que les dégâts gratuits sont plus typiques des hommes.

À notre arrivée, la porte d'entrée était ouverte. Les portes-fenêtres donnant sur le jardin étaient fermées de l'intérieur. Pour s'évader par là, l'intrus aurait dû escalader la barrière entourant le jardin.

Et alors ? Il savait comment faire puisque c'était comme ça qu'il s'était introduit chez moi.

Avait-il ouvert la porte d'entrée exprès pour m'effrayer quand je rentrerais ? Avait-il jeté le chat dehors ou Birdie s'était-il enfui par la porte-fenêtre quand le voleur s'était mis à tout casser ?

Je me suis retournée sur le côté pour donner un coup

de poing dans mon oreiller et me suis rallongée sur le dos.

Mais pourquoi tout casser ?

Et les voisins ? N'avaient-ils donc rien entendu ?

Ryan aurait-il raison et cet acte serait-il plus grave qu'un simple vol avec effraction ? En général, les cambrioleurs apprécient le silence.

Pourquoi entrer sans faire de bruit en découpant le carreau de la fenêtre pour ensuite fracasser miroirs et tableaux ?

Pourquoi s'acharner sur cette peinture ?

Nouvel accès de colère.

S'agissait-il d'une menace ? d'un avertissement ?

Si oui, adressé à qui ? À moi ? À Anne ?

Et par qui ? Par l'un des nombreux cinglés dont je m'étais occupée dans le cadre de mon métier ? par un fou agissant au hasard ? Par le type avec qui Anne avait copiné dans l'avion ?

Mes pensées partaient dans tous les sens et se catapultaient dans ma tête.

J'ai entendu un léger craquement, comme un chuchotement de pas dans le sable. Un poids a atterri sur mon lit. Birdie. Il s'est roulé en boule contre mon genou.

J'ai tendu le bras pour le caresser.

— Je t'aime, mon bel oiseau.

Le chat s'est étiré de tout son long contre ma jambe.

— Quant à toi, fils de pute, tu m'as eue aujourd'hui, mais ne crois pas t'en tirer à si bon compte ! ai-je lancé à haute voix au-dessus du léger ronronnement.

Je me suis réveillée avec une drôle de sensation : des souvenirs hachurés et une sorte de titillement tout au fond de mon subconscient.

Puis la mémoire m'est revenue.

J'ai ouvert les yeux. Le soleil éclaboussait de lumière le tapis et la commode.

Birdie était parti. Par la porte entrouverte, j'ai entendu une radio.

J'ai trouvé Anne dans la cuisine en train de faire des mots croisés en buvant un café au son d'un air de David Bowie.

En m'entendant, elle a chanté à haute voix : « *Ch... ch... ch-changes !* »

— C'est une proposition ? lui ai-je lancé du seuil.

Elle m'a inspectée par-dessus la monture à fleurs roses et vertes de ses lunettes, l'une des vingt paires qu'elle achète tous les ans chez Steinmart.

— Pas génial, la coiffure, mais ça ira.

— Toi non plus, tu ne vaux pas la nana de la pub Suave.

Une mèche échappée de ses cheveux remontés en torsade et retenus à l'aide d'une barrette tremblotait sur son crâne, comme le plumet sur la tête du cockatiel de Katy, sa petite perruche qui chante comme une diva.

— Je voulais remettre un peu d'ordre, mais je me suis dit qu'il valait peut-être mieux pas, avant le passage des flics.

Elle s'est levée pour me remplir une tasse prise dans l'armoire.

— Merci.

— Il y a une petite gâterie pour le lézard sur la rambarde ?

De sa jeunesse au Mississippi Anne a gardé pas mal d'expressions surprenantes qu'elle emploie fréquemment, mais je dois dire que celle-là, je ne l'avais encore jamais entendue.

— Traduction ?

— Ton programme pour aujourd'hui ?

— J'ai rendez-vous avec le dernier squelette de la pizzeria. Et toi ?

— Avec le musée d'Art contemporain. C'est au métro Place des Arts, n'est-ce pas ?

— Exact.

J'ai versé du lait dans mon café et mis deux moitiés de muffin à griller.

— Tu savais que sur cette place, justement, sous une pluie battante, deux mille cinq cents crétins ont montré leurs gros culs à Spencer Tunick[1] pour qu'il les photographie ? m'a lancé Anne.

— Comment tu le sais, qu'ils avaient des gros culs ?

— Tu as déjà été sur une plage de nudistes ?

Là, elle marquait un point. En effet, ceux qui montrent leur cul sont le plus souvent ceux qui feraient mieux de le cacher.

— Ensuite, déjeuner et courses du côté de Saint-Denis, a-t-elle continué.

— Rien d'autre ? Pas de rendez-vous galant ? ai-je susurré, me rappelant son beau mec de la 3-C.

— Oh ! non, maman. Je reste toute seule.

— Annie, tu crois que ce type aurait pu s'introduire ici ?

— Pourquoi est-ce qu'il aurait fait ça ? Il n'y a aucune raison pour qu'il te connaisse, et ce n'est certainement pas avec une connerie pareille qu'il va m'impressionner.

— Il faut bien que ce soit quelqu'un.

— J'ai du mal à croire que ça puisse être lui, vraiment. Il avait l'air tout à fait normal. Enfin..., a-t-elle ajouté en traînant sur le mot, excuse-moi, Tempe. C'était stupide de ma part.

J'ai entrepris d'étaler de la confiture de mûre sur mon petit pain.

— Un mot de sept lettres pour « mauvais » ?

— Néfaste.

— Commençant par C.

— Claudel.

1. Photographe américain qui photographie des amas de corps nus. *(N.d.T.)*

Elle m'a considérée par-dessus les fleurs de ses lunettes.

— Je pense que je vais mettre « cruelle », a-t-elle dit en se penchant de nouveau sur sa grille.

Je me suis installée en face d'elle et j'ai mis les infos. Un incendie à Saint-Léonard. Une nouvelle défaite du club de hockey des Habs. Et encore de la neige en perspective.

Je venais de finir mon muffin quand Anne a retiré ses lunettes et reposé son stylo.

— C'est un bon détective, ce Claudel ?

J'ai soupiré bruyamment.

— Je prends ça pour un non.

— C'est un type minutieux, mais étroit d'esprit et têtu. Avec des idées sur tout. Pour lui, les anthropologues légaux sont parfaitement inutiles. Et plus encore quand ce sont des femmes. Il considère la moindre suggestion comme une intrusion. Il ne me fait même plus rire.

— Si je comprends bien, il se fiche éperdument de tes squelettes ?

— Pour lui, cette affaire est sa chasse gardée. Je n'ai pas à m'en mêler.

— Ce n'est pas la première fois que tu te prends de bec avec lui, n'est-ce pas ?

— Oh ! non. C'est un type qui se trompe souvent, mais ne se pose jamais de questions.

— Si je comprends bien, tu ne le portes pas dans ton cœur.

— Ça, c'est sûr ! Outre qu'il n'est pas folichon, il a une façon d'interroger les gens qui est presque grossière. Je peux compter sur les doigts d'une main les fois où il s'est donné le mal de m'expliquer pourquoi, dans une affaire, tel ou tel fait lui paraissait présenter de l'intérêt et pourquoi mon opinion n'en avait strictement aucun.

— Qu'est-ce qu'il faudrait pour qu'il t'écoute ?

— Peut-être qu'en chantant Alléluia toute nue devant lui…

Je me suis levée pour aller mettre un autre muffin à griller.

— Nue, passe encore, a dit Anne, mais chanter… Non, je voulais dire : sur le plan professionnel.

— Le point qui nous divise en ce moment, c'est le temps écoulé depuis la mort de ces filles. Claudel est convaincu qu'il s'agit d'os anciens. Moi pas. J'ai envoyé des échantillons à un labo pour un test au carbone 14, mais je n'aurai pas les résultats avant une semaine au moins.

— Qu'est-ce qui pourrait l'intéresser ?

— Le massacre d'une demi-douzaine d'enfants de maternelle.

— Tu commences à m'énerver, Tempe. Je te parle sérieusement. Qu'est-ce qui pourrait forcer Claudel à revoir son opinion ? a demandé Anne en me tendant sa tasse vide.

— La preuve que ces filles sont mortes récemment, ai-je déclaré en remplissant nos deux tasses.

— Eh bien, voilà ! a fait Anne en élevant une main, paume en l'air.

— Il ne croit pas que cette preuve puisse exister.

— N'attends pas les résultats du carbone 14. Prouve-lui qu'il se trompe dès maintenant.

— Il ne veut même pas envisager la question.

— Donne-lui du grain à moudre.

— Comment ça ? En engageant des hommes de main qui le tabasseront jusqu'à ce qu'il accepte ?

— Accepte quoi ?

— D'étudier la question.

— Quelle question ?

— Tu te fiches de moi ?

Je me suis calée dans mon siège avec mon second petit pain.

— Qu'est-ce que tu voudrais qu'il fasse ? a repris Anne.

J'ai réfléchi un moment.

— Qu'il fouille le quartier. Qu'il en apprenne davantage sur cet immeuble, sur les gens qui y ont vécu autrefois, propriétaires ou locataires. Sur les commerces qu'il y avait dans le temps au rez-de-chaussée… La date où les permis de construire ont été délivrés et à qui ils l'ont été ?

— Eh bien, voilà !

De nouveau, elle a levé la main, paume en l'air.

— Tu te répètes ! lui ai-je fait remarquer.

— Ne m'oblige pas à recommencer !

— Alors, qu'est-ce que je dois faire ?

— Tu t'occupes de ce problème.

Je ne pigeais pas. Il était encore trop tôt le matin, j'avais le cerveau embrumé.

— Comment ça ?

— Tu t'en occupes toi-même.

— Il sera furibond.

— Pourquoi, puisqu'il dit que ce sont de vieux ossements et qu'il ne voit pas de raison de poursuivre l'enquête ? Tu t'en charges à sa place.

— Ce n'est pas mon rayon.

— Mais puisqu'il considère que ce n'est pas le sien non plus…

— Claudel se fiche complètement de ce que je peux lui apprendre. Mais si j'ai le malheur de faire quoi que ce soit qui ressemble de près ou de loin à un travail de détective, il devient fou furieux.

— Inutile de m'en faire une série télé. Tu creuses un peu et tu vois s'il en sort quelque chose.

Anne a écrit un mot sur sa grille de mots croisés, l'a effacé et l'a réécrit. J'en ai profité pour réfléchir à la solution qu'elle me proposait. C'est vrai que consulter de vieux contrats, des déclarations d'impôts et des permis de construire, ça ne mangeait pas de pain. Et ça ne m'empêcherait pas de collaborer avec les archéologues, s'il se révélait que Claudel avait raison. De toute façon, il était pris par la grosse affaire dont m'avait parlé Ryan. Après, bien sûr, il serait fou de rage en apprenant que j'avais piétiné ses plates-bandes. Mais qui sait ? Il se sentirait peut-être obligé de se donner un peu de mal lui aussi. Pour empêcher que ce soit moi qui révèle au grand jour les choses qu'il aurait dû découvrir tout seul.

À ce stade de mes réflexions, l'interphone a gazouillé. Je suis allée répondre. C'étaient les gars de l'identité judiciaire. Je leur ai montré la porte-fenêtre endommagée et leur ai décrit les affaires volées dans la chambre d'Anne. J'ai parlé du tableau de Katy saccagé dans la mienne, et je leur ai demandé de bien vouloir commencer par le salon.

Pendant qu'ils relevaient les empreintes et prenaient des photos, Anne et moi avons battu en retraite dans nos quartiers respectifs pour nous habiller et nous faire belles, chacune selon sa conception de la chose.

Tout en faisant ma toilette, j'ai envisagé différentes solutions. Nous étions vendredi. Les services administratifs seraient fermés pendant le week-end. Si j'analysais le troisième squelette aujourd'hui, je devrais attendre jusqu'à lundi pour consulter les dossiers de l'immeuble au tribunal ou à l'hôtel de ville. Alors que si je m'en occupais aujourd'hui, je pourrais travailler au labo n'importe quand, samedi ou dimanche.

Je n'ai pas mis longtemps à me décider. L'analyse du troisième squelette s'en est trouvée reportée une fois de plus.

Après avoir changé l'eau du chat et rajouté des croquettes dans son bol, j'ai interrogé les techniciens de la SIJ.

Jusqu'ici, zéro.

Je tendais le bras vers le téléphone quand Anne a fait

irruption dans ma chambre. Elle portait les bottes et l'anorak qu'elle avait refusé de mettre hier. Une écharpe en angora entourait déjà son cou, mais elle avait encore son bonnet et ses gants dans une main. Je lui ai lancé :

— Tu es sur le départ ?

— Je vais avec toi.

— Et le musée ?

— L'art est éternel. Il sera là demain. Aujourd'hui, je furète. Tu vois ? Je vis déjà une vie multidimensionnelle. Toi et moi, c'est comme Cagney et Lacey. Une alliance détonante.

— Tu es sûre ?

— Certaine !

— Cagney et Lacey sont des détectives assermentés, munis de badges et de flingues. Nous, on est plutôt Miss Marple et une amie de son club de jardinage. Mais bon, on va tenter le coup. Les techniciens n'auront qu'à refermer la porte derrière eux en partant. Le temps d'écouter mes messages et on y va.

J'ai composé le numéro du labo et tapé le code d'accès de ma messagerie. Un unique message. À trois heures quarante.

Les paroles de mon interlocutrice ont fait tourbillonner devant mes yeux toutes sortes de possibilités plus horribles les unes que les autres. Un véritable holocauste.

12

J'ai agité le bras vers la commode comme une folle. Anne a plongé pour attraper le stylo et me le passer.

— Docteur Brennan, je me sens obligée d'essayer de vous joindre une dernière fois ou je ne serai plus en paix avec moi-même.

J'ai inscrit les caractéristiques de la voix :

Celle d'une femme. Âgée.

— Je vous ai appelée avant-hier à propos de l'article dans *Le Journal de Montréal*.

Une pause. Comme l'autre jour, j'entendais dans le fond une sorte de gazouillis vaguement familier.

— Je crois savoir qui est mort là-bas, et pourquoi.

Ton désolé et incertain.

J'ai retenu mon souffle.

— Vous connaissez déjà mon nom.

— Mais non, justement ! ai-je explosé.

À mon cri, Anne a relevé la tête.

— Vous pouvez me joindre au 514-937…

— Génial !

Sous les yeux d'une Anne sidérée, j'ai gribouillé des chiffres, coupé la communication et tapé un numéro sur le clavier. Quelque part sur l'île, un téléphone a sonné. Dix, onze, douze fois. J'ai raccroché et recommencé.

Une douzaine d'autres sonneries. Toujours pas de réponse.

— Merde !

J'ai jeté l'appareil sur le lit, crispée des pieds à la tête tellement j'étais frustrée. J'ai arpenté ma chambre. J'ai repris le téléphone et refait le numéro.

Pas de réponse.

— Décroche, putain !

Que faire ? Appeler Claudel ou Charbonneau et leur donner le numéro ? appeler Ryan ? Ils devaient avoir d'autres chats à fouetter que de localiser un numéro de téléphone.

Ayant attrapé mes clefs, j'ai filé au parking prendre mon ordinateur portable que j'avais oublié dans le coffre de ma voiture. Quand je suis revenue dans ma chambre, Anne était assise sur mon lit, bras croisés, et balançait un pied. Elle m'a regardée me connecter à Internet sans faire de commentaires. J'ai entré le numéro de téléphone de mon interlocutrice.

Aucun résultat. Le moteur de recherche m'a conseillé d'essayer une autre orthographe.

— Comment est-ce qu'on orthographie un numéro, bougre de con ?

J'ai essayé un autre moteur de recherche. Puis d'autres encore.

Aucun résultat. Chaque fois, le même conseil idiot.

— À quoi tu sers, imbécile !

Reprenant mon téléphone, j'ai appelé le labo.

Ils n'avaient pas encore commencé à rechercher d'où provenait l'appel reçu mercredi. Et pourquoi ça ? Ça prend du temps, vous comprenez... Dans ce cas, notez le numéro que je vais vous donner et voyez si c'est celui d'où on m'a appelée.

J'ai balancé le téléphone sur le lit et attrapé des gants dans la commode. J'ai refermé le tiroir bruyamment.

Le gant gauche m'a échappé au moment où j'enfilais

le droit. Je me suis baissée pour le ramasser, il m'a encore échappé. D'un coup de pied, je l'ai envoyé valdinguer jusqu'au mur et là, enfin, je l'ai ramassé.

Mes deux gants enfilés, je me suis retournée vers Anne. Elle me dévisageait, les bras toujours croisés, une expression amusée sur le visage.

— Notre anthropologue préférée nous fait une démonstration de mauvaise humeur ?

— Parce que tu crois que c'est de la mauvaise humeur ? Un mot de plus et je te montre à quoi ressemble un gorille en colère.

— Je ne t'ai pas vue aussi énervée depuis le jour où tu as surpris Peter en train de baiser avec la fille de l'agence de voyages.

— Immobilière, l'agence. Côté cul, elle en avait un énorme, cette nana.

— Je me trompe ou nous ne sommes pas contente du message que nous avons reçu ?

— Pas contente du tout.

Je lui ai résumé les coups de téléphone que j'avais déjà reçus de cette Mme Gallant/Ballant/Talent.

— Et c'est ça qui fait monter sur le ring la Diva de Dachau ?

Je n'ai pas jugé bon de répondre.

— Cette bonne mamie est probablement sortie s'acheter son laxatif pour la semaine. Elle t'a appelée deux fois. Elle rappellera une troisième.

Annie dans son rôle de maîtresse d'école, encore une fois.

— De toute façon, tu as son numéro. Si tu n'arrives pas à la joindre, tu trouveras facilement au nom de qui est ce numéro. Avec tous les gens que tu connais ! Putain, n'importe qui peut te donner un nom et une adresse à partir d'un numéro de téléphone !

Mais j'étais bien incapable de me calmer. Je me suis mise à parler à toute vitesse.

— Cette dame prétend qu'elle sait qui est mort et pourquoi. Si elle dit vrai, elle peut résoudre cette affaire. Naturellement, elle peut aussi tout inventer. Je voudrais lui parler avant de lancer Claudel sur une fausse piste. Mais tu as raison. Je vais essayer de la rappeler encore. De toute façon, c'est moi qu'elle a prévenue. Pas la police.

— J'ai une autre question à te poser.

J'ai levé les mains dans un geste d'assentiment.

— Comment comptes-tu boutonner ta veste ?

J'ai retiré mes gants et les lui ai lancés à la figure.

Pour la deuxième fois de la semaine, je me suis garée dans un parking payant du Vieux-Montréal. Le ciel était d'un gris d'arme à feu et l'air lourd d'une promesse de neige.

— Ferme ta parka, ai-je conseillé à Anne en remontant la fermeture Éclair de la mienne.

— On va où ?

— *À l'hôtel de ville**.

— On réserve une chambre ?

Sa voix étouffée me parvenait à travers l'écharpe en angora.

— C'est comme ça que s'appelle le bâtiment où sont regroupés les services administratifs de la municipalité. C'est à quatre pâtés de maisons d'ici.

Planté sur la place Jacques-Cartier, l'hôtel de ville de Montréal est une extravagance victorienne en pierre rehaussée de cuivre. Édifié entre 1872 et 1878, il donne l'impression d'avoir été conçu par un architecte qui ne savait pas très bien quel nom lui donner. Un toit à la Mansart ? Oh ! oui. Ce sera *très parisien**. Des colonnes ? Naturellement. Des portiques ? *Bien sûr**. Des auvents, des lucarnes, des balcons, une coupole, une horloge ? Oui. Oui. Oui. Oui. Et oui.

En partie ravagé par un incendie en 1922, il a pu être rénové, ses structures n'ayant pas été touchées.

Aujourd'hui, c'est l'un des monuments préférés des autochtones comme des touristes, l'un des lieux les plus charmants de la ville.

— C'est sûr qu'on ne risque pas de le confondre avec la mairie de Clover, a dit Anne pendant que nous escaladions le perron.

Je lui ai désigné le balcon au-dessus de la porte principale.

— C'est de là que Charles de Gaulle a prononcé sa fameuse phrase, admirée ou honnie, « *Vive le Québec libre** ».

— Quand ça ?

— En 1967.

— Et le résultat ?

— Les séparatistes ont bien aimé.

Malgré les apparences, l'hôtel de ville n'est pas seulement une attraction pour les touristes, c'est surtout le centre administratif le plus important de Montréal. Le lieu où sont conservées, en principe, les informations que je recherchais. Du moins, je l'espérais.

Anne sur les talons, j'ai débouché dans un vestibule fleurant le radiateur et la laine humide. Au fond, se dressait un kiosque baptisé : *Renseignements**.

Une dame a relevé les yeux à notre approche. Vingt ans. Maigre et blonde. Les cheveux remontés en un pain de sucre qui devait la grandir de plusieurs centimètres.

Elle a étouffé un bâillement pendant que je lui parlais. Je n'avais pas fini ma phrase que, dans un cliquettement de bracelets en plastique, elle me désignait un panneau avec la liste des bureaux et leur emplacement.

— *Accès Montréal**.

— *Merci**.

— Les gens fouineurs comme ça, il faudrait les mettre sous lithium, tu ne trouves pas ? m'a soufflé Anne en m'entraînant.

Au bureau Accès Montréal, une version plus âgée,

plus remplumée et nettement plus aimable de la demoiselle de l'accueil nous a saluées dans le franglais typique de Montréal.

— Hello. *Bonjour**.

Je lui ai exposé ma requête en français.

Elle a laissé tomber ses lunettes sur sa poitrine.

— Si vous avez l'adresse, je peux rechercher les numéros du cadastre et des parcelles, a-t-elle répondu en anglais.

J'ai dû lui paraître perdue car elle a ajouté :

— Le numéro du cadastre indique où se trouve le terrain. Le plus important, c'est le numéro de la parcelle. Grâce à lui, vous pouvez obtenir l'historique de la propriété en vous adressant au *Registre foncier du Québec, Bureau des enregistrements**.

— Et c'est ici ?

— Non, au palais de justice. Deuxième étage, salle 2175.

Je lui ai communiqué l'adresse de la pizzeria.

— Ce ne devrait pas être long.

En effet. Dix minutes plus tard, elle revenait avec les numéros en question. Je l'ai remerciée et suis repartie avec Anne.

Les trois tribunaux de Montréal se trouvent à l'ouest de l'hôtel de ville. En chemin, Anne n'a pas manqué de jeter un coup d'œil aux galeries de la rue Notre-Dame, aux cafés et aux vitrines des magasins. Elle s'est arrêtée pour flatter un cheval, s'est exclamée devant la beauté du château Ramezay, a ri en voyant les voitures en stationnement ensevelies sous la neige après le passage des engins de déblaiement.

Hormis le fait d'être tous deux des bâtiments municipaux, l'hôtel de ville et le tribunal n'ont pas grand-chose en commun. L'aspect de ce dernier n'a pas arraché à mon amie d'exclamations extasiées.

Avant d'y pénétrer, j'ai encore essayé d'appeler Mme Gallant/Ballant/Talent.

Sans résultat.

Comme le jour où j'avais témoigné au procès Petit, une foule se pressait dans la salle de pas perdus. Les visages tendus de tous ces avocats, juges, journalistes, gardes ou particuliers disaient bien qu'ils n'étaient pas là pour leur plaisir.

Un ascenseur nous a conduites au deuxième étage. Nous nous sommes rendues à la salle 2175. Mon tour venu, j'ai exposé ma demande à un employé chauve et courtaud qui ressemblait à un pot à tabac.

— C'est payant.

— Combien ?

Il a énoncé la somme.

Je la lui ai remise. En échange de quoi, j'ai eu droit à un reçu.

— Vous pouvez faire des recherches pendant toute la journée.

Je lui ai transmis mon papier avec le numéro de la parcelle et du cadastre.

Pot-à-tabac l'a étudié. Puis il a relevé les yeux et remonté ses lunettes à monture noire sur son nez.

— Ce sont des numéros anciens. Tout ce qui est antérieur à 1974 n'est pas informatisé. Ça peut prendre un certain temps si l'immeuble a souvent changé de mains.

— Je pourrai quand même connaître le nom des propriétaires ?

Pot-à-tabac a incliné la tête.

— Tous les transferts de propriété sont enregistrés auprès du gouvernement de la province. Qu'est-ce qu'il y a à cet endroit-là, maintenant ? a-t-il demandé en agitant mon papier.

— Un immeuble de rapport avec des appartements

dans les étages supérieurs et des commerces au rez-de-chaussée. Celui qui m'intéresse, c'est une pizzeria.

Pot-à-tabac a secoué la tête.

— Puisqu'il s'agit d'un local commercial, ça ne vous dira pas quels commerces l'ont occupé auparavant, si le propriétaire n'a pas jugé nécessaire de le spécifier.

— Où est-ce que je pourrais le savoir, alors ?

— Peut-être en vous adressant au registre des impôts. Ou au registre des métiers.

— Et je connaîtrai le nom des propriétaires ?

Pot-à-tabac a incliné la tête. Il m'a fait penser à un personnage de dessin animé.

— C'est toujours un début ! ai-je déclaré.

— Si vous avez besoin d'un renseignement remontant à avant 1974, je vous expliquerai comment effectuer la recherche.

Je suis allée jusqu'à la table qu'il me désignait et j'ai suspendu ma parka au dossier de la chaise. Ayant accroché mon sac par-dessus, je me suis tournée vers Anne.

— Inutile que tu restes à me regarder taper sur un clavier.

— Ça ne me m'ennuie pas, tu sais.

— Ce n'est pas dans cet ordinateur que tu trouveras les divertissements que tu es venue chercher à presque deux mille kilomètres de chez toi.

— C'est plus drôle que de cuisiner et surgeler des plats en sauce en vue d'un enterrement ou d'un séjour à l'hôpital.

— Tu ne préfères pas faire du lèche-vitrine ?

— Merde à la consommation !

Anne était dans son humeur « fosse des Mariannes par temps calme ». Ce n'était pas de me regarder consulter de vieux grimoires qui allait lui remonter le moral.

— Visite la basilique, explore le quartier et trouve-nous un endroit sympa où déjeuner. Dès que j'ai fini, je t'appelle sur ton portable.

— Tu ne vas pas encore te foutre en rogne ?

— Pars, ai-je insisté en posant une main sur son épaule. Va dépenser ton fric avec les riches et les puissants. Ton travail ici est terminé.

Trois heures plus tard, j'y étais toujours.

La recherche en ligne m'avait pris quarante minutes. Trente-sept pour comprendre ce que je recherchais exactement, et trois pour imprimer les données concernant l'actuel propriétaire de l'immeuble.

La lecture des kyrielles d'avenants aux contrats m'avait pris pas loin d'une éternité.

Pot-à-tabac s'était révélé poli et utile, acceptant mes sous et photocopiant patiemment les dossiers des transactions, au fur et à mesure que je les lui apportais.

Mes recherches m'avaient appris plusieurs choses.

Tout d'abord, que Claudel avait raison quant à l'âge de l'immeuble.

Ensuite, qu'avant sa construction l'emplacement avait été occupé par un dépôt ferroviaire, propriété de la compagnie Canadian National.

Enfin, que l'immeuble avait changé de mains plusieurs fois.

J'étais plongée dans ma collection de photocopies quand un nom m'a sauté aux yeux.

Un nom que je connaissais.

Comment était-ce possible ?

S'agissait-il d'un politicien de la région ? d'un chanteur ?

Je restais à le fixer, attendant que la connexion se produise entre mes neurones.

Serait-ce une personnalité connue de la télévision ? Quelqu'un impliqué dans une affaire sur laquelle j'avais travaillé ? Quelqu'un que je connaissais personnellement ?

La vente de l'immeuble avait eu lieu bien avant que

je m'installe à Montréal. Alors pourquoi ce nom déclenchait-il en moi un drelin-drelin subliminal ?

Et, soudain, le souvenir m'est revenu.

— Douce mère de Marie !

Ayant fourré en vrac dans mon sac photocopies et sorties d'imprimante, j'ai jailli hors de la pièce.

13

Dehors, la neige avait poudré marches et balustrades et grossi les congères le long des trottoirs. Ça m'était bien égal. À peine dans la rue, j'ai téléphoné à Claudel.

La standardiste de la CUM m'a dit qu'il n'était pas là. J'ai demandé Charbonneau. Absent, lui aussi.

— C'est le Dr Brennan, du service médico-légal. Vous savez vers quelle heure ils seront rentrés ?

— Non.

Dit sur le ton de la nana qui n'en a rien à cirer. Puis :

— Vous avez essayé leurs beepers ?

— Vous avez les numéros, s'il vous plaît ?

Elle me les a communiqués. Je les ai enregistrés tous les deux dans la mémoire de mon portable, sans grand espoir que les policiers me rappellent dans l'immédiat. Surtout Claudel, qui n'était pas du genre à se laisser détourner d'une opération importante par une affaire qui ne l'intéressait pas.

Après, j'ai appelé Mme Gallant/Ballant/Talent.

Pas de réponse.

Me forçant au calme, j'ai composé le numéro d'Anne.

Elle était en pleins achats de Noël. Elle a proposé qu'on se retrouve au jardin Nelson. Et de commencer à m'expliquer où c'était.

— Je connais, l'ai-je interrompue.

Elle a laissé passer un silence avant de reprendre :

— La matinée a été frustrante ?

— Je crois que j'ai levé un lièvre. Je te raconte dès qu'on se voit.

Faisant le gros dos contre la neige, je me suis hâtée vers la place Jacques-Cartier. Située entre la rue Notre-Dame et la rue de la Commune, cette zone piétonne bourrée de restaurants, de cafés et de boutiques attrape-touristes bourdonne de vie lorsque le temps est doux.

Aujourd'hui, seuls y déambulaient une poignée de touristes et un artiste des rues. Un fox-terrier jaune famélique arrosait les lampadaires. Les pavés arrondis disparaissaient sous les flocons, tout comme les panneaux de circulation et la colonne à la mémoire de Nelson, cet amiral anglais que les séparatistes n'aiment pas parce qu'il infligea une raclée aux Français à Trafalgar.

De l'autre côté de la place, je distinguais vaguement le dôme argenté du marché de Bon-Secours dans les flocons qui tombaient des toits mansardés de l'hôtel de ville derrière moi.

Le Québec. Les deux solitudes. La française catholique, l'anglaise calviniste. Dans la province, deux langues et deux cultures se heurtent de front depuis que les Britanniques ont pris Montréal en 1760. La place Jacques-Cartier est un microcosme dans la pierre duquel est gravé ce tribalisme linguistique.

Le jardin Nelson, situé à peu près au milieu sur le côté ouest, occupe le rez-de-chaussée d'un bâtiment trapu et solide. Sur l'avant, ce petit bistrot chic possède une terrasse protégée par un store bleu roi ; sur l'arrière, un jardin planté de parasols. Des appareils de chauffage à infrarouges permettent de manger dehors plusieurs mois de l'année.

Mais pas en décembre. Quand je suis entrée, Anne

a relevé les yeux de son menu et m'a fait un signe. J'ai traversé la salle.

— Ça commence à tomber pour de vrai, ai-je dit en retirant ma parka et en la secouant.

— La neige va rester ?

— Elle reste toujours à Montréal.

— Formidable !

— Hm.

J'ai posé mon portable sur la table. Une serveuse s'est approchée pour remplir nos verres d'eau. Anne a commandé des crêpes forestières et un verre de chardonnay. Je me suis laissé tenter par des crêpes Argenteuil et un Coca light.

— Tu as trouvé des trésors ? ai-je demandé quand la serveuse s'est retirée.

Même au plus profond de l'apathie, Anne est une acheteuse invétérée. Ses trouvailles comprenaient un chandail en laine mandarine, un saladier provençal peint à la main et six grenouilles en étain montées sur un ruban de satin rouge.

— C'est un choix surprenant venant de quelqu'un qui se lance dans une vie débridée, ai-je déclaré en désignant les batraciens.

— Je pourrai toujours les offrir, a-t-elle dit en refermant le paquet.

La serveuse a apporté les boissons. J'ai bu une gorgée de Coca. Puis j'ai déroulé ma serviette et réparti mes couverts de part et d'autre du set de table. J'ai repositionné ma fourchette. Réaligné cuiller et couteau. Replacé ma fourchette. Vérifié que mon portable était bien allumé.

Nouvelle gorgée de Coca.

Des deux mains, j'ai lissé les bords du set de table. Redressé les franges. Repris mon téléphone et l'ai reposé.

— Tu attends un appel ? a demandé Anne en soulevant un sourcil interrogateur.

— J'ai laissé des messages à Claudel et à son coéquipier.

— Tu vas me faire mariner longtemps ?

J'ai sorti de mon sac les photocopies et les pages d'imprimante et je les ai posées à côté de moi.

— Je t'épargne la saga à la James Michener concernant le terrain. L'immeuble, lui, a été bâti en 1901 et avait pour propriétaire un monsieur du nom d'Yves Sauriol. À l'époque, il était exclusivement réservé à l'habitation. Jacques Sauriol, fils du précédent, en a hérité en 1928 et, à son tour, l'a légué à son fils, Yves, en 1939.

« En 1947, Yves Sauriol fils a vendu l'immeuble à un certain Éric-Emmanuel Gratton. C'est alors que le rez-de-chaussée a été transformé en local commercial. Jusqu'en 1970, une petite imprimerie a occupé les lieux.

« Éric-Emmanuel Gratton est mort en 1958. Son épouse, Marie, a hérité de l'immeuble. En 1963 elle a trouvé le repos éternel et la propriété est passée à leur fils, Gilles, qui l'a vendue en 1970.

— Et le détail qui tue survient à quel moment ?

— Quand Nicolò Cataneo entre en scène.

Visiblement ce nom ne lui disait rien.

— Nick Cataneo, dit « le Couteau ».

— La Mafia ? s'est écriée Anne, et ses yeux verts se sont écarquillés.

J'ai hoché la tête.

— Le Couteau ?

J'ai hoché la tête une seconde fois.

— Je comprends maintenant ton agitation hystérique autour des couverts.

— Je ne suis pas très au fait des histoires de la Mafia ici, mais Nicolò Cataneo est un nom que j'ai déjà entendu, et plus d'une fois.

— Parce qu'il y a la Mafia au Canada ?

— Depuis le tournant du siècle.

— Je croyais qu'ici vous aviez des bikers.

— C'est exact. Pour l'heure, ils occupent le devant de la scène. Mais ils ne sont qu'une composante dans le monde merveilleux du crime organisé à Montréal. La Mafia, le gang de l'Ouest, les Hells Angels, tout cela forme un ensemble connu sous le nom de « Consortium ».

— Comme la « Commission », à New York ?

— Exactement.

— Les beaux bruns d'ici, qui viennent de la péninsule ensoleillée, ils sont copains avec leurs homologues du sud de la frontière, ou est-ce qu'ils placent plus haut que tout leur sentiment d'insularité ?

— Tu veux dire : comme les Siciliens par rapport au reste des Italiens ? Je ne connais pas bien leurs pratiques ancestrales, pour ce qui est de la géographie. Tout ce que je sais, c'est qu'à une époque Montréal était une filiale de New York.

— La famille Bonano ? Oui, j'ai lu un bouquin là-dessus.

J'ai hoché la tête.

— À Montréal, l'organisation avait à sa tête un camarade du nom de Vic Cotroni, dit « the Egg ». Il est mort au milieu des années quatre-vingt.

J'ai vérifié mon portable. Réseau accessible mais toujours pas de message.

— C'est quoi, le gang de l'Ouest ? a demandé Anne.

— Un gang qui regroupe surtout des Irlandais.

— Comme toi.

— Nous, les Irlandais, on est tout sauf des fantassins de l'armée du seigneur.

— Oui, vous faites plus dans les poètes et les piliers de bar, ces derniers étant les plus assidus à la tâche.

— Attention !

— Ce Consortium, il est dans quoi, principalement ?

— Prostitution. Jeu. Drogue. Il établit les barèmes, détermine le prix et les quantités à importer. C'est lui aussi qui désigne les heureux négociants. Rien qu'avec la drogue, on estime qu'au fil des ans le clan Cotroni a déversé sur le marché américain des millions de dollars blanchis ensuite dans des entreprises parfaitement légales.

— C'est typique, non ? Pour autant que je sache.

— Oui. Les gangs de motards ont d'ailleurs adopté le même mode opératoire. La technique doit s'apprendre dans les écoles de commerce.

À ce moment de la conversation, la serveuse est arrivée avec les plats. J'en ai profité pour vérifier encore une fois mon portable. Toujours pas de problème avec le réseau et toujours pas de message.

— Pour en revenir à cet immeuble, ai-je repris après quelques bouchées de crêpe, le Couteau l'a acheté en 1970 et l'a gardé dix ans.

— Quel rapport avec tes squelettes ?

— Ces gens ne sont pas des enfants de chœur, Anne. N'importe qui peut être enterré dans ce sous-sol.

— Est-ce que nous ne ferions pas un peu dans le mélo ?

— Dans ce temps-là, on descendait les gens à tire-larigot.

— Des gamines de seize ans ?

— Des strip-teaseuses, des prostituées… Pour ces gangsters, la vie ne vaut pas cher.

Et encore moins quand il s'agit d'une femme, ai-je pensé, me rappelant la prostituée conduite l'autre jour à l'hôpital Notre-Dame entre la vie et la mort.

Anne a fait un sort à ses crêpes.

— Qu'est-ce qu'il y avait comme commerces au rez-de-chaussée, au temps où le Couteau possédait l'immeuble ?

— Ce n'était pas mentionné dans les dossiers.

— Qui a l'a racheté, après ?

J'ai jeté un coup d'œil à ma sortie d'imprimante.

— Un certain Richard Cyr. En 1980. Il semblerait qu'il en soit toujours le propriétaire.

— Et qu'est-ce qu'il y a au rez-de-chaussée, aujourd'hui ?

— Quatre commerces distincts.

— Dont la pizzeria.

— Oui.

— Il habite où, ce M. Cyr ?

Nouveau coup d'œil à la feuille.

— À Notre-Dame-de-Grâce.

— C'est loin de Montréal ?

— C'est en ville. À l'ouest du centre-ville.

Le verre d'Anne s'est immobilisé à mi-chemin de ses lèvres.

— Eh bien, voilà ! a-t-elle déclaré, une main en l'air.

— Ça fait trois fois, Annie, depuis ce matin dans la cuisine.

Elle m'a jeté un regard exaspéré.

— La voilà, l'étape suivante : passer un coup de fil à Cyr ! Mieux encore : lui faire une visite surprise, puisque c'est si près que ça. Hein ? Qu'est-ce que tu en dis ? Jusqu'ici, je trouve ça plutôt marrant de jouer les Cagney et Lacey. Résolvons cette affaire.

Mes yeux ont dévié de mon assiette à mon portable. L'écran n'affichait que l'heure et mon nom.

Ni Claudel ni Charbonneau ne me rappelleraient, c'était clair comme de l'eau de roche.

J'ai levé mon verre de Coca, Anne son verre de vin.

— Aux fouilles archéologiques, ai-je déclaré en faisant tinter mon verre contre le sien.

— À cette petite différence près que nos fouilles à nous ne consistent pas simplement à remuer la merde, mais à en trouver toujours davantage, a rétorqué Anne, et elle a éclusé son chardonnay.

Notre-Dame-de-Grâce, ou NDG, est un quartier résidentiel tranquille situé à deux arrondissements du centre-ville. Ce n'est pas le Westmount des Anglais fortunés, ni l'Outremont des francophones BCBG, mais un endroit sympathique où vit une classe moyenne avec gosses et colleys.

Richard Cyr habitait une maison à deux étages en brique rouge, sise avenue Coronation, à un jet de salive du campus Loyola de l'université de Concordia. Le trajet nous avait pris vingt minutes. Cinq de plus nous ont permis de jauger les lieux.

Une petite véranda protégée par un auvent rouillé. Un jardin grand comme un mouchoir de poche autour de la maison. Un semblant d'allée ne menant même pas jusqu'à la Ford Falcon bleue garée le long du trottoir.

— Monsieur Cyr n'est pas de ces gens qui répondent illico à l'appel de la pelle, a fait remarquer Anne.

En hiver, les Montréalais qui habitent des maisons individuelles se déblaient eux-mêmes un chemin entre leur perron et la rue quand ils n'engagent pas quelqu'un pour le faire. Au pis un gamin du quartier. Mais, sur le bout de trottoir de M. Cyr, la neige tombée dans l'après-midi recouvrait une couche verglacée qui devait bien mesurer six centimètres et dater de plusieurs jours.

Il nous a fallu faire très attention où nous posions les pieds pour atteindre sa maison et escalader le perron. J'ai appuyé sur la sonnette. Un carillon compliqué a retenti quelque part au fond de la demeure.

Une minute plus tard, personne n'avait répondu.

J'ai sonné encore.

Aucun résultat.

— Ce M. Cyr doit être sourd comme un pot, en plus d'être le plus grand radin de la planète, a fait observer Anne en perdant presque l'équilibre.

— Peut-être qu'il dépense son fric à d'autres choses.

— Tu parles ! Cette tête de nœud doit être en train de coincer la bulle sur son yacht aux Barbades pendant qu'on essaie de ne pas se casser une guibole en voguant sur ses marches.

— Sa voiture est là.

Elle s'est retournée pour regarder la Ford.

— Il ne gaspille pas son fric dans des tires tape-à-l'œil.

J'élevais la main pour sonner encore quand la porte intérieure s'est ouverte. Un homme nous a dévisagées à travers la seconde porte en verre.

Il n'avait pas l'air ravi de nous voir, mais ce n'est pas cela qui nous a ébahies.

Et nous a quasiment fait bondir en arrière.

14

L'homme qui nous dévisageait était petit et noueux, avec des cheveux blanc jaunasse et une moustache grise tarabiscotée. Il portait en tout et pour tout des lunettes sales et des chaînes en or autour du cou.

Rien d'autre. Juste des lunettes et des chaînes.

Son air menaçant a viré au contentement quand il nous a vues reculer d'un pas mal assuré sur le sol verglacé. Et c'est d'une voix encore plus féroce qu'il a braillé :

— *Je suis catholique** !

J'ai dérapé et me suis immobilisée, les jambes tordues en un angle anormal.

Richard Cyr secouait son pénis à pleines mains en le pointant sur nous.

Agrippée à la rambarde à côté de moi, Anne entamait déjà un demi-tour pour redescendre.

— *Catholique** ! continuait de hurler l'hurluberlu.

Je me suis figée, me rappelant que ma sœur Harry utilisait le même stratagème. Mais habillée.

— Nous ne sommes pas des missionnaires, monsieur Cyr.

Un court instant, il a paru déstabilisé. Mais, très vite, son air menaçant a repris le dessus.

— Et moi, j'suis pas Pee-wee Herman[1].

Le nom, prononcé avec un fort accent québécois, a sonné curieusement.

Me voyant fouiller dans mon sac, Cyr a fait semblant de se jeter sur la porte.

— Foutez le camp !

J'ai néanmoins sorti une carte de visite.

— Et ne me laissez pas vos satanées brochures, *tabarnouche** !!

— Nous ne sommes pas des gens d'Église.

Anne a interrompu son demi-tour, se servant de la rampe comme d'un pivot.

Cyr a réitéré sa menace à l'aide de sa seule arme, prenant cette fois mon amie pour cible.

— Quelle horreur ! a-t-elle lâché *sotto voce*. Agression à l'arme morte !

Les lunettes encrassées se sont fixées sur elle. Un sourire a lentement étiré les lèvres fripées de l'individu, tandis qu'il recommençait à secouer son pénis.

— Tu ne trouves pas que ça ressemble à un pénis, Tempe ? Mais en plus petit, hein ?

Phrase bateau. Cyr a réitéré son geste.

Voyant Anne ouvrir la bouche, prête à enchaîner, je me suis empressée de mettre un terme à leur échange.

— Monsieur Cyr, je voudrais vous poser quelques questions à propos d'un immeuble dont vous êtes le propriétaire et qui fait actuellement l'objet d'une enquête.

Cyr a remis le cap sur moi, les doigts toujours serrés autour de son bijou de famille.

— Vous n'êtes pas venues pour sauver mon âme ?

— Nous sommes là pour discuter d'une propriété que vous possédez.

— Vous travaillez pour la municipalité ?

1. Personnage d'une comédie loufoque de Tim Burton, inspiré d'une émission de télé américaine pour enfants. *(N.d.T.)*

J'ai marqué une hésitation avant de lâcher : « Oui. » Après tout, j'étais employée par la province, et Cyr n'avait pas demandé à voir mon identification.

— Un de mes chieurs de locataires a porté plainte ?

— Pas que je sache.

— Elle aussi, elle travaille pour la municipalité ? a demandé Cyr en désignant Anne de la tête.

— Elle m'accompagne.

— Beau brin de fille !

— Nous avons vraiment des questions à vous poser, monsieur.

Il a ouvert la seconde porte. Nous l'avons franchie à petits pas précautionneux. Cyr a refermé sur nous la porte intérieure, la petite entrée s'est retrouvée plongée dans le noir. Un air chaud et sec parfumé au tabac et à des années de graillon nous a prises à la gorge.

— Z'êtes vraiment un beau brin de fille, a répété Cyr en faisant de l'œil à Anne qui le dominait d'une bonne trentaine de centimètres.

Il semblait avoir complètement oublié qu'il était nu.

— Ça vous ennuierait de cacher votre bon vieil Hopalong[1] ? a dit Anne.

— J'ai cru que vous faisiez partie de ces Watchtowers[2], avec leurs boniments sans queue ni tête, a repris Cyr en anglais. Quand ils vous voient à poil, ils prennent leurs jambes à leur cou. Ou quand vous leur dites que vous êtes catholique.

Dans sa bouche, « à poil » est devenu : un poil, et « catholique » : cas colique.

Anne a pointé le doigt sur ses organes génitaux.

1. Hopalong Cassidy : personnage créé au début du XXe siècle et repris dans les années 1950 par Louis L'Amour (1908-1988) dans ses œuvres glorifiant l'Amérique des pionniers, la vie sauvage, la nature et les *pistoleros* chevaleresques. *(N.d.T.)*

2. Membres des Témoins de Jéhovah, spécialisés dans la partie juridique. *(N.d.T.)*

Il nous a fait franchir des portes vitrées et nous a désigné un salon à droite.

— Je reviens tout de suite.

Sur ce, il a entrepris de grimper l'escalier qui partait de l'entrée. Il claudiquait, posait un pied sur une marche puis plaçait l'autre à côté en se tenant à la rampe d'une main aux veines saillantes. Son corps couleur ventre de grenouille se détachait sur le lambris sombre, mais son derrière était noir et velu.

Le plastique rose similibrocart a craqué sous nos fesses quand nous nous sommes assises, chacune à un bout du canapé. J'ai défait ma parka et l'ai retirée. Anne a conservé la sienne boutonnée.

— J'ai dû rater cet épisode de *Cagney et Lacey*.

J'ai répondu à sa blague par une grimace, occupée que j'étais à explorer les lieux du regard. Vis-à-vis du sofa, un fauteuil inclinable, lui aussi recouvert d'un plastique. À droite, une cheminée aux briques peintes en marron. À gauche, un petit orgue et une grande télé avec un fauteuil minable tout près de l'écran. Sans housse en plastique, celui-là.

Partout, une tranquillité veloutée.

Je me suis demandé si ces housses en vinyle étaient une touche personnelle ajoutée par le vieux, ou s'il avait bêtement oublié de les retirer quand les meubles lui avaient été livrés.

Les cendriers débordaient de mégots. Les *Playboy* et les *National Geographic* s'entassaient près de la cheminée. Vu l'absence de bibelots, photos ou souvenirs de vacances, j'ai douté qu'une Mme Cyr ait jamais existé.

Anne aussi auscultait la pièce. Je lui ai soufflé :

— Tout ça pourrait t'appartenir, tu sais. Je crois que Cyr est amoureux.

— J'ai peur que son vieux Hopalong soit un peu trop inoffensif pour mon goût, a rétorqué mon amie.

— Je te croyais à la recherche d'une vie trépidante.

— Ce petit vieux est mou comme une chiffe.

Je me suis demandé si elle voulait parler du bon vieux Hopalong ou du monsieur lui-même. J'ai gardé ma question pour moi.

Un instant plus tard, un bruit de glissade nous a annoncé l'arrivée d'un Cyr en espadrilles, chemise écossaise à dominante verte et pantalon gris en laine remonté jusqu'aux tétons.

— Je vous sers un verre, les filles ?

Nous avons refusé.

— Un petit coup, ça ne fait pas de mal quand il neige.

— Non, vraiment, sans façons.

— Si vous changez d'avis, dites-le-moi.

Il s'est traîné jusqu'à son fauteuil inclinable et s'y est affalé, laissant derrière lui un raz de marée d'Old Spice.

— Vous avez des cheveux drôlement jolis, jeune dame, a fait Cyr en s'adressant à Anne.

— Merci.

C'était la vérité. Par quelque bizarrerie de la génétique, Anne a des cheveux blonds et épais, qui poussent à toute allure pour peu qu'elle veuille les porter longs. Pour l'heure, ils étaient courts, mais ça ne changeait rien au problème. Loin de moi l'idée de vouloir lutter avec elle sur le terrain capillaire, je serais battue d'avance. N'empêche, aujourd'hui, comme bien souvent auparavant, la remarque m'a agacée.

— Et puis vous êtes sacrément grande, continuait Cyr.

Il respirait fort, par le nez, et les mots jaillissaient de sa bouche de façon hachée.

— Z'êtes mariée ?

— Oui.

— Prévenez-moi si jamais vous touchez le fond, a-t-il conclu.

Et de se tourner vers moi pour m'expliquer qu'il avait un gros faible pour les blondes.

Il était temps de remettre la conversation sur des rails plus officiels.

— Monsieur Cyr…

— Mon anglais est bon ?

— Excellent.

C'était vrai, même s'il avait un accent à couper au couteau.

— Je m'oblige à lire, pour ne pas oublier.

Il a désigné du menton les magazines près de la cheminée.

— Toutes ces femmes nues, ça ne vous dérange pas pour vous concentrer sur le texte ? s'est enquise mon amie, réduisant mes efforts à néant.

Cyr a émis une sorte de ahanement qui pouvait passer pour un rire.

— Elle en rate pas une, celle-là. Pas vrai ?

— Ça, c'est sûr. Elle en remontrerait à Annie Oakley[1] en personne.

Sur ce, je me suis levée et j'ai remis à Cyr ma sortie d'imprimante.

— Le registre indique que vous êtes propriétaire de ce bâtiment.

Cyr a levé la feuille presque jusqu'à son visage et l'a déchiffrée en silence pendant toute une minute.

— Ouin, c'est bien à moi, a-t-il déclaré avec son fort accent québécois.

— Vous en êtes le propriétaire depuis 1980 ?

1. Réputée pour son adresse au tir dès l'enfance et surnommée *Little Miss Sure Shot* par Sitting Bull, Annie Oakley participa au *Wild West Show* de Buffalo Bill pendant plus de seize ans, en Amérique et en Europe, avant de se consacrer à l'initiation des femmes au maniement des armes à feu. *(N.d.T.)*

— Une chierie de quatre carats si vous voulez que je vous dise.

Il m'a rendu le papier. Je suis retournée à ma place.

— Vous avez acquis cet immeuble auprès de Nicolò Cataneo ?

— Oui.

— Vous savez pourquoi M. Cataneo voulait vendre ce bien ?

— J'y ai pas demandé. Il était mis en vente, c'est tout.

— Est-ce que ce n'est pas une question que l'on pose avant de se lancer dans un investissement de cette envergure ?

— À Nicolò Cataneo ?

Là, il marquait un point.

— Puis-je vous demander quel commerce occupait le rez-de-chaussée à l'époque de la vente ?

— Une boulangerie, a-t-il répondu sans hésitation. La boulangerie Lugano. Ils ont débarrassé le plancher avant que j'entre en possession des lieux.

— Qu'est-ce qui a remplacé la boulangerie ?

— J'ai divisé le local. Quatre commerces, c'est plus rentable.

— L'un de ces commerces est actuellement une pizzeria, n'est-ce pas ?

— La Pizza Paradis Express.

— Elle est là depuis longtemps ?

— Depuis 2001, a fait Cyr, et il a poussé un bruyant soupir. À leur place, j'aurais appelé l'affaire « Poils de rat et cancrelats à emporter ». Maudits ethniques. Pas la moindre notion d'hygiène.

Il prononçait le mot « ethniques » de la même façon que certain Premier ministre.

— Cela dit, je n'ai jamais eu de problème avec Matoub. Il paie son loyer en temps et en heure.

— Matoub, c'est le nom du locataire actuel ? ai-je

demandé, bien que je le sache déjà par Claudel depuis le jour de l'excavation.

Cyr s'est vissé un doigt dans l'oreille puis l'a inspecté d'un air distrait. J'ai insisté :

— Vous vous rappelez le nom de vos locataires d'avant ?

— Bien sûr que oui. De tous autant qu'ils ont été. Parce qu'à votre avis j'en suis au point d'être dégagé à l'hospice ?

Les réactions qu'on attend des autres viennent souvent de stéréotypes qu'on a soi-même dans la tête. Pour ma part, je tombe dans le panneau aussi souvent que n'importe qui, même si je n'aime pas l'admettre. Dans le cas présent, j'avais imaginé que Cyr pouvait avoir des trous de mémoire, étant donné son âge. Force m'était de constater que si le vieil Hopalong était excentrique, il n'était certainement pas gaga.

— Pas du tout…

— J'ai eu plus de locataires que votre Blondie a de cheveux sur sa jolie tête, a déclaré Cyr en levant un sourcil en direction de mon amie.

La jolie tête en question s'est inclinée et lui a rendu sa mimique à la Groucho.

— Avant les pizzas, il y a eu un salon de manucure, a repris Cyr en revenant vers moi. Tenu par un Vietnamien du nom de Truong. Il avait là une demi-douzaine de petites dames qui peignaient les ongles. L'a pas dû faire fortune, j'imagine, car il a duré à peine un an ou deux.

— Et avant lui ?

— Je les aimais bien, ces petites dames. On aurait dit des poupées de porcelaine. Quand elles riaient, elles se cachaient la bouche avec la main.

— Et avant ce salon de manucure ?

— Avant, il y a eu un bureau de prêts sur gages. Le type s'appelait Ménard… Stéphane, Sébastien, Sylvain… Quelque chose comme ça, a précisé Cyr en tendant devant lui un doigt déformé. Lui, il achetait et revendait des merdes. Ça devait bien marcher, sa petite entreprise, parce qu'il a tenu neuf ans. De 1989 à 1998.

J'ai fait un rapide calcul.

— Autrement dit, le local est resté vide un certain temps entre le prêteur sur gages et les manucures.

— Deux mois environ.

— Et avant le prêteur ?

— Voyons... De 1980 à 1989, il y a eu une maroquinerie, une boucherie et une sorte d'agence de voyages. Il faudrait que je regarde dans mes dossiers pour vous dire les noms et les dates.

— Vous pouvez le faire, s'il vous plaît ?

Derrière les carreaux sales, les yeux de Cyr se sont rétrécis.

— Ça vous dérangerait de me dire pourquoi vous me demandez tout ça, jeune dame ?

J'attendais cette question depuis le début de la conversation, un peu étonnée qu'elle mette si longtemps à venir. Comment devais-je y répondre ? Y avait-il des détails que je devais garder pour moi ? Je me suis lancée :

— Il se trouve qu'on a retrouvé certaines choses au sous-sol. L'immeuble fait l'objet d'une enquête.

Si j'espérais une réaction, je suis restée sur ma faim. Cyr ne m'a même pas demandé le nom de la personne chargée de l'enquête.

— Puis-je vous demander comment on accède au sous-sol à partir de cette pizzeria ?

— Dans le temps, il y avait un escalier fermé en haut par une porte donnant directement sur la rue. Cette entrée a été supprimée pendant la rénovation.

— Est-ce qu'on peut y accéder à partir de l'immeuble ?

Cyr a secoué la tête.

— Ce sous-sol n'est pas utilisé depuis des années. Le seul accès, c'est par la trappe qui se trouve dans cette boutique crapoteuse… Excusez mon langage, a-t-il ajouté en se tournant vers Anne.

— Pas du tout. Votre jeu de mots est tout à fait pertinent du point de vue historique, a déclaré celle-ci.

— Pardon ?

— Crapoteux et Crapper… Thomas Crapper…

Je l'ai dévisagée d'un air aussi ahuri que Cyr.

— Crapper, l'inventeur du bouchon antibruit pour les canalisations, a-t-elle précisé.

Silence éberlué de notre part.

— Un autre type a signé le brevet, mais c'est quand même Crapper qui a inventé les chiottes modernes.

Où avait-elle pêché ça ?

— *Sacrifice** ! Vous alors, vous êtes une perle, s'est esclaffé le maître de maison, et son rire a cascadé comme une chasse d'eau. Dès que votre mari perd ses privilèges, passez un coup de fil au vieux Richard Cyr.

— C'est comme si je vous avais déjà en mémoire dans mon portable.

S'aidant des deux bras, Cyr s'est extrait de son fauteuil.

— Ça risque de me prendre un moment de fouiller dans mes archives. Vous ne voulez pas un scotch ? J'en ai un à vous recroqueviller les doigts de pied.

Cette fois encore, nous avons décliné.

Une demi-heure plus tard, il revenait en traînant la savate, tenant à la main une feuille arrachée à un cahier à spirale.

Je me suis levée, Anne aussi.

— Qu'est-ce que vous diriez de rester dîner, mesdames ? On pourrait se faire livrer des *enchiladas* et des *margaritas* ?

— C'est très aimable à vous, ai-je répondu, mais je suis là pour mon travail, pas pour faire des mondanités.

— Vous savez où me trouver.

Cyr nous a raccompagnées dans l'entrée.

Tout en marchant, je me suis glissée dans ma parka. Arrivée à la porte, je lui ai remis ma carte de visite.

— Appelez-moi, je vous en prie, si quelque chose vous revenait en mémoire.

Il m'a tendu sa feuille.

— Pour autant que je me rappelle, ces gens étaient aussi sinistres que la soupe aux champignons.

— *Merci, monsieur Cyr**.

— Quelqu'un a été tué. Je n'ai rien à voir avec ça.

Il avait prononcé la phrase à mi-voix, sans trace d'humour.

— Qu'est-ce qui vous faire croire ça? lui ai-je demandé, n'imaginant pas qu'il ait lu l'article du *Journal de Montréal* puisqu'il n'y avait pas fait allusion jusque-là.

— Le détective m'a dit ce qu'on a retrouvé dans cette cave.

Ainsi, Claudel avait déjà interrogé Cyr? Mais quel emmerdeur, celui-là! Une fois de plus, il m'avait laissée hors du coup.

— Vraiment?

— Un petit con imbu de sa personne.

— Le détective Claudel?

— Il faisait comme si je n'avais plus toute ma tête. Du coup, j'ai fermé mon clapet.

— Dites-moi, monsieur Cyr. À votre avis, comment ces trois personnes ont-elles pu se retrouver enterrées dans le sous-sol de votre immeuble?

— Il a dû se passer une sale histoire. Mais avant moi.

— Comment pouvez-vous en être aussi sûr?

— Z'avez jamais rencontré Nicolò Cataneo?

La voix du vieux aurait fait la nique à un rasoir.

J'ai secoué la tête.

— Eh bien, tenez-vous à carreau.

15

La tempête avait relevé ses manches, déboutonné son col et desserré sa cravate. Elle était bien partie pour nous ensevelir sous soixante centimètres de neige.

Anne n'a pas réagi à ce spectacle et c'est d'un air tout aussi impassible qu'elle m'a regardée composer le numéro de ma boîte vocale pendant que nous regagnions la voiture à petits pas précautionneux.

Pas de message.

J'ai appelé Mme Gallant/Ballant/Talent.

Pas de réponse.

J'ai contacté ensuite le labo pour savoir si on avait pu découvrir l'origine de son appel, mercredi, ou relier le numéro qu'elle m'avait indiqué le lendemain à un nom ou à une adresse.

Ils étaient sur un coup.

Merde à la fin ! Pourquoi est-ce qu'ils ne me donnaient pas au moins le nom de l'abonné correspondant au numéro indiqué ? Ce n'était pas sorcier ! Et pas sorcier non plus de comparer ce numéro avec le premier appel. Est-ce qu'ils auraient relégué ma demande en dernière place, par hasard ? Après toutes celles des détectives ?

Ayant fourré mon portable dans mon sac, j'ai attrapé un grattoir à l'arrière de la voiture et suis ressortie pour nettoyer les vitres de la neige qui s'y était accumulée. M'étant rassise au volant, j'ai claqué la portière et démarré le moteur.

Là, j'ai commencé à jouer du levier de vitesses en faisant avancer et reculer la Mazda sur place jusqu'à ce que les roues accrochent. J'ai alors accéléré et réussi à m'engager sur la chaussée non sans déraper. Je serrais le volant à en avoir les jointures toutes blanches. Je roulais à la vitesse d'une tortue, plissant les paupières pour arriver à distinguer quelque chose à travers le rideau blanc qui nous entourait.

Nous avions parcouru deux pâtés de maisons quand Anne a rompu le silence.

— On pourrait chercher dans de vieux journaux les articles parlant de filles portées disparues.

— Anglais ou français, les journaux ?

— Les disparitions ne sont pas relatées dans les deux ?

— Pas forcément.

Concentrée sur la conduite, je m'efforçais de ne pas sortir des traces laissées par les voitures avant moi.

— De nos jours, il existe plusieurs journaux en français à Montréal. Et, jusqu'à aujourd'hui, des millions de numéros sont parus dans les deux langues.

La voiture a chassé de l'arrière vers la gauche. J'ai redressé et suis repartie tout droit.

— On pourrait commencer par les journaux anglais.

— À partir de quelle année ? La construction de l'immeuble remonte à la fin de l'autre siècle.

Dans sa lutte contre les essuie-glaces, la neige l'emportait. J'ai mis le dégivreur au maximum.

— D'après leur rayonnement UV, ces os ne devraient pas être plus vieux que le bâtiment, mais je ne peux pas réduire davantage la fourchette.

— C'est bon. On oublie les journaux.

— Sans connaître la langue ni l'époque, ça nous

prendrait tout l'hiver. Et puis, le fait qu'on ait retrouvé les filles ici ne veut pas dire qu'elles aient disparu ici.

Nous avons parcouru tout un autre pâté de maisons avant qu'Anne ne demande :

— Et les boutons ?

— Quoi, les boutons ? ai-je répondu sèchement, occupée que j'étais à convaincre mes roues arrière de bien vouloir rester derrière celles de devant.

Anne a dénoué son écharpe et s'est carrée dans une attitude destinée à me faire comprendre qu'à partir de maintenant elle m'ignorait.

Et, de fait, il est vrai que j'étais en train de jouer mon Claudel avec elle.

— Excuse-moi.

Le silence s'est prolongé. Visiblement, Anne considérait que c'était à moi d'y mettre fin.

— Excuse-moi, je te dis. La conduite dans la neige, ce n'est pas mon fort. C'était quoi, ton idée de boutons ?

Après encore un instant de mutisme pour me signifier que j'étais vraiment une vraie de vraie emmerdeuse, Anne a bien voulu m'expliquer son idée.

— Tu pourrais peut-être les montrer à un autre expert. Tâcher d'avoir plus de renseignements sur ces boutons.

J'ai stoppé la voiture par légers coups de freins successifs. De l'autre côté de Sherbrooke, une vieille femme promenait un vieux chien, chaussé comme elle de bottines. Tous deux plissaient les paupières contre la neige.

J'ai regardé Anne.

Ouais, ce n'était pas bête.

J'ai redémarré en appuyant très progressivement sur l'accélérateur et j'ai tourné à gauche.

Idiote que j'étais ! Me fiant à ce que m'avait dit Claudel, j'avais laissé tomber les boutons, alors que l'expert du McCord n'était peut-être qu'une nana avec la grosse tête.

Brusquement, je mourais d'envie d'obtenir une seconde opinion.

— Annie, tu es géniale !

— Je sais.

— Tu es d'ac pour qu'on fasse encore un arrêt ou deux avant le dîner ?

— Oui ! Attelons-nous à la tâche !

Anne m'a attendue dans la voiture, le temps que je fonce au labo récupérer les boutons et passer un coup de fil. Quand je suis revenue, elle écoutait Zachary Richard sur une radio francophone.

— Qu'est-ce qu'il raconte dans sa chanson ?

— Il parle d'une Marjolaine.

— Elle a l'air de lui manquer.

— En tout cas, c'est ce qu'il prétend.

— C'est un chanteur d'ici ?

— Non, un Cajun de Louisiane. Ta partie du monde.

Anne s'est penchée en arrière et a fermé les yeux.

— Ce type, il peut chanter des chansons sur moi tous les jours de sa vie, si ça lui dit.

Le retour dans le Vieux-Montréal m'a pris deux fois plus de temps que d'habitude. Il faisait déjà nuit noire bien qu'il soit à peine cinq heures. Les lampadaires étaient allumés, les magasins fermaient et les piétons marchaient d'un pas pressé, la tête courbée, serrant leurs emplettes contre leur cœur.

J'ai quitté le boulevard René-Lévesque pour emprunter la rue Berri en direction du sud. Arrivée au bout, j'ai tourné à l'ouest et suivi la rue de la Commune. J'avais à ma droite le Vieux-Montréal et ses ruelles étroites qui sillonnaient la côte ; à ma gauche, le parc du Bonsecours, le pavillon Jacques-Cartier et le Centre des sciences de Montréal. Au-delà, le Saint-Laurent avec son eau prise dans une glace couleur d'ébène.

— C'est beau, a dit Anne. Ça vous a un petit côté toundra de l'Arctique.

— Taïaut au caribou !

Les mois sans glace, les bateaux viennent tout contre les quais qui surplombent le fleuve. Les squares et les promenades avoisinantes sont envahis par les passionnés de vélo et de planche à roulettes, par des pique-niqueurs et par les touristes. Ce soir, les quais étaient sombres et déserts.

Place d'Youville, j'ai tourné dans une petite rue et me suis garée en face du vieil édifice de la douane. Anne me suivait du mieux qu'elle le pouvait le long de la descente, titubant comme une ivrogne dans les traces que j'ouvrais dans la neige.

En regardant vers le fleuve, on distinguait les contours d'Habitat 67, le complexe bâti lors de l'Exposition universelle. Cet empilement de cubes, reflet de l'imagination des architectes plutôt que d'un projet pragmatique, est un défi à l'art si délicat de l'équilibre. L'été, c'est un bonheur de se balader dans les allées et les patios. L'hiver, c'est l'hypothermie garantie.

C'est là qu'habite Andrew Ryan.

À cette pensée, une multitude de questions ont pulvérisé ma concentration.

Où était-il en ce moment ? Quels étaient ses sentiments pour moi ? Et les miens pour lui ? Qu'avait-il voulu dire l'autre jour, en parlant de rester ? Rester pour bavarder avec moi ? D'accord, mais de quoi ? De sa volonté de s'engager plus fermement ? de prolonger le compromis actuel ? de mettre un terme à notre relation ?

J'ai mis ces questions de côté. Ryan était sur une opération difficile. Je n'entrais pas en ligne de compte dans ses pensées ou dans ses sentiments du moment.

Rue de la Commune, nous avons pénétré dans un immeuble gris futuriste, hérissé de coins et d'angles et surmonté d'une tour ceinte à son sommet d'une bannière stipulant : *ICI NAQUIT MONTRÉAL**.

— Où est-ce qu'on est ? a demandé Anne en tapant des pieds sur le carrelage vert pour faire tomber la neige de ses bottes.

— À Pointe-à-Callière. Le musée d'Archéologie et d'Histoire de Montréal.

Tout au bout du hall d'accueil, un homme en capote militaire des surplus de l'armée a émergé de dessous un bureau circulaire. Son visage hâve et pâle avait besoin d'un bon rasage.

Il s'est mis debout, une botte dans une main. De l'autre, il a désigné un panneau.

— Le musée est fermé.

— J'ai rendez-vous avec le Dr Mousseau.

Étonnement du monsieur.

— Votre nom, s'il vous plaît ?

— Tempe Brennan.

Il a tapé un numéro sur un clavier de téléphone et a chuchoté quelques mots dans le combiné.

— Le Dr Mousseau est dans la crypte. Vous connaissez le chemin ?

— Oui, merci.

Anne sur les talons, j'ai traversé le hall, dépassé un petit amphithéâtre, descendu un escalier en fer et pénétré dans une longue salle aux murs et au sol en pierre, éclairée par une lumière tamisée.

— J'ai l'impression d'être Alice à la poursuite du chapelier, a dit Anne.

— C'est ici qu'ont vécu les premiers habitants de Montréal. L'exposition montre comment la ville s'est développée au cours des trois derniers siècles.

— Ce sont les premières fondations ? a demandé Anne en frappant de ses gants un vestige de muraille.

— Non, mais c'est vieux, ai-je dit sans m'arrêter. Nous nous trouvons juste en dessous de la place d'Youville, tout près de là où nous nous sommes garées. Ce qui est maintenant une rue était autrefois un chenal où l'on déversait les eaux usées et, avant ça, une rivière.

— *Tempe ? C'est toi, Tempe** ?

La voix s'est répercutée contre la roche et le mortier.

— *Oui**.

— *Par ici**.

— C'est qui, Mme Mousseau ? m'a soufflé Anne.

— Une archéologue qui travaille ici.

— Je parie qu'elle possède des boutons.

— Plus que tu n'en compteras jamais à une réunion des militants pour les primaires[1].

Monique Mousseau se trouvait dans l'un des couloirs qui partent en toile d'araignée de la salle principale. Debout à côté d'une table roulante en métal supportant un appareil photo, une loupe, un ordinateur portable, une chemise remplie de papiers et plusieurs livres, elle examinait un objet exposé dans l'une des innombrables vitrines qui s'échelonnent le long des murs.

En nous voyant, elle l'a remis à sa place et a pris le temps de refermer à clef la vitrine avant de s'avancer vers nous. Elle a retiré ses lunettes Harry Potter et les a laissées ballotter sur sa poitrine.

— *Bonjour, Tempe. Comment ça va** ?

Elle m'a plaqué un baiser sur les deux joues puis, reculant d'un pas sans lâcher le haut de mes bras, elle a levé vers moi un visage resplendissant.

— Tu as l'air en pleine forme, mon amie.

— C'est le cas, ai-je répondu en anglais, avant de faire les présentations.

— Ravie de vous rencontrer, s'est exclamée Monique en secouant la main d'Anne comme si c'était une pompe à eau.

1. Référence aux badges avec la photo et les slogans des candidats aux élections présidentielles qu'arborent les militants. *(N.d.T.)*

— Moi de même, a répondu celle-ci en reculant, le bras arraché par ce petit bout de cyclone en jupon.

Mes amies semblaient appartenir à deux espèces distinctes : Anne, grande et blonde ; Monique, haute comme trois pommes à genoux avec des cheveux noirs et frisés. L'Américaine, symbole de la féminité dans son angora rose ; la Canadienne, accoutrée comme un homme avec ses bottes de bûcheron, son jean noir où pendait un énorme trousseau de clefs et sa chemise de l'armée kaki.

— Merci de nous recevoir si tard un vendredi et quand il neige.

— Il fait mauvais dehors ? s'est exclamée Monique en se détournant d'Anne pour pivoter vers moi d'un rebond de junkie dopé jusqu'aux yeux.

Voilà une bonne dizaine d'années que je connais Monique Mousseau. Je l'ai rencontrée juste après mon arrivée à Montréal. En travaillant avec elle, j'ai compris que son énergie et sa vigueur extraordinaires ne lui venaient pas d'un adjuvant chimique quelconque, mais bien de son amour pour la vie et pour son métier. Donnez-lui une truelle et elle vous fouillera la Nouvelle-Angleterre de fond en comble, en deux temps trois mouvements.

— Une neige à faire pâlir d'envie les trafiquants.

— Merveilleux. Je fais la taupe depuis si longtemps que je ne sais même plus à quoi ressemble le monde extérieur.

— Il est tout blanc.

Le rire de Monique a jailli avec une force insoupçonnable chez une femme mesurant à peine un mètre cinquante.

— Bon, montre-moi tes boutons !

Je lui ai décrit le sous-sol et les squelettes avant de lui remettre le sachet transparent.

— Passionnant ! Voyons ça !

Monique fait suivre chacune de ses phrases d'un point d'exclamation.

Ayant rechaussé ses lunettes, elle a retourné plusieurs fois le sachet entre ses mains. Une minute entière a passé. Puis d'autres.

Son visage exprimait l'embarras.

J'ai échangé un regard avec Anne.

Monique a levé ses yeux Harry Potter sur moi.

— Je peux les sortir ?

— Naturellement.

Elle a fait tomber les boutons sur sa paume et s'est avancée près du chariot pour les examiner à la loupe. L'un après l'autre, elle les a fait rouler du bout du doigt pour en observer les deux faces, puis elle les a posés sur la tranche et a recommencé son examen. Sa perplexité allait croissant. Notre surprise aussi.

L'inspection s'éternisait.

— Vous voulez bien m'excuser un instant ? a demandé Monique.

J'ai hoché la tête.

Elle s'est éloignée d'un pas rapide, laissant deux des trois boutons sur son chariot.

Autour de nous, il régnait un silence angoissant, troué parfois par l'écho d'un klaxon.

L'attente était insupportable. Que se passait-il ? Qu'avait donc vu d'extraordinaire Monique Mousseau ?

Une éternité plus tard, l'archéologue est revenue. Elle a repris les boutons et recommencé son inspection. Enfin, elle a relevé les yeux, des yeux énormes derrière ses lunettes loupes.

— C'est Antoinette Legault qui les a examinés ?

— Un détective les lui a montrés au McCord.

— Et elle a pensé qu'ils dataient du XIXe siècle ?

— Oui.

— C'est exact.

J'ai senti mon cœur chuter dans ma poitrine.

Monique s'est tournée vers moi, les boutons posés sur sa main. Elle les a fait rouler du bout de son stylo.

— Ceux-ci sont en argent et fabriqués par un horloger du nom de R.L. Christie.

— Où ça ?

— À Édimbourg, en Écosse.

— À quelle époque ?

— Quelque part entre 1890 et 1900.

— Tu es certaine ?

— Je l'ai su tout de suite. J'avais reconnu son travail, mais j'ai préféré vérifier, au cas où.

J'ai hoché la tête, trop abasourdie pour trouver quelque chose à dire.

— En revanche… celui-là est une copie, a-t-elle déclaré en retournant le troisième bouton avec son stylo. Et une mauvaise copie, par-dessus le marché.

Je l'ai regardée sans comprendre.

Elle m'a tendue sa loupe.

— Compare ces deux-là, m'a-t-elle indiqué en me les désignant.

Vue à la loupe, la femme, sur le bouton fabriqué par Christie, avait les yeux, le nez et les boucles de cheveux tracés avec précision, alors que le visage de la silhouette gravée sur la copie avait des traits flous.

Monique a retourné les boutons.

— Regarde maintenant les initiales gravées près des trous.

La différence sautait aux yeux, même pour un amateur. Christie avait gravé ses lettres d'un geste sûr et régulier, tandis que le S de la contrefaçon était fait d'une succession de petites entailles se chevauchant.

J'étais perplexe et quelque peu étonnée.

Mais pas aussi surprise que je le serai le lundi suivant.

16

Mon appartement se trouve au rez-de-chaussée d'un immeuble de quatre étages, bâti autour d'une cour centrale. Il comporte deux chambres, deux salles de bains, un salon, une salle à manger, une cuisine tout en longueur, une entrée.

Le couloir qui relie l'entrée à la salle à manger, en face de la cuisine, est percé de portes-fenêtres qui donnent sur un patio, lequel donne à son tour sur la cour centrale. Dans le salon, d'autres portes-fenêtres ouvrent sur une pelouse minuscule.

En été, je plante des herbes aromatiques tout autour du gazon. En hiver, je regarde la neige s'entasser sur les branches des pins et sur la barrière en séquoia. Cinq mètres carrés, une surface *extraordinaire** pour un jardinet en plein cœur de la ville.

Ce soir, cet espace tout noir déclenchait en moi un sentiment de faiblesse et de vulnérabilité. Et le fait que les patrouilles de police passent plus fréquemment à la demande de Ryan n'y changeait rien. La porte-fenêtre rapiécée me rappelait constamment l'effraction. L'intrus était-il vraiment entré par là ? J'étais bien contente d'avoir Anne avec moi.

Après un dîner acheté chez le Thaï du coin et avalé

sans traîner, nous avons nettoyé les restes du saccage. En passant l'aspirateur, je fulminais.

Une fois de plus, je me suis couchée l'esprit en ébullition.

Celui qui avait violé mon refuge était-il en mal de coke ? C'était plus que probable, oui. Un désespéré cherchant du fric et cassant tout parce qu'il ne trouvait rien d'intéressant. Un cambrioleur normal n'aurait jamais agi comme ça. À moins que… Et si c'était une mise en scène, un message de la Mafia… ? Pour me détourner de secrets longtemps cachés. Pour m'effrayer : « On sait où vous trouver. » Non, ça pouvait aussi bien être l'acte d'un malade qui m'en voulait personnellement…

Que signifiaient ces boutons ?

Pourquoi ni Claudel ni Charbonneau ne me rappelaient-ils pas ?

Où était Ryan ? Pourquoi n'avait-il pas téléphoné ?

Et puis merde. De toute façon je m'en foutais, n'est-ce pas ?

Samedi matin, Anne est allée faire les courses au Faubourg pendant que je recevais le vitrier. À midi, un carreau tout neuf était installé, le réfrigérateur était plein et l'appartement raisonnablement propre.

Pour des raisons que mon subconscient juge inutile de me faire connaître, je suis incapable de jeter certaines choses. Les ordonnances de médecin. Les *National Geographic*. Les annuaires de l'Académie américaine des sciences médico-légales. Les annuaires de téléphone.

Eh oui, on ne sait jamais.

Après avoir déjeuné avec Anne de sandwiches tomate-fromage-mayonnaise, j'ai regroupé tous les annuaires de la maison près de mon ordinateur. Puis j'ai sorti la liste des anciens locataires de Cyr avec leurs numéros de téléphone. Par où commencer ? Par les plus vieux ou par les plus récents ?

J'ai choisi les plus vieux.

De 1976 à 1982, l'espace occupé actuellement par Matoub et son four à pizzas avait abrité une maroquinerie appartenant à une dénommée Sylvie Vasco.

Au numéro de téléphone indiqué sur la liste, un étudiant a répondu. Il habitait au ghetto McGill, la cité universitaire, et n'avait pas la moindre idée de ce dont je parlais.

Pas de Sylvia Vasco dans aucun de mes annuaires. Pas non plus dans celui de l'ordinateur. Prises toutes ensemble, ces diverses sources me fournissaient sept S. Vasco. Le premier numéro était déconnecté. Les deux suivants ne répondaient pas. Le quatrième correspondait à un cabinet d'avocat et les trois derniers à des dames dont aucune ne s'appelait Sylvie ou Sylvia ni n'en connaissait parmi ses proches.

J'ai entouré les deux numéros restés sans réponse et suis passée au locataire suivant.

De 1982 à 1987, le local avait été occupé par la boucherie Lehaim. À côté du nom du propriétaire, Abraham Cohen, Cyr avait rajouté « sp ».

Entre Montréal *intra muros* et la banlieue, les pages blanches répertoriaient un bon million de Cohen, sans compter toutes les orthographes possibles : Coen, Cohn, Kohen et Kohn.

Super.

Les pages jaunes listaient une boucherie Lehaim à Hampstead.

Personne n'a répondu.

Retour à la liste des locataires.

Les occupants suivants avaient été Patrick Ockleman et Ilia Fabian. De 1987 à 1988. À côté de leurs noms étaient inscrits « pédé » et « voyages ».

Je n'ai rien trouvé nulle part pour Patrick Ockleman.

Un Ilia Fabian était donné comme habitant rue Amherst, dans le village gay. On a décroché à la première sonnerie.

Je me suis présentée. Est-ce que je parlais bien à Ilia Fabian ?

Oui.

Est-ce qu'il était l'Ilia Fabian qui avait tenu une agence de voyages rue Sainte-Catherine vers la fin des années 1980.

— Oui. (Ton méfiant.)

Est-ce que son associé ou lui-même avait utilisé la cave à l'époque où ils louaient ce local ?

— Vous travaillez avec le coroner, dites-vous ?

Son ton n'était plus seulement circonspect, il suait le dégoût.

— Oui, monsieur.

— Oh ! mon Dieu ! Est-ce qu'on aurait retrouvé un mort dans cette cave ? un cadavre ?

Que lui répondre ?

— Des ossements y ont été retrouvés, je suis chargée de les analyser.

— Oh ! mon Dieu !

— Il s'agit sans doute d'ossements très vieux.

— Oh ! mon Dieu ! Comme dans *L'Exorciste*. Non… comme dans le film avec la petite fille… vous savez ? avec la maison construite au-dessus du cimetière. Ah ! oui. *Poltergeist*.

— Monsieur Fabian…

— Rien ne saurait m'étonner à propos de cette fosse à purin dégueulasse. Avec Patrick, on y est descendus une fois, histoire de jeter un coup d'œil. On n'y a plus jamais remis les pieds. J'en avais la chair de poule de penenenser à toutes les bestioles qui ramamampaient sous nos pieds. Ça grououououillait de vermine ! (Il étirait les syllabes avec affectation. Trois « an » pour « penser » et « rampaient », quatre « ou » au moins pour « grouillait ».) Et maintenant vous me dites qu'il y avait là des cadaaaavres ?!

— Est-ce que vous avez utilisé cette cave comme entrepôt à un moment quelconque ?

— Dieu m'en préserve !

Je l'ai vu mentalement, secoué de la tête aux pieds par un frisson théâtral. Un peu émotif, pour un tour-opérateur.

— Est-ce que votre agence était spécialisée dans une partie du monde bien précise, monsieur Fabian ?

— Nous organisions des voyages dans les lieux considérés comme sacrés par la population gay. (Petit reniflement méprisant.) Mais, à l'époque, le marché des pèlerinages était à la baisse. On a plié bagages au bout de dix-huit mois.

— Patrick Ockleman aussi ?

— Oui.

— Où est-il maintenant ?

— Mort.

J'ai attendu que Fabian développe. Il s'est abstenu.

— Puis-je vous demander quand et dans quelles circonstances votre associé est décédé ?

— Renversé par un car, figurez-vous. Aussi bête que ça. (Ton plaintif.) À Stowe, au Vermont, cela fait maintenant quatre ans. Les roues lui ont écrabouillé la tête comme un fruit trop mûr…

— Merci, monsieur Fabian. Nous vous recontacterons si nécessaire.

J'ai coupé la communication. Pas très crédibles comme tueurs en série, ce Fabian et cet Ockleman. Enfin… J'ai quand même souligné le numéro et rédigé quelques notes.

Le prochain nom sur la liste était S. Ménard. À côté, Cyr avait écrit « prêteur sur gages » et « 1989-1998 ».

Quatre pages de Ménard dans l'annuaire de Montréal, dont soixante-dix-huit ayant un S comme initiale du prénom.

Au quarante-deuxième appel ou presque, j'ai décidé que c'était un boulot pour les détectives.

Au suivant.

Le salon de manucure. M. Phan Loc Truong avait occupé les lieux de 1998 à 1999.

Pas aussi décourageant que Ménard, mais il y avait quand même deux cent vingt-sept Truong répertoriés dans les pages blanches. Aucun Phan Loc Truong, et seulement deux P. Truong.

Aucun de ces P. Truong ne s'appelait Phan Loc, ni ne connaissait de Phan Loc ayant possédé un salon de manucure.

Je me suis attaquée aux Truong restants. Un bon nombre d'entre eux baragouinaient à peine l'anglais ou le français. Beaucoup d'entre eux avaient des rapports avec des salons de manucure, mais personne n'avait jamais entendu parler de celui qui possédait jadis un salon dans l'immeuble de Richard Cyr.

— Tu as découvert quelque chose ? a lancé Anne du pas de la porte, alors que j'en étais à mon vingt-neuvième Truong.

— Qu'une foule de dames veulent se faire faire les ongles.

La pièce où je travaillais était devenue toute sombre sans même que je m'en rende compte. Découragée, j'ai coupé l'ordinateur et suis allée m'occuper du dîner avec Anne. Pendant le repas, je lui ai raconté mon après-midi perdu.

Après, nous avons regardé deux films de l'inspecteur Clouzeau, Birdie somnolant entre nous. Nous n'avons pas beaucoup ri. Nous nous sommes couchées tôt.

Le lendemain, dimanche, j'ai rappelé la boucherie Lehaim vers midi.

Personne.

À deux heures, quelqu'un a répondu « Shalom ».

Une voix de baryton mâtinée de hautbois.

Je me suis présentée.

L'homme aussi : Harry Cohen.

— Est-ce que je suis à la boucherie Lehaim qui était autrefois rue Sainte-Catherine, dans les années 1980 ?

— Oui. C'était le magasin de mon père.

— Abraham ?

— Oui. On en a déménagé en 1987.

— Puis-je vous demander pourquoi ?

— Notre clientèle est strictement cachère. Le quartier où nous sommes actuellement nous convenait mieux.

— Je sais que ma question peut sembler bizarre, monsieur Cohen, mais que vous rappelez-vous à propos du sous-sol de ce bâtiment ?

— Qu'on y entrait par notre magasin. Nous n'y gardions rien et je ne me souviens pas que l'un d'entre nous y ait jamais mis les pieds.

— Est-ce que d'autres locataires de l'immeuble auraient pu y entreposer des affaires ?

— Mon père ne l'aurait jamais permis. Le seul moyen d'y accéder était une trappe située dans notre salle de bains, et il la gardait fermée par un cadenas en permanence.

— Pour quelle raison, si je puis me permettre ?

— Mon père est extrêmement sérieux pour tout ce qui touche à la sécurité.

— Pourquoi ça ?

— Parce qu'il est juif et qu'il est né en Ukraine en 1927.

— Je comprends.

Que pouvais-je lui demander encore ? Je n'avais plus que des fétus de paille auxquels me raccrocher.

— Vous avez connu les locataires d'avant ou ceux qui ont pris la suite ?

— Non.

— Vous êtes restés presque six ans à cet endroit.

Est-ce qu'un événement particulier vous a donné envie de partir ?

— Le quartier est devenu… disons : déplaisant.

— C'est-à-dire ?

— Nous sommes des chabad-Loubavitch, docteur Brennan. Des juifs ultraorthodoxes. Même à Montréal, nous ne sommes pas toujours compris.

Je l'ai remercié de son amabilité et j'ai raccroché.

Au centre de la cour de mon immeuble pousse un petit sapin famélique dans une jardinière en pierre. Tous les ans au mois de décembre, le gardien y accroche des lumières. Oh ! ce ne sont pas de ces guirlandes de Noël blanches, de bon goût, signées Winston, de ce style presbytérien qu'affectionne le Connecticut. Ce sont des lampions pimpants de toutes les couleurs de l'arc-en-ciel. Ici, c'est tout ou rien. Birdie les aime beaucoup. Il passe des heures près de la cheminée à comparer les flammes de l'âtre à celles qui scintillent dans la neige.

Avec Anne, nous l'avons imité. Nous avons traîné devant le feu tout l'après-midi, la tête sur un coussin, les pieds sur le rebord de la cheminée, à boire d'innombrables tasses de café et de thé. En nous lamentant, elle de Tom, moi de Claudel et de Ryan. Ça nous a fait bien rire et bien râler de devoir admettre que nous ne pouvions pas nous passer d'eux.

Anne était intarissable. Après des heures passées à l'écouter, j'en suis venue à me dire qu'elle était véritablement malheureuse. Sa passion pour le shopping et la rigolade n'était qu'une façon de faire bonne figure, un simulacre. Un maquillage avant que le rideau se lève, car le spectacle devait continuer coûte que coûte. L'équipe devait remporter la victoire. Allez, ma vieille, secoue-toi ! Fais ça pour les gosses ! Fais ça pour Tempe !

Anne appartient à la catégorie des gens solides en toutes circonstances. La voir affalée me troublait profondément.

J'ai prié pour que son immense tristesse ne s'installe pas en elle définitivement.

J'aurais voulu lui redonner courage. Lui dire des paroles qui la réconfortent ou, du moins, la distraient. Mais les phrases qui me venaient aux lèvres me paraissaient usées et rabâchées. À la fin, je n'ai plus rien dit, sinon que je l'aimais. Au fond de moi, j'étais inquiète.

Plus que tout le reste, ce sont les souvenirs qui nous lient, Anne et moi. La nuit où nous nous sommes baignées nues dans un lac. La réception où elle s'est retrouvée les quatre fers en l'air sur la piste de danse. La fois où on a oublié son petit Stuart d'à peine deux ans sur la plage. Le jour où j'ai débarqué, ronde comme une queue de pelle, à un concert où Katy jouait.

L'année où je débarquais partout ivre morte.

Entre les causeries, nous vérifiions l'une et l'autre nos portables.

De Tom, des messages incessants.

De Ryan, pas un seul.

Et aucun non plus de cette Mme Gallant/Ballant/Talent que j'appelais toutes les heures et qui commençait à m'énerver à ne pas décrocher.

À un moment, la conversation a roulé sur les boutons. Monique Mousseau ne s'était pas aventurée à émettre un avis sur celui qui était faux. Ni sur sa date de fabrication, ni sur ce que pouvait signifier sa présence au milieu des autres. Avec Anne, nous avons imaginé un nombre de scénarios incalculable sans en trouver un seul qui tienne la route. Et Birdie ne nous a pas été d'un grand secours.

Dans la soirée, j'ai enfin réussi à convaincre Anne de parler à Tom la prochaine fois qu'il appellerait.

Elle l'a fait et ensuite a bu beaucoup de vin. Calmement.

17

Le lundi matin, Anne dormait toujours lorsque je suis partie pour le labo. Je lui ai laissé un mot lui demandant de m'appeler dès qu'elle se réveillerait. Pas avant midi probablement.

En émergeant du parking, j'ai été presque aveuglée par l'éclat de la neige. Un soleil éblouissant régnait sur un ciel sans nuages.

L'armada de chasse-neige avait remporté la victoire. Toutes les rues du centre-ville étaient dégagées. À l'est, la plupart des rues étaient praticables. Les voitures en stationnement, ensevelies jusqu'au toit, ressemblaient à des hippopotames congelés dans un fleuve de lait.

Çà et là, des gens énervés démarraient leur journée de travail en s'activant avec une pelle. La vapeur qui sortait de leurs bouches était presque aussi opaque que celle qui montait des pots d'échappement de leurs véhicules quasiment invisibles.

Les rues autour du labo n'étant pas dégagées, je me suis garée sur le parking payant devant l'édifice Wilfrid-Derome et j'ai gagné l'entrée arrière du bâtiment en slalomant entre les congères, évitant au passage une chenillette dont le gyrophare jaune palpitait dans le ciel cristallin.

Mes pas émettaient un son pointu et craquant. Au loin, les camions de déblaiement réveillaient le quartier à grand renfort de signaux à deux tons qui vous vrillaient le cerveau. Debout là-dedans ! Bougez-vous le cul ! Retirez votre bagnole !

Ma première surprise de la journée a fait son entrée à l'instant précis où je tendais le bras vers le téléphone pour écouter ma boîte vocale : Michel Charbonneau.

C'est un homme costaud sur qui les années passent sans le tasser. Avec son cou de taureau, son visage couleur de steak saignant et son crâne hérissé d'épis, il a tout du joueur de foot électrisé au moment où il plaque son adversaire au sol.

À la différence de Claudel qui chérit les soies et les lainages venant de chez les grands couturiers, Charbonneau a une prédilection pour le polyester et les articles en solde. Il arborait un pantalon noir et une chemise orange brûlé rehaussée d'une cravate où toutes les couleurs de l'arc-en-ciel se livraient un combat de rue. Une veste écossaise entre le brun et le fauve complétait sa tenue.

Il s'est laissé choir dans un fauteuil et a refermé les pans de son pardessus sur ses genoux. Il avait un bleu sur la joue gauche.

— Vous devriez voir l'autre mec, a lâché Charbonneau en surprenant mon regard. Et de me décocher un sourire de toutes ses dents.

Je suis restée de marbre.

— Désolé de ne pas vous avoir rappelée. Avec Claudel, on a été prêtés aux Stup' à la dernière minute, et la rafle était programmée pour vendredi. Z'avez dû lire ça dans les journaux.

— Non. Et je n'ai pas non plus écouté les infos.

Pendant le week-end, avec Anne, nous avions fait l'impasse sur toutes les formes de journalisme, préférant visionner des cassettes ou de vieux films sur la chaîne cinéma.

— Ça faisait des mois que les forces spéciales étaient sur le coup.

Je l'ai laissé continuer sans l'interrompre.

— Des mecs en costume trois pièces à la tête de grands labos pharmaceutiques fourguaient de la pseudo-éphédrine. Une substance utilisée dans la production des méta-amphétamines. Ils l'entreposaient au Québec et en Ontario et, de là, l'expédiaient par camion dans tout le Canada et les quarante-huit États en dessous.

Il s'est penché en avant, les coudes en appui sur ses cuisses, les mains pendant entre les jambes.

— Ils fournissaient des trafiquants d'Halifax à Houston. Vendredi, on en a arrêté quarante-trois, et onze encore samedi. J'en connais parmi les avocats qui vont se faire des couilles en or, rien qu'avec les provisions.

— Andrew Ryan participait à l'opération ?

Charbonneau a hoché la tête en souriant.

— Une légende, ce gars-là, même s'il est à la SQ.

Dire qu'il existe une rivalité entre la SQ et la CUM, c'est comme de dire que les Palestiniens et les Israéliens ont des rapports quelque peu tendus.

— En quoi est-il une légende ? ai-je demandé tout en me mettant à tracer des carrés à l'intérieur d'autres carrés.

— Samedi matin, 'l'était à deux doigts de voir toutes ses bougies soufflées d'un coup et, le soir, y s'trimbalait, tranquille comme Baptiste, avec un morceau qu'avait pas la moitié de son âge. Trois centimètres de Lycra et des hectares de peau, a précisé Charbonneau en dessinant un huit en l'air avec ses mains.

— Il a quoi, Ryan ? Quarante-cinq, quarante-sept ans ? Et la meuf, c'était une petite poussinette à peine sortie de sa coquille.

J'ai divisé un carré. En me serinant que je m'en fichais, de tout ça !

— Vu comme la señorita s'accroche, je me dis que le type doit toujours avoir ce qu'il faut.

Ryan et moi avions été discrets. Plus que discrets. Charbonneau n'avait aucun moyen de savoir que nous étions amants.

— Parce qu'elle s'accroche ? ai-je demandé de ma voix la plus détachée.

Charbonneau a haussé les épaules.

— En tout cas, je les avais déjà vus ensemble.

— Vraiment ?

— Voyons, quand était-ce ? a enchaîné Charbonneau, sans se rendre compte de l'effet que ses paroles produisaient sur moi. En août ? Ouais, c'est ça… Faisait plus chaud que sur un putain de cargo de bananes. J'étais passé ici pour me rencarder sur une affaire. Mais vous… (Il a pointé un doigt charnu sur moi.) Vous, vous étiez dans le Sud. Je devais témoigner. Je me souviens, c'est au début du mois d'août que s'est tenue l'audience préliminaire. J'ai repéré le Ryan avec sa reine du bal juste au moment où je quittais le tribunal. Ouais… La première semaine d'août.

La première semaine d'août… Ryan, qui était avec moi à Charlotte, avait reçu un appel pressant. Des ennuis avec sa nièce. Il était rentré au Canada.

J'ai jeté mon stylo sur la table.

— Monsieur Charbonneau, ai-je déclaré en me forçant à conserver un air sévère, si je vous ai appelé vendredi, c'est parce que j'avais appris certaines choses à propos des squelettes découverts dans le sous-sol de la pizzeria.

— J'écoute.

Il s'est avachi dans le fauteuil, les jambes allongées devant lui.

— J'ai obtenu un second avis concernant les boutons

découverts par Saïd Matoub... Le propriétaire de la pizzeria, ai-je expliqué comme Charbonneau ne réagissait pas.

— Le type qui a trouvé les squelettes ?

— En fait, c'est le plombier qui les a vus le premier. Matoub était à côté. Il a reconnu avoir raflé trois boutons en argent pendant qu'il rassemblait les os.

— Exact.

— Votre coéquipier, Claudel, a fait expertiser ces boutons au McCord.

— La bonne femme là-bas a déclaré qu'ils étaient vieux.

— Mme Antoinette Legault. Elle n'a qu'en partie raison.

— Ah, ouais ?

— Selon Monique Mousseau, de Pointe-à-Callière, seulement deux de ces boutons sont du XIXe siècle. Le troisième est une copie.

— Ce qui veut dire ?

— Elle ne sait pas.

— Et la copie, elle date de quand ?

— Elle n'a pas pu me le dire, mais elle doute qu'elle soit très ancienne.

— Peut-être que ces boutons n'ont rien à voir avec les os. Comme info, c'est pas le pistolet fumant à côté du cadavre.

— Vous avez entendu parler de Nicolò Cataneo ?

— Le Couteau ? Qui ne le connaît pas ?

— L'immeuble dans lequel se trouve la pizzeria appartient actuellement à Richard Cyr. Il l'a acheté à Nicolò Cataneo.

— Ah, ouais ? Quand ça ?

— En 1980.

Charbonneau a ramené ses pieds sous lui et s'est redressé.

— Et Cataneo a possédé cet immeuble pendant combien de temps ?

— Dix ans.

Il a froncé les sourcils. J'ai demandé :

— Cela vous donne une idée, détective ?

— Possible.

— Je sais que Cataneo avait beaucoup de relations.

Il s'est mis à titiller la cuticule de son pouce droit. J'ai insisté :

— Qu'est-ce qu'il y a que vous ne m'ayez pas encore raconté ?

Il a paru hésiter, puis il s'est laissé retomber en arrière sur son dossier.

— Les factions calabraise et sicilienne. Le clash qui s'est produit ici, à la fin des années 1970. Ils z'y sont pas allés de main morte. La lutte s'est soldée par l'assassinat de Paolo Violi.

— Et après ?

— Un autre parrain a pris le pouvoir.

Une sonnerie a retenti au bout du couloir, puis une autre et une troisième. LaManche battait le rappel des troupes pour la réunion du matin.

— Et ensuite ?

— Le nouveau parrain a rompu avec les Bonano de New York et noué des liens entre sa famille de Montréal et la famille Caruana-Cuntrera.

— Vous voulez dire quoi, au juste ? ai-je laissé tomber en jetant un coup d'œil ostensible à ma montre.

Charbonneau a haussé les épaules.

— Ça a été sauvage. Un paquet de gens sont restés sur le carreau.

— Des filles aussi, peut-être ?

Il a haussé les épaules une seconde fois.

— Vous m'avez rien dit sur ces ossements. Il y a des traumas ?

— Je n'en ai pas trouvé. Mais vous, vous êtes en contact avec votre coéquipier, non ?

Charbonneau s'est tiré une oreille en roulant des yeux à droite et à gauche avant de poser son regard sur moi. Une minute d'hésitation, et il s'est lancé :

— Luc a rencontré le proprio.

— Je sais.

— J'imagine qu'il vous l'avait pas dit.

— Non.

— On aurait dû, probablement.

— Ç'aurait été gentil.

— Le vieux mec, Cyr, il lui a jamais parlé de Cataneo, à Luc.

— Votre coéquipier devrait peut-être corriger de petits détails dans son comportement.

— Vous avez appris autre chose ?

Je lui ai fait part de mes découvertes à partir de la liste des locataires.

— Qui c'est, votre chouchou ? La reine des folles ou le type avec les tortillons des deux côtés du chapeau ?

— Les Loubavitch ne portent ni le *payot* ni le *streimel*.

— C'était pour rire, doc ! Vous pensez que l'un de ces types pourrait avoir joué un rôle dans ces meurtres ?

— Vous me demandez mon avis ?

Il a hoché la tête.

— J'en doute, ai-je répondu.

Sur ce, je me suis levée. Charbonneau a réuni ses pieds, jeté son manteau sur un bras et sorti un papier d'une poche.

— Je suis censé vous donner ça.

Le papier portait le numéro de téléphone de Mme Ballant/Gallant/Talent, ainsi qu'un nom : Alban Fisher, et une adresse à Candiac.

— C'est une recherche à partir d'un numéro de téléphone ?

J'ai acquiescé de la tête.

— Quelqu'un qui vous enquiquine ?

— Vous voulez dire : en plus du type qui s'est introduit chez moi par effraction ?

— Ah bon ? s'est étonné Charbonneau, et son visage s'est tendu.

J'ai regretté d'en avoir fait état.

— Ce n'est rien. Quoi qu'il en soit, Ryan a demandé à ce qu'on double la surveillance près de chez moi... Quant à ce numéro, ai-je ajouté en agitant le papier qu'il venait de me remettre, c'est une dame qui m'a appelée en prétendant savoir des choses sur les ossements retrouvés sous la pizzeria.

— Quoi donc ?

— Je l'ignore. Elle a seulement dit qu'elle savait ce qui s'était passé dans cet immeuble.

— Tenez-moi au courant dès que vous l'aurez eue au bout du fil. Si vous n'arrivez pas à la joindre aujourd'hui, je ferai un tour dans le coin. Et faites-le-moi savoir si quelqu'un vous embête, doc. J'y tiens !

Il a encore marqué une hésitation, plus longue cette fois.

— Vous laissez pas bourrer le moût par Claudel. Il se calmera. Et aussi, doc... Lui non plus, il supportera pas qu'on vous emmerde. Vous pouvez me croire.

Je n'étais pas convaincue.

Après avoir survécu au champ de mines qu'avait été pour moi la première partie de ma conversation avec Charbonneau, j'aurais dû être prête à affronter n'importe quoi. Eh bien, pas du tout ! La surprise qui m'attendait dans la salle de conférences m'a carrément renversée.

Quand je suis entrée, les cinq pathologistes étaient en plein débat. J'ai marmonné des excuses pour mon retard. LaManche m'a fait glisser à travers la table la liste des affaires du jour.

Trois autopsies avaient déjà été assignées : Pelletier

avait écopé des deux accrocs au crack retrouvés morts dans la station de métro Lionel Groulx, Morin avait tiré au sort le cycliste écrasé par le camion de pompiers.

Les autres cas étaient inscrits sur l'envers de la feuille. Je l'ai retournée.

Un homme à plat ventre sous l'escalier du mont Royal, tout au bout de la rue Drummond.

Nom du décédé : Inconnu.

Une femme retrouvée morte dans son lit.

Nom du décédé : Parent, Louise
Date de naissance : 18-6-1943
Info : Mort suspecte

Mes yeux ont parcouru la ligne suivante.

Là, mon cœur a chuté comme un bloc de pierre.

18

La voix de LaManche s'est faite de plus en plus lointaine ; autour de moi, tout a disparu.

J'ai fourré la main dans la poche de ma blouse et j'en ai sorti le papier de Charbonneau.

Doux Jésus !

L'adresse indiquée sur la liste des affaires du jour était celle de ma correspondante injoignable.

J'avais les yeux rivés sur son nom quand LaManche l'a prononcé tout haut.

— Louise Parent.

Ballant. Galant. Talent… Parent.

Ma tension était telle que j'avais l'impression d'avoir la poitrine découpée en bandes.

— Elle a été découverte par qui ?

L'assistance s'est tournée d'un bloc vers moi, ahurie de ma véhémence. LaManche n'a pas réagi. Il s'est contenté de sortir le rapport de police.

— Claudia Bastillo, la nièce de la victime.

— Qu'est-ce qui s'est passé ?

LaManche a gardé le silence, le temps de lire le rapport.

— Mme Bastillo a pour habitude de téléphoner régulièrement à sa mère, Rose Fisher, qui est la sœur de la victime, Louise Parent. Elles habitent ensemble à Candiac.

LaManche sélectionnait les faits pertinents.

— Comme elle avait appelé plusieurs fois au cours du week-end sans obtenir de réponse, Mme Bastillo s'est rendue chez sa mère tôt ce matin. Elle a découvert sa tante, Louise Parent, morte dans son lit.

Dieu du Ciel ! Et pendant ce temps-là, j'essayais de la joindre !

— Rose Fisher est indemne ?

LaManche a fini de survoler le texte.

— Le rapport n'en dit rien. Je suppose qu'elle est en vie puisqu'elle n'est pas en route vers chez nous.

— Louise Parent est morte de quoi ? ai-je demandé, comprenant aussitôt ce que ma question avait d'idiot.

— C'est exactement ce qu'on nous demande de déterminer, a répliqué LaManche, en me jetant un drôle de regard par-dessus ses lunettes.

Mille et une possibilités ont tourbillonné devant mes yeux.

Affreuse coïncidence ou acte criminel ? Louise Parent était-elle morte de sa belle mort ou avait-elle été assassinée ?

Tuée parce qu'elle m'avait téléphoné ?

Mais était-ce bien elle qui m'avait appelée ?

Devais-je prendre la parole ? attendre d'en savoir plus ?

Un coup d'œil à la case spécifique m'a appris quel service de police supervisait l'affaire.

La SQ.

J'ai décidé d'attendre. De parler d'abord aux personnes chargées de l'enquête et de voir ce que donnerait l'autopsie.

— Docteur Santangelo, s'il vous plaît, prenez le monsieur tombé dans l'escalier, poursuivait le patron.

L'interpellée a coché le nom de l'individu sur sa liste.

— Je m'occuperai de Mme Parent dès qu'elle sera là, a enchaîné LaManche.

Il a inscrit « La » à côté du nom de Louise Parent. Les affaires étant réglées, tout le monde s'est levé.

Aussitôt de retour dans mon bureau, j'ai appelé Ryan. Il a décroché à la première sonnerie.

— Qui est sur l'affaire Louise Parent ?

— Oui, je suis ravi de t'entendre. Oui, le temps s'est un peu réchauffé aujourd'hui.

— Comment s'est passé ton week-end ?

— Atroce.

— Ta grande affaire ?

— Finie et emballée.

— Ils t'ont laissé partir ?

— Oui.

J'ai attendu la suite. Il n'a pas développé.

— Qui est sur l'affaire Louise Parent ?

À en juger d'après le bruit de fond, Ryan se trouvait dans la pièce de l'escouade. Autrement dit : quelques étages en dessous de moi. J'ai insisté :

— Candiac. La dame de soixante ans retrouvée morte dans son lit ce matin. Qui a hérité de l'affaire ?

— Celui à qui tu parles, gamine.

— On ne t'a pas donné de vacances ?

— On ne peut pas se passer de moi.

— Tu n'as toujours pas de coéquipier ?

En effet, depuis que son équipier a trouvé la mort dans un accident d'avion alors qu'il convoyait un prisonnier de Géorgie à Montréal, Ryan fait cavalier seul. Cela fait maintenant plusieurs années qu'il passe d'affaire spéciale en affaire spéciale selon les besoins du moment.

— J'aime bien voler de mes propres ailes et mon charisme est tout simplement irrésistible.

— Ou ton after-shave. Dis, pourquoi est-ce que Louise Parent est cataloguée « mort suspecte » ?

— Parce que sa mort n'est pas tout à fait normale, j'imagine.

— Tu es à mourir de rire, Ryan.

— La victime n'était pas si vieille que ça et en bonne santé. Il n'y avait pas de chauffage déglingué. Pas non plus de trace de gaz ou de monoxyde de carbone. Pas de dépression diagnostiquée ni de lettre d'adieu. Et la sœur de la victime, une dame de soixante-quatre ans, a disparu. Envolée. Les flics de Candiac ont pensé que ça valait la peine de demander un coup de main à des gars sérieux.

— C'est LaManche qui pratiquera l'autopsie. Ce matin.

Je me suis représentée Ryan, les pieds sur son bureau, le téléphone au creux de l'épaule.

Je me suis représentée Ryan dans mon lit.

Je me suis représentée Ryan se pavanant avec une nénette.

— C'est la nièce qui a découvert le corps. Elle soutient que ça ne ressemble pas du tout à sa mère de partir sans la prévenir.

— Rose Fisher ?

J'ai entendu un bruissement de papier.

— Exact.

— Tu essaies de la localiser ?

— Oui, m'dame.

— Qui c'est, Alban Fisher ?

Un soupçon d'hésitation. Puis :

— Je peux essayer de savoir. Ça t'intéresse ?

— Tu te souviens, la dame qui m'a téléphoné à propos des squelettes de la pizzeria ?

— Oui.

— Tu te souviens, je croyais qu'elle s'appelait Ballant, Galant ou quelque chose comme ça.

— Oui.

— Eh bien, les deux appels que j'ai reçus ont été passés à partir de chez Rose Fisher, à Candiac.

— Parent…

— Ça ressemble, si la ligne est mauvaise.

— Et le téléphone est au nom d'Alban Fisher ? a demandé Ryan.

— Oui.

— Il est dans l'annuaire ?

— Attends, je regarde.

J'ai posé l'appareil pour m'emparer de l'annuaire. Parfois, certaines recherches ne demandent pas d'avoir du génie. À la lettre F, un Alban Fisher était effectivement répertorié à l'adresse de Candiac.

— Il y est.

— Bizarre, la nièce n'a parlé de personne d'autre. D'après elle, les deux dames vivaient seules. Je vais lui passer un coup de fil.

— J'en saurai plus quand LaManche aura fini l'autopsie.

— Elle est peut-être morte d'une crise cardiaque, tout simplement.

— C'est possible.

— Ça arrive à longueur de temps.

— Oui, c'est la seconde cause des décès.

— Le palpitant, ce n'est pas le *numero uno*, tu es sûre ?

— Certaine.

— C'est tout ?

— En fait, non.

Je lui ai parlé du faux bouton. Il a demandé ce que cela pouvait signifier. J'ai répondu que je n'en savais rien.

Enfin je lui ai parlé de Nicolò Cataneo.

Il a laissé passer une pause. Après, sa voix m'a paru différente. Plus dure, en quelque sorte.

— Je n'aime pas ça, Tempe. Ces gars-là n'ont pas plus

de respect pour la vie que pour du vieux fil dentaire. Fais gaffe à tes arrières.

— Je me méfie toujours.

— Ta fenêtre est réparée ?

— Oui.

— Tu m'as manqué, ce week-end.

— Vraiment ?

— Ton amie est toujours là ?

— Oui.

— Nous parlerons quand elle sera partie.

— Elle ne mord pas, tu sais.

Une longue pause, finalement rompue par Ryan :

— Tiens-moi au courant de ce que découvrira LaManche. Et appelle-moi sur mon *pager*, si je suis absent.

Avant de m'attaquer au troisième squelette, j'ai fait un détour par la salle d'autopsie principale. Sur la table numéro 1, Pelletier s'occupait du premier des jumeaux drogués ; LaManche, de Louise Parent sur la table numéro 2.

Elle était arrivée chez nous vêtue d'une chemise de nuit de grand-mère à présent placée sur la paillasse. Flanelle rose brodée de roses rouges, avec de la dentelle autour des empiècements et de minuscules boutons façon perle.

J'ai revu ma grand-mère, sa camomille à la main, s'approchant de son lit en traînant les pieds dans ses chaussons en polaire.

Étendue sur l'acier perforé, Louise Parent paraissait minuscule et pitoyable. Si seule, si abandonnée.

J'ai ressenti comme un coup de poignard au cœur. J'ai ravalé mon chagrin.

LaManche lui a délicatement tourné la tête. A ouvert sa mâchoire. A soulevé son corps, le bras passé sous son épaule. Elle avait le dos et les fesses fripés.

Il a appuyé fermement sur la chair décolorée. L'endroit n'a pas blanchi.

Il a laissé retomber le corps sur le dos, puis a soulevé une main sans vie. Des écailles fines comme du papier se sont détachées du derme.

— Lividité maximale. Rigidité cadavérique résorbée. La perte de peau débute à peine.

Tandis qu'il écrivait ses observations, j'ai laissé mon regard errer sur la géographie de Louise Parent.

Des muscles relâchés, des cheveux gris, une peau si pâle qu'elle en était presque translucide. Les seins fripés reposaient sur un thorax osseux. Le ventre commençait à virer au vert.

— À votre avis, depuis combien de temps est-elle morte ?

— Je ne vois ni marbrure ni boursouflure, et la putréfaction est minime. Il faisait chaud dans la maison, mais pas excessivement. Évidemment, j'analyserai le contenu de son estomac et les fluides oculaires, mais à ce stade, je dirais entre quarante-huit et soixante-douze heures.

Sa mort remontait donc à vendredi ou à samedi.

J'ai éprouvé un nouveau coup de poignard au cœur : le mercredi, je n'avais pas été particulièrement aimable quand elle m'avait appelée. Pourtant, le jeudi, elle m'avait retéléphoné.

J'ai remarqué une fine ligne blanche sur son abdomen.

— Regardez, on dirait qu'elle a subi une opération !

LaManche était déjà en train de recopier cette cicatrice sur un diagramme.

Mon regard est remonté vers le visage de la morte.

Ses yeux, à demi ouverts, présentaient des bandes plus foncées.

Tache noire sclérotique. Phénomène parfaitement normal. En effet, dans la mort, les muscles des paupières se relâchent, laissant la cornée à l'air, de sorte que le tissu épithélial se dessèche. Cela lui donnait le regard macabre d'un accidenté de la route mort la veille.

Je me suis penchée pour inspecter ses dents. Bien qu'usées, elles étaient propres et modérément décolorées. Ses gencives ne présentaient qu'un léger gonflement ou une résorption réduite. Louise Parent avait eu une bonne hygiène dentaire.

Je me relevais quand une petite chose a retenu mon regard. À droite, logée entre l'incisive et la canine. Je me suis penchée de nouveau.

Oui, il y avait là quelque chose, j'en étais persuadée.

Je suis allée prendre une loupe dans un tiroir.

Agrandis, les détails apparaissaient plus clairement.

— Docteur LaManche, venez donc jeter un coup d'œil !

19

LaManche a fait le tour de la table. Je lui ai passé la loupe. Il a examiné les dents de Louise Parent.

— Une plume, a-t-il dit sans se relever.

— Exactement.

Il l'a dégagée à l'aide d'une pince et l'a transférée dans une fiole en plastique. Puis il a écarté les mâchoires de la victime et inspecté les dents du fond.

— Je ne vois rien d'autre, a-t-il dit d'une voix étouffée par son masque.

— Je vous passe la Luma-Lite ?

— Lisa… s'il vous plaît… ? a-t-il appelé.

Le temps que je sorte l'appareil à fibre optique d'un placard, c'est-à-dire la boîte noire et le câble bleu qui la composent, la technicienne d'autopsie avait transféré la morte sur un chariot et la conduisait jusqu'à la salle de radiologie, à côté. Quand j'y suis entrée à mon tour, la chemise de nuit était déjà étalée sous l'appareil à rayons X.

Lisa a branché la Luma-Lite pendant que LaManche et moi-même chaussions des lunettes à verres orangés. Cette lumière spéciale allait nous permettre de déceler d'éventuelles traces invisibles à l'œil nu.

— Prêt ? a demandé Lisa.

LaManche a hoché la tête.

Lisa a descendu ses lunettes sur son nez et coupé le plafonnier.

Dans l'obscurité, le pathologiste a entrepris de promener la lumière au-dessus du vêtement. Çà et là sont apparus de minuscules filaments blancs : des poils. Lisa les a retirés à l'aide d'une pince à épiler et enfermés dans une autre fiole en plastique.

L'examen de la chemise de nuit terminé, LaManche est passé au cadavre. Lentement, il a fait remonter la lumière le long des jambes de la victime, fouillant les collines et les vallées du pubis, du ventre, de la cage thoracique et des seins, pour terminer par le creux à la base du cou.

Rien n'a rougeoyé dans le faisceau, sinon quelques poils de plus.

— On dirait des cheveux, ai-je dit.

LaManche en est convenu.

Les mains et les ongles de Louise Parent ne nous ont rien appris. Ses yeux, ses narines et ses oreilles étaient propres.

Quand le faisceau a éclairé la cavité sombre de la bouche et qu'une lueur phosphorescente est apparue sur la gencive en dessous d'une molaire, Lisa n'a pas pu retenir un « *Coucou** ! ».

— Ce n'est pas un cheveu, ai-je fait remarquer.

Lisa a extrait la chose à l'aide d'une pince et l'a conservée dans une troisième fiole.

L'inspection dans le noir s'est prolongée encore trente minutes sans rien révéler d'autre que deux cheveux, fins et ondulés comme ceux de la victime. Lisa a rallumé le plafonnier. Je suis retournée dans la salle d'autopsie avec LaManche. Là, il a ouvert la troisième fiole et a examiné son contenu à la loupe pendant un temps qui m'a paru une décennie.

— Un fragment de plume, a-t-il déclaré finalement.

Nous avons échangé un regard, saisis du même soupçon. Sur ces entrefaites, Lisa est réapparue avec la victime. LaManche s'est transporté jusqu'au chariot. Je l'ai suivi.

Saisissant fermement la lèvre supérieure de Louise Parent, il l'a roulée vers le haut. À première vue, la surface interne était normale.

En revanche, la chair pourpre et lisse à l'intérieur de la lèvre du bas présentait de minuscules lacérations horizontales, toutes situées en face des incisives inférieures.

De son pouce et de son index, LaManche a écarté les paupières de la victime. D'abord l'œil gauche, puis le droit. Dans les deux, il y avait des pétéchies, c'est-à-dire de petits points rouges de la taille d'une pointe d'épingle, ainsi que des plaques rouges sur la sclérotique et le tissu conjonctif.

— Asphyxie ! me suis-je exclamée.

Instantanément, j'ai eu la vision d'images terribles. Une femme seule dans son lit, un endroit sûr pour elle, un refuge. Une silhouette surgissant de l'obscurité, des doigts enserrant sa gorge. Un désir fou d'oxygène. La terreur. Le cœur battant à tout rompre.

— L'hémorragie pétéchiale peut avoir bien des causes, Temperance. Elle n'indique guère plus qu'une rupture capillaire.

— Je sais. Résultant d'une augmentation subite de la congestion vasculaire dans la tête.

— Exactement.

— Consécutive à un étranglement, par exemple, ai-je insisté.

— Ou à une toux, a-t-il objecté. À un éternuement, un vomissement, une poussée pendant la défécation ou l'accouchement…

— Je doute que cette dame ait été en train d'accoucher.

LaManche a continué son énumération tout en sondant la gorge de la victime de son doigt ganté :

— Une obstruction due à la présence d'un corps étranger. Un étouffement, un gonflement des parois des voies respiratoires…

— Vous voyez ici l'une ou l'autre de ces manifestations ?

LaManche a relevé les yeux sur moi.

— Je commence seulement l'examen externe.

— Elle a probablement été étouffée.

— Elle n'a pas de griffure ou d'ongle cassé. Je ne vois aucun signe de violence ou de lutte.

Il a dit ces mots plus pour lui-même que pour moi.

— Elle a pu être étouffée dans son sommeil avec un oreiller, ai-je rétorqué, exprimant tout haut mes pensées à mesure qu'elles me venaient à l'esprit. Un oreiller ne laisse pas de marques, et ça expliquerait les plumes dans la bouche et les coupures sur la lèvre.

— Les pétéchies sont fréquentes sur les cadavres retrouvés étendus, la tête plus bas que le reste du corps.

— La lividité du dos et des épaules suggère qu'elle était allongée sur le dos quand elle est morte.

LaManche s'est redressé.

— Le détective Ryan a promis de nous faire parvenir les photos des lieux dans l'après-midi.

Pendant un moment, nous nous sommes fixés en chiens de faïence. Puis j'ai abaissé mon masque et raconté à LaManche l'histoire de Mme Parent.

— Je vous remercie de porter à ma connaissance qu'il existait des rapports entre la victime et vous, a déclaré mon patron. J'apporterai un soin accru à l'examen interne, a-t-il ajouté en gardant ses yeux tristes plantés dans les miens.

Cette dernière phrase était bien inutile, car LaManche ferait preuve envers Mme Parent de la même méticulosité qu'envers tous les cadavres qui passaient sous son scalpel, qu'il s'agisse de la dépouille d'un Premier ministre ou d'une voleuse à la tire. Pierre LaManche refuse qu'une mort demeure inexpliquée.

Vers dix heures et demie, j'avais fini de déballer les restes exhumés du deuxième creux, dans le sous-sol de la pizzeria.

À onze heures et demie, j'avais dégagé tous les ossements de la bâche en cuir dans laquelle ils étaient enveloppés, je les avais nettoyés de toute trace de terre et d'adipocire et je les avais étalés sur la table d'autopsie selon leur emplacement anatomique.

À quatre heures moins vingt, l'inventaire et l'examen des os était achevé.

Le squelette désigné sous le numéro 38 428 était celui d'une femme blanche, mesurant entre un mètre soixante-cinq et un mètre soixante-douze, âgée de dix-huit à vingt-deux ans au moment de sa mort. Elle avait une mauvaise hygiène dentaire, mais pas de plombage, et une fracture du radius droit bien guérie. Son squelette présentait des dégradations *post mortem* minimes et aucune marque d'un trauma subi au moment de la mort ou peu de temps auparavant.

Mes conclusions préliminaires se révélaient exactes : cette jeune fille ressemblait étrangement aux deux autres, à la différence près qu'elle était légèrement plus âgée.

Je terminais de recopier mes notes quand j'ai entendu la porte de l'antichambre de ma salle d'autopsie s'ouvrir et se refermer. L'instant d'après, LaManche s'encadrait sur le seuil. Son expression disait clairement qu'il n'était pas venu m'annoncer que Louise Parent était morte d'une rupture d'anévrisme.

— Dans le sang des veines, j'ai trouvé un excès d'hémoglobine désoxygénée indiquant la cyanose.

— Asphyxie ?

— Oui.

— C'est tout ?

— Rien d'autre qui soit atypique pour une femme de son âge.

— Elle a donc pu être étouffée.

— C'est plausible, je le crains.

— D'autres blessures ?

Il a secoué la tête.

— Aucune fracture. Pas d'hémorragie. Pas d'éraflure ou de griffure. Rien sous les ongles. Rien tendant à indiquer une lutte.

— Elle a pu être agressée dans son sommeil. Ou droguée.

— Je vais réclamer une analyse toxicologique générale.

De nouveau, la porte extérieure s'est ouverte et refermée. Des pieds chaussés de bottes ont traversé l'antichambre.

Ryan portait aujourd'hui sa tenue habituelle : jeans et chemise assortie, blazer en laine avec des pièces aux coudes.

Il a échangé un *bonjour** avec LaManche.

Un signe de tête avec moi.

LaManche l'a informé de ses résultats.

— L'heure de la mort ? a demandé Ryan.

— Y avait-il sur les lieux la trace d'un repas ?

— Une casserole, une cuillère et un bol dans l'égouttoir à vaisselle. Une boîte de potage vide dans la poubelle, légumes du jardin.

— L'estomac était complètement vide. Pour un potage, il faut trois heures.

— La nièce dit que les dames avaient l'habitude de dîner aux alentours de sept heures et de se coucher vers neuf ou dix heures.

LaManche a levé un doigt et enchaîné :

— Il faudrait que ce potage ait constitué son dîner,

et non son déjeuner. La physiologie gastrique varie beaucoup d'un individu à l'autre. Le stress et certaines maladies peuvent retarder l'évacuation de l'estomac.

Je me suis rappelée la voix hésitante à l'autre bout du fil. L'agitation de Louise Parent était évidente, même de loin. J'ai déclaré :

— Je vais demander la levée du secret concernant ses appels téléphoniques.

— D'après le stade de décomposition, la mort a dû se produire vendredi, détective. Mais vous-même, que nous apportez-vous de beau ? a demandé LaManche, et il a croisé les mains derrière son dos.

Ryan a fait remonter une enveloppe brune du fond d'une de ses poches et en a étalé le contenu sur la paillasse. Des photos 18 × 24 en couleurs. L'une après l'autre, elles nous ont révélé des détails sur la façon dont s'était déroulé le dernier jour de Louise Parent sur cette terre.

Un bungalow en briques claires. Des allées bien déblayées. Une véranda et une fenêtre décorées de lumières multicolores. Une porte en bois bleu. Une couronne avec un ruban en velours rouge portant l'inscription « *Joyeuses Fêtes* ». Un renne en plastique sur la pelouse de devant.

À l'arrière, une cour fermée par une clôture, et une luge d'enfant appuyée contre elle. Un perron en ciment débarrassé de tout verglas. Une pelle à neige.

Nous avons étudié les photos en silence.

Gros plans des portes de derrière et de devant. Poignées et serrures intactes.

Une cuisine, vue de droite et vue de gauche. Un fourneau, un réfrigérateur et un plan de travail faisant presque le tour de la pièce. Un évier en inox. Une table roulante de boucher.

Dans l'égouttoir, une cuillère, une tasse et une casserole.

— C'est drôlement bien rangé, ai-je fait remarquer.

— Pas un poil qui dépasse, a renchéri Ryan. Aucune trace d'effraction. Aucune preuve de la présence d'un tiers.

— Les portes étaient fermées à clef ? a demandé LaManche.

— C'est ce que croit Mme Bastillo, mais elle ne pourrait pas le jurer.

— C'est la nièce ?

Ryan a hoché la tête.

— On l'a appelée sur son portable juste au moment où elle arrivait à la maison. Elle se rappelle avoir eu des difficultés avec sa clef, mais elle s'est dit que c'était parce qu'elle avait une main prise par le téléphone. Elle admet que si la porte était ouverte, elle a pu la fermer à clef sans s'en rendre compte et la rouvrir ensuite.

— La maison n'a pas d'alarme ? a demandé LaManche.

Ryan a secoué la tête, puis il a tiré une autre photo de sa poche et l'a remise au patron qui me l'a passée.

Elle représentait une femme bien en chair avec des cheveux abricot et un maquillage à la Jackson Pollock. Elle devait avoir un petit peu moins de soixante ans.

— C'est Rose Fisher ? ai-je demandé.

Ryan a hoché la tête.

Je lui ai rendu la photo et me suis plongée dans les autres. Dans le salon, une causeuse et un canapé avec des appuie-tête et des accoudoirs en dentelle. Une baie vitrée. Des rideaux en dentelle. Des stores vénitiens fermés. Une cage posée sur un pied métallique ornementé de fleurs.

Me rappelant les jacassements entendus au téléphone, j'ai éprouvé de la tristesse.

— C'est un quoi, l'oiseau ?

— Un cockatiel.

Comme Katy. C'étaient donc ses cui-cui que j'avais entendus au téléphone sans vraiment les reconnaître.

— Qui s'en occupe maintenant ?

— Mme Bastillo.

Ryan m'a jeté un drôle de regard.

— On a retrouvé la sœur de la victime ? a demandé LaManche.

— Rose Fisher ? Non.

— Qu'est-ce que vous en pensez ?

— Mme Bastillo dit que sa mère et sa tante aimaient bien faire des petits voyages, mais qu'elles ne partaient jamais sans son feu vert.

— Pour qu'elle puisse nourrir l'oiseau, ai-je supposé.

Ryan a hoché la tête.

— Ces dames voyageaient en voiture ? a demandé LaManche.

— Dans celle de Rose Fisher. Une Pontiac Grand Prix, 1994.

— Et le véhicule a disparu, lui aussi ?

— En tout cas, il n'est pas devant la maison. J'ai lancé un avis de recherche. On devrait le repérer quelque part.

— Qui est Alban Fisher ? ai-je demandé.

— Le mari de Rose, un comptable fiscaliste. Il est mort en 1994. Sa femme ne s'est pas donné la peine de changer le nom dans l'annuaire.

— D'après Mme Bastillo, est-ce que quelqu'un aurait pu vouloir du mal à sa mère ou à sa tante ?

— Les deux femmes étaient en bisbille avec un voisin qui garait son 4 × 4 trop près de leur allée. Mme Bastillo insiste pour que nous vérifiions ses faits et gestes.

— On peut la croire ? ai-je voulu savoir.

— Je doute qu'on l'invite un jour à participer à une table ronde à Berkeley, mais elle paraît assez sincère. Je vais creuser ses antécédents puisque vous penchez pour l'homicide, doc, a ajouté Ryan avec un signe de la tête à l'intention de LaManche.

Peu à peu, les voix de mon patron et de Ryan ont

perdu toute réalité. J'étais plongée dans l'étude des photos. Un couloir. Une chambre à coucher. Une salle de bains. Une deuxième chambre à coucher, légèrement plus petite. Une commode en érable, une table de nuit, un lit à baldaquin.

Un corps inanimé.

Le renflement sous le drap rose pâle avait la taille d'un corps d'enfant. Louise Parent était étendue face à la porte, le bras droit posé au-dessus de sa tête, laquelle faisait un angle bizarre sur l'oreiller froissé. Ses yeux étaient deux croissants noirs et vides. Une mèche de cheveux gris tombait mollement en travers de son visage.

Le dessus-de-lit à fleurs, soigneusement plié, était rabattu au pied du lit, un second oreiller posé dessus. Sans taie.

— Mme Bastillo a déplacé le corps ? ai-je demandé sans vraiment de raison.

— Elle a trouvé sa tante sans connaissance et a essayé de la ranimer.

— Elle a touché à l'oreiller ?

— Elle ne s'en souvient pas.

Sous le lit, on apercevait deux chaussons bien rangés l'un à côté de l'autre. Sur la table de chevet, une paire de lunettes pliée, une tasse et un flacon contenant des pilules.

— C'est le somnifère que vous nous avez fait parvenir ? a demandé LaManche.

— Oui. L'étiquette indique trente pilules et porte la date de mercredi dernier. Il en manque huit.

— Vous savez ce qu'il y avait dans la tasse ?

— De l'eau. Mme Bastillo l'a remplie quand elle n'arrivait pas à réveiller sa tante. Elle dit qu'elle était déconcertée, qu'elle ne savait pas quoi faire.

— Elle a trouvé la tasse vide ?

— Elle le croit. Encore une fois, cette dame n'a pas inventé la poudre.

— Vous avez découvert des médicaments, autres que ceux qui nous ont été livrés avec le corps ? a demandé LaManche.

— Du Vioxx, contre l'arthrite. Vous l'avez. Sinon, juste ce que contenait l'armoire à pharmacie. Calcium. Aspirine. Préparation H. Un tube de Néosporine à moitié utilisé. Des médicaments sans ordonnance contre les allergies.

— Rien d'inhabituel à propos du fait qu'il y ait une tasse dans la chambre à coucher ? ai-je demandé.

— Selon Mme Bastillo, les ronflements de sa mère atteignent le 7 sur l'échelle de Richter, et sa tante avait le sommeil léger. Au moment de se mettre au lit, elle avait l'habitude de prendre un ou deux cachets de somnifère avec son infusion. Si jamais la tasse contenait autre chose, et elle n'en est pas sûre, elle pense qu'elle a dû le jeter en croyant que c'était un reste d'infusion.

— Ça serait pas mal d'avoir cette tasse…, ai-je indiqué.

— Oui, madame, a fait Ryan avec un hochement de tête solennel.

Le rouge m'est monté aux joues. Évidemment qu'ils nous l'avaient livrée !

— On pourrait effectuer un test d'amylase pour voir s'il y a des traces de salive sur la taie d'oreiller, mais ça ne servira pas à grand-chose, a émis LaManche.

J'ai sauté à pieds joints sur sa proposition.

— Ça bave, les vieilles dames !

— Oui, c'est bien connu, a admis Ryan.

— Vous avez une idée de la date à laquelle Rose Fisher a passé sa dernière nuit chez elle ? a demandé LaManche.

— Son lit était fait et sa chemise de nuit accrochée à la patère de la salle de bains. Et pas de tasse sur la table de nuit, a précisé Ryan en pointant le doigt sur moi.

Je n'ai rien trouvé à lui répliquer.

— D'après Mme Bastillo, sa mère se couchait souvent plus tard que sa tante, poursuivait Ryan.

Nous avons étudié les photos en silence pendant toute une minute. Puis Ryan a lancé :

— Qu'est-ce qu'on dit, doc ? Homicide ?

LaManche s'est redressé, les mains toujours croisées dans le dos.

— Continuez l'enquête, détective. La mort est suspecte, cela ne fait aucun doute. Je vous tiendrai informé des résultats toxicologiques dès réception.

LaManche parti, j'ai poursuivi l'examen des photos avec Ryan. J'avais l'impression d'avoir une masse de plomb dans l'estomac. Finalement, c'est moi qui ai rompu le silence :

— On l'a assassinée.

— LaManche n'en est pas convaincu à cent pour cent, a objecté Ryan d'une voix vibrante de tendresse.

— Elle m'a appelée sous prétexte qu'elle détenait des renseignements sur les trois filles retrouvées mortes et, quatre jours plus tard, c'est elle qu'on découvre morte dans son lit avec des plumes dans la bouche.

— Mourir, c'est le destin des vieilles dames.

— Et la sœur, elle est passée où ?

— Mystère.

— Et qu'est-ce qu'elle voulait me dire sur ces os ?

— Re-mystère.

Ryan m'a fait un clin d'œil. J'ai senti comme un sursaut au creux de mon estomac suivi d'un atterrissage brutal. J'ai pris une grande goulée d'air.

— Qu'est-ce qui nous arrive, Andy ?

Il m'a considérée de ses yeux aussi bleus qu'un lagon des Bahamas.

En moi le débat faisait rage.

Les pour : Dis-lui que Charbonneau l'a vu avec une pépé.

Les contre : Garde ça pour toi

La balance penchait pour les contre. Oui, la sagesse conseillait de se taire.

Mais rien ne protège la sagesse contre les peaux de banane. Ça lui arrive de glisser, à elle aussi.

— Charbonneau m'a parlé d'un truc bizarre, ce matin.

— S'il s'agit du tir de samedi, pas de quoi en faire un plat.

— Il t'a aperçu au tribunal au mois d'août.

— Tu me connais, je suis un acharné du boulot. (Sourire bon enfant.)

— La semaine après ton départ de Charlotte.

Une ride a effleuré les eaux du lagon, à peine.

— Quand tu es rentré en Nouvelle-Écosse parce que ta famille était en pleine crise.

Les eaux demeuraient calmes.

— Et tu n'étais pas seul.

— Ce n'est pas ce que tu crois.

— Et qu'est-ce que je crois ?

Le sourire de Ryan a vacillé un quart de seconde. Il a frôlé ma joue du bout des doigts, puis il a ramassé les photos étalées sur la paillasse et me les a tendues avec l'enveloppe, ses yeux plantés dans les miens. Il a soutenu mon regard, longuement.

— Je t'aime, tu sais.

J'ai regardé mes chaussures. Toutes sortes d'émotions pétaradaient dans ma poitrine.

J'ai fermé les yeux.

La porte donnant sur l'antichambre a cliqueté. Un instant plus tard, un second clac m'est parvenu.

Quand j'ai ouvert les yeux, Ryan n'était plus là.

Au cours des trois jours suivants, il ne s'est pas produit grand-chose d'intéressant.

Après, j'ai subi mon premier choc.

Puis un deuxième.

Et encore un troisième.

20

Pendant plusieurs jours d'affilée, aucun mort de la province n'a eu besoin des services d'un anthropologue. Pas de cadavres décomposés retrouvés dans un wagon de marchandises, de momies exhumées du fond d'un grenier, ni même de bonshommes en kit, comme ceux des pochettes-surprises.

Mardi, j'ai appelé encore quelques Ménard et Truong, puis j'ai mis à jour mes courriels et ma correspondance.

Anne a dormi jusqu'à deux heures de l'après-midi. Après quoi, elle s'est plantée devant la télé et a regardé à la file toutes sortes de séries et de rediffusions. Elle n'a quasiment pas démarré une seule conversation de son propre chef, alors que j'avais pris mon après-midi exprès pour être avec elle. Au dîner, elle a descendu presque toute une bouteille de vin australien, s'est déclarée crevée et, sur le coup de dix heures, s'est traînée jusqu'à sa chambre d'un pas traînant. Comment pouvait-elle être fatiguée en s'étant levée à peine huit heures plus tôt et en n'ayant rien fait de la journée ?

Mercredi, je l'ai réveillée à midi et lui ai proposé une virée au salon des métiers d'art du Québec, qui réunit chaque année au mois de décembre les artisans de toute la province. Parfait pour les cadeaux de Noël.

Elle a refusé.

J'ai exigé.

Trois millions de personnes au moins avaient eu la même idée. Place Bonaventure, j'ai acheté un bol en céramique pour Katy, un porte-pipes en chêne sculpté pour Peter, une écharpe en alpaga pour Harry. Birdie et Boyd, le fidèle compagnon de Peter, se verraient offrir des colliers en daim épatants : abricot pour le chat, vert forêt pour le chow-chow. La vue d'un étal de soies peintes à la main a catapulté devant mes yeux l'image de Ryan. Une cravate ? Ils n'en avaient pas.

Anne se traînait de stand en stand d'un pas léthargique, déployant autant d'intérêt qu'un rat de laboratoire appartenant au groupe témoin. Je lui ai offert un fondant au chocolat, je l'ai forcée à essayer des chapeaux rigolos, je lui ai même passé le collier de chien autour du cou. Elle se donnait du mal pour paraître intéressée et retombait dans l'apathie. Elle n'a rien acheté.

Côté profondeur, sa dépression pouvait rivaliser avec la fosse des Mariannes.

Toute la journée, je l'ai serrée dans mes bras en lui répétant des mots gentils. Je ne savais pas quoi faire d'autre. Elle n'ouvrait pas la bouche, ce qui n'est pas son genre.

Au dîner, elle a avalé trois sushis, préférant s'empoisonner à l'alcool. De retour à la maison, elle a fait valoir son épuisement pour se retirer dans sa chambre.

Ne l'ayant jamais vue aussi abattue, je ne savais pas bien quoi penser de son état. Je sentais bien que quelque chose ne tournait pas rond, mais dans quelle mesure pouvais-je m'en mêler ? Peut-être que ça allait passer tout seul ?

Je me suis endormie. Troublée. En rêve, j'ai vu Anne sur une plage déserte toute noire.

Mes courriels du jeudi matin comprenaient un message d'Arthur Holliday.

Les doigts paralysés sur le clavier, je suis restée à fixer la ligne annonçant l'objet : « résultats des tests au carbone 14 ».

J'avais attendu ce rapport avec tant d'impatience. Pourquoi hésitais-je maintenant à le faire apparaître à l'écran ?

Facile. Je n'avais pas envie qu'on me confirme que ces jeunes femmes innocentes avaient été la cible d'une brutalité malfaisante.

Je ne voulais pas savoir que des vies à peine sorties de l'enfance avaient été brisées par… Par qui ? Un monstre des idées porno qui n'atteignait à la jouissance qu'en exerçant une domination physique ? Un malade filmant ses actes en vidéo puis effaçant toute trace de preuve ? Un mutant pervers et macho considérant les femmes comme des objets à jeter après usage ? Des gens comme ça, il y en a à la pelle !

J'avais presque envie que Claudel ait raison : que ces ossements appartiennent au passé. À des filles assassinées et pleurées par leurs familles dans une autre ère. Mais ce n'était pas possible et je le savais. Si je voulais contribuer à leur restituer leur identité, je devais regarder la vérité en face.

J'ai pris une grande respiration et tapé sur la touche de téléchargement.

Ouverture du logiciel Acrobat.

Cinq pages en tout : la lettre d'accompagnement, le rapport des analyses et trois graphiques représentant les différentes ères du radiocarbone et leur correspondance en années calendaires.

J'ai regardé les ères de radiocarbone, celles qui avaient été mesurées et celles utilisées en référence, et j'ai fait défiler les courbes d'étalonnage.

Dans mon cerveau, les images déferlaient.

Le rapport imprimé, je suis partie pour le labo.

LaManche était dans son bureau, porte ouverte. Depuis notre dernière entrevue, lui-même ou sa secrétaire avait ajouté un arbre de Noël en terre cuite au chaos qui envahissait sa table de travail.

J'ai cogné contre le battant.

Il a relevé les yeux.

— Temperance. Veuillez entrer. Vous savez la nouvelle ?

Je lui ai lancé un regard embarrassé.

— Le jury a reconnu M. Petit coupable de tous les faits dont il était accusé.

— Quand ça ?

— Hier.

— Ils ont fait vite.

— Le procureur de la Couronne m'a dit que votre témoignage avait été capital. Mais visiblement…, a poursuivi LaManche en considérant les papiers que j'avais à la main, ce n'est pas pour cela que vous êtes ici.

— J'ai les résultats des tests au carbone 14.

— Eux aussi, ils ont fait vite.

— Ils sont très efficaces, dans ce labo.

Je n'ai pas mentionné les frais supplémentaires.

LaManche est venu me rejoindre à la petite table ovale près de son bureau, où j'étalais mes graphiques.

— Il y a deux variables à prendre en considération, ai-je commencé. La radioactivité d'un standard connu et celle de notre échantillon – que nous ignorons. Je vous ai déjà parlé des effets des essais nucléaires dans l'atmosphère sur les niveaux de carbone 14. Pour simplifier, donnons au carbone 14 une valeur standard de 100 % en 1950. Toute mesure supérieure à celle-ci représente le « carbone de la bombe », ou carbone moderne, et indique que la mort est survenue après 1950.

J'ai désigné le dernier chiffre au bas d'une colonne intitulée « âge mesuré par radiocarbone ».

— Dans l'échantillon LSJML-38 428, le taux de carbone moderne est de 120,5 %, plus ou moins 0,5 %.

— Un taux sensiblement plus élevé que 100 %.

— Oui.

— Ce qui signifie que cette fille est morte après 1950 ?

— Oui.

— Combien de temps après ?

— C'est là que les choses se compliquent. Avant qu'on interdise les essais nucléaires dans l'atmosphère, en 1963, les taux de carbone moderne avaient grimpé jusqu'à 190 %. Mais ce qui monte doit redescendre, de sorte qu'un taux de 120 % cent peut aussi bien indiquer un point sur la courbe ascendante, à l'époque où les niveaux montaient, qu'un point sur la courbe descendante, quand les niveaux déclinaient.

— Ce qui veut dire ?

— Que la mort a pu se produire vers la fin des années 1950, aussi bien qu'au milieu des années quatre-vingt et après.

Les traits de LaManche se sont affaissés visiblement.

— Ce n'est pas tout. À l'heure actuelle, le taux de carbone moderne varie autour de 107 %.

J'ai pointé les chiffres correspondant aux échantillons nº 38 426 et nº 38 427.

— *Mon Dieu** !

— La mort de ces deux-là remonte soit aux années 1950, soit plus récemment, au début des années quatre-vingt-dix.

— Vous informerez M. Claudel de ces résultats ?

— Et comment ! me suis-je écriée avec force.

LaManche s'est tapoté la lèvre inférieure de ses doigts réunis en pointe.

— Si ces filles ont disparu au cours des vingt dernières années, il est possible qu'elles soient enregistrées dans la base de données. Il faut envoyer leurs descriptifs au CPIC.

Il voulait parler du Centre canadien d'informations de la police canadienne, l'équivalent du Centre national d'informations sur les crimes que nous avons, nous, aux États-Unis, le NCIC.

Ces deux organismes, placés respectivement sous la tutelle de la gendarmerie canadienne ou du FBI, regroupent des fichiers de renseignements automatisés, tels que le casier judiciaire, les personnes en fuite, les biens dérobés et les personnes signalées disparues. Ces fichiers sont accessibles aux représentants de la loi et à certaines institutions judiciaires et ce, vingt-quatre heures sur vingt-quatre, trois cent soixante-cinq jours par an.

Nous nous sommes levés. LaManche a posé une main sur mon épaule.

— Il faut nous appliquer, Temperance. Nous devons aller au fond des choses.

— Oh ! oui, ai-je renchéri avec une passion identique.

Trente secondes plus tard, j'étais dans mon bureau et j'avais Claudel en ligne. Il n'apportait qu'une contribution minime à la conversation.

— Pas si vite !

— Trois, huit, quatre, deux, six, ai-je répété à la vitesse d'un paresseux parlant français. Sexe : Féminin. (Pause.) Couleur : Blanche. (Pause.) Âge : entre seize et dix-huit ans. (Pause.) Taille : entre 1,48 m et 1,58 m.

— Les dents ? (Un ton plus coupant qu'une faux.)

— Pas d'obturation. J'ai les radios *post mortem* naturellement.

— Il s'agit des os regroupés dans la caisse ?

— Oui.

— Ensuite ?

— Trois, huit, quatre, deux, sept. Femme. Blanche.

Entre quinze et dix-sept ans. Entre 1,62 m et 1,70 m. Pas de réparation dentaire.

— Ce sont les ossements du premier trou ?

— Oui.

— Continuez.

— Trois, huit, quatre, deux, huit. Femme. Blanche. Entre dix-huit et vingt-deux ans. Entre 1,65 m et 1,72 m. Une fracture au radius droit bien resoudée.

— Ce qui veut dire ?

— Qu'elle s'est cassé le poignet droit plusieurs années avant sa mort. Les fractures de Pouteau-Colles se produisent souvent lorsqu'on projette les mains en avant pour amortir une chute.

— Ce sont les ossements du deuxième trou ?

— Oui.

— Aucun trait caractéristique concernant ces individus ?

— L'une était très petite. L'autre s'était cassé un bras.

— Ça ne sert à rien si elles sont mortes dans les années 1950.

— Leurs familles pourraient avoir un autre point de vue sur la question.

— Leurs familles se sont sûrement dispersées. Ou sont mortes, elles aussi.

— Ces filles avaient été déshabillées et enterrées dans un sous-sol.

— C'était sans doute des putes, si elles avaient des liens avec Cataneo.

J'ai pris une profonde inspiration. Ce type était un nain malfaisant.

— Oui, c'était peut-être des prostituées, coupables d'ignorance et de pauvreté. C'était peut-être des fugueuses, coupables de malchance et d'aveuglement. C'était peut-être des victimes coupables de rien du tout et choisies au hasard, par un individu qui leur a arraché la vie. Quoi qu'il en soit, monsieur Claudel, elles méritent mieux qu'une tombe oubliée dans une cave moisie. Nous n'avons rien pu faire pour elles à l'époque de leur mort, peut-être pouvons-nous empêcher que d'autres suivent leurs traces.

Cette fois, c'est Claudel qui s'est ménagé un délai de réponse.

— Vous disiez que les squelettes ne présentaient aucune marque de violence ?

J'ai ignoré sa réaction.

— Comme nous l'avons découvert, vous et moi… (Une pause pour lui faire comprendre que j'étais au courant de sa visite au vieil excentrique), l'immeuble appartient actuellement à Richard Cyr. Comme je l'ai découvert également, le propriétaire d'avant était Nick Cataneo. Or il se trouve que l'époque à laquelle Cataneo possédait cet immeuble est sacrément proche de l'une des deux périodes indiquées par le test au carbone 14.

Le long silence qui a suivi ma déclaration était tout sauf amical.

— Vous réalisez ce qui peut en découler ? a-t-il fini par lâcher.

Et comment !

— Je vais réexaminer ces ossements. Je pourrai peut-être vous en dire davantage.

— Ce serait la chose à faire.

Tonalité.

Avec les années, j'en suis venue à ne plus haïr Claudel, à le considérer simplement comme un type buté et rigide. Cette affaire risquait fort d'inverser la tendance.

Petit voyage au rez-de-chaussée, histoire de me requinquer avec un café, puis coup de fil à Anne pour lui faire part des résultats des tests et lui proposer de déjeuner ensemble.

Comme je le craignais, elle a refusé.

— Occupe-toi de tes ossements, Tempe. Je vais rester à la maison.

— Très bien, mais si tu changes d'avis, appelle-moi. Je peux parfaitement m'adapter à ton programme.

Je suis descendue à la morgue. Ayant dégagé les deux tables d'autopsie et la paillasse latérale, j'ai disposé dessus les trois squelettes. J'étais en train d'examiner le tibia provenant de la caisse de Dr Energy quand Marc Bergeron est entré dans ma salle.

Dire de l'odontologiste judiciaire du Québec qu'il a une drôle de dégaine, c'est comme de dire que le fondant au chocolat est sucré. Avec son dos voûté et son mètre quatre-vingt-dix pour à peine quatre-vingts kilos, Bergeron a la grâce et la souplesse d'une cigogne des bois.

Depuis trente ans, il soigne les caries des vivants du lundi au jeudi. Le vendredi, il analyse les dents des morts.

Après un échange de *bonjours**, je lui ai exprimé ma surprise de le voir au labo un jeudi.

— Demain, je dois être à Ottawa. Un mariage dans la famille.

Il est allé prendre une blouse dans l'armoire. Elle tombait sur lui comme un drap sur un épouvantail.

— Qui sont ces gens ? a-t-il demandé en désignant les squelettes.

— Des jeunes filles retrouvées au sous-sol d'une pizzeria.

— Nourriture avariée ?

— J'en doute.

— La mort remonte à longtemps ?

— Tout ce que je sais, c'est qu'elles sont mortes après 1950. D'après le test au carbone 14, la mort s'est produite soit au milieu des années 1950, soit fin des années 1980.

Bergeron a remonté son col, ce qui a eu pour effet de

faire rebiquer ses cheveux. Il faut dire qu'il a des cheveux extraordinaires, blancs, crépus et qui démarrent à un kilomètre au nord de ses sourcils. En dépit des modes, il les porte assez long pour qu'ils forment un halo extravagant tout autour de sa tête.

À grands pas désarticulés, Bergeron s'est avancé jusqu'à un tiroir d'où il a extrait un stylo torche, puis il a pris le crâne appartenant au squelette regroupé dans la caisse.

— Mauvaise hygiène buccale. C'est pour un prélèvement que vous avez retiré la molaire ?

J'ai hoché la tête.

— Vous aviez fait faire des radios, bien sûr ?

J'ai sorti dix petits négatifs d'une enveloppe brune extraite du dossier LSJML-38 426 et les ai accrochés au panneau lumineux. Bergeron les a étudiés. Dans la lumière fluorescente, les touffes de pissenlit sur son crâne ont paru encore plus électrisées…

— Pas grand-chose à en dire, sinon que l'usure est étendue. Légère déviation de la canine supérieure droite, a-t-il ajouté en tapant sur le cliché de son doigt osseux.

— Une idée de l'âge ?

— Seize ans. Peut-être dix-huit.

— C'est bien ce que je pensais.

Bergeron est passé au n° 38 428.

— Celle-là était enterrée dans une bâche en cuir.

— Elle a été autopsiée ?

— Que voulez-vous dire ? me suis-je écriée, éberluée.

— Les découpes sur le temporal. Elles pourraient résulter d'une ablation du cuir chevelu, vous ne croyez pas ?

— Je n'y avais pas pensé.

J'ai emporté le crâne près de la loupe pour examiner les marques, d'abord à faible grossissement. Bergeron continuait d'exposer ses idées.

— Peut-être que ce sont de vieux spécimens biologiques, des squelettes destinés à l'enseignement. Peut-être que quelqu'un les a conservés en tant que curiosités et s'en est désintéressé par la suite. Ou qu'il a considéré que c'était trop risqué de les garder chez soi.

Cette hypothèse-là, je l'avais envisagée, car le scénario n'est pas si rare, mais je ne l'avais pas retenue.

— On ne voit la trace d'aucune perforation. Il n'y a pas un seul fragment de fil et aucun signe de traitement chimique ou de modification mécanique. Ces os n'ont pas été assemblés pour être exposés.

À plus fort grossissement, les marques sur le temporal ressemblaient à de larges vallées en V. Certaines étaient parallèles à l'ouverture de l'oreille, d'autres éparpillées autour en formant les angles les plus divers. La présence d'ébréchures microscopiques le long des bords me donnait à penser que l'os avait été endommagé alors qu'il était sec et dépourvu de chair. J'ai exprimé tout haut ma pensée :

— Le fond de la rainure est trop large pour que ces marques aient été laissées par un scalpel. En outre, elles auraient un positionnement moins aléatoire si elles avaient été pratiquées à des fins d'autopsie. Je pense qu'elles ont été faites *post mortem*.

Une pensée encore vague a commencé à frapper de petits coups sur l'épaule de mon mental : pourquoi cette forme en V, qui n'est absolument pas typique des abrasions ?

— Oh ! mademoiselle a connu fort peu de problèmes avec ses dents !

J'ai relevé les yeux. Penché sur la deuxième table d'autopsie, Bergeron examinait les fragments de mâchoire appartenant au nº 38 427.

— Les apicaux sont dans le dossier, ai-je déclaré en désignant la chemise jaune à côté du squelette.

Bergeron a placé les clichés radio sur le négatoscope.

— Celle-là pourrait être un peu plus jeune. Je dirais entre quinze et dix-sept ans.

— Rien de spécial avec elle ?

Bergeron a secoué la tête. Ses frisottis ont vacillé.

Ayant remis à leur place les fragments de mandibule du nº 38 427, il s'en est revenu auprès du nº 38 428. Il a repris le crâne dans ses mains et l'a éclairé à l'aide de son stylo torche.

— Mais sur celle-là, il y a quelque chose…

— Quoi donc ?

Il a reposé le crâne pour s'emparer de la mâchoire et pointer son faisceau sur les dents du bas.

Abandonnant la loupe, je me suis approchée de lui.

— Quoi ?

— Voilà qui devrait effacer vos incertitudes quant à la date.

Sur ces mots, Bergeron m'a remis mâchoire et stylo torche.

21

— Redressez le crâne et promenez la lumière au-dessus des molaires dans les deux sens, a dit Bergeron.

J'ai fait comme il me disait.

— Vous voyez ? Dans les creux, l'émail est plus brillant.

Je ne voyais rien du tout.

— Penchez la lampe.

Exact. Il y avait bien là, tout en bas, sur les tubulures, une légère brillance. Peu visible, mais présente.

— Qu'est-ce que c'est ?

— Si je ne me trompe, ces molaires ont été badigeonnées avec un composite.

Quand j'ai relevé les yeux, Bergeron s'approchait de la loupe de sa démarche dégingandée. Cet homme était vraiment tout ce qu'on voulait, sauf la poésie en mouvement.

— Le composite est un enduit très mince à base de résine qu'on applique au pinceau sur la surface de mastication d'une dent bicuspide, ou molaire. En l'espace d'une minute environ, il durcit et fait bouclier.

— Contre quoi ?

— Les caries occlusales, l'usure, la dégradation.

Bergeron a introduit la mâchoire inférieure du

n°38 428 sous la lentille et a baissé les yeux sur les œilletons.

— *Oui, madame** ! a-t-il déclaré après avoir fait le point. C'est bien du composite que nous avons là.

Tout au fond de moi, un petit espoir a pris son essor en battant des ailes comme une mite.

— C'est un matériau récent ?

— Dans la dentisterie, les premiers mastics ont été lancés sur le marché au début des années 1970. Dans les années 1980, leur emploi s'est très largement répandu, a expliqué Bergeron sans relever les yeux.

La mite s'est transformée en colibri.

Si la fille avait du composite sur les dents, elle n'avait pas pu mourir dans les années 1950. Par conséquent, sa mort remontait à la fin des années 1980 !

— Et ces mastics sont courants ? ai-je demandé en m'efforçant de conserver une voix détachée.

— Très, malheureusement pour nous, médecins légistes. La plupart des pédodentistes conseillent d'en appliquer dès que les molaires définitives ont fini de pousser. Aux États-Unis, dans la majorité des États, on mène des programmes de soins en milieu scolaire depuis plus de vingt ans. Nous sommes un peu en retard au Canada mais, chez nous aussi, les composites sont très populaires depuis une bonne vingtaine d'années.

Bergeron a coupé l'illuminateur à fibre optique.

— Le traitement n'a pas été très efficace sur cette demoiselle, a-t-il déclaré en désignant la fille de la caisse de Dr Energy. Elle a les dents plus abîmées que l'autre là-bas.

— Elle a dû être suivie par un dentiste à une certaine période de sa vie et, ensuite, cesser de s'occuper de ses dents.

— Typique des enfants qui font des fugues. Tant qu'ils sont petits, leurs parents les emmènent chez le dentiste. Mais dès qu'ils prennent le large, ils laissent tomber les régimes et l'hygiène. Résultat, leurs dents s'abîment.

— Elle avait quel âge ?

Bergeron est revenu près du panneau lumineux où étaient accrochés les clichés dentaires.

— Elle est plus vieille que les autres. Je lui donnerais entre dix-huit et vingt et un ans.

Cette fois encore, son estimation corroborait la mienne, obtenue à partir des os.

— Les deux autres aussi ont du composite sur les dents ?

Bergeron a réexaminé les radios des cas 38426 et 38427. Non pour les deux.

— Elles n'ont pas de plombages non plus. Dommage... Prévenez-moi si je peux vous être encore utile.

— Vous m'avez déjà drôlement aidée.

J'ai filé à mon bureau pour appeler Claudel.

Il était en rendez-vous et ne pouvait être dérangé. Idem pour Charbonneau. J'ai laissé un message leur demandant de me rappeler au plus vite.

Revenue au labo, j'ai vu que Bergeron avait laissé le segment de mâchoire près de la loupe. Je m'apprêtais à le restituer au squelette LSJML-38427 quand j'ai remarqué une entaille minuscule sur le condyle droit de la mandibule.

Retour à l'illuminateur à fibre optique.

En promenant la lumière lentement, j'ai découvert deux autres entailles sur le ramus ascendant ainsi qu'une minuscule cannelure à l'angle de la mandibule.

J'ai vérifié le côté gauche de la mâchoire inférieure.

Ni entailles ni cannelures.

Au crâne, maintenant.

Pas d'entailles ni de cannelures là non plus.

J'ai repris mon inspection de la pommette et du temporal, côté droit.

La lumière a fait ressortir six creux superficiels de cinq millimètres de long environ, regroupés en paires.

J'ai eu l'impression que mon subconscient me donnait une petite tape sur l'épaule.

J'ai augmenté le grossissement de la loupe.

Ces entailles et cannelures, de toute évidence anormales, étaient très différentes de celles du n° 38 428. Les rainures, en forme de V elles aussi, étaient sensiblement plus étroites au fond et avaient des bords beaucoup plus nets.

Des marques semblables à celles qu'aurait laissées un scalpel.

Et sur de l'os frais.

Qu'est-ce que cela pouvait bien signifier ?

Calée dans mon siège, j'ai passé mentalement en revue tous les fragments de crâne en ma possession et j'ai fait bouger la mâchoire.

Toutes les coupes étaient situées autour de l'ouverture de l'oreille.

Simple coïncidence ? Événement nettement plus sinistre ?

Je m'apprêtais à réexaminer le crâne et la mâchoire inférieure de la fille regroupée dans la caisse de Dr Energy quand j'ai aperçu Charbonneau par la fenêtre au-dessus de l'évier. Je lui ai fait signe d'entrer dans l'antichambre. J'ai retiré mes gants pour me laver les mains et suis sortie le retrouver.

Je l'ai trouvé avachi dans le fauteuil en face de mon bureau, les épaules affaissées et les jambes tendues devant lui, sa posture favorite. Il portait une veste rouge canneberge aussi luisante que le composite dentaire.

— M. Claudel est à une réception du comité Nobel ?

Le menton de Charbonneau a plongé. Il a levé les yeux au ciel et agité les mains.

— J'suis pas assez sympa, moi ? Luc avait vraiment du turbin.

— Un essayage chez Ermenegildo Zegna, je suppose ?

Il m'a regardée comme si je lui parlais étrusque.

— C'est un couturier.

Charbonneau a réprimé un sourire.

— Il travaille sur les locataires de Cyr.

— Voyez-vous ça ! me suis-je exclamée avec surprise. Aurait-il reçu d'Authier un coup de fil qui ne l'aurait pas mis en joie ?

LaManche devait avoir parlé au coroner en chef et celui-ci avait ordonné à Claudel de s'occuper de l'affaire un peu plus sérieusement, voilà ce qui avait dû se passer.

— Pour Luc, ce genre de suggestion est une interférence dans son enquête.

J'ai expliqué à Charbonneau ce qu'avait découvert Bergeron.

— Il est certain qu'il s'agit bien de composite ?

— Absolument. Comme on le dit, je crois, en jargon journalistique : « Les faits sont corroborés par un expert indépendant. »

— Donc, une des trois filles au moins est morte dans les années 1970 ou après.

— Le test au carbone 14 date la mort de cette fille dans les années 1950 ou dans les années 1980.

— On parle donc des années 1980, j'imagine.

— Vous imaginez bien.

— C'est celle qui avait le poignet cassé ?

J'ai hoché la tête.

— Oui, celle qui était enveloppée dans la bâche en cuir.

— Putain ! J'ai plus qu'à la rentrer dans les stats ! a déclaré Charbonneau en se levant. Je m'en occupe de ce pas.

Il avait à peine franchi la porte que le téléphone sonnait : Art Holliday, de Floride.

— Vous avez eu mon rapport ?

— Oui, merci. C'est gentil d'avoir été aussi rapide.

— Le bonheur du client, telle est notre devise. J'ai peut-être autre chose pour vous.

J'avais complètement oublié sa proposition d'effectuer un test supplémentaire.

— L'analyse isotopique de strontium n'est pas encore assez avancée pour qu'on puisse en faire état devant une cour de justice. Mais la technique a été employée plusieurs fois en médecine légale. Dans une affaire, nous sommes parvenus à déterminer la provenance de six cerfs à queue blanche, uniquement à partir de leurs bois. Bien sûr, nous savions qu'ils ne pouvaient venir que d'un État ou d'un autre. Ce qui fait que nous n'avions à considérer que deux localités bien distinctes sur le plan des isotopes. Ça simplifiait le travail.

Avec les années, j'ai appris qu'il est impossible de faire accélérer Art Holliday. Il faut aller à sa vitesse : prêter vaguement l'oreille à ses explications sur la façon dont il a conduit ses tests et se concentrer sur ses conclusions.

— Nous obtenons de bons résultats pour des questions concernant la migration de populations pendant l'Antiquité et la fondation des villes.

— C'est votre labo qui a analysé les objets trouvés dans les pueblos d'Arizona ? ai-je demandé, me rappelant l'époque où j'étais archéologue.

— Dans les tombes du XIIIe et du XIVe siècle ? Oui, la construction de certains pueblos parmi les plus grands s'est étalée sur plusieurs générations et leur population a pu atteindre plusieurs centaines de personnes, sans doute grâce à un afflux extérieur, les immigrants se mélangeant aux habitants de longue date. Nous avons tenté de faire le tri.

— L'analyse isotopique de strontium permet de faire

la distinction entre les nouveaux venus et les anciens habitants d'un lieu ?

— Ouais.

Le colibri a chanté plus fort.

— Cette technique peut indiquer où quelqu'un a vécu ?

— Oui, à condition de posséder des *échantillons* de référence. En certaines circonstances, si un sujet a migré d'une région à une autre, l'analyse au strontium peut indiquer où il est né et où il a passé les six à dix dernières années de sa vie.

Le colibri s'est lancé dans une série de trilles. Je me suis jetée sur un stylo et une feuille de papier.

— Recommencez à partir du début, lui ai-je dit vivement. Mais en utilisant des mots qui ne fassent pas plus de trois syllabes.

— Le strontium possède quatre isotopes stables et un instable, le $_{87}Sr$, qui provient de la désintégration radioactive du $_{87}Rb$. La moitié de sa vie est de 48,8 milliards d'années.

— C'est beaucoup plus lent que le carbone 14.

— Et que mon vieux chien Patate.

Drôle de nom pour un chien.

— Du point de vue de l'âge géologique, l'Amérique du Nord est d'une extrême variété, poursuivait Art sans se rendre compte que sa référence au chien m'avait plongée dans la perplexité. À Hawaii, par exemple, la croûte terrestre a moins d'un million d'années alors qu'au Canada, dans les Territoires du Nord-Ouest, elle a plus de quatre milliards d'années.

— Et il en résulte des variations d'une région à l'autre dans la quantité de Sr présente dans la terre et les roches ?

— Oui. Mais ces variations dépendent aussi de la composition du substrat magmatique.

— Par « quantité », vous entendez le rapport entre les éléments stables et les éléments instables du strontium ?

— Exactement. Ce qui compte, c'est le rapport isotopique $_{87}$Sr/$_{86}$Sr, pas le niveau absolu des deux.

Je l'ai laissé développer.

— Par exemple, la lave, la pierre de chaux et le marbre basaltique présentent des rapports de Sr très bas alors que le grès, le schiste et le granit ont généralement des rapports de strontium élevés, les minéraux argileux ayant les plus élevés.

— Par conséquent, les variations dans l'âge géologique ou dans la composition des roches s'accompagnent de variations régionales dans les rapports isotopiques de strontium.

— Exactement. Mais il faut bien garder à l'esprit la chose suivante : comme il est très difficile de se souvenir de ces chiffres à cause de toutes ces décimales, on compare habituellement le rapport strontium mesuré avec le rapport strontium moyen de la Terre. Si le résultat obtenu est positif, c'est que la quantité de strontium à cet endroit est supérieure à la moyenne sur la Terre. Si la valeur est négative, c'est que la quantité est inférieure.

— En quoi est-ce que cela permet de déterminer le lieu de naissance de quelqu'un ?

— Le strontium est un métal alcalino-terreux. Sa composition chimique est voisine de celle du calcium.

Je commençais à comprendre.

— Vous voulez dire que ça se répercute tout au long de la chaîne alimentaire ? Que les plantes absorbent du strontium à partir du sol et de l'eau, que les herbivores mangent les plantes, et ainsi de suite ?

— Eh oui, vous êtes ce que vous mangez.

— Si je vous suis bien, la composition isotopique Sr des os et des dents d'un individu reflète donc la composition isotopique Sr de ce qu'il a absorbé pendant la période où son corps s'est formé.

— C'est ça.

— Ma grand-mère faisait très attention à la quantité de strontium contenu dans son alimentation.

— Elle n'était pas la seule. Dans les années 1950, suite aux essais en surface des armes nucléaires, l'absorption de strontium et ses effets sur le corps ont été très largement étudiés en raison du risque potentiel d'ingestion de $_{90}$Sr radioactif.

Je distinguais une lumière au bout du tunnel.

— Vous dites que le strontium s'incorpore aux os et aux dents d'un individu de la même façon que le calcium ?

— Oui.

— Dans le squelette humain, le calcium est remplacé grosso modo tous les six ans.

— Oui.

— Donc, comme le calcium, le strontium présent dans le squelette reflète le régime de l'individu au cours des six dernières années de sa vie ?

— Entre six et dix, a précisé Art.

— Mais le niveau de calcium reste stable dans l'émail des dents, alors qu'il varie dans les os.

— C'est pareil avec le strontium. L'émail dentaire reflète la composition isotopique de strontium moyen ingéré au moment où la dent s'est formée.

— Donc, si un individu a quitté l'endroit où il vivait à l'époque où ses dents se sont formées, on notera des variations dans la quantité de strontium présente dans ses dents et dans son squelette. Alors que, s'il n'a pas bougé de là où il est né, ces quantités resteront similaires.

— Exactement. Les quantités de strontium présentes dans l'émail des dents donnent une idée du lieu où un individu est né et a passé sa petite enfance. Les quantités présentes dans ses os indiquent où il a habité pendant les dernières années de la vie.

Une pensée a stoppé ma main au beau milieu d'un mot.

— Mais, de nos jours, notre alimentation nous arrive de toutes les régions du pays, de tous les continents !

— Oui, mais nous buvons une eau locale, du moins la plupart du temps.

— Juste. Expliquez-moi comment vous avez procédé avec mes spécimens.

— Après les avoir nettoyés de tous les corps étrangers, nous les avons réduits en poudre et nous en avons extrait le strontium en utilisant comme méthode la chromatographie par échange d'ions. Après, nous avons analysé ce strontium épuré en utilisant la spectrométrie de masse par ionisation thermique. Enfin, nous avons calculé les rapports de strontium en utilisant des microsondes multicollectrices…

— Arthur ?

— Oui ?

— Qu'est-ce que vous avez trouvé ?

— Que l'une de vos trois jeunes filles avait vu du pays.

22

— Continuez.

— Commençons par les dents. Deux de vos cas ont des dents présentant les mêmes quantités de strontium.

— Qui ?

Bruit de papier.

— Voyons… Le n° 38 426 et le n° 38 427. Je m'attendais à ce que vos trois jeunes filles aient absorbé dans l'enfance une alimentation dont la teneur moyenne en strontium était de plus quatre-vingt-dix à plus cent cinq. C'est le cas en effet pour ces deux-là, mais pas pour le 38 428. Son échantillon dentaire permet de supposer qu'elle a eu dans l'enfance une alimentation dont la teneur moyenne en strontium était de plus cinquante à plus soixante.

— Ce qui signifie qu'elle n'a pas grandi dans la même région que les deux autres ?

— Exactement.

— Vous pouvez dire d'où elle est ?

— C'est là où ça devient intéressant. L'année dernière, nous avons eu à analyser des ossements rassemblés en vrac dans un baril stocké dans le sous-sol d'une baraque de Detroit. La police savait que les victimes étaient des associés du trafiquant de drogue qui possédait les lieux. Elle voulait que les os soient triés par individu. C'étaient tous des Noirs âgés d'environ vingt-cinq ans et mesurant à peu près la même taille. Aucun d'eux n'avait de plombage. Nous savions que l'un avait grandi dans le centre-nord de la Californie, l'autre dans le Kansas et que le troisième, un comédien, venait du Michigan.

« Comme nous ne disposions pas de groupes de référence pour ces régions-là, nous avons dû étudier d'abord la composition du substrat rocheux de chacune de ces régions et ensuite la teneur isotopique de strontium dans leur alimentation à partir de leurs os. Vous êtes toujours là ?

— Oui, oui. J'écoute.

— Quelqu'un ayant passé son enfance dans le centre-nord de la Californie devrait avoir une quantité de strontium entre plus trente et plus soixante.

Nouveau froissement de papier.

— C'est exactement la teneur de votre fille nº 38 428.

Je suis restée un certain temps sans rien dire, trop abasourdie pour réagir. Puis :

— Ce qui signifie que cette fille viendrait de Californie ?

— Ce qui signifie que ce pourrait être le cas. Si vous n'avez aucune information sur elle, ça vous donne un point de départ. Naturellement, elle pourrait venir d'ailleurs, d'une région ayant un substrat magmatique similaire.

— Et mes autres inconnues ?

— Il y a à peu près deux ans, nous avons eu à traiter des restes récupérés dans une fosse commune au Vietnam. L'armée voulait que les ossements soient répartis entre individus et elle ne connaissait l'identité que pour deux soldats, dont l'un avait grandi dans le nord-est du Vermont, l'autre dans l'Utah.

Art ne me laissait aucune chance de l'interrompre.

— Une analyse des eaux souterraines près de Saint-Johnsbury, au Vermont, a fait apparaître des quantités de strontium dans la gamme des plus quatre-vingt-quatre à plus quatre-vingt-quatorze. Il s'est révélé que les dents d'un des soldats présentaient des quantités en strontium dans cette même fourchette.

— C'était le soldat du Vermont ?

— Oui. Les dents de vos squelettes n° 38 426 et n° 38 427 ont fait apparaître des quantités identiques.

— Ce qui signifierait que ces filles étaient du Vermont ?

— Pas si vite, car les formations magmatiques traversent la frontière. On les retrouve loin à l'intérieur du Québec. Ce que je veux dire, c'est que les quantités de strontium présentes dans les dents de ces deux autres filles sont conformes à ce qu'on pourrait s'attendre à trouver chez des individus nés là où vos restes ont été découverts.

— Dans la région de Montréal ?

— Oui. Maintenant, parlons des os. Pour le 38 426 et le 38 427, les quantités de strontium dans les os correspondent aux quantités présentes dans les dents.

— Ce qui suggère que ces filles ne se sont pas beaucoup éloignées de l'endroit où elles sont nées.

— Exact. Mais ce n'est pas le cas pour le cas 38 428.

J'ai attendu qu'il poursuive.

— Son squelette présente des quantités de strontium plus élevées que ses dents. Qui plus est, cette quantité de strontium dans les os est très proche des quantités relevées chez votre 38 426 et votre 38 427.

— Les sédentaires, celles qui n'ont pas quitté le Québec ?

— Oui.

Il m'a fallu plusieurs instants pour absorber l'information.

— Vous suggérez donc que la fille 38 428 aurait été

élevée dans un lieu qui ne serait pas celui où elle a passé les dernières années de sa vie ?

— On dirait.

— Elle aurait grandi dans la partie centre-nord de la Californie…

— Ou dans une région ayant un substrat rocheux similaire du point de vue isotopique.

— Et plus tard elle aurait émigré au Québec ou au Vermont ?

— Ou dans une région similaire du point de vue géologique.

— C'est génial, Art !

J'étais excitée comme une puce. Il fallait que j'appelle Charbonneau dans la seconde !

— Satisfaire nos clients, tel est notre but. Prévenez-moi quand vous aurez identifié ces dames.

J'étais tellement remontée que je me suis trompée en composant le numéro de téléphone de Charbonneau.

Il était sorti. Claudel aussi.

Est-ce que ça leur arrivait d'être joignables, à ces deux-là ?! J'ai laissé un message au standardiste et j'en ai enregistré un second sur le biper de Charbonneau.

Retour dans la salle d'examen du labo.

J'ai transporté près du microscope le crâne et la mâchoire de la fille trouvée dans la caisse de Dr Energy. Je savais déjà ce que j'allais découvrir.

Je ne me trompais pas. Il y avait bien cinq cannelures minuscules sur l'os temporal droit : deux au-dessus du canal auditif et trois derrière. Grossies, elles ressemblaient à celles que j'avais remarquées sur le 38 427.

Aucune autre trace ailleurs : ni sur la mâchoire, ni nulle part sur le crâne.

Doux Jésus. Qu'est-ce qu'on avait bien pu faire à ces filles ?

À une heure et quart, Anne a téléphoné. Voix plate, indifférente. Après s'être excusée de ne pas avoir été pour moi une compagne très folichonne, elle m'a annoncé qu'elle allait partir, ne voulant pas abuser de mon hospitalité.

Je l'ai assurée qu'elle ne me dérangeait pas le moins du monde, que j'étais ravie de l'avoir avec moi, au contraire. Ce qui était un peu exagéré, compte tenu de son humeur du moment. Néanmoins je l'ai encouragée à rester jusqu'à ce qu'elle ait trouvé un endroit où aller.

À deux heures moins vingt, coup de fil de Charbonneau.

— *Cibole** ! Le temps est plus frisquet qu'un téton de sorcière !

On voit que Charbonneau ne pioche pas toutes ses expressions dans le répertoire texan.

— Vous avez interrogé le CPIC ?

— Oui.

Froissement de cellophane.

— Puisque nous ne savons pas si les deux filles qui n'ont pas de composite sur les dents sont mortes avant ou après celle qui en a, j'ai fait la recherche de deux façons. D'abord, à partir de la liste des personnes signalées disparues dans les années 1990.

— C'est sensé, étant donné le carbone 14.

— Y avait bien des rapprochements, mais rien qui risque de me faire remporter le gros lot.

À en juger d'après les bruits de déglutition qui me parvenaient, Charbonneau mastiquait un caramel.

— Après, j'ai recommencé, mais sans rien inscrire dans le carré « date de la disparition ». Et là, je suis tombé pile sur ce à quoi je m'attendais, vu que je n'avais aucun renseignement sur les dents ou sur rien.

— Des kilomètres de gens ?

— D'ici à Trou-du-Cul-les-Oies.

— Et pour le 38428 ?

— Je suis remonté jusqu'en 1980. Le poignet cassé, ça réduisait la liste. Là aussi, j'ai eu des rapprochements, mais rien qui colle vraiment. Sûr que ça aiderait de savoir où la gamine a vécu.

— Quelque chose dans le genre : centre-nord de la Californie ?

— Ouais.

— Je suis sérieuse.

Le froissement de papier et la mastication se sont arrêtés net.

— Sans blague !

Je lui ai fait part de ce qu'Art Holliday venait de m'apprendre en simplifiant la partie biochimie et géophysique.

— Luc va en chier dans son Fruit of the Looms.

— Il faut que vous envoyiez les descriptifs au sud de la frontière.

— Au NCIC ? C'est déjà fait. Je vais les passer aussi aux polices du Vermont et de la Californie.

— Ça ne donnera peut-être rien.

— Ça peut pas faire de mal.

— Sauf au caleçon de votre coéquipier.

Il a ri.

— Ça sera répété.

— Il y a autre chose.

— C'est mon jour de veine aujourd'hui !

Je lui ai parlé des entailles et des cannelures.

— Vous pensez que ces marques ont été faites par un scalpel ?

— En tout cas, par une lame très fine et extrêmement aiguisée.

— Sur les trois squelettes ?

— Oui. Mais celles sur le squelette enveloppé dans la bâche sont différentes des deux autres.

— Comment ça ?

— Elles sont plus brutales. Ébréchées au bord.

— Ça voudrait dire qu'elles ont été faites par un outil différent ?

— Peut-être. Et peut-être aussi *post mortem*. Une fois que l'os était sec. Peut-être encore que ce ne sont pas du tout des traces de découpe, mais des éraflures reçues plus tard et qui ressemblent à des traces de découpe.

— Comme si l'os avait roulé sur quelque chose, ou s'il avait été traîné sur une surface rugueuse ?

— Peut-être.

— Z'avez pas l'air convaincue.

— J'ai l'impression d'y voir une sorte de répétition.

Je me suis interrompue, me représentant en esprit les crânes et les mâchoires.

— Ces marques sont situées autour de l'orifice de l'oreille, côté droit.

— Sur quel squelette ?

— Les trois.

— Pas d'autre marque ailleurs ?

— Non.

— Sainte merde. Vous pensez qu'on leur aurait coupé les oreilles ?

— Je ne sais pas, ai-je répondu, mais cette pensée m'avait également traversé l'esprit.

Après avoir transmis à LaManche les informations d'Art Holliday, j'ai passé le reste de l'après-midi en tête à tête avec mes jeunes filles de la pizzeria. C'est comme ça que je pensais à elles depuis un petit bout de temps. Comme à des filles que j'aurais eues. Mes filles perdues.

J'ai réexaminé tous les os et les dents, fragments compris. J'ai réétudié les radios, les dents et les squelettes. J'ai retamisé la terre. J'ai réinspecté les boutons.

Quand j'ai eu fini, les fenêtres étaient toutes noires et le couloir silencieux. La pendule indiquait cinq heures vingt.

Je n'en savais pas plus qu'avant.

J'ai fermé les yeux, attristée à l'idée de ne pas réussir à rendre leur nom à ces jeunes filles. Fâchée de ne pas être en mesure d'apporter de réponse à Claudel. Frustrée de ne pas comprendre ce que signifiait la présence de ces boutons.

Et je m'en voulais à mort de ne pas avoir remarqué les marques de découpe avant que Bergeron me les signale.

Comment pouvais-je avoir raté ça ? D'accord, je m'étais interrompue très souvent dans mes examens. D'accord, j'avais travaillé parallèlement sur différents aspects de l'affaire. Et c'était vrai aussi que ces marques étaient presque invisibles, pour ne rien dire du fait que l'un de ces crânes était quasiment réduit à l'état de fragments. Mais quand même ! Comment est-ce qu'un détail aussi important avait pu m'échapper ?

Échec. Échec sur toute la ligne, et rien pour me remonter le moral.

Échec avec Anne.

Échec avec Ryan.

— Ryan…, ai-je répété tout haut.

— Oui ?

Mes yeux se sont ouverts d'un coup.

Le monsieur en question me dévisageait du pas de la porte d'un air indéfinissable, la main levée à hauteur de l'épaule, sa veste suspendue à un doigt.

— Je sais, a-t-il dit en levant l'autre main, paume en l'air. Et toi, qu'est-ce que tu fiches encore ici à cette heure ?

J'ai voulu répondre, il m'a coupée avec un grand sourire.

— Il se trouve que je suis flic et que mon bureau est juste en dessous.

Je me suis redressée. J'ai repoussé mes cheveux derrière mes oreilles.

— Tu as du nouveau sur Louise Parent ?

— Non.

— Tu as retrouvé Rose Fisher ?

Son sourire s'est envolé.

— Non. Et ce n'est pas bon signe.

— Tu crois qu'elle est morte ?

— Elle a soixante-quatre ans, et ça fait presque une semaine qu'on est sans nouvelles d'elle.

— Quel dégénéré irait assassiner les vieilles dames ?

— La surveillance se poursuit autour de chez toi ?

« Si tu passais me voir tu n'aurais pas besoin de me le demander », ai-je pensé tout bas. Tout haut, j'ai ironisé :

— Une façon de me faire sentir mon âge ?

— Je veux que tu gardes les yeux ouverts, Tempe.

— Je les ferme rarement ces jours-ci, Andy.

Il n'a pas réagi.

— Je comptais aller faire un tour du côté de chez Rose Fisher. J'ai pensé que ça te dirait d'être de la partie.

Et comment ! Pourtant, j'ai désigné les squelettes.

— J'ai pas mal de boulot.

— Ils ne vont pas s'envoler.

Il m'a de nouveau décoché son grand sourire gamin. Aussitôt, j'ai recommencé à débattre avec moi-même : l'attaquer de front à propos de la pépé ou laisser glisser ?

— Ça t'arrive de te poser des questions, Ryan ?

— Bien sûr. Je me demande ce qui a pu arriver à Alice Cooper.

— Des questions importantes…

— Oui, quel genre de fille était Alice Cooper ?

— Je suis sérieuse.

— Moi aussi. (Ton calme, voix posée.) Par exemple : tu viens ou pas ?

Au diable, mes interrogations sur nos relations ! Au diable Ryan ! Guérir mon chagrin et faire mon boulot !

Ayant retiré ma blouse, j'ai vérifié que j'avais bien

mes clefs dans mon sac et je suis allée décrocher mon manteau.

— Je suis prête.

C'était l'heure de pointe. Dans la voiture, l'atmosphère était aussi détendue qu'un serpent prêt à lancer son venin. Conversation inexistante.

Des images vues et revues mille fois faisaient la course dans mon cerveau : Ryan à la plage ; Ryan avec moi au Guatemala ; Ryan dans mon lit.

Ryan et sa supernana.

À un moment, sa main a frôlé mon genou. Ma libido a décollé à la vitesse d'un missile.

J'ai fermé les yeux pour tenter de reprendre le contrôle sur moi. Pas facile. J'avais les muscles du cou tendus comme des cordes de guitare.

À Candiac, chez Rose Fisher, les rideaux de toutes les fenêtres étaient tirés, mais on devinait vaguement de la lumière dans une pièce.

— Hm, a fait Ryan en se rangeant le long du trottoir.

— Quoi ?

— Je n'ai pas souvenir d'avoir laissé une lampe allumée.

— La maison est toujours sous scellés ?

— Non. Les gars de l'identité judiciaire ont fini leur boulot depuis plusieurs jours… Attends-moi ici, a ordonné Ryan en ouvrant sa portière.

Je lui ai laissé quelques secondes d'avance avant de lui emboîter le pas. Dans la véranda, la guirlande souhaitait toujours *Joyeuses Fêtes* à tout le monde.

Ryan a sonné.

Un faible carillon nous est parvenu.

Le vent a fait voler mon écharpe.

Ryan a sonné une seconde fois.

Des secondes se sont écoulées. Une larme a coulé de mon œil. J'ai rabattu mon chapeau.

Ryan commençait déjà à chercher une clef dans un trousseau quand le salon s'est éclairé. Les serrures ont cliqueté, puis le bouton de porte a tourné. Un visage nous a scrutés par l'entrebâillement.

La dernière personne que je m'attendais à voir.

23

— Ch't'à quel chujet ?

Les mots avaient une sonorité humide, détrempée par la neige, comme lorsqu'on parle avec de la purée de pois dans la bouche.

Ryan a présenté son insigne.

— Poliche ?

Le ton était apeuré.

— Pouvons-nous entrer, madame Fisher ?

— Où est Louije ? Ma cheur ?

Grand Dieu, elle ne savait rien !

— Justement, nous voudrions en parler avec vous.

La voix de Ryan était paisible, rassurante. Le battant s'est écarté. J'ai aperçu un visage en forme de potiron, curieusement concave près de la bouche.

— Un inchtant.

La porte s'est refermée.

Le vent brutal a fouetté mon col et mon écharpe. J'ai baissé la tête et tapé des pieds.

Je me suis sentie soudain changée en plomb. Ryan et moi, nous étions porteurs de nouvelles qui allaient bouleverser à jamais la vie de Rose Fisher. Je détestais à l'avance la scène que j'allais vivre. Prévenir la famille n'entre pas dans mes fonctions et je ne m'en plains pas.

Maintenant que je me retrouvais plongée dans cette situation, j'étais dans mes petits souliers.

La porte s'est rouverte quelques minutes plus tard. À peine entrée dans la maison, j'ai senti la peau de mon visage se détendre et s'adoucir sous l'effet de la chaleur.

Rose Fisher n'était pas dodue, elle était monumentale. Avec sa teinture et sa permanente ratée, elle avait l'air d'un clown. Son maquillage outrancier n'était pas fait pour arranger les choses.

— Où est ma sœur ?

La crainte demeurait, le chuintement avait disparu. Sa bouche avait maintenant un aspect normal, si l'on faisait abstraction de l'épaisse couche de rouge sur ses lèvres fripées.

De nouveau, je me suis sentie écrasée par un poids en plomb. Doux Jésus ! La dame avait pris la peine de remettre son dentier et de se maquiller. Et cela, pour des gens qu'elle ne connaissait même pas !

Ryan a posé la main sur son épaule.

— Pouvons-nous nous asseoir ?

— Oh ! mon Dieu ! Il est arrivé quelque chose à Louise !

L'une de ses mains grassouillettes s'est élevée vers les rubans rouge fluo qui lui tenaient lieu de bouche tandis que ses yeux caparaçonnés de mascara nous scrutaient à tour de rôle.

— Vous êtes venus m'annoncer un drame ! Où est Louise ? Que lui est-il arrivé ?

Ryan a entraîné Mme Fisher vers le canapé du salon et a pris place à côté d'elle. Un cockatiel gris et jaune aux joues orange vif s'est mis à gazouiller, puis a sifflé six notes de la chanson *Étoile des neiges.*

M'étant assise de l'autre côté de la dame, j'ai pris l'une de ses mains potelées entre les miennes.

Ryan a baissé le menton, m'indiquant par là de démarrer la conversation.

La perruche a lancé un *bonjour**. L'a répété et a recommencé à gazouiller.

— Madame Fisher, nous avons de mauvaises nouvelles.

Elle a fermé les yeux. Ses doigts se sont figés dans une crispation mortelle.

— Je suis terriblement désolée de devoir vous l'apprendre. Votre sœur est morte.

Cui-cui. Cui-cui.

Rose Fisher a commencé par secouer la tête dans les deux sens, les yeux serrés si fort qu'ils disparaissaient dans les replis de chair autour de ses orbites. À chaque oscillation, un son fluet montait de sa gorge et restait bloqué là, derrière le solide barrage de ses fausses dents.

J'ai entouré ses épaules de mon bras.

— Je suis tellement désolée pour vous.

Mme Fisher continuait ses lamentations. Le mascara et son ombre à paupières se sont mélangés au blush fuchsia de ses joues.

La perruche s'est tue brutalement.

Ryan tapotait l'épaule droite de Mme Fisher. Ses yeux ont rencontré les miens. J'y ai lu autant de tristesse que j'en ressentais moi-même.

La crête dressée, la tête penchée selon un angle de quarante degrés, l'oiseau considérait sa maîtresse.

Des secondes se sont écoulées dans le tic-tac de la pendule sur le buffet. Le cockatiel a lancé quelques notes d'*Alouette, gentille alouette*.

Mme Fisher a fondu en larmes, secouée de hoquets.

Une minute. Deux.

Ryan s'est glissé hors du salon pour y revenir avec une boîte de Kleenex.

Trois minutes.

Les affreux sanglots ont diminué peu à peu.

— Cui-cui. *I love you, je t'aime**.

Les yeux porcins se sont rouverts. La tête de Mme Fisher a pivoté vers l'oiseau.

— Je t'aime, aussi, Tit-Ange.

Le petit ange a penché la tête sans répondre.

— Ma sœur adore cet oiseau imbécile… Adorait, s'est-elle reprise d'une voix presque inaudible.

Ryan lui a tendu les Kleenex. Elle en a pris plusieurs et a tourné vers moi un visage qui ressemblait à une tranche de cassate tombée dans la boue.

— Qui êtes-vous ?

— Docteur Temperance Brennan. Je travaille pour le bureau du coroner.

Sous le maquillage de clown, son visage est devenu blanc.

— C'est une réaction allergique, n'est-ce pas ?

— La cause de la mort n'est pas encore élucidée.

Mme Fisher a essuyé le chaos sur son visage.

— Je n'aurais jamais dû la laisser toute seule, surtout qu'elle se sentait mal, a gémi Rose Fisher et elle s'est effondrée en arrière.

— Votre sœur était souffrante ? a demandé Ryan doucement.

— Elle souffrait d'allergies. Elle avait du mal à respirer, les yeux qui la piquaient et le nez qui coulait.

Son corps massif s'est tassé.

— Je n'aurais jamais imaginé…

Un autre spasme involontaire a soulevé sa poitrine. J'ai arraché des mouchoirs dans la boîte et les lui ai tendus.

— Je sais combien c'est difficile, ai-je dit de ma voix la plus apaisante, et croyez que je suis désolée de devoir vous poser ces questions. Bien des gens ont essayé de vous retrouver cette semaine. Vous pourriez nous dire, au détective Ryan et à moi-même, où vous étiez ?

— Avec Louise, nous nous étions inscrites à un atelier de céramique à Pointe-aux-Pics. On s'était dit que ce serait amusant d'apprendre à faire de la poterie…

Deux reniflements.

— Nous avions réservé un *bed and breakfast* du côté de Charlevoix. Nous comptions y faire nos achats de Noël.

— Et votre sœur ne s'est pas sentie en forme pour vous y accompagner ?

Mme Fisher a hoché la tête. Son menton a disparu dans les trois ou quatre plis de chair qui lui servaient de base.

— Louise m'a certifié que tout irait bien. Elle a dit qu'au moindre problème elle appellerait Claudia. C'est ma fille.

Sa gorge s'est nouée.

— Oh ! mon Dieu ! Est-ce que Claudia est au courant ?

— Oui, madame. Elle était très inquiète pour vous.

— Nous aurions dû la prévenir… C'est moi qui aurais dû le lui dire. Quand Louise a décidé de rester, je n'ai pas jugé nécessaire de le faire. Claudia est toujours en train de m'embêter pour que je ne conduise pas en hiver. Elle me traite comme si j'étais gâteuse. Elle voudrait que je ne sorte jamais de la maison.

— Quand êtes-vous revenue de Charlevoix ? a demandé Ryan.

— Là, maintenant, juste avant votre arrivée. Je pensais que Louise était à l'église. Le jeudi soir, il y a loto à la salle paroissiale. J'étais fatigué après la route. Je m'apprêtais à me mettre au lit en lui laissant un mot.

Elle triturait son mouchoir détrempé.

— Le lit de Louise n'est pas fait. Ça ne lui ressemble pas.

L'opulente poitrine s'est encore soulevée.

— Je vais vous chercher de l'eau.

De la cuisine où je remplissais un verre au robinet,

j'ai entendu Ryan parler à Rose Fisher et la perruche recommencer à gazouiller et à pousser des trilles.

Avant de revenir, j'ai fait un détour par la chambre de Louise Parent. La pièce ressemblait à ce que m'en avaient montré les photos de l'identité judiciaire. Un seul oreiller à la tête du lit. Une tache sur le matelas sans drap à l'endroit où Mme Parent s'était vidée au moment de mourir.

De retour au salon, j'ai donné le verre d'eau à Rose Fisher.

Ryan a capté mon attention et, d'un discret hochement de tête, m'a fait comprendre que Mme Fisher était trop ébranlée pour répondre correctement à un interrogatoire.

— Je vais appeler votre fille, a-t-il déclaré.

Mme Fisher a bu avec des bruits de déglutition saccadés.

— Nous reparlerons demain quand vous vous sentirez mieux.

— Quand est-ce que je pourrai voir Louise ?

Ryan m'a regardée. J'ai répondu :

— Je peux organiser ça, si vous le désirez.

— Quel affreux Noël !

Les lèvres de Rose Fisher ont tremblé. Des larmes ont scintillé sur ses deux joues. J'ai serré sa main pour tenter de la réconforter.

— C'est très dur de perdre quelqu'un qu'on aime.

— Il va falloir organiser l'enterrement.

— Je suis sûre que Claudia vous sera d'un grand secours.

— Je sais exactement quelles obsèques Louise souhaitait. Nous nous disions tout.

C'est bien, ai-je pensé par-devers moi.

Claudia est arrivée au bout de quelques minutes.

Au moment de partir, j'ai posé une dernière question.

— Madame Fisher, est-ce que votre sœur dormait avec un oreiller en plume ?

— Jamais. Elle était allergique.

— Et vous-même ? Vous avez un oreiller en plume ?

— En plume d'oie... Pourquoi ? a demandé Mme Fisher, le visage opaque. Mon oreiller était sur son lit ?

J'ai échangé un regard avec Ryan.

— Elle a l'air gentille, ai-je laissé tomber tandis que Ryan démarrait.

— Pas étonnant que personne n'ait repéré sa voiture.

— Évidemment. Garée au pied d'un *bed and breakfast* merdique de Pointe-aux-Pics.

Nous avons roulé en silence. Dans la lumière des lampadaires les ombres des branches dénudées formaient des triangles bizarres qui se succédaient par petits bonds sur le pare-brise. Quelques minutes plus tard, Ryan s'engageait sur le pont Victoria. Les roues ont émis le bruit d'un doigt frottant le bord d'un très grand verre. En dessous de nous, le Saint-Laurent était noir et tranquille.

— Louise Parent a été assassinée, ai-je lâché d'une voix sombre.

— Ça m'en a tout l'air.

— Avec l'oreiller de sa sœur.

— Vos spécialistes en fibres ne devraient pas avoir de mal à le démontrer.

— Un salaud au cœur de pierre s'est introduit dans la maison, a pris un oreiller sur le lit de Rose et s'en est servi pour étouffer Louise.

— Profitant qu'elle était dans le cirage après son comprimé d'Ambien.

— Comment quelqu'un peut-il entrer dans une maison sans laisser de trace ?

— C'est un sujet que je compte bien aborder avec Mme Fisher.

— Et avec sa fille, Claudia Bastillo.

— Exactement.

— À ton avis, Rose Fisher était au courant que sa sœur m'avait contactée ?

— Autre point à discuter.

La conversation s'est achevée sur ces mots.

Très bien.

Je ne voulais pas penser à Rose Fisher. Je ne voulais pas penser à Louise Parent ni à Ryan, à Anne ou à aucune de mes filles perdues. J'ai laissé retomber ma tête contre l'appuie-tête. Les yeux fermés, je me suis concentrée sur les formules exprimant le mieux la qualité du silence qui m'entourait.

Un silence de tombeau. De bibliothèque déserte, quelque part dans les profondeurs du Vatican. De trou noir tout au bout d'une galaxie spirale. D'un cockatiel ahuri.

Ryan m'a déposée devant ma voiture.

— On se voit demain ?

— Demain ?

— Pour aller chez Rose Fisher.

— À quelle heure ?

— Je t'appellerai dès que j'aurai vu ça avec Claudia Bastillo.

Le temps que je revienne du labo au centre-ville, il était huit heures moins vingt-cinq. Anne somnolait à côté de Birdie, ses lunettes à fleurs sur le nez, un livre de poche posé sur la poitrine.

Elle avait préparé un ragoût. Elle a fait réduire la sauce en bavardant pendant que je tournais la salade.

Pendant le dîner, elle m'a parlé du livre qu'elle était en train de lire. Un essai sur la mort. Elle trouvait le point de vue de l'auteur éclairant. Le thème de la conversation m'a quelque peu désarçonnée.

— D'où te vient cet intérêt morbide ?

— Tu parles comme Annie Hall.

— Et toi, tu te comportes comme Woody Allen.

Anne a réfléchi un moment.

— Pour aller de l'avant, il est souvent nécessaire de changer.

— Aller de l'avant vers où, et changer comment ?

— Fondamentalement.

— De quoi tu parles ?

— De cycles.

Je m'étonnais de sa réponse énigmatique quand le téléphone a sonné. C'était Katy.

— Bonjour, maman.

— Bonjour, mon cœur. Où es-tu ?

— À Charlottesville. Demain, je serai à la maison.

— Tes examens se sont bien passés ?

— Bien sûr. J'appelle pour être sûre que tu seras bien à Charlotte le 22.

Le 22 ? Qu'y avait-il donc de prévu le 22 ?

— Le mariage de Hannah. Je te signale que tu as promis de m'aider pour la réception...

— Évidemment que je serai là ! ai-je répondu en pensant en moi-même qu'il fallait vraiment être tombé sur la tête pour se marier à Noël.

— Je compte sur tes nombreuses années d'expérience.

— C'est gentil à toi.

— Je t'ai envoyé des courriels. Ho, ho, ho ! C'est la saison des vœux et des cadeaux. À ce propos, j'aime vraiment bien ce ravissant chandail de chez Anthropologie. Et une fontaine de tranquillité m'aiderait à garder la tête froide.

— Tu as des raisons de la perdre ?

— Ça m'aiderait à travailler, je veux dire.

— Hm. Hm.

— Je t'aime, *ma mère**. Faut que j'y aille, a chantonné Katy d'une voix déjà pleine de la joie des fêtes à venir.

— Qu'est-ce qui te fait pétiller comme ça ?

— Les bulles, c'est de saison.

— Ho, ho, ho !

— Excellente pensée. Ne la laisse pas filer.

J'ai raccroché et suis retournée auprès d'Anne. Elle s'était retirée dans sa chambre sans autre forme d'explication. J'ai eu l'impression qu'elle avait pris prétexte de mon coup de fil pour éviter une éventuelle conversation.

En me démaquillant, j'ai repensé à cette promesse faite à Katy. Louise Parent et mes filles de la pizzeria m'obnubilaient tellement que j'en avais oublié Noël. Et oublié aussi le mariage de Hannah. Mais alors là, complètement !

Est-ce que j'arriverais à résoudre cette affaire en une semaine, ou est-ce que je serais obligée de mettre mes filles perdues en attente, le temps des vacances ?

De retour dans ma chambre, j'ai voulu régler l'alarme du réveil. J'ai dû m'arrêter au milieu de mon geste. À quelle heure Ryan devait-il passer me chercher, déjà ? Je me souvenais parfaitement de lui avoir posé la question, mais j'étais incapable de me rappeler sa réponse.

Dix heures et demie. Il était sûrement chez lui.

J'ai composé le numéro. On a décroché au bout de deux sonneries.

— Oui ?

Une femme !

Une crispation fulgurante m'a ravagé l'estomac et les poumons.

— Andrew Ryan, s'il vous plaît.

— De la part de qui ?

Et jeune, la femme, d'après la voix !

— Du Dr Brennan.

— Vous !

Jeune et avec une voix plus tranchante qu'une scie.

— Pouvez pas lui lâcher les baskets ?

— Pardon ?

— Arrêtez de lui bourrer le moût !

— Vous êtes Danielle ?

Long silence.

Mon esprit s'est emballé. Ne m'étais-je pas trompée de nom ?

— Vous êtes la nièce du détective Ryan ?

— Sa nièce ? a ricané la voix. Il vous a raconté ça et vous l'avez gobé ? Z'êtes encore plus bête que je croyais.

La vérité s'est abattue sur moi comme la lame d'une guillotine.

— Fichez-lui la paix, à la fin !

L'instant d'après, j'écoutais la tonalité.

24

J'ai passé la plus grande partie de la nuit dans une déprime qui n'avait rien à envier à celle d'Anne avant de sombrer enfin dans un sommeil houleux.

Vers le matin, j'ai rêvé que je discutais avec Ryan dans un long tunnel noir et qu'il s'écartait de moi pendant que nous parlions, jusqu'à devenir une vague silhouette floue tout là-bas, à l'entrée du tunnel. J'essayais de le suivre, j'avais les jambes en coton. Je criais, aucun son ne sortait de ma bouche.

Quelque chose de léger me heurtait légèrement dans le noir. Une chauve-souris ? Je voulais me protéger. Impossible de lever le bras.

La chose balayait ma joue.

Je me débattais.

J'ai ouvert les yeux sur un Birdie occupé à me lécher la joue.

Le monsieur du tunnel a téléphoné alors que j'étais en train de grignoter des corn-flakes et du pain grillé. J'avais décidé d'aller à Candiac avec lui comme prévu, car je tenais à parler avec Rose Fisher. Après ça, *sayonara*. L'amour était trop douloureux. Il s'accompagnait de trop de nuits blanches.

Et de trop de pépés aguichantes.

J'avais songé à prendre Ryan entre quatre z'yeux. Mais, en fin de compte, je m'étais convaincue de ne même pas effleurer le sujet. J'avais déjà été trahie une fois. Je connaissais la pièce de A à Z. Accusations larmoyantes, démentis agressifs, aveux qui vous brisaient le cœur… Pas question de repasser par là !

Birdie me soutenait complètement dans cette décision.

Le téléphone a sonné. Ryan avait-il senti que je pensais à lui ?

— Bien dormi, rayon de soleil ?

— Comme une roche plutonique.

— Claudia Bastillo emmène sa mère voir le prêtre à dix heures. Elle a proposé qu'on vienne à onze. (J'ai cru percevoir un grattement d'allumette et l'exhalation d'une bouffée de cigarette.) Je passe te prendre vers dix heures et demie ?

— Je serai à la maison.

Claudel a appelé pendant que je me séchais les cheveux.

Comme de juste, impasse sur les *Bonjour** et les *Comment ça va** ?

— Le détective Charbonneau voulait que je vous appelle.

La langue française, plus que toute autre, glisse comme de la soie. Dans la bouche de Claudel, elle fait un bruit de pommes de terre dégringolant un escalier.

— Je me demande pourquoi, vu que je n'ai rien à vous communiquer.

— Ben voyons ! ai-je rétorqué sur un ton aussi aimable que le sien.

— La liste des locataires de Cyr n'a rien donné. Pas de recoupement avec le CPIC ni avec le NCIC. Rien au Vermont ou en Californie.

— Pas le plus petit rapprochement avec une personne signalée disparue ?

— En Californie, il y a bien une gamine avec une fracture au poignet droit. Mais, pour la taille, elle frôle à peine le bas de la fourchette.

— C'est-à-dire ?

— Un mètre soixante-deux.

J'ai senti bourdonner en moi comme une légère vibration.

— C'est quand même assez proche. En quelle année est-ce qu'elle a été signalée disparue ?

— 1985.

— Où est le problème, alors ?

— L'âge. Quatorze ans.

Le vibrato s'est intensifié. J'ai revu les ossements enveloppés dans la bâche en cuir, ainsi que la fissure sur la molaire, très nette sur les radios dentaires.

— La fille au poignet cassé avait plutôt dans les vingt ans. Dix-huit ans au minimum. En aucun cas quinze ans.

— C'est bien ce que je dis.

— Évidemment, la date de la disparition et de la mort ne coïncident pas forcément. Vous avez découvert autre chose ?

— Que des bataillons de filles disparaissaient tous les ans.

Raccroche ! m'a soufflé une voix. Raccroche illico ou sinon tu vas lui coller un uppercut au foie et tu le regretteras.

La sonnette de mon appartement ne sonne pas, elle gazouille. Et c'est ce qu'elle a eu la gentillesse de faire à ce moment-là.

— Je voudrais une liste de toutes les filles de quinze à vingt-deux ans signalées disparues au Québec au cours des vingt dernières années.

— Ça en fait des douzaines. Pour la plupart, elles sont rentrées chez papa-maman dès qu'elles en ont eu marre de se taper des saucisses Beanie Weenies et de coucher par terre.

Malin.

— Ça m'aiderait de connaître le nom de celles qui n'ont pas réintégré le nid.

Gazouillis.

— Madame, le…

— Il faut que je vous laisse. Le détective Ryan est à la porte.

— Andrew Ryan ?

— Je l'accompagne interroger la sœur de Louise Parent.

— La morte de Candiac ?

— Oui.

— La mémé qui était pendue à votre téléphone ?

— Justement, elle m'avait rappelée.

— Qu'est-ce qu'elle voulait ?

— C'est bien ce que je compte découvrir.

— La sœur a refait surface ? Quand ça ?

— Hier.

— Où ça ?

— Chez elle.

— Et où est-ce qu'elle se cachait jusque-là ?

— À Pointe-aux-Pics… Je voudrais cette liste le plus tôt possible, ai-je ajouté sur un ton glacial.

— *Sacrifice** !

— *Merci**.

Du con !

J'ai filé comme une flèche à la salle de bains. Les cheveux, ça allait sur un côté. Sur l'autre, ils pendaient, mouillés, en faisant des spirales. Je me suis jetée sur le sèche-cheveux.

Gazouillis et grattement de griffes.

— Génial !

Birdie, posté dans le couloir, m'observait. Au son de

ma voix, il s'est levé, a étiré l'une de ses pattes arrière et s'en est allé.

J'ai enfoncé le séchoir sur son support, attrapé une toque et je suis partie en trombe. Pas le temps de laisser un mot à Anne.

Ryan attendait dans l'espace entre les deux portes de l'immeuble, le visage vermeil de froid. Lunettes solaires avec des verres marron foncé. Blouson d'aviateur.

Poussée de désir.

Par un tour à la Houdini[1], ma libido avait réussi à se libérer de l'étranglement dans lequel mon cœur la maintenait depuis le coup de téléphone d'hier soir.

— Je te prends au saut du lit, Bouton-d'or ?

Grand sourire de Ryan.

— Non, tu ne m'as pas réveillée.

J'avais fait de mon mieux pour empêcher l'hostilité de transparaître dans ma voix. Sans y parvenir, à en juger d'après la réaction de Ryan :

— Nous sommes de mauvaise humeur, ce matin ?

— Nous fumons déjà, ce matin ?

— Nous reculons pour mieux sauter ?

Il a jeté sa cigarette dans l'urne de sable près de la porte.

Un soleil éclatant illuminait un ciel azur. Le froid m'a surprise avec la soudaineté d'une explosion, sitôt le nez dehors.

La voiture de Ryan était garée le long du trottoir, moteur tournant au ralenti.

Je suis montée et j'ai bouclé ma ceinture de sécurité.

Ryan s'est installé au volant. Se tournant vers moi, il a relevé ses lunettes sur son crâne. Des cernes noirs soulignaient ses yeux bleu roi.

— Quelque chose te tracasse ?

1. Harry Houdini (1874-1926) : le plus fameux magicien et illusionniste américain. *(N.d.T.)*

Je n'ai pas répondu.

— Tu es fâchée, je le vois bien.

Mon silence s'est fait plus bruyant encore.

— Je sens que je n'y suis pas pour rien.

Bien qu'il sourie, on voyait à ses yeux qu'il était tendu.

— Je sais que tu te crois sorti de la cuisse de Jupiter, Ryan, mais figure-toi qu'il m'arrive de penser à d'autres choses qu'à toi.

Ou à ta « nièce » ! me suis-je dit tout bas, les nerfs en pelote.

— Tu veux qu'on parle ? a demandé Ryan.

— Je veux qu'on roule !

Et c'est ce que nous avons fait.

Dans un silence fragile.

Je n'avais pas confiance en ma voix pour soutenir une conversation.

C'est Claudia Bastillo qui a ouvert. Je l'ai saluée aussi chaleureusement que j'ai pu, un faux sourire plaqué sur les lèvres.

Assise toute seule, Rose Fisher fixait les stores vénitiens. Elle portait une robe en rayonne verte parsemée de coquelicots. Ses cheveux orange étaient retenus sur le haut de sa tête par une barrette en plastique et son maquillage était encore plus extravagant qu'hier soir, si c'était possible.

Tit-Ange était lancé dans un *Frère Jacques* plein d'entrain.

Mme Fisher n'a pas fait un geste quand nous sommes entrés dans le salon. Ce n'est qu'en entendant sa fille parler qu'elle s'est retournée. Elle nous a considérés d'un air embarrassé, comme si elle cherchait à se rappeler qui nous étions.

— Le flic et le coroner.

Sur cette introduction moins que précise, Claudia Bastillo s'est retirée.

Ryan et moi avons repris nos positions de part et d'autre de la dame. Le flic a fait signe au coroner de commencer.

— J'espère que vous vous sentez mieux aujourd'hui, madame.

Rose a hoché la tête presque imperceptiblement.

— Madame Fisher, je m'interroge sur des coups de téléphone que votre sœur m'a passés à mon travail.

Les paupières criardes se sont baissées.

— Quand ça ?

— La semaine dernière.

— À quel sujet ? a-t-elle demandé, les yeux fixés à terre.

— Mme Parent…

— Louise n'était pas mariée.

— Elle voulait me parler d'un immeuble, rue Sainte-Catherine.

Ses doigts boudinés se sont fermés et rouverts, tandis que je précisais :

— Des événements qui se sont produits là-bas la tracassaient.

Le mouvement de ses doigts s'est accéléré.

— Votre sœur m'a déclaré se sentir moralement obligée de faire part aux autorités de certains renseignements.

— Elle vous a appelée ? s'est étonnée Mme Fisher en levant la tête. Dans son visage recomposé sans art, ses yeux étaient écarquillés.

— Deux fois. Vous savez pourquoi ?

— Je n'aurais pas cru qu'elle le ferait.

— De quoi votre sœur voulait-elle m'entretenir ?

Sur ces entrefaites, Claudia Bastillo est revenue et s'est assise en face du canapé. La perruche est passée du gazouillis au sifflement strident.

— Tit-Ange ! a crié Mme Bastillo.

La perruche lui a répondu par une série de trilles stridentes.

— La ferme !

— Bel oiseau ! a rétorqué le cockatiel en anglais et en français, et elle s'est mise à étudier le contenu de sa mangeoire.

— Il imite le détecteur de fumée, cet imbécile ! a expliqué la nièce. Il a appris ça un week-end où il était seul et où les batteries ne marchaient plus.

— Il est très doué, ai-je dit. Et bilingue.

— C'est un emmerdeur !

Visiblement, Mme Bastillo ne portait pas l'oiseau dans son cœur.

— Trilingue, a corrigé Rose Fisher.

Nous l'avons tous regardée.

— Anglais, français et perruche. Louise en riait beaucoup.

Elle haletait, sa voix avait des ratés.

— Ma sœur était traductrice, vous le saviez ?

— Non, madame. Je l'ignorais.

Rose Fisher a baissé la tête, ses mentons ont frôlé ses mains.

— Anglais, français, dans les deux sens.

— C'est un métier très difficile. Nous demandions à votre mère, ai-je repris en me tournant vers sa fille, si elle savait pourquoi votre tante m'avait laissé des messages au laboratoire, peu de temps avant sa mort.

— Ça a un rapport ?

— Nous ne le savons pas.

— Vous voulez dire que la mort de ma tante serait suspecte ?

— Il faut étudier tous les cas de figure, est intervenu Ryan.

— Et vous nous soupçonnez ?

Cri aussi aigu que ceux de l'oiseau.

— Bien sûr que non ! a déclaré Ryan avec force. Nous voudrions seulement savoir ce que votre tante avait à l'esprit. (À Mme Fisher) : Vous savez ce que Mlle Parent voulait dire au Dr Brennan ?

L'intéressée a hoché la tête. Des rayures d'ombre et de soleil sont remontées le long de sa joue. Tit-Ange a sifflé une phrase de *Camelot*.

Rose Fisher a poussé un profond soupir.

— Louise a vécu rue Sainte-Catherine pendant des années. Presque dix-sept en tout. En 1994, à la mort de mon mari, je l'ai convaincue de vivre avec moi. Elle habitait un de ces grands immeubles avec des commerces au rez-de-chaussée et des appartements au-dessus. C'était trop bruyant pour moi, mais Louise aimait ça. Son trois pièces donnait sur la rue, et elle aimait regarder par la fenêtre pendant qu'elle travaillait. Elle appelait ça « espionner le quartier ».

— Quels commerces y avait-il dans l'immeuble à l'époque ? ai-je demandé sur un ton insistant.

— Il y en a eu beaucoup au fil des ans. Une dame qui vendait des bagages. Un boucher. Et puis ce type qui avait l'officine de prêts sur gages. (Elle a baissé les yeux.) Louise ne le portait pas dans son cœur, celui-là. Vraiment pas.

— Comment s'appelait-il ?

— Ça commençait par un M… Maynard ? Martin ? Je crois me rappeler que Louise m'a dit qu'il était américain, mais je ne suis pas sûre. C'était il y a des années.

Stéphane Ménard. Le nom sur la liste de Cyr. Le type qui avait loué le local commercial de 1989 à 1998.

— Votre sœur avait des raisons de ne pas l'apprécier ?

— Louise aimait tout le monde, d'habitude. Mais, là, elle avait un mauvais pressentiment.

— Vous savez à quel sujet ?

Rose Fisher a regardé sa fille. Claudia Bastillo a hoché la tête.

— Un soir, elle l'a vu transporter une fille endormie à l'intérieur de son magasin. D'après Louise, il la berçait comme un bébé.

— C'était un enfant ?

— Une adolescente.

— Sa fille ?

— Louise disait qu'il ne s'était jamais marié et regrettait de ne pas avoir d'enfants. Ma sœur avait un vrai talent pour que les gens lui ouvrent leur cœur. En cinq minutes, elle connaissait tout de votre vie.

— Autre chose ? ai-je demandé, le cœur battant à tout rompre.

— Il y a eu cette autre fois où Louise a vu une fille s'enfuir du magasin. Un copain du prêteur a jailli comme un bolide et l'a ramenée de force à l'intérieur.

— Quand était-ce ?

Rose Fisher a mal compris ma question.

— Tard dans la nuit.

J'ai regardé Ryan. Il m'a paru aussi tendu que moi.

— Louise avait gardé cette histoire pour elle. Quand elle est venue vivre ici, elle a commencé à avoir des remords et elle m'a tout raconté.

— Elle n'a jamais abordé le sujet avec le prêteur sur gages ?

Mme Fisher a hoché la tête.

— Elle m'a dit qu'elle l'avait interrogé plusieurs fois sur ces filles. Par allusions, bien sûr, pas de front. Mais le type a toujours coupé court à la conversation. À la fin, comme il devenait agressif, elle a laissé tomber.

Rose Fisher a relevé les yeux et les a plantés dans les miens.

— Louise se demandait constamment si elle ne devrait pas prévenir la police. Vous savez, pour que quelqu'un jette un coup d'œil. Je lui ai dit de s'occuper de ses affaires. De ne pas s'en mêler.

— Tout cela s'est passé avant 1994 ?

Mme Fisher a hoché la tête. Puis elle a dit :

— Vous pensez que j'ai eu tort ?

Tit-Ange a gazouillé et fait tinter sa clochette.

25

Laissant Ryan continuer à interroger Rose Fisher en présence de sa fille, je suis sortie discrètement de la pièce pour appeler Claudel.

Fait incroyable, il a décroché à la seconde sonnerie. Je lui ai répété ce que Mme Fisher venait de nous apprendre.

— J'ai déjà passé en revue les locataires de Cyr. Ménard est un petit saint.

— Aucun dossier sur lui ?

— Officiellement, ce type n'a même jamais craché dans la rue.

— Il est toujours à Montréal ?

— Oui, il habite à Pointe-Saint-Charles.

— Qu'est-ce qu'il fait, maintenant ?

— Rien, pour autant que je sache.

— Ménard a tenu cette boutique de prêts sur gages de 1989 à 1998. Qu'est-ce qu'il faisait, avant ?

Légère pause.

— Ce n'est pas très clair.

— Comment ça, « pas très clair » ?

— Les dossiers s'arrêtent à 89.

— Qu'est-ce que ça veut dire : « s'arrêtent » ?

— Qu'il n'y a rien sur Stéphane Ménard avant 1989.

— Pas d'acte de naissance, de déclarations d'impôt, de relevés bancaires, de dossier médical ? Rien ?

Silence.

— D'après Rose Fisher, sa sœur croyait qu'il était américain. Vous avez envoyé son nom là-bas ?

Comme Claudel ne répondait pas, j'ai repris :

— Je préviendrai M. Authier que nous avons une piste.

Sous-entendu : Et vous vous expliquerez avec le coroner en chef sur votre manque d'enthousiasme, monsieur Claudel !

Je suis retournée au salon. Pendant encore une demi-heure, j'ai assisté en silence à l'interrogatoire de Mme Fisher.

En mon absence, les larmes avaient eu raison de son maquillage. Son chagrin faisait peine à voir.

Sa fille, c'était une autre histoire. Murée dans le silence, elle se tenait droite comme un I, le regard fixe, les bras croisés sur la poitrine. Son visage n'exprimait pas la moindre compassion à l'égard de sa mère. De temps en temps, elle décroisait les jambes pour les recroiser aussitôt. En dehors de ce mouvement, elle demeurait parfaitement immobile.

Enfin, Ryan s'est levé. Je l'ai imité. Nous nous sommes retirés sur une dernière phrase de condoléances à la mère et à la fille.

Dans la voiture, Ryan a proposé de s'arrêter quelque part pour déjeuner en vitesse. J'ai refusé. À ce moment-là, mon ventre n'a rien trouvé de mieux que de se manifester.

— Je prends ce borborygme pour le veto de ton métabolisme à ta décision de sauter un repas.

Sans discuter plus longtemps, Ryan s'est garé sur le parking de Lafleur, version montréalaise de nos fast-foods américains. Ayant fait le tour de la voiture pour ouvrir ma portière, il s'est incliné en un salut plein de révérence et m'a invitée à descendre d'un geste de la main.

Après tout, pourquoi pas ? D'autant que je mourais de faim.

Lafleur est célèbre pour son *Steamé frites**. Comprendre : hot dog vapeur accompagné de frites. Chez les clients réguliers, le cholestérol atteint un taux si concentré qu'on pourrait croire que c'est un solide. N'empêche, tous les Montréalais mangent chez Lafleur un jour ou l'autre.

Quelques minutes plus tard, nous étions assis à une petite table en Formica, de part et d'autre d'une frontière constituée de quatre hot dogs et de dix kilos de frites.

Mon portable a sonné au moment où j'entamais mon second hot dog. Selon sa bonne habitude, Claudel n'a pas gaspillé son temps en salutations inutiles.

— *Vous avez raison**.

Quoi ?! Claudel m'accordait un bon point ?! Je m'en suis presque étranglée.

Du bout des lèvres, Ryan a chuchoté : « *Heimlich*[1] ? » et s'est étiré. Je lui ai fait signe de se taire.

— M. Stéphane Ménard est né Stephen Timothy Menard, de Genevieve Rose Corneau et de Simon Timothy Menard, originaires du Vermont.

— Eh bien, Rose Fisher ne s'était pas trompée.

— Ses parents étaient instituteurs. Ils avaient aussi une petite exploitation agricole à une vingtaine de kilomètres de Saint-Johnsbury. Le père est mort en 1967 quand Stephen avait cinq ans. La mère en 1982.

— Et comment Menard s'est-il retrouvé au Canada ?

— Le plus légalement qui soit. Sa mère était originaire de Montréal. Elle s'est installée au Vermont après avoir rencontré Menard et est devenue américaine par mariage. Il se trouve, très commodément, qu'elle était en

1. « Des cachotteries ? » En allemand dans le texte. *(N.d.T.)*

visite chez ses parents quand le petit Stephen a décidé de faire son entrée dans le monde.

— Il a la double nationalité ?

— Oui.

— Et il ne s'est établi au Canada qu'en 1989 ?

— En 1982, à la mort de sa mère, il a hérité de la ferme. Un hectare et demi de terrain et une bicoque de trois pièces.

J'ai fait un calcul rapide :

— À l'époque, il avait vingt ans ?

— Oui.

Ryan écoutait attentivement tout en arrosant ses frites de vinaigre.

— Et il est resté au Vermont ?

— Charbonneau est en train de vérifier ce point auprès de la police de Saint-Johnsbury. De mon côté, j'ai appris que ses grands-parents étaient morts dans un accident de voiture, ici, à Montréal, en 1988.

— Je vois le tableau : Menard hérite de la maison de ses grands-parents Corneau, dit *au revoir** au Vermont, ajoute un accent à son nom et met le cap sur le nord.

— La maison est à son nom depuis novembre 1988.

— Et elle se trouve à Pointe-Saint-Charles ?

Sur un signe de ma main, Ryan m'a passé un stylo. J'ai inscrit l'adresse que me dictait Claudel sur une serviette en papier.

— Il vit seul ?

— Il n'est fait mention nulle part d'un autre occupant.

— Pas de casseroles, pendant qu'il vivait aux États-Unis ?

— Conduite en état d'ivresse à dix-sept ans. Sinon, c'est un modèle de vertu.

Il commençait à me taper sur le système, le Claudel, avec son ton supérieur. Je n'ai pas résisté au plaisir de lui river son clou :

— Eh bien, il est temps de changer de tactique, monsieur Claudel. De renverser la vapeur. Jusqu'à présent, nous avons travaillé de bas en haut, à partir des victimes. Procédons maintenant de haut en bas. Regardez qui pourrait avoir enterré ces filles dans le sous-sol.

— Parce que à votre avis, c'est Menard qui se serait amusé à faire des trous dans cette cave ?

— Vous avez une meilleure idée à me proposer ?

La communication a été coupée des deux côtés simultanément.

Entre deux bouchées de hot dog, j'ai relaté ma conversation à Ryan. S'il avait des doutes sur mes soupçons à propos de Menard, il les a gardés pour lui.

— Menard doit avoir dans les quarante ans aujourd'hui, a-t-il dit seulement, tout en entassant ses papiers gras dans la boîte en carton qui avait contenu notre déjeuner.

— Et pas de revenus évidents depuis plusieurs années.

— Il possède des biens immobiliers au Vermont et au Québec.

— Et beaucoup de morts dans sa famille, ai-je laissé tomber.

Charbonneau m'a appelée juste au moment où Ryan et moi nous apprêtions à partir.

— Comment va la vie, doc ?

— Pas mal.

— J'ai eu des parlotes pas inintéressantes avec plusieurs de nos voisins des Green Mountains. Il semblerait que votre garçon ait été à l'université.

— Où ça ?

— Université du Vermont, promotion 1984. Une gentille dame aux archives m'a même faxé sa photo dans l'annuaire des étudiants. Le rêve de toutes les mamans, ce môme ! Cheveux et taches de rousseur à la Howdy Doody, lunettes Clark Kent et sourire de Donny Osmond.

— Un rouquin ?

— Un Opie à lunettes. Et une chose que vous allez bien aimer, doc : il a une licence d'anthropologie.

— Vous vous fichez de moi !

— La suite est meilleure encore : Menard a été inscrit en maîtrise d'archéologie dans un bled qui s'appelle… (Pause.) Attendez, j'y suis : Chico.

Mon cœur battait si fort qu'il aurait pu s'envoler jusque dans la stratosphère.

— Vous voulez parler de l'université d'État de Californie, à Chico ? ai-je crié, prise de frénésie.

À ma réaction, Ryan s'est tourné vers moi d'un coup.

— Ça fait loin de chez soi, pour un gosse du Vermont, a grommelé Charbonneau.

— Vous vous souvenez ? D'après les tests, la quantité de strontium dans les dents de la fille enveloppée dans la bâche en cuir laissait supposer qu'elle avait grandi dans le centre-nord de la Californie.

— Oui.

— Eh bien, Chico se trouve justement dans le centre-nord de la Californie.

— Putain !

— Et rappelez-vous aussi, la quantité de strontium dans les os suggérait qu'elle avait passé les dernières années de sa vie au Vermont.

— Nom de Dieu !

— Vous avez trouvé autre chose ?

— Que Menard n'était pas un mordu de la science. Il a abandonné ses études. *Hasta la vista*, et pas de diplôme ! Que ce soit par choix personnel ou parce qu'il a été renvoyé de l'université.

— Et il est allé où ?

— À la ferme de sa maman, au Vermont. En janvier 1986.

— S'il a quitté l'université à la fin de l'année scolaire,

ça nous laisse un vide de six mois, de l'été 1985 à janvier 1986. Où était-il pendant ce temps-là ?

— Je vais contacter la police de Chico.

— Et qu'est-ce qu'il a fait, une fois rentré au Vermont ?

— Pousser des légumes, j'imagine. Ou bien il a vécu de ses rentes. En tout cas, il n'a pas cotisé à la Sécurité sociale et n'a pas fait de déclarations d'impôt.

— Vous avez rencontré des gens du coin ?

— J'ai réussi à faire assez peur à un couple de voisins pour qu'ils se le rappellent. Les autres sont nouveaux dans le secteur pour la plupart. Arrivés après son départ. Certains vieux du coin se souvenaient de la mère. Apparemment, Geneviève Rose était une femme à poigne. Pas le genre à laisser à son fiston la bride sur le cou.

— Elle ne s'est jamais remariée ?

— Non. Elle l'a élevé seule. Les gens se souviennent de lui comme d'un môme silencieux, replié sur lui-même. Il ne participait pas aux activités extrascolaires ou sportives. Un ou deux se sont rappelés l'avoir vu, l'année où il est rentré de Chico. Il avait dû avoir une révélation là-bas, parce que au retour, il a fait sensation avec sa barbe et ses nattes rasta.

— C'est le Vermont.

— Ce qui veut dire ?

— Les gens sont conservateurs. Quoi d'autre, d'après les voisins ?

— Pas grand-chose. Apparemment, il restait sur son quant-à-soi, ne sortant que pour acheter de la bouffe ou de l'essence.

— Contactez Chico. Ramenez tout ce que vous pouvez sur ce type. Et trouvez-moi une liste de toutes les filles de quinze à vingt-cinq ans qui ont disparu dans la région à l'époque où Menard vivait là-bas.

— Il vous convient bien, Menard, pour ces squelettes de la pizzeria ?

— Il a le profil classique : mère dominatrice, ambitions déçues, solitaire, maison isolée.

— Je ne sais pas…

— Faites le lien, Charbonneau. Trois filles ont été enterrées au sous-sol d'un local loué pendant neuf ans à ce type. Cette période de location coïncide avec celle des décès, d'après la datation au carbone 14. Et Louise Parent avait des soupçons assez forts pour me téléphoner deux fois.

Je récapitulais les faits autant à l'intention de Charbonneau qu'à celle de Ryan.

— D'après sa sœur, elle voulait me dire qu'elle avait vu Menard transporter une adolescente évanouie dans son magasin et, une autre fois, y ramener de force une fille qui s'en était enfuie. Deux événements qui se sont produits tard dans la nuit.

— Et maintenant, Louise Parent est morte, a conclu Charbonneau.

J'ai regardé Ryan : il était pendu à mes lèvres. J'ai répété pour lui :

— Et maintenant Louise Parent est morte.

— Préparez les serpentins et les chapeaux en papier ! s'est exclamé Charbonneau. On dirait bien que ces deux affaires n'en font qu'une.

— On dirait.

— Ryan est avec vous ?

— Oui.

— Passez-le-moi.

J'ai tendu le téléphone à Ryan. Les nerfs à fleur de peau, je l'ai regardé écouter Charbonneau sans rien trahir de mon excitation. Sans rien laisser voir de mon chagrin depuis que Charbonneau m'avait parlé de la pépé ; de ma torture depuis le coup de fil d'hier soir.

Moi qui m'étais juré de mettre de la distance entre

nous, voilà que nos métiers se mêlaient de resserrer nos liens. S'il s'avérait que l'enquête sur les ossements et celle sur Louise Parent étaient bien les deux parties d'une seule et même affaire, je serais bien obligée de travailler en coordination avec Ryan.

*C'est la vie**. J'agirais en pro. Je ferais mon boulot. Après, je souhaiterais le meilleur à Ryan et j'irais de l'avant de mon côté.

— Et comment, qu'elle l'est ! s'est écrié Ryan avec ce petit rire sous cape qu'ont les hommes quand ils plaisantent à propos d'une femme.

Elle était *quoi* ? Et *qui*, d'abord ?

Oublie cette nana, Brennan ! Ne tombe pas dans la paranoïa. Concentre-toi sur l'affaire. Ne disperse pas ton énergie !

Je me suis représenté les ossements ensevelis dans leur tombe anonyme au sous-sol, et Menard vaquant à son petit commerce à l'étage au-dessus. Achetant et vendant des souvenirs de famille cédés à regret, ou du matériel électronique volé par un junkie en mal de coke.

Je me suis représenté Menard cultivant des pommes de terre et des petits pois au Vermont. Menard potassant les ouvrages de Struever, Binford, Buikstra et Fagan en Californie.

Une pensée encore diffuse essayait de capter mon attention.

Chico.

— Je l'ai, je te la donne.

Ryan a retourné la serviette pour lire l'adresse de Menard.

Chico se trouvait dans le centre-nord de la Californie. Quelle autre raison avait donc mon subconscient pour me refiler ces petits coups de tête ?

Il y avait là un détail important qui m'échappait. Mais quoi ?

— Ça suffira, a dit Ryan.

Pause. Charbonneau a proposé quelque chose.

— Ouais. On lui serre un peu le kiki et on voit la réaction.

Ryan a coupé la communication et m'a rendu mon téléphone.

— Ça te dit, une petite causerie avec ce type ?

— Menard ?

Il a hoché la tête.

— Certainement.

Mon subconscient a paru s'apaiser un peu.

Nous avons quitté le restaurant, ignorant l'un comme l'autre que nous étions observés.

26

Montréal me fait toujours penser à un pied pointé vers l'est dont la cheville serait l'aéroport de Dorval à l'ouest de l'île, les orteils pointant à l'est, et le Saint-Laurent le sol sur lequel se pose le talon. Verdun correspondrait à la partie rembourrée du talon.

La Pointe-Saint-Charles, excroissance au talon, est bordée au nord par le canal de Lachine, au sud par le dépôt ferroviaire de la compagnie de chemins de fer CP et à l'est par le Vieux-Montréal et son port. Peuplé à l'origine par les immigrés irlandais qui travaillaient à la construction des ponts, le quartier a conservé la mémoire de cette époque dans les noms de ses rues et de ses artères : Saint-Patrick, Sullivan, Dublin, Mullins.

Mais tout cela, c'est du passé. De nos jours, il est surtout habité par des francophones.

Moins de vingt minutes après avoir quitté Lafleur, Ryan a tourné dans la rue Wellington, la grande artère qui traverse la Pointe d'est en ouest. Nous avons passé des magasins de sport, un salon de tatouage et la boutique de vêtements M.H. Grover, une institution depuis des décennies. Ici et là, un café guilleret.

Au croisement avec la rue de Dublin, Ryan s'est arrêté. À droite, une série de maisons victoriennes apportait une note espiègle à ce paysage morne, avec leurs façades pastel, leurs jolis ornements en bois travaillé, leurs arches de brique et leurs vitrages épais. Au-dessus d'une porte, j'ai réussi à déchiffrer les mots *Dr George Hall* gravés dans du verre dépoli.

— C'est la rue des médecins, a dit Ryan en remarquant ma surprise. Au XIXe siècle, c'était une adresse prestigieuse aux yeux des pontes de la Faculté. L'endroit a quelque peu perdu de son lustre.

— Ce sont toujours des hôtels particuliers ?

— Divisés en appartements, je suppose.

— Où est la rue de Sébastopol ?

Du menton, il a désigné la gauche.

— Je crois qu'elle longe le dépôt ferroviaire. Mais, ici, c'est un vrai labyrinthe d'impasses et de sens uniques.

Comme il tournait dans la rue de Dublin, j'ai aperçu un square flanqué d'un panneau retraçant l'histoire de la personne dont il portait le nom.

— Qui c'est, Marguerite Bourgeoys ?

— Mon Dieu, *madame la docteur**, vous parlez là d'une des dames les plus aimées du Québec. Sœur Maggie a ouvert des écoles pour filles au XVIIe siècle. Une idée joliment moderne pour l'époque. Elle a été canonisée il y a quelques années. Elle a aussi fondé l'ordre des Sœurs de la congrégation Notre-Dame qui s'est vu offrir un bon morceau de cette petite péninsule, au milieu du XVIIe siècle. Par la suite, les bonnes sœurs ont vendu le terrain petit à petit. La première école de Marguerite Bourgeoys se trouve un peu plus loin, ainsi que les vestiges de sa ferme qui est maintenant un musée.

— C'est la maison Saint-Gabriel ?

Ryan a hoché la tête.

Dans ce secteur de Montréal, la neige avait été déblayée à la va-comme-je-te-pousse. Les congères, à cheval sur les trottoirs et la chaussée, obligeaient les conducteurs à se garer presque au milieu de la rue. Ryan conduisait lentement, en se serrant le plus possible à droite pour laisser de la place aux voitures venant en sens inverse.

L'architecture de ce quartier était un méli-mélo d'immeubles du XIXe et du XXe siècle, la plupart destinés aux couches travailleuses les moins favorisées. De nombreuses rues étaient bordées par des maisons de trois étages en brique rouge, percées de portes à ras du mur. La plupart des habitations en pierre calcaire offraient des façades planes et raides, à présent décrépites, mais certaines s'égayaient de corniches, de fausses mansardes ou de lucarnes sculptées.

Perdues au milieu de ces splendeurs architecturales, on remarquait des demeures de trois étages bâties au tout début du XXe siècle. Divisées aujourd'hui en appartements, elles avaient été construites en retrait de la rue et étaient précédées de minuscules jardinets. Les architectes avaient privilégié la brique jaune, chamois ou brune, les entrées encastrées et les escaliers de secours escaladant la façade à partir du balcon du deuxième étage.

Non loin de la maison Saint-Gabriel se dressaient quelques monstruosités de cinq étages datant de l'après-guerre. À en juger d'après leurs auvents en béton ou en plastique, les bâtisseurs de ces agressions visuelles avaient préféré l'efficacité à la beauté. Tant pis pour le feng shui !

Après plusieurs virages dont un dernier à droite, la rue de Sébastopol s'est ouverte devant nous. À gauche s'étirait le dépôt ferroviaire, à demi caché par une clôture de trois mètres et des arbres à feuillage persistant à travers lesquels on distinguait des rangées et des rangées de wagons-citernes rouillés.

Ryan s'est arrêté avec précaution, faisant crisser la neige sous les pneus. Nous avons contemplé le paysage sans échanger un mot.

Au milieu du pâté de maisons devant lequel nous nous trouvions s'élevait un groupe de bâtisses en brique identiques serrées les unes contre les autres comme s'il leur fallait se soutenir mutuellement pour ne pas s'écrouler. Ou pour se tenir chaud. Au-delà s'étendait un terrain vague auquel succédait un assortiment incongru de bâtiments en ciment dont les façades étaient barbouillées de graffitis.

À droite, une écurie minable se dressait, entourée d'une barrière délabrée. À l'intérieur de l'enclos, un chien bâtard a bruyamment manifesté contre notre présence.

Quelques arbres tendaient leurs branches dépouillées à travers les fils électriques. La neige, déblayée depuis un certain temps, s'entassait en congères noires de saleté.

La rue de Sébastopol ne différait guère de ses consœurs de la Pointe-Saint-Charles.

Si ce n'est qu'elle était encore plus morne, d'une certaine façon.

Et plus isolée.

À gauche, le trou béant du dépôt ferroviaire. Derrière nous, l'unique voie carrossable conduisant à cette rue.

Saisie d'un profond découragement, j'ai entrepris d'inspecter le pâté de maisons sur toute sa longueur.

Ryan a désigné le groupe de bâtisses identiques.

— Cette rangée de maisons, c'est tout ce qui reste de la rue de Sébastopol édifiée par la Grand Trunk Railway au milieu des années 1850.

— Apparemment, cette compagnie ferroviaire se fichait bien de l'esthétique.

Il a vérifié l'adresse sur sa serviette en papier et a roulé jusqu'à pouvoir lire le numéro inscrit sur la première des maisons jumelles.

Le chien avait cessé d'aboyer pour nous suivre des yeux, debout sur ses pattes arrière, grattant le grillage de ses pattes avant.

— Quel numéro ?

Ryan me l'a indiqué.

— Ce doit être plus loin.

Il a roulé lentement pendant que je déchiffrais tout haut les numéros sur les maisons. Le dernier inscrit sur le groupe de bâtisses identiques précédait juste celui que nous cherchions. Après le terrain vague, la numérotation reprenait, mais en sautant un chiffre. J'ai suggéré :

— Peut-être qu'il y a une habitation tout au fond.

Ryan a fait demi-tour au bout du pâté de maisons puis est revenu se garer devant la rangée de maisons identiques. Dans l'espace laissé en friche, entre les gros pins et les arbres dénudés, on apercevait effectivement de vagues contours.

— Parée ? m'a demandé Ryan en attrapant ses gants sur le siège arrière.

— Parée.

J'ai enfilé mes moufles et suis sortie. En entendant claquer nos portières, le chien a recommencé à aboyer. Ryan a parcouru deux mètres sur le sentier incrusté de glace qui longeait le flanc de la dernière maison de brique. Les branchages des arbres et des pins créaient une sorte de tunnel très sombre qui nous masquait le ciel.

L'air sentait la résine, le charbon de bois et un relent bizarre.

— Qu'est-ce que c'est que cette odeur ? ai-je demandé.

— Du purin, a fait Ryan en chuchotant lui aussi. C'est ici que le vieux Yeller garde les chevaux de ses calèches.

— Tu veux dire ceux qui tirent les fiacres dans le Vieux-Montréal ?

— Ceux-là mêmes.

J'ai humé l'air en me concentrant davantage.

Du purin, peut-être. Mais il n'y avait pas que ça.

La tête enfouie dans nos cols, soufflant des tourbillons de fumée, nous avancions sur le chemin inégal en faisant attention à ne pas déraper.

À dix mètres de la rue, le chemin s'incurvait brutalement sur la gauche. Une maison en brique battue par les vents s'est révélée à nous.

— C'est là ! a fait Ryan en déchiffrant le numéro rouillé au-dessus de l'entrée.

La porte en vieux bois rugueux, enfouie dans un renfoncement du mur, portait les vestiges d'un style ouvragé. Les fenêtres ne laissaient rien voir de l'intérieur. Certaines étaient noires, les autres blanches de gel et de neige. L'une d'elles penchait dans son châssis.

De la vigne vierge morte s'étirait à travers le toit et les murs. Les pins, plus nombreux ici, maintenaient la maison et le jardinet dans une obscurité encore plus profonde.

Sans raison, j'ai senti se dresser les petits cheveux de ma nuque.

M'enjoignant au calme, j'ai pris une profonde inspiration.

Ryan s'avançait vers la porte. Je lui ai emboîté le pas.

La sonnette en laiton était de celles que l'on actionne en tournant le bouton dans le sens des aiguilles d'une montre, à la mode d'autrefois.

Une cloche a retenti très loin à l'intérieur.

Ryan a laissé passer une longue minute avant de sonner encore.

Quelques secondes plus tard, la serrure a cliqueté et la porte s'est ouverte de quinze centimètres en grinçant.

Ryan a fait passer son insigne dans la fente.

— Monsieur Menard ? a-t-il demandé en anglais.

La fente ne s'est pas élargie. La personne derrière me restait invisible.

— Stephen Menard ? a répété Ryan.

— *Qu'est-ce que vous voulez** ?

Un fort accent. Américain.

— Police, monsieur Menard. Nous voudrions vous parler, a insisté Ryan en anglais.

— *Laissez-moi tranquille**.

La porte a bougé dans son chambranle. Ryan l'a bloquée de la main, avec la vivacité d'un lièvre.

— Vous êtes Stephen Menard ?

— *Je m'appelle Stéphane Ménard**, a répondu le monsieur en prononçant le nom à la française. *Qui êtes-vous** ?

— Détective Andrew Ryan. Madame est le Dr Temperance Brennan, a fait Ryan en me désignant. Nous devons vous parler.

— *Allez-vous-en** !

La voix, sèche, avait quelque chose de presque frêle. Je ne voyais toujours pas son propriétaire.

— Soyez coopératif, monsieur Menard, nous ne partirons pas. Nos questions ne prendront que quelques minutes de votre temps.

Menard n'a pas répondu.

— À moins que vous ne préfériez nous suivre au poste de police.

L'intonation de Ryan était aussi dure que de l'acier trempé.

— *Tabarnac** !

La porte s'est refermée, une chaîne a cliqueté, la porte s'est rouverte.

Ryan est entré. Je l'ai suivi. Le plancher était recouvert d'un lino et les murs, peints d'une couleur beaucoup trop sombre pour une pièce sans fenêtre. L'air sentait la naphtaline, le vieux papier peint et le tissu moisi.

Cette entrée, minuscule, était éclairée par une petite lampe en porcelaine. Stephen Menard se tenait dans l'ombre de la porte, une main sur la poignée, l'autre plaquée contre la poitrine et armée d'un coupe-papier.

Il a refermé la porte et s'est tourné vers nous. J'ai enfin pu le voir.

Il devait mesurer un mètre quatre-vingt-dix. Avec ses taches de rousseur, son crâne chauve et son visage de crapaud, c'était l'un des personnages les plus étonnants que j'aie rencontrés de ma vie. Il aurait pu être aussi bien un quadragénaire fatigué qu'un homme de soixante ans en pleine forme.

— *Qu'est-ce que vous me voulez** ?

— On peut s'asseoir ? a lancé Ryan en déboutonnant sa veste.

— *Je ne peux pas vous en empêcher** !

Menard nous a conduits dans un salon aussi mal éclairé que l'entrée. Lourdes tentures rouges. Secrétaire, table basse, consoles en acajou. Papier peint à fleurs de couleur sombre. Sièges tendus d'un tissu rouge profond.

Ayant déposé son coupe-papier sur le secrétaire, Menard s'est laissé tomber sur le sofa et a croisé les jambes. J'ai retiré ma parka et me suis assise dans le fauteuil à sa droite.

Ryan a fait le tour de la pièce, allumant en chemin le lustre et la paire d'appliques en cristal et en bronze de part et d'autre du canapé. La lumière nous a permis de mieux distinguer l'occupant des lieux.

Stephen Menard n'était pas simplement chauve, il était dépourvu de toute pilosité. Pas de cils ni de rouflaquettes. Pas un poil sur les bras, ni vraisemblablement sur le reste du corps. Un visage lisse, curieusement pâle. Je me suis demandé si cette absence de poils était une déficience génétique ou un choix esthétique élevé au niveau d'une position de principe.

Ryan a attrapé une chaise Windsor près du secrétaire et l'a placée devant Menard dans un mouvement manifestement destiné à le déstabiliser. S'étant assis, il a posé ses coudes sur ses genoux et s'est penché en avant, le visage à un mètre de celui de son interlocuteur.

Notre hôte malgré lui portait des chaussons, un jean et un sweat-shirt aux manches remontées au-dessus des coudes. Il s'est tassé en arrière, a baissé ses manches sur ses poignets, les a remontées, a chaussé ses lunettes et a attendu.

— Je vais être franc avec vous, monsieur Menard. Nous nous intéressons à vous.

— *Je suis**...

— Je crois savoir que vous êtes américain. L'anglais ne devrait pas vous poser problème, n'est-ce pas ?

Menard n'a pas répondu, il a piqué du menton.

— Nous savons par Richard Cyr que vous avez tenu une boutique de prêts sur gages dans un local commercial lui appartenant, rue Sainte-Catherine, il y a de cela plusieurs années.

Les lèvres de Menard se sont pincées jusqu'à former un trait pas plus gros qu'une aiguille. Un sillon s'est creusé au-dessus de l'endroit où il aurait dû avoir des sourcils.

— Ma question vous ennuie ?

Menard s'est passé la main sur la mâchoire, puis a rajusté ses lunettes.

— Un business qui marchait bien. Et qui a duré – quoi ? Neuf ans ? Vous êtes jeune. Qu'est-ce qui vous a décidé à y mettre fin ?

— Je ne faisais pas que prêter sur gages. Je faisais également commerce d'objets de collection.

— Expliquez-moi ça, s'il vous plaît.

— J'aidais des collectionneurs à trouver des articles difficiles à dénicher. Des timbres. Des pièces de monnaie. Des soldats de plomb.

J'avais déjà vu Ryan interroger des suspects. Il aime faire durer les silences. Quand la personne interrogée répond, il prend un air expectatif et attend la suite, au lieu d'enchaîner avec une autre question.

C'est ce qu'il a fait.

Menard a dégluti.

Ryan a continué d'attendre.

— Il n'y a rien d'illégal à cela, a marmonné Menard.

J'ai cru entendre une porte s'ouvrir et se refermer quelque part dans la maison.

— Les choses se sont compliquées. Les affaires périclitaient. Le loyer augmentait. J'ai décidé de ne pas renouveler le bail.

— Elles se sont compliquées comment ?

— Elles se sont compliquées, c'est tout. Je suis citoyen canadien, vous savez. Je connais mes droits.

— Je ne fais que vous poser quelques questions, monsieur Menard.

Menard commençait à ne plus pouvoir soutenir le regard de Ryan. Ses yeux passaient de ses mains au visage de Ryan en des allers-retours hésitants.

Ryan a laissé durer la pause.

— Pourquoi avoir abandonné l'archéologie ? a-t-il lancé à brûle-pourpoint.

— Que voulez-vous dire ?

— Que vous est-il arrivé à Chico ?

Une idée m'est venue. Je l'ai laissée prendre son essor.

— Vous avez un mandat ? a demandé Ménard en rajustant ses lunettes, une nouvelle fois.

— Non, monsieur, a déclaré Ryan.

Le regard de Menard s'est élevé au-dessus de l'épaule gauche de Ryan. D'un même mouvement, nous nous sommes retournés.

Une femme se tenait dans l'embrasure de la porte. Grande et mince, elle avait le teint ivoire et une longue tresse noire. Entre vingt-cinq et trente ans.

La patte d'oie autour des yeux de Menard s'est contractée.

La femme était tellement tendue qu'elle a paru

vaciller. Elle a serré les bras autour de sa taille et s'est enfuie hors de notre vue.

Menard s'est mis debout.

— Je ne répondrai plus à aucune question. Ou vous m'arrêtez, ou vous partez d'ici.

Ryan s'est levé en prenant tout son temps.

— Y aurait-il une raison pour que l'on vous arrête, monsieur Ménard ?

— Évidemment pas.

— Bien.

Ryan a remonté la fermeture Éclair de sa parka. J'ai enfilé la mienne et me suis dirigée vers l'entrée. Apercevant le coupe-papier sur le secrétaire, je me suis arrêtée.

Du coin de l'œil j'ai vu Ryan tendre son visage vers Menard.

— Eh bien, nous allons jouer la scène selon vos règles, monsieur. Si vous nous cachez quoi que ce soit, je peux vous assurer que vous le regretterez.

Cette fois-ci, Menard a soutenu son regard. Les deux hommes sont restés à se dévisager dans le blanc des yeux.

Dos à eux, j'ai tranquillement fait glisser le coupe-papier dans mon sac.

27

— Tu penses à quoi ? m'a demandé Ryan alors qu'il tournait au bout de la rue de Sébastopol.

— Si jamais l'Inquisition revenait à la mode, tu serais le premier embauché.

— Je prends ça pour un compliment. Qu'est-ce que tu penses de Ménard ?

— Il me fiche la trouille. Tu crois que sa calvitie est la séquelle d'une maladie ?

Ryan a fait non de la tête.

— Il avait des coupures sur le crâne.

— Pour quelle raison un homme se raserait-il le visage et le crâne ?

— Parce que c'est un fan de Telly Savalas[1].

— Et il se raserait le corps entier ?

— Pour économiser sur le shampooing.

— Ryan !

— Ou alors pour participer aux prochains J.O. de natation.

1. Telly Savalas (1925-1994) : Acteur américain ayant tourné notamment dans *Les Douze Salopards* de Robert Aldrich, devenu sur le tard une idole du petit écran grâce à une série policière. *(N.d.T.)*

Cette réponse-là ne méritait même pas une réaction de ma part.

— Je ne sais pas, a enchaîné Ryan. Son coiffeur s'est endormi ? Il avait des poux ? Il a la phobie des poils ?

— Tu as vu comment la bonne femme a réagi ?

— C'est sûr qu'elle ne s'est pas précipitée pour nous offrir une tasse de thé.

— Elle paraissait terrifiée.

Ryan a haussé les épaules.

— Peut-être. Peut-être qu'elle n'aime pas qu'on débarque chez elle à l'improviste.

— Qui c'est, à ton avis ? D'après Claudel, aucun dossier ne fait état d'une seconde personne vivant à cette adresse.

— J'ai bien l'intention de le découvrir.

J'ai avoué que j'avais subtilisé le coupe-papier.

— C'est totalement illégal…

J'en suis convenu.

— Et aucun juge ne prendrait en considération les informations que pourrait révéler cet objet.

— Oui, mais les empreintes pourraient nous permettre d'identifier la dame.

— Pourraient.

— D'accord, j'ai agi par impulsion. Le coupe-papier était là, je me suis dit qu'elle l'avait peut-être touché. Je l'ai emprunté, c'est tout.

— Hm.

— Je le rendrai.

— Je n'en ai jamais douté.

Le crépuscule qui tombait augmentait encore l'opacité du pare-brise éclaboussé de neige salée par les voitures qui roulaient devant nous. Nous gardions le silence. Ryan se concentrait sur la conduite.

— Ça pourrait expliquer les boutons, me suis-je écriée tandis que nous traversions le canal Lachine pour nous lancer à l'assaut de la rue de la Montagne.

Je me suis tournée vers Ryan.

— Mais oui, la copie de bouton !

— Tu veux dire que Menard mettait lui-même la main à la pâte tant il avait à cœur d'aider ses clients à grossir leurs collections ? Qu'il faisait fabriquer des contrefaçons ?

— Il croit peut-être que nous sommes sur un coup de ce genre. C'est pour ça qu'il était si nerveux.

— Possible, a dit Ryan.

Mais j'avais déjà une autre idée en tête.

— Peut-être qu'il est tombé par hasard sur les squelettes et n'en a pas fait état. Qu'il s'est dit qu'il pourrait les vendre un jour à un collectionneur. Faire commerce de squelettes humains, je suis sûre que c'est interdit au Canada.

— Possible aussi.

Je me suis calée dans mon siège.

— Mais mon instinct me dit que c'est beaucoup plus gros que ça.

— T'inquiète ! Si ce type a un secret, je le découvrirai.

— Ce qui est sûr et certain, c'est qu'il n'était pas ravi-ravi de nous voir.

— Il était aussi chaleureux qu'une salle d'autopsie. À propos, je te dépose où ?

— Au labo.

J'ai appelé chez moi pour voir avec Anne son programme pour la journée. Pas de réponse. Je lui ai laissé un message lui demandant de me rappeler.

Vingt minutes plus tard, j'étais dans mon bureau.

Ryan avait promis de porter le coupe-papier à la SIJ. Il me rappellerait lui-même ou demanderait à un technicien de le faire si l'analyse donnait quelque chose.

J'ai rappelé Anne pour lui proposer de dîner à La Maison du cari. Depuis que je la connais, elle répète à l'envi qu'elle a horreur de la cuisine indienne. J'étais certaine que leur korma d'agneau la ferait changer d'avis.

Toujours pas de réponse. Deuxième message.

Deux sorties d'imprimantes étaient posées sur mon sous-main. La plus longue était la liste, établie par Claudel, des filles portées disparues au Québec. L'autre, émanant de Charbonneau, recensait les filles disparues dans la région centre-nord de la Californie.

J'ai commencé par la première.

J'ai passé les noms en revue l'un après l'autre, éliminant toutes les filles qui ne correspondaient pas aux squelettes de la pizzeria. Un sérieux mal de tête me labourait les tempes bien avant que j'en arrive à Manon Violette.

Marion Violette avait la canine supérieure droite déviée et aucun plombage.

Je me suis penchée en avant, prise d'une excitation subite.

La fille dans la caisse de Dr Energy avait une canine déviée, à droite, sur la mâchoire supérieure, et aucune obturation.

J'ai continué à lire en retenant mon souffle.

Marion Violette avait disparu neuf ans plus tôt, après être partie de chez elle, à Longueuil, pour se rendre dans le centre-ville en autobus.

Elle était blanche.

Elle avait quinze ans.

Le détail suivant m'a fait l'effet d'un coup de poing au sternum : Marion Violette ne mesurait que 1,47 mètre.

Merde !

D'après mes calculs, la fille de la caisse mesurait à peu près dix centimètres de plus.

Est-ce que j'aurais pu faire une erreur aussi grosse ?

J'ai foncé au labo.

Raté. La fille de la caisse n'était pas grande, mais pas aussi petite que ça. Même en tenant compte d'une marge d'erreur, la demoiselle 38 426 était trop grande pour être Marion Violette.

Et la 38 427 ? Celle-là, je lui avais donné entre quinze et dix-sept ans et j'avais évalué sa taille entre 1,62 mètre et 1,70 mètre.

J'ai pris le crâne et vérifié les dents.

Alignement parfait, un rêve d'orthodontiste. Pas une seule déviation.

Retour à la liste.

Une heure plus tard, je me suis laissée retomber sur mon dossier, frustrée.

Et furieuse. Forcée d'admettre que Claudel avait raison : rien ne correspondait. Si la taille était bonne, c'était l'âge qui n'allait pas ; quand l'âge et la taille coïncidaient, c'était la race ou autre chose qui ne collait plus.

Aucune fille disparue au Québec n'avait eu le poignet droit cassé. En Californie, c'était le cas pour une. Une seule.

Et Claudel m'en avait parlé : Angela Robinson.

D'après le dossier, sa disparition avait été signalée par son père, Leonard Alexander Robinson, auprès du shérif du comté de Tehama en 1985. Blanche, âgée de quatorze ans et neuf mois, la jeune fille était partie de chez elle dans la nuit du 21 octobre et n'avait plus été revue. Selon des amis, elle comptait se rendre à une soirée en auto-stop.

Angela Robinson, dite Angie, s'était cassé le poignet droit en tombant d'une balançoire à l'âge de huit ans.

Elle mesurait 1,57 mètre.

Retour au laboratoire pour vérifier mes mesures.

La fille enveloppée dans la bâche en cuir était trop vieille pour être Angie Robinson.

Et trop grande.

J'étais découragée. Mon mal de tête aurait pu pilonner tout le *Golden Spike* d'Ogden[1] d'un bout à l'autre.

Et si Angie avait vécu un certain temps après sa disparition ? Elle aurait vieilli. Grandi aussi, peut-être.

Encore une fois, j'ai eu l'impression que mon subconscient m'indiquait de poursuivre sur cette voie.

Que voulait-il me dire ?

Il était déjà cinq heures. J'ai décidé que j'en avais fini pour aujourd'hui.

Remontée dans mon bureau, j'ai appelé Anne.

Toujours pas de réponse.

Je reposais le combiné quand quelqu'un a frappé à ma porte.

— Salut, doc.

Charbonneau. En polyester de la proue à la poupe. Et chaussé de bottes de cow-boy.

— Salut.

— Je partais. Et puis je me suis dit que ça valait le coup de faire un saut chez vous pour vous mettre au parfum des traditions actuelles.

— Traditions ? ai-je répété en essayant de comprendre le sens de sa phrase à l'aide du petit bout de cervelle en état de marche qui me restait encore.

Il a sorti de sa bouche un truc en forme de tortillon, l'a étudié et a levé les yeux au ciel. Puis il a désigné du menton ma corbeille à papier.

Je lui ai tendu un Post-it.

Il y a enveloppé son chewing-gum et l'a lancé dans la corbeille.

— Ryan m'a raconté votre visite à Menard, dans sa

1. Parc situé à Ogden, près de Salt Lake City, dans l'Utah, nommé en mémoire de la connexion établie entre les compagnies de chemins de fer de la *Central Pacific* et de l'*Union Pacific*, qui abolit de ce fait la *Frontier* séparant l'Amérique en deux. *(N.d.T.)*

tanière de Sébastopol. L'a l'air d'un sacré morceau, ce mec.

— Ouais.

Je me suis massé les tempes du bout des doigts.

— Mal au crâne ?

J'ai fait oui de la tête.

— Essayez de manger un truc vraiment épicé. Moi, ça me fait toujours de l'effet.

— Merci.

— De mon côté, pas grand-chose de nouveau. Menard n'a pas de casseroles en Californie. Y aurait juste une petite correction à apporter à son CV d'étudiant. Ce petit cachottier n'a pas été viré de l'université, il s'y est même réinscrit pour une seconde année.

— Et alors ?

— Il n'y a jamais montré le bout de son nez.

J'ai suspendu mes frottements.

— Vous voulez dire qu'il s'est inscrit dans un département, a payé les frais de scolarité et n'a pas assisté aux cours une seule fois ?

— Ouais.

— Mais pourquoi ?

Charbonneau a haussé les épaules.

— L'écureuil n'a jamais montré le bout de son nez.

— Il a résilié son bail ? Clos ses comptes bancaires ?

— J'attends des réponses à ce sujet.

— Mais alors, où a-t-il été jusqu'en janvier, avant de retourner au Vermont ?

Charbonneau a souri.

— Je suis sur ce coup-là, aussi.

L'appartement était tout noir quand je suis arrivée. Birdie dormait sur le dossier du sofa. Il a levé la tête et cligné les yeux quand j'ai allumé la lumière.

— Anne ?

Pas de réponse.

Le chat s'est étiré, puis s'est laissé tomber par terre et s'est approché de moi pour me présenter son ventre.

— Anne ? ai-je appelé encore tout en caressant Birdie.

Silence.

— Où est-elle, Birdie ?

Le chat a roulé sur lui-même et s'est remis debout. Après avoir étiré ses pattes arrière l'une après l'autre, il est parti vers la cuisine en trottinant. Quelques secondes plus tard, j'ai entendu craquer des Friskies.

— Annie ?

La porte de sa chambre était fermée. J'ai frappé et suis entrée. Là, mon cœur s'est affolé dans ma poitrine. La pièce était vide. Une feuille de papier était posée sur la table. Je l'ai regardée un moment avant de la prendre.

Très chère Tempe,

Je ne peux pas te dire combien j'apprécie ta bonté et ta patience. Pas simplement pour cette semaine passée chez toi, mais pour toutes nos années d'amitié merveilleuse, joyeuse, précieuse. Tu as été mon rempart, le vent sous mes ailes. (Tu te rappelles « notre » film ?)

Nous nous ressemblons sur tant de points, Tempe. Je ne suis pas très douée pour exprimer mes sentiments. Je ne suis même pas douée pour réfléchir à ce que je ressens.

Tu as été parfaite pour moi. Maintenant, il est temps que j'en termine avec tout ça. Même si je ne te le dis jamais, sache que je t'aime vraiment beaucoup. Ne m'en veux pas de te faire ce coup-là.

Anne

Tout le catalogue des émotions m'a saisie à la gorge.

L'amour. Je connaissais Anne, je comprenais combien cela avait dû lui coûter de mettre ces mots par écrit.

La culpabilité. Noyée dans mes problèmes, je ne

m'étais pas vraiment occupée d'elle. Comment avais-je pu être aussi égoïste ?

La colère. Elle avait fait ses valises et s'était tirée comme ça, sans même me prévenir ?!! Mais comment pouvait-on manquer de cœur à ce point ?

Puis la peur a foncé sur moi, telle une locomotive.

« Que j'en termine avec tout ça », disait-elle. « Tout ça » ? Que voulait-elle dire ? En terminer en faisant quoi ? En rentrant chez elle ?

Je me suis rappelée son livre sur la mort et notre conversation morbide. Elle n'avait pas parlé de partir.

Qu'avait-elle dit, exactement ? Elle avait parlé de cycles, de changements. Et moi, je lui avais coupé le sifflet.

Doux Jésus ! Pensait-elle à se tuer ? Non, sûrement pas. Elle n'était pas du genre à se suicider, déprimée ou pas. Mais sait-on jamais ?

Souvenirs atroces de l'autre amie qui avait occupé cette chambre. On l'avait retrouvée morte, recouverte de terre. Anne se serait-elle lancée dans une périlleuse odyssée ?

J'ai essayé de la joindre sur son portable.

Pas de réponse.

J'ai appelé Tom.

— Anne est là ?

— Tempe ?

— Anne est rentrée ?

— Je croyais qu'elle était chez toi.

— Elle est partie.

J'ai lu à Tom le mot qu'elle m'avait laissé.

— Qu'est-ce qu'elle t'a raconté ?

— Je ne sais plus très bien.

— Elle était très remontée contre moi.

— Je sais.

— Tu ne penses quand même pas qu'elle aurait fait une folie ?

J'ai esquivé la question.

— Elle ne t'a pas téléphoné ?

— Non.

— Appelle les compagnies aériennes. Vois si elle a réservé un siège sur un vol pour Charlotte.

— Je ne pense pas qu'on me le dira.

— Raconte-leur des craques, Tom ! (J'en pleurais presque.) Mens ! Invente quelque chose !

— D'accord.

— Tu me rappelles dès que tu sais quelque chose.

— Toi aussi.

Je me suis aperçue dans le miroir tout neuf de la salle à manger : debout, le téléphone à la main, tendue des pieds à la tête, le visage blanc de peur.

Comme Anne dans le couloir, le soir de l'effraction.

Grands dieux ! Faites qu'il ne lui soit rien arrivé !

Que faire ? Appeler les compagnies aériennes ? Tom s'en chargeait. Les loueurs de voitures ? Les compagnies de taxis ? La police ?

Est-ce que je m'inquiétais pour rien ? Anne était peut-être partie de chez moi pour faire le point avec elle-même ? Dans ce cas, valait-il mieux attendre sans rien faire ?

Mais elle m'avait laissé un mot. Elle avait donc une idée derrière la tête. Laquelle ?

Le téléphone a grésillé dans ma main. J'ai fait un bond de deux mètres.

— Anne ?

— C'est moi.

Ryan a dû sentir ma tension, car il a aussitôt enchaîné :

— Tu as un problème ?

Je lui ai appris qu'Anne avait disparu.

— Est-ce qu'elle a écrit qu'elle rentrait chez elle ?

— Pas aussi clairement que ça.

— Est-ce qu'elle a appelé quelqu'un ?

— Mon téléphone n'enregistre pas les numéros d'appels sortants.

— Ni d'ailleurs ceux qui entrent, sauf si l'interlocuteur a la bonté de s'identifier. Il serait temps que tu te mettes au diapason, côté technologie.

— Merci du conseil.

— Je vais me renseigner.

— Merci… Ryan ?

— Oui.

— Elle était très déprimée.

— Elle a pris ses affaires, c'est bon signe.

Je n'y avais pas pensé.

Pause.

— Tu veux que je vienne ?

Et comment ! Pourtant j'ai répondu que tout irait bien.

— À propos, pourquoi est-ce que tu appelais ?

— La SIJ a pu relever des empreintes sur le coupe-papier. Il y en a deux.

— Menard et la femme ?

— Tu n'as probablement qu'à moitié raison.

— Comment ça, à moitié ?

— Ce type n'est pas Menard.

28

— Les empreintes sur le coupe-papier sont celles de deux personnes différentes qui ne sont Menard ni l'une ni l'autre.

— Tu es sûr ?

— Je les ai transmises au Vermont. Leur labo les a comparées avec celles de Menard, qu'ils avaient en archives depuis son arrestation pour conduite en état d'ivresse.

Je n'en revenais pas.

— Mais il tenait ce coupe-papier à pleines mains.

— Tu veux dire, le type dans la maison. Eh bien, ce n'était pas Menard.

— Et pour les autres empreintes, on a des renseignements ?

— Non. On continue les recherches ici et on contactera l'AFIS, aux États-Unis.

L'AFIS est l'office qui regroupe toutes les empreintes.

— Si ce type n'est pas Menard, qui est-ce ?

— Question hautement pertinente, docteur Brennan.

Tout ça n'avait aucun sens.

— Peut-être qu'il y a un problème avec les empreintes.

— Ça arrive.

— Charbonneau a dégotté une photo de Menard du

temps où il était à l'université. Montrons-la à Cyr et voyons ce qu'il dit.

— Ça ne peut pas faire de mal, a convenu Ryan.

J'ai attendu, espérant un peu l'entendre me réitérer sa proposition de l'accompagner. J'en suis restée pour mes frais.

— Je vais récupérer la photo auprès de Char…, a commencé Ryan.

J'ai cru entendre une voix de femme dans le fond, puis le bruit étouffé d'une main qui se pose sur le combiné.

— Excuse-moi, a repris Ryan plus bas. Je récupère la photo et je passe te prendre à huit heures.

J'ai réussi à tuer cette soirée de vendredi grâce à des macaronis au fromage surgelés et à un long bain chaud. Je me suis couchée sitôt finies les infos de onze heures.

À peine avais-je éteint la lumière que j'ai été la cible d'un bombardement intensif d'images indésirables.

Un morne sous-sol. Des ossements dans une caisse. D'autres enfouis.

Une femme dans un lit, une mèche de cheveux gris lui barrant le visage. Un matelas souillé. Un corps inerte sur une plaque en inox.

Des miroirs brisés. Un tesson de verre fiché dans un tableau.

Anne au milieu d'une montagne de bagages. Anne me regardant par-dessus ses lunettes à fleurs.

J'ai senti un cri monter de mon ventre, des larmes chaudes ont inondé mon visage.

La dernière fois que j'avais été aussi déprimée, Ryan était auprès de moi. Il m'avait serrée dans ses bras en me caressant la tête et j'avais senti battre son cœur. Comme il avait su me redonner le sentiment d'être forte et belle ! Comme il avait su me convaincre que tout irait bien !

Un sanglot a soulevé ma poitrine et s'est frayé un passage dans ma gorge.

J'ai aspiré une grande goulée d'air et je me suis laissée aller au chagrin, les genoux relevés contre ma poitrine.

Une bonne crise de larmes est plus efficace qu'une heure chez le psy. Je me suis réveillée, lavée de toutes mes peines et de toutes mes frustrations réprimées jusque-là.

Régénérée.

Capable de me tenir en main.

Et ce, jusqu'à ma prochaine grosse connerie, douze heures plus tard.

À sept heures du matin, Tom a appelé pour savoir si j'avais des nouvelles d'Anne. Aucun siège n'avait été réservé à son nom sur un vol Montréal-Charlotte pour la semaine à venir.

Je lui ai dit que j'avais prévenu un ami policier.

Il a émis l'hypothèse qu'Anne avait pu souhaiter se retrouver seule et qu'elle nous appellerait bientôt. J'ai renchéri avec force. Nous avions autant besoin d'y croire l'un que l'autre.

En m'apercevant dans le miroir pendant que je raccrochais, je me suis rappelée l'effraction. Neuf jours s'étaient écoulés, et les flics n'avaient aucune piste.

Le beau mec de la 3-C !

Sainte mère de Dieu ! Anne serait-elle partie avec l'inconnu rencontré dans l'avion ? Était-ce imaginable qu'il ait saccagé ma maison ?

Flash-back de Ryan réclamant une surveillance accrue autour de mon immeuble.

Est-ce que les patrouilles continuaient ? Une voiture de police avait peut-être aperçu Anne quand elle était partie ?

C'était peu probable, mais ça valait le coup de se renseigner.

Je suis sortie dans la rue, emmitouflée jusqu'aux yeux.

Nouvelle journée toute blanche. La météo annonçait

un maximum de moins trente degrés Celsius pour la journée. À huit heures moins cinq, on était encore loin de cette chaleur d'enfer.

Dix minutes plus tard, une voiture de police a remonté le pâté de maisons. Je me suis postée au bord de la chaussée pour lui faire signe de s'arrêter.

Oui, ils continuaient d'effectuer des passages plus fréquents que d'ordinaire. Oui, ils avaient surveillé ce secteur pendant toute la semaine. Non, ils n'avaient pas vu de blonde immense croulant sous des bagages. Ils ont promis d'interroger les gars des autres voitures.

Je suis rentrée dans le vestibule. Là au moins, il faisait assez chaud pour que le sang circule.

Ryan est arrivé à huit heures dix. Sa voiture sentait la cigarette.

— *Bonjour.*

— *Bonjour**.

Il m'a tendu une photo de Menard reçue par fax. Petite et sombre. Le rendu des couleurs et du contraste laissait à désirer. On voyait quand même assez bien les traits du visage.

— Ça ressemble au gars qu'on a vu, ai-je dit.

— Et à un millier d'autres rouquins à lunettes.

J'ai dû en convenir.

— Des nouvelles de ta copine ?

— Rien.

J'ai remué les pieds. Ouvert ma parka. Je ne savais pas quoi faire de mes yeux. De mes jambes. De mes bras. Je me sentais gauche et mal à l'aise. Je n'étais pas sûre d'être capable de soutenir une conversation.

— La nuit a été dure ? a-t-il demandé.

— D'où te vient cet intérêt subit pour mon sommeil ?

— Tu as l'air fatigué.

Je l'ai regardé. Lui aussi avait les traits tirés et des cernes plus accentués que d'habitude. Malgré toute mon envie, je ne lui pas demandé ce qui lui arrivait. À la place, j'ai râlé :

— Côtés soucis, j'ai été servie.

Il m'a caressé le nez du bout du doigt.

— N'est-ce pas notre lot à tous ?

Vingt minutes plus tard, nous étions rendus.

Ryan avait prévenu Richard Cyr de notre visite. Le vieux zigoto a répondu au premier coup de sonnette. Habillé de pied en cap.

Le vieil Hopalong... Mets ça de côté, Brennan.

Au salon, il s'est installé dans le même fauteuil que la fois où j'étais venue avec Anne.

J'ai présenté Ryan et lui ai cédé la parole.

— *Monsieur Cyr, nous sommes là**...

— Parlez anglais pour la petite dame, a fait Cyr en me décochant un sourire. Où est votre amie si jolie ?

— Elle est rentrée chez elle.

Cyr a penché la tête.

— Une belle plante, celle-là.

— Notre visite ne durera pas longtemps, a déclaré Ryan en sortant le fax de sa poche pour le remettre à Cyr.

— Est-ce qu'il s'agit de Stephen Menard ?

— Qui ça ?

— Stéphane Ménard. L'homme qui tenait la boutique de prêts sur gages dans votre immeuble.

Cyr a jeté un coup d'œil à la photo.

— *Tabarnouche** ! J'ai beau ressembler à Bogart, j'ai quand même quatre-vingt-deux ans.

Sur ce, il s'est mis debout et a traversé la pièce en traînant les pieds pour allumer la télé. Ayant pris une grosse loupe reliée à l'appareil par un câble, il l'a promenée sur le fax.

Le visage de Menard s'est affiché à l'écran.

— C'est génial, ce système ! me suis-je écriée.

— C'est une vidéoloupe. Un gadget pas mal du tout. Ça grossit tellement que je peux lire à peu près tout.

Il a déplacé sa loupe au-dessus de la photo. S'étant arrêté sur l'oreille de Menard, il a zoomé jusqu'à ce que le bord supérieur du pavillon remplisse la presque totalité de l'écran.

— Non, a déclaré Cyr avec force, en se redressant. Ce n'est pas votre type.

— Comment pouvez-vous en être aussi sûr ? ai-je demandé, étonnée.

Il a reposé sa loupe et nous a rejoints. Du doigt, il m'a fait signe de m'approcher.

Je me suis levée.

— Vous voyez ça ? a-t-il demandé en se tapotant une petite bosse de cartilage en haut de son oreille, sur le côté externe de l'ourlet.

— C'est le tubercule de Darwin.

— Elle en connaît des choses, la petite dame !

Ryan nous observait, la perplexité peinte sur ses traits.

— Une fois, j'ai montré ces petites bosses à mon docteur. Il m'a dit que c'était un caractère récessif et m'a donné des articles sur le sujet. Vous savez d'où ces petites emmerdeuses tirent leur nom ?

— On croyait autrefois que c'était un vestige des oreilles pointues des quadrupèdes.

Cyr s'est mis à se balancer d'avant en arrière sur la pointe des pieds d'un air ravi.

— Qu'est-ce que ça a à voir avec Menard ? est intervenu Ryan.

— Menard ? Il en avait des encore plus grosses. Des comme je n'en ai jamais vu de ma vie. Je le taquinais souvent à ce sujet. Je lui ai même dit une fois que je ne serais pas étonné de le découvrir un jour en train de brouter un arbre ou de grignoter des petites bêtes à poil dans la cave. Il n'a pas apprécié.

Ryan s'est levé.

— Et l'homme sur la photo ?

— Il n'a pas de bosse, a répondu Cyr en lui rendant le fax.

Arrivé à la porte, Ryan a marqué une pause.

— Une dernière question, monsieur. Est-ce que vous étiez en bons termes avec Menard ?

— Certainement pas. Je l'ai foutu à la porte.

— Pourquoi ?

— J'en avais marre que les autres locataires se plaignent.

— Se plaignent de quoi ?

— Surtout de sa clientèle louche. Et, aussi, du bruit qu'il faisait, la nuit.

— Quel genre de bruit ?

— Que je sois damné si je le sais ! J'en avais assez de ces chicaneries perpétuelles. Ça existe « chicaneries » ?

— Oui.

— On dirait un nom de poisson.

Ryan m'a déposée à la maison, prétextant qu'il était d'astreinte tout le week-end. Il a promis de m'appeler s'il apprenait quoi que ce soit sur Menard ou les autres empreintes. Ou s'il avait du nouveau concernant Anne.

Je ne lui ai pas demandé si son travail l'occupait également la nuit.

Et merde ! Je m'en foutais !

Pas de message sur mon répondeur.

Puisque Katy voulait que je revienne à Charlotte le 22, j'avais une foule de choses à faire avant mon départ. Je m'y suis attelée.

Changer les draps des lits. Traiter les plantes. Envelopper les cadeaux pour le gardien et les techniciens du labo.

Et le cadeau pour Ryan ?

Celui-là, je l'ai mis de côté.

Je me suis occupée de bien d'autres choses encore.

Du linge à laver. De la litière du chat. Du courrier en retard.

Le tout au son d'une musique de Noël tonitruante, dans l'espoir que le tintement des cloches et les trompettes des anges me mettraient le cœur en fête.

Je t'en fiche ! Impossible de penser à autre chose qu'aux ossements étalés sur les tables d'autopsie, à la liste des filles disparues restée sur mon bureau et à mon amie Anne envolée Dieu sait où.

À trois heures, j'ai admis ma défaite et je suis partie pour le labo.

Les lieux étaient déserts et silencieux comme un tombeau. Samedi après-midi typique. Une demande d'expertise m'attendait sur mon bureau.

Quatre mois plus tôt, un ouvrier ascensoriste avait disparu après avoir inspecté un immeuble, côte Saint-Luc. Jeudi, son corps décomposé avait été retrouvé à LaSalle, dans le parc Angrignon. Les radios montraient de multiples fractures. Pelletier voulait que j'étudie le trauma dès que les os auraient été nettoyés.

Mettant la demande de côté, j'ai repris la liste fournie par Claudel.

Les néons ronronnaient au-dessus de ma tête. Dehors, le vent gémissait autour des fenêtres. De temps à autre, un glaçon transporté par la bourrasque venait frapper un carreau.

Simone Badeau. Trop vieille.

Isabelle Lemieux. Des plombages.

Marie-Lucille d'Aquin. Noire.

Micheline Thibault. Trop jeune.

Tawny McGee. Beaucoup trop jeune.

Céline Dallaire. Clavicule cassée à quatorze ans.

Les noms défilaient.

Au bout d'une heure, je suis passé à la liste de Charbonneau.

Jennifer Kay. Esther Anne Pigeon. Elaine Masse. Amy Fish. Theresa Perez.

De temps à autre, j'allais au labo pour vérifier un os, espérant y découvrir un détail resté inaperçu. Chaque fois, c'était une déception.

Quand j'ai eu passé en revue tous les noms de la liste, j'ai recommencé au début en prenant l'âge pour critère. Puis la taille. Puis la date de disparition.

J'avais conscience de me raccrocher à des fétus, mais j'étais dans un état quasi compulsif. Incapable de m'arrêter.

J'ai entendu le bruit des portes de sécurité tout au bout du couloir.

Lieu de disparition.

Terrebonne. Anjou. Gatineau. Beaconsfield.

Comté de Butte. Comté de Tehama. Comté de San Mateo.

À six heures, je me suis laissée retomber sur le dossier de mon siège, complètement découragée. Deux heures et demie de recherches, sans aucun résultat.

Des pas ont résonné dans le couloir désert. LaManche, probablement. Qui donc, en dehors du patron et de ma pomme, pouvait faire des heures sup' un samedi soir ?

Bravo, Brennan. Tu as la même vie sociale qu'un pépé de soixante ans sept fois grand-père.

Retour aux listes.

Toujours avec le sentiment que je laissais passer quelque chose.

Mais quoi ?

Les marques de découpe ?

Sur les trois crânes, les traces étaient celles d'un instrument tranchant. En ce qui concernait la fille dans la bâche, les découpes semblaient avoir été effectuées longtemps après la mort alors que, pour les autres filles, l'os était encore frais. Dans les trois cas, ces découpes étaient situées exclusivement dans la région de l'oreille.

La date de la mort ?

À en croire le carbone 14, la fille dans la bâche serait morte dans les années 1980, les deux autres dans les années 1990.

Le lieu de naissance ?

Selon l'analyse isotopique du strontium, la fille dans la bâche pouvait être née et avoir passé sa petite enfance dans le centre-nord de la Californie, et avoir ensuite vécu au Vermont ou au Québec. Les autres pouvaient n'avoir jamais quitté le Québec.

Pouvaient.

Peut-être que je me focalisais trop sur le strontium ?

Peut-être que la Californie était une impasse ?

Nouveau chuintement de porte et bruits de conversation.

Mais Menard avait fait ses études supérieures à Chico, et Chico se trouve précisément dans la partie centre-nord de la Californie. De plus, Menard avait occupé le lieu où les filles avaient été découvertes. Et la période de sa location coïncidait avec la date d'au moins deux des morts. Enfin, Louise Parent l'avait surpris deux fois avec des jeunes filles dans ses bras, l'une qui cherchait à s'enfuir, l'autre qui était évanouie.

Le lien avec la Californie pouvait-il n'être qu'une coïncidence ? Une pensée qui tournicotait au fond de moi a brusquement relevé la tête pour la rentrer aussitôt et ne plus donner signe de vie.

De quoi s'agissait-il ?

J'avais beau me triturer le cerveau, impossible de faire ressortir cet embryon d'idée de sa tanière.

Je suis revenue à Menard.

Il était entré en possession de la maison de ses grands-parents à Montréal en 1988. Mais le type qui occupait les lieux aujourd'hui n'était pas lui, même s'il utilisait son nom. J'ai jeté mon stylo sur le buvard.

— Mais qui est-ce, putain ?
— Ça, je ne peux pas te le dire !
À ces mots, j'ai fait un bond de deux mètres. Ryan se tenait sur le seuil.
— Mais on sait le nom de sa copine.

29

— Annick Pomerleau.

D'un geste, je lui ai signifié de ne pas me faire marner.

— Disparue en 1990.

— À quel âge ?

— Quinze ans.

Ça collait. La dame aperçue chez Menard paraissait vingt-cinq trente ans.

— Elle venait d'où ?

— Mascouche.

— Qu'est-ce qui lui est arrivé ?

— Elle a dit à ses parents qu'elle passait le week-end chez une amie. Il s'est révélé que les deux copines avaient monté un bateau pour qu'Annick puisse retrouver son coquin. Le dimanche, quand elle n'est pas rentrée chez elle, les parents ont commencé à vérifier leurs informations. Le lundi, ils ont signalé la disparition aux flics. À ce moment-là, cela faisait déjà presque soixante heures qu'Annick avait disparu.

— Elle n'est jamais arrivée jusque chez son petit ami ?

— Oh ! si. Elle y est allée directement, le vendredi. De là, elle a fait la tournée des bars avec lui. Plus tard dans la nuit, ils se sont disputés et elle s'est tirée. Le jules a eu du pot, il a passé le reste du week-end avec sa copine numéro deux.

— Les flics y ont cru ?

— Le barman et l'autre fille ont confirmé. Les parents ont soutenu qu'Annick avait été enlevée, mais comme elle avait déjà fugué pas mal de fois, les flics ont pensé qu'elle avait pris le large, tout simplement.

— Ils ont continué les recherches ?

— Jusqu'à épuisement de toutes les pistes.

— C'est tout ?

— Pas tout à fait. Parce que, trois ans plus tard, voilà que la gamine appelle ses parents, affirme qu'elle va bien. Mais ne veut rien dire de plus.

— Ça a dû leur faire un choc.

— Deux ou trois ans passent et… nouveau coup de fil. Même histoire. Annick prétend que tout va bien, mais ne dit pas un mot sur l'endroit où elle vit. La dernière fois qu'elle a donné de ses nouvelles, c'était en 1997. À cette époque, le père était mort et la mère avait sombré dans le gin.

— Vous aviez les empreintes de cette Annick Pomerleau, ici, au Québec ?

Ryan a hoché la tête.

— On a tout un dossier sur elle. Vandalisme. Vol à l'étalage. Rodéo avec une bagnole volée ou quelque chose dans le genre. Le dernier exploit a eu lieu quatre mois avant sa disparition.

J'ai senti une trépidation remonter du fin fond de moi. Il y avait un truc qui ne collait pas.

— Qu'est-ce qu'une fille comme elle peut bien foutre avec un type comme Menard ?

— Ce n'est pas Menard.

— Ça va Ryan, me suis-je écriée en jetant mon stylo sur mon sous-main. Épargne-moi tes grands airs. Comment est-ce qu'elle en est arrivée à se retrouver maquée avec Mister X. Mais peut-être que tu préfères *Monsieur X* ?

J'ai rattrapé mon stylo et l'ai pointé sur Ryan.

— Comment se fait-il que nous n'arrivions pas à recueillir d'informations sur ce crapaud ? Où est le vrai Stephen Menard ? Quand a eu lieu l'échange d'identité ?

— Ça te dirait de dîner avec moi ?

— Quoi ?

— Dîner. Avec moi.

— Pourquoi ?

— J'ai plusieurs choses à te dire.

— Ben voyons ! Vous vous acharnez tant à me mettre au courant de vos découvertes, Claudel et toi, que vous bloquez ma ligne et que plus personne n'arrive à me joindre. D'ailleurs, où est-il encore passé, celui-là ?

Ryan a voulu parler. Je ne lui en ai pas laissé le temps.

— Je commence à en avoir plein le dos de ce type et de ses airs « Va te faire foutre, j'en ai rien à glander de ce que tu peux penser ». Heureusement qu'il y a Charbonneau ! Lui, au moins, il me traite avec un minimum de respect. C'est bien le seul !

— C'est sûr que Claudel a des façons de faire…

— Cette espèce d'échinoderme !

— Tu es trop dure. C'est quoi un échinoderme ?

Mais j'étais lancée et la remarque de Ryan n'était pas faite pour m'apaiser.

— Trop dure, moi ? Dès le début, il a fallu que je me batte pour que ce petit péteux arrogant veuille bien me prendre au sérieux. Pour que tout le monde ici me prenne au sérieux !

De rage, j'en ai presque cassé mon stylo en deux.

— Les os étaient trop vieux, le carbone 14 était trop cher, ces filles étaient des putes, Louise Parent était morte dans son sommeil, ça arrive tout le temps avec les vieilles dames.

— Je parlais juste de dîner.

— Justement, ta désinvolture n'arrange rien !

— Tempe, a fait Ryan en tendant le bras vers moi.

Je me suis rejetée en arrière.

— Ah ! oui, j'oubliais : tu m'aimes. Comme tu aimes le fromage de chèvre, les perruches, les sirènes de Weeki-Wachee.

Il a tenté de placer un mot. J'ai été plus rapide.

— Oui-oui, tu m'aimes. Mais tu n'arrives pas à trouver une minute pour moi.

Je continuais à tempêter, déversant toute la frustration ravalée jusque-là en un flot aussi subit qu'irrépressible.

— Et ce soir, te voilà libre pour le dîner ! Un samedi soir par-dessus le marché ! J'en ai de la chance !

Les mots jaillissaient de ma bouche comme l'eau tourbillonne hors des portes d'une écluse.

— Tu ne travailles pas, ce soir ?... J'ai serré à le tordre mon stylo entre mes doigts.

« Tu ne dois pas voir ta... nièce ? ai-je ajouté en accentuant le mot.

Le stylo a rebondi sur le sous-main et volé jusqu'à Ryan qui l'a dévié de sa course avec la main.

Je me suis levée d'un bond.

— Oh ! mon Dieu ! excuse-moi. Je ne voulais vraiment pas te faire mal.

Je me suis laissée retomber sur ma chaise, le visage caché dans mes mains. Mes joues étaient chaudes et humides.

— Putain, qu'est-ce qui m'arrive ?

J'ai senti une main se poser sur mon épaule.

J'ai essuyé mes larmes et rabattu mes cheveux derrière mes oreilles avant de relever la tête.

Ryan avait les yeux baissés sur moi. De l'inquiétude troublait son regard bleu comme un lagon des Seychelles.

À moins que ce soit de la pitié.

Ou autre chose encore.

— Excuse-moi, ai-je répété. Je ne sais pas ce qui m'a prise.

— On est tous sous pression.

— Tout le monde ne devient pas pour autant un Mussolini en jupon.

Je me suis rendu compte de la présence de LaManche avant de l'apercevoir véritablement – une sensation de mouvement sur le côté, des effluves de tabac et d'eau de Cologne.

Suivis d'un raclement de gorge.

J'ai relevé les yeux, Ryan s'est retourné. LaManche se tenait sur le seuil.

— Je me suis dit que ça vous intéresserait tous les deux. Le décès de Louise Parent a été officiellement classé « homicide » par le coroner.

— Elle est morte étouffée ? ai-je demandé.

— Je crois.

— Que disent les analyses toxicologiques ? a voulu savoir Ryan.

— Il y a des traces de somnifère dans le sang et l'urine. Les taux indiquent une ingestion de dix milligrammes, plusieurs heures avant la mort.

— Ça coïncide dans le temps ? a insisté Ryan.

— Vous avez pu découvrir si elle avait mangé son potage au déjeuner ou au dîner ? a demandé LaManche.

— À vous de nous le dire. Tout ce qu'on sait d'après les rapports de la compagnie du téléphone, c'est que des appels ont été passés à partir de chez elle dans l'après-midi du vendredi. À quatre heures moins cinq, à quatre heures et quart et à cinq heures dix-neuf. Le premier à son curé ; le deuxième à une pharmacie, à deux pâtés de maisons de chez elle ; le troisième à un portable dont on n'a pas encore le nom du propriétaire.

Personne ne m'en avait touché un mot. J'ai lancé un regard torve à Ryan.

— Le potage aurait été évacué de l'estomac en trois

heures de temps, l'Ambien en deux, a dit LaManche. Elle a dû prendre le potage au dîner, et le somnifère avec sa tisane.

— D'après sa nièce, elle dînait en général vers sept heures. En supposant qu'elle ait dîné à cette heure-là vendredi, ça nous mène à dix heures du soir, a calculé Ryan. Et en supposant qu'elle ait pris ses gouttes au moment de se coucher, ça nous mène vers les onze heures-minuit. La mort a pu survenir très tôt dans la matinée du samedi.

— Ça correspond à l'état de décomposition du cadavre, a confirmé LaManche.

Sur ce, il est parti.

— L'invitation tient toujours, a déclaré Ryan quand nous nous sommes retrouvés seuls.

— Depuis quand tu as ces renseignements sur les coups de téléphone ? ai-je répliqué.

— Aujourd'hui. C'est une des choses que je comptais te dire. Hurley's, ça te va ?

Je l'ai regardé pendant un long, long moment avant d'étirer mes lèvres en un sourire un peu forcé.

— À une condition.

Ryan a ouvert les mains.

— C'est moi qui régale.

— Ben dites donc, ma p'tite dame ! s'est exclamé Ryan.

Le pub irlandais Hurley's se trouve rue Crescent, juste au sud de la rue Sainte-Catherine. Tout en roulant, j'ai débattu des choix qui s'offraient à moi : garer la voiture à la maison et me rendre à pied au resto, quitte à être frappée d'hypothermie, ou bien mourir à un âge plus avancé parce que j'aurais tourné pendant des heures pour trouver une place.

J'ai préféré la rapidité à l'équilibre thermique. En me hâtant le long de la rue Sainte-Catherine, j'ai eu les plus grands doutes sur la sagesse de ma décision.

Quand je suis arrivée, Ryan était déjà assis bien au

chaud, une pinte de bière à demi bue devant lui. J'ai commandé le ragoût d'agneau et un Perrier rondelle. Il a pris le poulet Saint-Ambroise.

En attendant les plats, nous avons échangé des plaisanteries éculées, histoire de tâter le terrain sans prendre trop de risques. Elles sont tombées à plat pour la plupart.

Il régnait autour de nous l'ambiance habituelle des samedis soir arrosés. Certains clients avaient le vin gai, d'autres versaient dans le désespoir. D'autres encore n'exprimaient rien du tout. J'aurais été bien incapable d'imaginer les rapports entre tous ces gens ou les multitudes de problèmes qui étaient les leurs.

Près de nous, un homme et une femme étaient collés l'un à l'autre comme des chaussettes à la paroi d'une machine à laver. L'amoureux, la tête surmontée de bois de cerf en feutre rouge, faisait des guili-guili dans le cou de sa dulcinée, laquelle arborait un T-shirt où était écrit *Joyeux Noël*.

Elle riait. Ils avaient l'air follement heureux d'être ensemble, parfaitement à l'aise.

Joyeux Noël a croisé mon regard. J'ai relevé les yeux. Le panneau au-dessus de la tête de Ryan s'ornait d'une couronne en branche de pin.

Bienvenue. Welcome. Fáilte.

Une fille traversait la foule avec la circonspection de l'ivrogne qui tient à dissimuler son ébriété.

Quand elle est passée près de notre table, elle m'a rappelé Annick Pomerleau, avec son teint pâle et sa longue tresse noire. Je me suis demandé où la petite fugueuse avait bien pu vivre pendant près de quinze ans ? Pourquoi était-elle maintenant avec ce type qui se faisait appeler Menard ?

La serveuse a apporté les plats. Ryan a commandé une autre pinte. Moi, un second Perrier.

La conversation a tourné autour de notre travail. Terrain sûr.

— Claudel est parti pour le Vermont.

J'ai senti mes sourcils se lever jusqu'à la racine de mes cheveux.

— À la recherche du vrai Menard ?

Ryan a incliné la tête.

— Sur une idée de qui ?

— De lui. C'est un bon flic.

— Qui me considère comme une conne.

— Je ne fréquente pas les connes.

J'ai retenu un cinglant « Tu ne me fréquentes pas non plus » pour demander :

— Tu crois que le faux Menard a pu tuer Louise Parent ?

— C'est une possibilité.

— Une très bonne même, tu ne trouves pas ? Louise Parent m'appelle pour me parler de Menard et, quelques jours plus tard, on l'étouffe avec un oreiller.

Ryan n'a pas fait de commentaire.

— Mais comment cet imposteur a-t-il pu savoir que Louise Parent m'avait appelée ?

— Comment n'importe qui aurait pu le savoir ? a renchéri Ryan.

Je n'avais pas la réponse.

— Tu as parlé au voisin qui possède le 4 × 4 ?

— Il n'a rien à voir dans l'histoire.

— Je pense sans cesse à la dernière nuit de Louise Parent. À ses dernières pensées, à ses derniers sentiments. Tu crois qu'elle connaissait son agresseur ?

— Il n'y a aucun signe de lutte. Mais elle était shootée au somnifère.

— Un cinglé dénué de toute pitié réussit à pénétrer chez elle en pleine nuit et l'étouffe avec l'oreiller de sa sœur… Tu crois qu'elle a senti la pression sur son visage ?

l'odeur de l'adoucisseur ? le goût des plumes ? Tu crois qu'elle a eu peur ?

— Arrête, Tempe. Tu te fais mal.

— Je m'interroge seulement sur ses dernières sensations.

Pour m'empêcher d'imaginer ce qu'avaient éprouvé mes trois filles mortes dans la même situation. Mais cela aussi, je l'ai gardé pour moi.

— Il y a un point dont je ne t'ai pas encore parlé, a dit Ryan.

J'ai attendu qu'il poursuive.

— La fortune de Louise Parent. Elle laisse presque cinq cent mille dollars, et elle avait en plus une assurance vie pour un montant de deux cent cinquante mille dollars.

— Le bénéficiaire ? ai-je demandé.

— Sa sœur. Rose Fisher.

Ryan m'a déposée chez moi vers neuf heures et demie. Il n'a pas demandé à entrer. Je ne le lui ai pas proposé.

Le répondeur ne clignotait pas.

Où était donc passée Anne, putain !?

Douche. Dents. Visage.

Dodo. Birdie a sauté sur le lit et s'est roulé en boule contre moi.

J'ai essayé de lire. J'étais trop agitée.

J'ai coupé la lumière.

Les pensées se sont mises à tournicoter dans ma tête malgré moi.

J'ai roulé de mon flanc droit sur mon flanc gauche Retour sur le droit.

Birdie a émigré au bout du lit.

De toute ma vie, je n'avais encore jamais autant désiré un petit verre. Une petite goutte de cabernet, est-ce que ça me ferait du mal ?

Non, Brennan ! Tu es alcoolo. Les alcoolos ne peuvent pas avaler la moindre goutte d'alcool.

J'ai donné un coup de poing dans mon oreiller et me suis étendue sur le dos.

Abandonnant l'idée de dormir, j'ai tâtonné à la recherche de la télécommande et allumé la télé. Sitcom idiot.

Est-ce que je laissais passer quelque chose sans m'en rendre compte ?

Annick Pomerleau avait disparu de Mascouche en 1990. À l'âge de quinze ans. Aujourd'hui, elle réapparaissait à Montréal, bel et bien vivante.

Deux des filles retrouvées au sous-sol de la pizzeria avaient dans les quinze ans. Celle dans la bâche en cuir était plus âgée.

Angie Robinson avait disparu en 1985, à presque quinze ans. Contrairement à Annick Pomerleau, elle n'avait jamais donné signe de vie.

À l'écran, les acteurs étaient devenus les marionnettes d'un théâtre d'ombres. Leurs répliques et les rires du public ne me parvenaient plus qu'estompés.

Angie Robinson avait le poignet cassé, comme la fille dans la bâche de cuir. Sauf que l'âge ne coïncidait pas. La taille, non plus.

Est-ce que j'oubliais quelque chose ?

Angie Robinson avait disparu dans le centre-nord de la Californie. Dans un bled dont je ne me souvenais pas du nom. Conners ? Coins ? Cornero ?

Est-ce que ce n'était pas dans le comté de Butte ?

Non. C'est Chico qui était dans le comté de Butte.

Menard avait passé là-bas un an au minimum. Mais quel Menard ? Le vrai ?

La disparition d'Angie Robinson avait été signalée par son père auprès du shérif du comté de Tehama.

J'ai écarté mes couvertures et me suis levée. Direction : mon ordinateur. M'étant connectée à *Yahoo* !, j'ai fait apparaître à l'écran une carte du centre-nord de la Californie.

Le comté de Tehama se trouvait au nord-ouest de Butte. J'ai repéré Chico et, un peu au-dessus, le petit village de Corning.

J'ai zoomé sur la région.

Des villes et des routes secondaires sont apparues. Hamilton. Willows. Orland.

J'ai déplacé la flèche vers le nord.

Red Buff.

La pensée qui s'agitait au fond de mon subconscient a sorti le nez et s'est à nouveau réfugiée dans sa carapace.

Red Buff…

De quoi s'agissait-il ?

Réfléchis, Brennan. Réfléchis !

Un atome d'idée a scintillé.

Red Buff… À une époque, ce patelin avait fait les gros titres. Quand était-ce, déjà ?

Il y avait dix ans ? Vingt ans ?

Et à propos de quoi ?

Réfléchis !

Je suis allée éteindre la télé. Jetant la télécommande sur le lit, j'ai commencé à arpenter la pièce en essayant désespérément de fouiller le tréfonds de mon subconscient.

L'appartement était plongé dans le silence. Pas un silence apaisant où l'on bénit le ciel pour ce moment de paix. Un silence oppressant.

Red Buff. Red Buff…

Je faisais toujours les cent pas dans la pièce.

Finalement, quelque part entre deux neurones, le feu a pris. Je me suis figée.

Dieu du ciel ! Était-ce ça ?

J'ai filé jusqu'à l'ordinateur.

Comment s'appelait la victime ?

J'ai cru devenir chèvre à force d'être transbahutée par toutes sortes de moteurs de recherche d'un bout à l'autre du cyberespace jusque dans ses labyrinthes les plus reculés.

Les archives du *Red Buff Daily News*.

Les archives du *Chico Examiner*.

Les bruits habituels de la nuit avaient reculé jusqu'aux confins de mon ouïe. Birdie somnolait toujours.

Des heures plus tard, je me suis affalée contre le dossier de mon siège, ahurie par l'horreur que je venais de mettre au jour.

Maintenant, je comprenais ce qui s'était passé.

30

J'ai attendu qu'il soit sept heures du matin pour appeler Ryan. Il a répondu tout de suite, d'une voix alerte mais fatiguée.

— Je te réveille ?

— Non. De toute façon, je devais me lever pour répondre au téléphone.

— Elle est bonne, Ryan.

— Quoi de neuf ? Tu as l'air excitée.

Je lui ai fait part de mes découvertes dans le cyberespace et de ma théorie concernant notre enquête.

— Sainte merde !

— Il faut absolument que nous entrions dans cette maison, Ryan.

— Les ossements de la pizzeria, ce n'est pas moi qui m'en occupe.

— Oui, mais tu t'occupes du meurtre de Louise Parent. Le faux Menard l'a sans doute tuée pour l'empêcher de me parler.

Grattement d'allumette, suivi d'une longue exhalaison.

— Je veux que Claudel et Charbonneau entendent ça. Tu es encore chez toi pendant un moment ?

— J'attendrai que tu me rappelles.

Il l'a fait, à neuf heures, pour me dire qu'ils s'étaient tous donné rendez-vous chez moi à onze heures.

— Claudel a bien voulu ?

— Je te dis que c'est un bon flic.

— Qui a le charisme de Koltchak[1]. Le café sera prêt.

Devinant que Claudel serait le plus dur à convaincre, j'ai passé l'heure suivante sur le net afin de réunir un maximum d'éléments.

Il est arrivé le premier, les sourcils froncés, bardé de son éternelle arrogance.

— *Bonjour** ! ai-je dit, et je lui ai indiqué le canapé.

— *Bonjour**.

Il a enlevé son pardessus. Je l'ai emporté.

Il s'est assis, non sans avoir tiré fermement sur ses manches Armani pour protéger ses manchettes Burberry d'un blanc aseptisé, et il a croisé les jambes.

— *Un café** ?

— *Non.*

Bref regard à sa montre, puis :

— *Merci**.

Ryan et Charbonneau sont arrivés à quelques minutes d'intervalle, tous les deux en chandail et jeans délavés. Ryan s'était arrêté en chemin dans une pâtisserie.

J'ai rempli des tasses de café à leur intention et, tous les trois, nous nous sommes servis de beignets. Claudel conservait son air « Z'avez intérêt à ce que cette réunion en vaille la peine ».

Ryan a donné le coup d'envoi.

— Tempe, racontez à ces messieurs ce que vous m'avez appris. Luc, je veux que tu entendes ça.

J'ai commencé en bredouillant un peu.

1. Référence à la série télévisée américaine *Dossiers brûlants* (1974-1975) (*The Night Stalker*, littéralement : Le rôdeur dans la nuit). *(N.d.T.)*

— Le 19 mai 1977, une jeune femme de vingt ans du nom de Colleen Stan a décidé de se rendre en auto-stop de la ville de Eugene, dans l'Orégon, à Westwood, en Californie. Après plusieurs trajets à bord de différentes voitures, elle est montée dans celle de Cameron Hooker et de son épouse, Jan. Dans la forêt nationale de Lassen, les Hooker l'ont menottée, ligotée, bâillonnée et l'ont emmenée chez eux, les yeux bandés.

Birdie a fait son entrée d'un pas nonchalant. Ayant reniflé les chaussures des invités, il n'a pas hésité longtemps entre les mocassins et les bottes.

— Le p'tit gars a l'air de bien t'aimer, Luc ! a lancé Charbonneau en clignant de l'œil à son coéquipier.

Je me suis précipitée pour libérer Claudel.

— Je suis désolée.

Birdie a pris l'air vexé, pour peu que les chats soient capables de se formaliser.

— Pendant sept ans, Cameron Hooker a maintenu Colleen Stan dans une obscurité totale, privée de toute activité. Et cela, vingt-trois heures sur vingt-quatre.

— Nom de Dieu ! a lâché Charbonneau.

— Il la tenait enfermée dans une série de boîtes conçues tout spécialement pour cela, la nourrissant à peine et ne l'en sortant que pour la suspendre à des tuyaux, l'étirer sur des barres, la fouetter, lui faire subir la gégène, la violer ou la terroriser au gré de son humeur.

Claudel a retiré deux poils de chat de sa manche.

— Au bout du compte, Colleen a été libérée par la femme de Hooker. Lui a été arrêté en novembre 1984. L'automne d'après, il était condamné pour enlèvement, viol, sodomie et d'autres crimes encore. Les médias se sont repus de l'affaire.

— Le rapport avec celle qui nous occupe ? a soupiré Claudel.

— Colleen Stan a été torturée à Red Buff, en Californie. À soixante-quinze kilomètres de Chico.

— Et Stephen Menard était étudiant à Chico en 1985, est intervenu Charbonneau en prenant son deuxième beignet.

J'ai hoché la tête.

Revenu en catimini près du divan, Birdie s'est frotté contre la jambe de Claudel en faisant le gros dos. Se prenant pour un bipède, il a posé ses pattes de devant sur le genou du policier.

Je l'ai attrapé en réitérant mes excuses et suis allée l'enfermer dans ma chambre à coucher.

— Le connard, qui est ici à Montréal, ce n'est pas Menard, disait Charbonneau quand je suis revenue.

— Où est le vrai Menard ? a laissé tomber Claudel.

— À vous de le découvrir, ai-je rétorqué. Peut-être qu'il a été tué par le type qui habite maintenant chez lui à Pointe-Saint-Charles.

— Continuez, m'a ordonné Ryan.

— Cette histoire a fait la une de tous les journaux, de l'automne 1984 à l'automne 1985. Pour la presse, c'était « L'affaire de la fille dans la boîte » ou encore « L'affaire de l'esclave sexuelle ».

Claudel a regardé sa montre.

— En 1985, une fille de quatorze ans du nom d'Angie Robinson a disparu de Corning, en Californie. Corning se trouve entre Chico et Red Buff.

J'ai fait une pause. Pour l'emphase.

— J'ai tout lieu de croire qu'un des squelettes du sous-sol de la pizzeria est le sien.

Le beignet de Charbonneau s'est arrêté à mi-course de sa bouche.

— La fille dans la bâche en cuir ?

— Oui.

— Vous voulez dire : celle avec le poignet cassé ? est intervenu Claudel. Mais vous disiez que l'âge ne correspondait pas.

— En effet. Ni par l'âge, ni par la taille, le squelette

38 428 ne correspond aux données que nous avons de cette fille à l'époque de sa disparition. Mais elle a pu vivre encore un certain temps et, alors, les différences s'expliquent.

— Expliquez à Luc les résultats des tests de datation au strontium et au carbone 14, a dit Ryan.

Je me suis exécutée.

— Expliquez-lui aussi le composite sur les dents.

Lorsque je me suis tue, Charbonneau s'est écrié :

— Sainte merde. Vous croyez que Menard a été inspiré par l'affaire Hooker ?

— Oui. Mais il y a plus. Annick Pomerleau a disparu de Mascouche en 1990, à l'âge de quinze ans. Vendredi, Ryan et moi l'avons vue chez Menard.

— Menard habite ici depuis 1988, a précisé Charbonneau.

— Ainsi, en vous fondant sur une histoire de fille dans une boîte…, a prononcé Claudel sur un ton méprisant, la tête renversée en arrière.

Je l'ai coupé brutalement.

— Elle s'appelle Colleen Stan.

Claudel a enchaîné, les narines pincées :

— Vous croyez que Menard retient Annick Pomerleau contre sa volonté depuis quinze ans ? Qu'Angela Robinson et les autres filles enterrées dans la cave ont aussi été ses captives ?

J'ai hoché la tête.

Pendant un moment, personne n'a rien dit. Puis Claudel a brisé le silence.

— Est-ce qu'Annick Pomerleau a tenté de s'échapper en vous voyant ?

— Non.

— Est-ce qu'elle vous a fait comprendre par un signal quelconque qu'elle souhaitait quitter la maison de Menard ?

— Elle ne brandissait pas une bannière portant l'inscription *Sauvez-moi*, si c'est ce que vous voulez savoir.

Claudel a levé un sourcil en direction de Ryan.

— Elle avait l'air plutôt effrayée, a observé celui-ci.

— Terrifiée, même ! ai-je renchéri avec force.

— Qu'est-ce qu'elle a fait, exactement ? a demandé Charbonneau.

— Elle s'est enfuie dès que Menard l'a regardée. Comme un chien battu.

— Vous pensez qu'il la retient prisonnière comme esclave sexuelle ? a insisté Charbonneau.

— Je n'avance aucun motif.

— Bique de serpent ! a ironisé Claudel.

— Je ne suis pas très versée en herpétologie, détective. Que voulez-vous dire, exactement ?

Il a haussé les épaules, les mains levées devant lui.

— Toute personne adulte ayant les moyens d'appeler au secours l'aurait fait.

— Apparemment, vous n'avez pas entendu parler du syndrome de Stockholm, ai-je répliqué sur un ton coupant.

Il a écarté les mains en signe d'ignorance.

— C'est une forme d'adaptation au stress extrême ressenti par un individu placé en conditions de captivité et de torture.

Claudel a laissé retomber ses mains sur ses genoux. Son menton a plongé en avant.

— Le syndrome de Stockholm a été constaté chez des victimes d'enlèvement, des prisonniers, des membres de sectes, des otages, ai-je poursuivi. Même chez des conjoints et des enfants vivant sous l'emprise d'un tyran familial. Les victimes semblent consentir à leurs tourments, éprouver même de l'affection pour leurs ravisseurs ou leurs bourreaux.

— Drôle de nom, a fait Charbonneau.

— Ça vient du hold-up d'une banque, à Stockholm, en 1973, où trois femmes et un homme pris en otage pendant six jours en sont venus à croire que les deux bandits les protégeaient de la police. Après leur libération, l'une des femmes s'est même fiancée à l'un des ravisseurs, et une autre a mis en place un fonds de soutien à leur intention.

— La caractéristique typique de ce syndrome, a précisé Ryan, c'est de réagir par la passivité face à la menace.

— Puisque tu n'y peux rien, détends-toi et écarte les jambes, a explicité Charbonneau en secouant la tête.

— Oh ! ça va beaucoup plus loin que ça, ai-je dit. Les personnes atteintes du syndrome de Stockholm se sentent liées à leurs ravisseurs au point de s'identifier à eux. Elles éprouvent même parfois de la gratitude envers eux, pour ne pas dire de l'amour.

— Comment ce syndrome se développe-t-il ? a demandé Claudel.

— D'après les psychologues, il y a quatre étapes. Tout d'abord, la victime croit sa vie menacée et croit le ravisseur capable de mettre sa menace à exécution. Ensuite, elle se voit offrir de menues gâteries ou manifester une certaine gentillesse, au bon vouloir du tortionnaire.

— Comme de la laisser en vie ? a dit Charbonneau.

— Par exemple. Il peut s'agir aussi de petits répits dans la torture, de courtes périodes de liberté : un repas normal, un bain.

— Sacrebleu ! a laissé échapper Charbonneau.

— Troisième étape, la victime est amenée à croire que le ravisseur est sa seule perspective dans la vie. Quatrième, elle se convainc, à tort ou à raison, qu'elle ne pourra jamais s'enfuir.

Ni Charbonneau ni Claudel ne pipait mot. J'ai repris mes explications.

— Cameron Hooker était passé maître à ce jeu. Il tenait Colleen Stan enfermée dans un cercueil sous son lit et ne l'en sortait, en règle générale, que pour la brutaliser. De temps à autre, il lui accordait un moment de liberté, l'autorisait à faire du jogging, à travailler au jardin, à se rendre à l'église. Une fois, il l'a même emmenée dans sa famille à Riverside.

Charbonneau s'est frotté le crâne. Ses cheveux sont restés dressés sur sa tête.

— Et elle n'en a pas profité pour se sauver ? a-t-il demandé.

— Hooker l'avait convaincue qu'elle était sa possession.

— Sa possession ? a répété Charbonneau.

— Il lui avait montré un contrat selon lequel il l'avait achetée en tant qu'esclave à une entreprise appelée la Compagnie. Il lui disait qu'elle était sous surveillance constante. Que si elle tentait de s'échapper, la Compagnie la rattraperait et la tuerait ainsi que toute sa famille.

— *Cibole** !

— Au procès, l'une des preuves les plus convaincantes apportées par la défense a été une lettre d'amour de Colleen Stan à Hooker.

Charbonneau semblait consterné.

J'ai poursuivi mon exposé.

— Une autre fille, Elizabeth Smart, a été retenue prisonnière par des fous pendant presque une année. Parfois, elle entendait les gens qui la cherchaient l'appeler par son nom. Un jour, elle a même reconnu la voix de son oncle. Pourtant, elle n'a jamais vraiment essayé de s'échapper.

— Elle n'avait que quatorze ans, a fait remarquer Charbonneau.

— Rappelez-vous Patty Hearst, est intervenu Ryan.

Enlevée par la Symbionese Liberation Army et gardée enfermée à clef dans un placard. Elle a fini par aider ses ravisseurs à dévaliser une banque.

— Mais ça, c'était de la politique, a objecté Charbonneau en bondissant sur ses pieds pour se mettre à arpenter la pièce. Alors que Hooker, c'était un malade, un psychotique. Les gens ne se promènent pas dans les rues pour kidnapper des filles et les enfermer dans des boîtes.

— Il n'est pas exclu que le phénomène soit beaucoup plus courant que nous le pensions, ai-je déclaré.

Charbonneau s'est figé, les yeux rivés sur moi. Claudel aussi me dévisageait.

— En 2003, John Jamelske a plaidé coupable pour avoir retenu cinq femmes prisonnières dans un bunker en béton construit sous son jardin. Cinq esclaves sexuelles.

— Ça s'est passé tout près de chez nous, est intervenu Claudel, enfin décidé à passer à l'anglais. À Syracuse, dans l'État de New York.

— Oh ! la vache ! a fait Charbonneau, et il a recommencé à fourrager dans ses cheveux. Et il y a encore Lake et Ng, vous vous rappelez ?

Leonard Lake et Charles Ng, deux psychopathes misogynes. Ils avaient installé une chambre de torture dans leur ranch isolé, en Californie, dans le comté de Calaveras. Deux femmes au moins avaient été filmées en train de subir des tortures. La cassette portait en titre « Femmes A ». « A » pour assassinées.

— Et ces monstres s'en sont sortis ? s'est enquis Claudel d'une voix qui suait le dégoût.

— Lake a été arrêté pour vol à l'étalage. Il s'en est tiré en avalant une capsule de cyanure. Ng s'est fait pincer à Calgary. Pendant près de dix ans, il a bataillé pour échapper à l'extradition vers les États-Unis. Pas vrai, doc ?

— Les disputes ont pris six ans, mais, finalement, le procès a eu lieu en Californie en 1998. Le jury l'a reconnu coupable d'assassinat sur les personnes de trois femmes, sept hommes et deux bébés.

— Assez ! a laissé tomber Claudel sur un ton glacé, méconnaissable. Vous croyez que Menard aurait importé ce genre d'horreurs à Montréal ?

— D'après Rose Fisher, Louise Parent voulait me dire qu'elle l'avait vu deux fois avec des jeunes filles. Nous en avons trouvé trois enterrées dans le sous-sol d'un local qu'il louait.

— Vous croyez qu'il a transporté Angie Robinson de Corning, en Californie, jusqu'à Montréal ?

— Oui, vivante ou déjà morte.

— Et il aurait enlevé Annick Pomerleau et l'aurait soumise à sa domination ?

— Oui.

— Et il pourrait la tuer s'il se sentait menacé ? a poursuivi Claudel, exprimant tout haut ce que je redoutais.

— Oui.

Ses yeux se sont rétrécis. Après un coup d'œil à son coéquipier, il s'est levé.

— Je crois qu'un juge devrait considérer ce danger comme étant plausible.

— Vous obtiendrez un mandat de perquisition ?

— Avant même que le procureur ait eu le temps de poser son cul sur sa chaise.

— Je veux aller avec vous à Pointe-Saint-Charles.

— C'est hors de question.

— Pourquoi ?

— Si tout cela est vrai, Menard sera dangereux.

— Je ne suis pas un bébé.

Claudel m'a regardée pendant si longtemps que j'ai cru qu'il n'allait pas répondre.

— Qu'on donne un fusil à notre cow-boy ! a-t-il lancé à Ryan. Sans son aide, on n'y arrivera jamais.

Le monsieur se permettait une plaisanterie ! J'en suis restée sur le cul.

Le reste de cette journée de dimanche s'est traîné misérablement. J'étais à l'agonie. J'accomplissais mes tâches domestiques dans un état de tristesse mêlée de dépit. Comment avais-je pu ne pas deviner pourquoi mes évaluations ne correspondaient pas aux indications portées dans les dossiers des personnes disparues ? Comment avais-je pu ne pas me rendre compte plus tôt que ces ossements pouvaient être ceux de jeunes filles captives ? Je me suis demandé plusieurs fois si cela aurait changé quelque chose à la situation.

Des images inquiétantes passaient en boucle devant mes yeux : Annick Pomerleau, avec son teint pâle et sa longue tresse foncée ; Angie Robinson, enveloppée dans sa bâche en cuir.

Des trajets en voiture avec Ryan.

Anne. Où diable était donc passé mon amie ? Est-ce que je devais me démener davantage pour la retrouver ? Mais que faire de plus ?

J'ai écouté des chants de Noël. Aussi efficace que les cantiques de l'Armée du Salut pour vous remonter le moral.

Je suis allée à mon club de gym. J'ai parcouru cinq kilomètres en écoutant de vieux airs dans mes écouteurs.

Les Lovin' Spoonful. Donovan. Les Mamas et les Papas. Les Supremes.

Cette nuit-là, tandis que je me tournais et me retournais dans mon lit, la ritournelle de l'autre jour ne m'a plus lâchée :

Monday, Monday…

Deux lundis plus tôt, j'avais excavé des ossements appartenant à trois jeunes filles.

Le lundi d'avant, j'avais retiré des plumes de la bouche de Louise Parent.

Et demain, lundi, j'irais dans la maison des horreurs.

Can't trust that day.

À l'idée de ce que je pouvais y découvrir, j'ai frissonné.

31

À neuf heures, Claudel était en possession de son mandat de perquisition et, un quart d'heure plus tard, Ryan passait me prendre chez moi.

À peine montée dans sa jeep, j'ai eu droit à un café. Je n'avais pourtant pas besoin d'un excitant, j'étais plus électrisée que tous les câbles du Pentagone. Néanmoins je l'ai remercié.

J'ai retiré mes moufles et serré les doigts autour du gobelet en m'efforçant de ralentir les battements de mon cœur.

Cinq minutes plus tard, Ryan a entrouvert sa fenêtre et allumé une Player's. En temps normal, il m'aurait demandé si ça me dérangeait. Pas aujourd'hui. Il devait être aussi nerveux que moi.

Il restait encore, dans certaines rues, des résidus des bouchons du lundi matin. Une éternité et vingt minutes plus tard, nous nous engagions dans la Pointe-Saint-Charles.

Du coin de la rue de Sébastopol, j'ai repéré les deux voitures de patrouille et l'Impala banalisée, garées à intervalles plus ou moins équidistants sur toute la longueur du pâté de maisons. De la fumée sortait des trois pots d'échappement.

Ryan s'est rangé derrière le véhicule le plus proche. Ayant coupé le moteur, il s'est tourné vers moi.

— Si Menard fait seulement mine de froncer les sourcils en te voyant, tu t'en vas illico. C'est clair ?

— On est là pour effectuer une fouille, pas pour lancer un assaut.

— Ça peut mal tourner.

— Vous êtes sept flics, Ryan. Si Menard n'est pas coopératif, passez-lui les menottes.

— À la moindre menace, tu t'allonges par terre !

Je lui ai fait un salut militaire, le petit doigt sur la couture du pantalon.

Il a repris d'une voix plus dure :

— Je ne rigole pas, putain ! Quand je dis : « Tire-toi ! », tu te tires !

J'ai levé les yeux au ciel.

— D'accord, j'ai compris.

Il a redémarré le moteur.

— À vos ordres, mon capitaine ! ai-je déclaré en enfilant mes moufles.

— Et pas de bêtise. C'est un boulot dangereux.

Nous sommes descendus de voiture et avons fermé les portières sans bruit.

Le temps avait changé pendant la nuit. L'air était humide et glacé, de gros nuages bas stagnaient au-dessus de nos têtes.

Le chien de l'écurie s'est mis à aboyer sitôt qu'il nous a aperçus. Mis à part ce vacarme, pas un signe de vie alentour. Pas d'enfants jouant au hockey. Pas de ménagères revenant des courses. Pas de retraités se racontant des potins sur leurs perrons.

Typique journée d'hiver à Montréal. Une journée à rester calfeutré à l'intérieur – dans le métro et dans les centres commerciaux souterrains, ou recroquevillé chez soi en s'efforçant de conserver sa santé mentale jusqu'au printemps. Dans le calme général, les aboiements semblaient encore plus virulents.

Nous avons traversé la rue. Nous avions presque atteint l'Impala quand le joyeux tandem en est sorti d'un pas gaillard, Claudel en pardessus de cachemire couleur poil de chameau ; Charbonneau en veste à longs poils synthétiques ou naturels, allez savoir !

Échange de signes de tête.

— C'est quoi, le plan ? a demandé Ryan en anglais.

Charbonneau a posé son popotin sur le capot de l'Impala, Claudel a écarté les pieds.

— Une équipe reste ici, a-t-il dit avec un geste du pouce en direction de la voiture de patrouille garée tout au bout du pâté de maisons. L'autre fait le tour et se poste rue de la Congrégation.

Ayant descendu la fermeture Éclair de son anorak, Charbonneau a fourré ses mains dans ses poches avec force contorsions.

— Michel prendra la porte de derrière.

Un talkie-walkie a grésillé contre la hanche de Charbonneau. Renversant le buste en arrière, il a tripatouillé un bouton.

Les yeux de Claudel m'ont effleurée pour se reposer sur Ryan, qui a déclaré :

— Brennan sait ce qu'elle a à faire.

Claudel s'est contenté de pincer les lèvres.

— Une fois que nous aurons transmis à Menard les bons vœux du juge, nous lui ordonnerons de s'asseoir et nous fouillerons la maison.

— Ça me gâcherait pas les vacances, si ce connard voulait se prendre pour Schwarzenegger, a fait Charbonneau, la main sur la crosse de son pistolet.

— On y est ? a lancé Claudel, et il a sorti son arme.

Hochement de tête général. Il a reboutonné son manteau.

— *Allons-y** !

— *Let's go!* a répété son coéquipier en anglais.

Un petit coup de fesses pour se remettre à la verticale, et Charbonneau est parti vers le bout de la rue. Court dialogue avec le conducteur de la voiture de patrouille qui a tourné le coin, pendant que lui-même rebroussait chemin et traversait le terrain vague en diagonale.

Trente secondes plus tard, sa voix, sortant du talkie-walkie de Claudel, annonçait qu'il était devant la porte arrière de chez Menard.

Claudel a fait un signe à l'autre équipe d'agents en uniforme. La seconde voiture de patrouille est venue se garer le long du trottoir. Prenant la tête de notre petite troupe il s'est engagé sur le chemin menant à la maison, Ryan sur les talons. Je fermais la marche.

Je sentais la même peur diffuse que vendredi s'emparer de moi tandis que j'avançais maladroitement sur le sol verglacé, mais plus forte encore. Mon cœur résonnait comme une conga.

Arrivé au tournant, Claudel s'est arrêté pour parler dans son talkie-walkie.

J'ai regardé la maison. Comment était-elle, du temps des grands-parents du vrai Menard ? L'endroit était tellement sinistre et menaçant qu'on avait du mal à imaginer des gens autour d'un barbecue ou en train de disputer une partie de base-ball dans la cour, voire des petits chats jouant avec des pelotes de laine à l'intérieur.

La radio de Claudel a éructé : Charbonneau était en position.

Nous avons grimpé le perron. Ryan a fait tourner la poignée en laiton. À l'intérieur, la sonnette a émis un son strident, comme vendredi dernier.

Toute une minute a passé.

Ryan a sonné encore.

Il m'a semblé entendre un mouvement à l'intérieur. Ryan s'est raidi. L'une de ses mains s'est posée sur son Glock.

Claudel a déboutonné son manteau.

Personne ne s'est montré.

Ryan a fait tourner la sonnette une troisième fois.

Calme absolu.

Il s'est mis à marteler la porte.

— Ouvrez ! Police !

Il levait le poing pour recommencer à tambouriner quand une détonation étouffée a troué le silence. Une lumière blanc-bleu a illuminé le rideau qui masquait la fenêtre à ma droite.

Claudel et Ryan se sont laissés tomber accroupis, l'arme braquée devant eux. Ryan m'a tirée au sol par le poignet.

Claudel a crié dans son talkie-walkie.

— Michel ! Tu es là ? Je répète : Tu es là ?

Le temps d'un battement de cœur, et Charbonneau a répondu :

— Ouais. C'était un coup de feu ?

— Oui. À l'intérieur.

— Qui a tiré ?

— Je ne sais pas. Y a du mouvement, de ton côté ?

— Rien.

— Reste où tu es. On entre.

— Là-bas ! m'a ordonné Ryan en désignant le fond de la véranda.

J'ai battu en retraite à l'endroit indiqué.

D'un bond, Claudel et lui se sont remis sur pied et ont commencé à donner des coups dans la porte, avec l'épaule d'abord, puis avec leurs bottes. Le bois tenait bon.

Au loin, le chien de l'écurie était en pleine hystérie.

Les hommes ont frappé plus fort.

Des éclats de bois ont volé. Des écailles de vernis jauni ont éclaboussé le ciel. Les planches battues par les vents ne cédaient pas d'un pouce.

Et re… les coups de pied ! Et re… les jurons ! Claudel

en avait le visage carrément framboise, Ryan juste une goutte de sueur sur le front.

Finalement, il y a eu du jeu là où la serrure était vissée dans le bois.

Ryan a fait signe à Claudel de reculer. S'étant tassé, il a plié la jambe et l'a projetée violemment, à la façon d'un karatéka. Les boulons tenant la plaque de la serrure ont lâché, la porte s'est rabattue à l'intérieur à toute volée.

— Restez là ! m'a ordonné Ryan d'une voix haletante.

Le souffle court, tenant à deux mains leur pistolet à hauteur du nez, Claudel et Ryan ont pénétré dans la maison pour se séparer aussitôt, l'un partant à gauche, l'autre à droite.

Je me suis faufilée à l'intérieur et me suis plaquée, dos au mur, à droite de la porte.

L'entrée était mal éclairée, comme l'autre jour. On sentait une légère odeur de poudre.

Claudel et Ryan l'ont traversée dans un synchronisme parfait, en décrivant des cercles avec leurs armes tout en fouillant les lieux du regard.

Rien.

Ils sont entrés dans le salon.

Je me suis déplacée jusqu'au fond de l'entrée.

En quelques secondes mes yeux se sont adaptés à la pénombre.

Ma main est montée à ma bouche.

— *Esti** ! a lâché Claudel en abaissant son arme.

Sans un mot, Ryan a ramené son coude vers lui, le Glock pointé vers le plafond.

Menard était assis sur le canapé qu'il occupait vendredi, le corps penché à gauche, la tête bizarrement tordue en arrière contre le dossier. Sa main gauche pendait, posée sur l'accoudoir. La droite, sur ses genoux, paume en l'air, tenait mollement un 9 mm Smith et Wesson.

La voix de Charbonneau a grésillé dans le talkie-walkie. Claudel a répondu. Tous les deux ont échangé des phrases énervées dans lesquelles j'ai reconnu les mots « suicide », « coroner » et « SIJ », tandis que je m'approchais du canapé avec Ryan. Le reste m'est passé au-dessus de la tête tellement j'étais fascinée par la vue de Menard.

Sa tempe droite s'ornait d'un trou déchiqueté de la taille d'une pièce de dix cents, d'où coulait un filet de sang.

La balle était ressortie par la tempe gauche et, de ce côté-là, la plus grande partie de la tête avait explosé, éclaboussant les pendeloques en cristal de la lampe en cuivre et le papier peint à fleurs de cette pièce horrible. Le mélange de sang et de matière cervicale avec ce qui restait de la boîte crânienne donnait une macabre soupe au gombo.

Des frémissements ont agité ma langue.

Ryan a tiré le fauteuil Windsor le plus loin possible du cadavre et m'y a fait asseoir en appuyant doucement sur mes épaules. Je me suis laissé faire, la tête baissée.

J'ai entendu les flics en uniforme faire irruption dans la pièce.

J'ai entendu Ryan crier des ordres.

J'ai entendu, mais de tout ce qu'il disait je n'ai perçu que les mots « ambulance » et « Pomerleau ».

J'ai entendu des portes s'ouvrir sous les coups de pied à mesure que Ryan et les autres s'enfonçaient dans la maison.

Pour échapper au présent, j'ai essayé de me concentrer sur tout ce que j'allais devoir faire encore. Revoir les listes des personnes portées disparues. Soumettre à nouveau les descriptifs des squelettes en laissant l'âge en blanc. Obtenir des échantillons d'ADN auprès de la famille Robinson.

Cela ne servait à rien. J'étais incapable de réfléchir.

Malgré moi, mes yeux repartaient vers l'autre bout du salon. Se promenaient sur les mains, sur les jambes écartées, sur le pistolet.

S'arrêtaient sur le visage de Menard.

Sur sa peau livide, sur ses taches de rousseur qui avaient la forme de petits reins. Sur son regard sans expression, bien qu'il ait les yeux ouverts. Pas de douleur. Pas de surprise. Pas de crainte. Juste la fixité et le vide de quelqu'un qui est mort.

J'avais l'esprit en pleine bataille. J'étais soulagée que Menard ne fasse plus de mal à personne. Furieuse qu'il s'en tire à si bon compte. Apitoyée qu'une vie ait pu sombrer dans une déchéance aussi grotesque. Angoissée pour Annick Pomerleau. Inquiète de n'avoir toujours pas de réponse à mes questions.

Si ce type n'était pas Menard, qui était-il ? Et où était le vrai Menard ?

Des doigts ont caressé mes cheveux.

J'ai relevé les yeux.

— Ça va ?

J'ai hoché la tête, touchée par la tendresse que je lisais sur les traits de Ryan.

— On a trouvé Annick Pomerleau ?

— La maison est vide, a laissé tomber Ryan d'une voix aussi lourde qu'un couvercle de cercueil. Il y a des choses en bas que tu veux peut-être voir.

Je l'ai suivi par un couloir jusqu'à une pièce au fond de la maison et, de là, par un escalier étroit, jusque dans une cave mal éclairée, au sol en ciment. Les murs en brique n'étaient percés d'aucun soupirail. L'air humide sentait le moisi, la poussière et une odeur de décomposition.

Il y avait, stockés là, tous les objets au rebut dont regorgent les caves. Une baignoire en fonte. Des outils de jardin. Des cartons empilés les uns sur les autres. Une vieille machine à coudre.

J'ai entendu des exclamations puis un juron étouffé, plus loin à droite.

Franchissant une porte ouverte, Ryan m'a conduite dans une seconde salle. De construction similaire, elle était plus petite et brillamment éclairée. Les murs et le plafond étaient recouverts de panneaux en polyuréthane.

Claudel et Charbonneau se tenaient près d'un comptoir qui avait dû servir d'établi. Tous deux portaient des gants en caoutchouc.

Charbonneau s'est retourné à notre entrée. Son visage était dans la gamme des bordeaux.

Ryan est parti faire une seconde exploration du sous-sol.

— Le petit nid douillet d'un diablotin, a ironisé Charbonneau en désignant les lieux. Insonorisé et tout.

Mes yeux ont suivi l'ample mouvement de son bras.

Dans un coin, deux paires de menottes pendaient à des anneaux scellés au plafond. En dessous, il y avait une table en bois brut appuyée contre le mur. Je me suis avancée. J'éprouvais au niveau du ventre une sensation d'engourdissement glacé.

La table était solide : une planche en contre-plaqué clouée sur de solides tasseaux. Aux quatre coins étaient fixés des anneaux munis de crochets auxquels était attachée une lanière de cuir. Quatre chaînes étaient roulées à côté. J'ai dit :

— Cette table n'est pas vieille.

— Une table ? s'est écrié Charbonneau d'une voix qui tremblait de colère. Une saloperie de support, vous voulez dire !

Je me suis approchée. Claudel s'est décalé à gauche. Son masque d'impassibilité semblait plaqué à ses traits comme un film plastique.

La région de mon ventre était à présent totalement paralysée.

Un fouet à bétail. Un chat à neuf queues. Un cheval d'arçon. Une pagaie recouverte de peau. Une corde nouée à mi-longueur par un énorme nœud.

— Tout ce qu'il faut pour montrer à l'esclave qui est le maître !

Une veine palpitait sur la tempe de Charbonneau, ses yeux étincelaient de fureur.

— *Calme-toi, Michel**.

La voix de Claudel était plate comme l'horizon.

— Un vrai créateur, ce salaud, insistait Charbonneau en tapant sur un mors de cheval avec son doigt. Un fer à friser, un bâillon étrange, pourvu d'une boule au milieu.

La fureur le rendait hyperactif.

— Suffit de voir ses lectures, a-t-il enchaîné en attrapant une revue. Porno. Esclavage. S-M... Et même *Histoire d'O*, a-t-il ajouté en décryptant le titre d'une cassette vidéo.

La cassette a chuté sur l'établi juste au moment où Ryan faisait irruption.

— J'ai trouvé quelque chose.

Il avait les muscles de la mâchoire contractés et la contraction s'était propagée jusqu'en bas de son sternum.

Nous nous sommes précipités vers la sortie comme un seul homme. Nous avons retraversé la première salle et contourné une vieille chaudière pour déboucher dans une salle en tout point identique à celle que nous venions de quitter. La lumière tombait d'une unique ampoule au plafond. Trois des quatre murs étaient entièrement tapissés de rayonnages.

Ryan s'est dirigé vers le mur du fond. Nous l'avons suivi. On apercevait, derrière les étagères, le même revêtement que dans l'autre salle. L'un des panneaux en polyuréthane avait été retiré.

— Ce mur-là n'est pas en brique. C'est une simple feuille de contre-plaqué.

Il a promené les doigts de bas en haut du placage derrière l'étagère.

— Les panneaux ne sont pas jointifs.

Claudel a retiré un gant et imité les gestes de Ryan en hochant la tête.

— Regardez ! s'est écrié Ryan revenu près de la porte par où nous venions d'entrer.

Nous nous sommes retournés. Il désignait deux interrupteurs électriques. L'un brillant et neuf, l'autre mat et craquelé.

— Le vieux commande le plafonnier.

Il n'a pas poursuivi.

Claudel a retiré son second gant et, sans un mot, il a entrepris d'arracher le polyuréthane. Ryan s'est joint à lui.

Charbonneau est reparti à toute allure dans la première cave. Un cliquetis m'est parvenu, puis le bruit d'un objet qu'on traîne. L'instant d'après, il revenait, lesté d'un pied-de-biche rouillé.

En l'espace de quelques minutes, Ryan et Claudel ont dénudé une bande de quinze centimètres de large sur toute la hauteur du mur. Une fente et deux charnières sont apparues. Noire, la fente. Sans un rai de lumière.

Environ une largeur de porte plus loin, Claudel et Ryan ont entrepris de déshabiller le mur derrière l'étagère, à la jonction de deux panneaux de polyuréthane. Leurs efforts conjugués ont mis au jour un autre espace entre les feuilles de contre-plaqué.

— Laissez-moi faire.

Charbonneau a fait un pas en avant. Ryan et Claudel se sont écartés.

Ayant inséré l'extrémité du pied-de-biche dans la fissure, Charbonneau s'en est servi comme d'un levier.

Une partie du mur supportant les étagères a vacillé.

Charbonneau a déplacé son outil et réitéré sa manœuvre.

Le contre-plaqué, le panneau de polyuréthane et le rayonnage se sont complètement détachés.

Saisissant une étagère à pleines mains, Charbonneau a tiré de toutes ses forces. Le faux mur a pivoté, révélant une ouverture d'environ un mètre cinquante sur soixante centimètres.

La lumière n'éclairait que les quarante centimètres les plus proches de nous. Au-delà, la cavité était plongée dans les ténèbres.

J'ai couru appuyer sur l'interrupteur neuf.

Je me suis retournée pour découvrir un spectacle abominable. Ma gorge s'est nouée. Je me suis mordu les lèvres.

32

Ce cagibi avait dû servir autrefois de cellier à fruits ou de lieu de stockage. Il mesurait approximativement trois mètres sur deux mètres cinquante et, comme le reste de cette maison de fous, il était insonorisé du sol au plafond. S'en dégageait une odeur de moisi et de terre à laquelle s'ajoutait un relent de matières organiques plus ou moins masqué par un parfum chimique.

Le mobilier était réduit au strict minimum. Une ampoule nue au bout d'un fil à demi dénudé. Des WC de camping. Une plate-forme en bois brut avec deux couvertures en lambeaux.

Sur la plate-forme, deux femmes étaient assises, blotties contre le revêtement en polyuréthane, la tête baissée et le dos voûté. Elles portaient en tout et pour tout leurs tresses et un collier en cuir orné de clous.

Sur leur peau d'un blanc agressif, les côtes et les vertèbres dessinaient des ombres noires et sinueuses.

La bordée de jurons qui s'est échappée des lèvres de Charbonneau a couvert tout le lexique se rapportant à la colère et à l'horreur.

Un visage s'est relevé brusquement. Blême. Des yeux de fauve éblouis dans la nuit.

Annick Pomerleau.

Sa compagne est restée immobile, tête baissée, serrant ses genoux pointus entre ses bras osseux.

Claudel a tourné les talons. Le ciment a résonné sous ses bottes tandis qu'il traversait la première cave et grimpait l'escalier.

— Ça va aller, Annick, ai-je dit de ma voix la plus douce.

Elle a cligné des yeux. L'autre femme a étreint plus fermement ses jambes contre sa poitrine.

— Nous sommes là pour vous aider.

Le regard fixe d'Annick est passé de Ryan à Charbonneau. Du geste, je leur ai indiqué de reculer.

J'ai fait un pas à l'intérieur de la salle.

— Ces hommes sont des détectives.

Annick m'observait. Ses yeux ressemblaient à de grosses flaques noires.

— C'est fini, Annick. C'est terminé.

D'un pas très lent, je me suis avancée jusqu'à la plateforme et j'ai posé la main sur son épaule. Elle a eu un mouvement de recul.

— Il ne peut plus vous faire de mal, Annick.

— Je m'appelle Q., a-t-elle émis d'une voix plate et sans vie.

J'ai retiré ma parka pour en couvrir ses épaules. Elle n'a pas tenté de retenir le vêtement.

— Je suis Q. Elle, c'est D.

À en juger d'après son accent en anglais, elle devait être francophone. Ryan m'a tendu sa veste.

J'ai fait un pas vers D. et lui ai doucement effleuré les cheveux.

Elle s'est tendue et a serré les poings.

L'ayant enveloppée dans la veste de Ryan, je me suis accroupie à sa hauteur.

— Il est mort, ai-je dit en français. Il ne pourra plus vous nuire.

La femme a fait rouler sa tête d'un côté et de l'autre. Surtout ne pas me voir, ne pas m'entendre.

Je n'ai pas insisté. Nous aurions bien le temps de parler.

— Je vais rester à côté, ai-je dit d'une voix brisée. Je ne vous abandonne pas.

Lui ayant caressé le pied, je me suis levée.

Laissant Charbonneau dans la salle qui servait d'antichambre, j'ai battu en retraite dans la première cave. Ryan m'y a suivie.

À dire vrai, je n'étais pas certaine de pouvoir contenir mes émotions. La vue de ces femmes avait paralysé mes pensées, me plongeant dans l'angoisse. La haine que j'éprouvais pour le monstre qui leur avait infligé ces tortures me crispait le ventre.

— Ça va ? a demandé Ryan.

— Oui, ai-je répondu en m'efforçant au calme.

Ce n'était pas vrai. Je vacillais, je craignais de m'effondrer. J'ai croisé les bras pour tenter de dissimuler mes tremblements. J'ai attendu que ça passe.

Une éternité plus tard, des sirènes ont troué le silence, loin, très loin, et se sont rapprochées peu à peu jusqu'à devenir une présence hurlante. Des bottes ont martelé le plancher au-dessus de ma tête et ont descendu l'escalier.

En voyant les infirmiers, Annick Pomerleau a été prise de terreur. Elle a escaladé le siège des toilettes et s'est blottie dans l'encoignure du mur, les bras tendus devant elle en un geste de défense. Ni eux ni moi n'avons réussi à la convaincre de descendre. Plus nous cherchions à la rassurer, plus elle résistait. Tant et si bien qu'il a fallu recourir à la force.

L'autre femme s'est recroquevillée en boule dès qu'elle a été placée sur une civière. On l'a recouverte et emportée hors du souterrain.

Laissant Claudel et Charbonneau sur les lieux pour

accueillir LaManche et le coroner et pour assister à la fouille, je suis partie avec Ryan à l'hôpital général de Montréal à la suite de l'ambulance.

Ryan fumait en conduisant ; moi, je regardais défiler la ville de l'autre côté du pare-brise.

Aux urgences, il s'est mis à arpenter le couloir. J'ai pris place au milieu d'une cacophonie de toux bronchiques, de pleurs hoquetants, de gémissements épuisés et d'éclats de voix impatients. Dans un coin, Dr Phil[1] admonestait un couple qui n'avait plus de rapports sexuels depuis des années.

De temps à autre, Ryan se laissait tomber à côté de moi et me soufflait quelques mots à voix basse.

— Ces femmes ne savent même plus comment elles s'appellent.

— Ou bien elles sont trop terrifiées pour dire leur nom.

— Elles ont l'air de mourir de faim.

— Oui.

— D. paraît plus mal en point que l'autre.

— Je crois qu'elle est plus jeune.

— Je n'ai pas réussi à voir son visage.

— Ce salaud !

— Ce salaud !

Nous étions aux urgences depuis une heure quand le portable de Ryan a vibré. Il est sorti de la salle pour répondre. Quelques minutes plus tard, il revenait m'annoncer :

— C'était Claudel. Ce saligaud de Ménard faisait des vidéos, par-dessus le marché.

J'ai hoché la tête, incapable de réagir.

— Il faudra que j'appelle Charbonneau quand nous partirons d'ici.

Vingt minutes plus tard, une doctoresse aux cheveux

1. Héros de série télé. *(N.d.T.)*

frisés a passé la tête par les portes coulissantes séparant la salle d'attente des salles de soins. Elle portait deux dossiers et l'un de ces sachets en plastique dans lesquels on enferme les biens des patients.

Une Noire colossale aux seins énormes avec un nouveau-né braillard dans les bras s'est levée lourdement pour foncer vers elle. Le médecin l'a reconduite à sa chaise et lui a dit quelques mots en jetant un coup d'œil au bébé. La mère a redressé son enfant contre son épaule et lui a tapoté le dos.

La doctoresse s'est frayé un chemin au milieu de ce parterre de misère humaine dont les regards inquiets et parfois en colère trahissaient l'énervement.

Elle a de nouveau été stoppée dans sa progression par un homme costaud qui avait une main enveloppée dans une serviette. Là encore, elle a pris le temps de le rassurer.

Je me suis levée, imitée par Ryan. Elle s'est présentée.

— Je suis le docteur Feldman. C'est moi qui m'occupe des deux femmes amenées ici.

À voir ses yeux injectés de sang, elle était à bout de forces.

Ryan a décliné nos identités.

— La plus âgée..., a commencé la doctoresse.

— Elle s'appelle Annick Pomerleau, l'ai-je interrompue.

Elle a noté le nom sur son dossier.

— Mme Pomerleau présente des traces de coups mineures. À part ça, son état général est très bon. Ses poumons sont clairs et les radios sont normales. Nous attendons les résultats des analyses du sang. Par mesure de précaution, nous lui ferons passer un scanner dès que possible.

— Est-ce qu'elle parle ? ai-je demandé.

— Non, a-t-elle répondu sur un ton vif. Excusez-moi, j'ai encore cent patients qui attendent d'être vus.

— Des signes d'abus sexuels ? a insisté Ryan.

— Non. Mais l'autre gamine, c'est différent.

— Gamine ? ai-je répété en sursautant de surprise.

— Vous avez un nom ? a demandé le Dr Feldman en faisant passer le dossier Pomerleau en dessous de l'autre.

J'ai secoué la tête, Ryan aussi.

— Je dirais qu'elle a quinze ans, peut-être seize, mais elle est si maigre que je peux me tromper. Quelqu'un s'en est servi pour passer ses nerfs pendant un bon bout de temps.

Une rage incandescente s'est répandue dans mon cerveau.

La doctoresse a tourné une page et lu ses notes.

— Des bleus anciens et récents. Des fractures mal ressoudées au cubitus gauche et à plusieurs côtes. Des cicatrices autour de l'anus et des parties génitales. Des brûlures sur les seins et les membres provenant d'un… de…

— D'un fer à friser ? ai-je émis en m'efforçant de garder un ton neutre et un visage impassible.

— C'est possible, a dit le Dr Feldman en faisant revenir la première page sur le dessus d'un mouvement du poignet.

— Est-ce qu'elle est lucide ? ai-je demandé.

— Elle est pratiquement en catatonie. Sans réaction. Le regard vide. Il est possible que cette pauvre gosse ne retrouve jamais ses esprits. Enfin, je ne suis pas psychiatre…

Son regard épuisé est passé de Ryan à moi.

— Elles sont où, maintenant ? a demandé mon compagnon.

— On les monte dans leur chambre.

Un aide-soignant apparu dans les portes coulissantes a agité un dossier en direction de la doctoresse qui lui a répondu par un signe.

— Quand pourrons-nous leur parler ? a demandé Ryan.

— Je ne peux pas vous le dire.

L'aide-soignant a levé les deux mains au ciel. Par gestes, le Dr Feldman lui a fait savoir qu'elle arrivait.

— Pour la sécurité, il y a quelque chose de prévu ? a-t-elle demandé. Un papa ou un mari cinglé ne risque pas de faire irruption ici pour tenter de récupérer son bien ?

— Il vient de se faire sauter la cervelle.

— Le pauvre.

Nous avons remis nos cartes de visite à la doctoresse qui les a empochées.

— Je vous appellerai. Voici toutes leurs affaires, a-t-elle dit en nous tendant le sachet.

Les piques en métal des colliers faisaient des bosses dans le plastique.

De l'hôpital, nous sommes allés retrouver Charbonneau chez Schwartz, boulevard Saint-Laurent. Je n'avais pas faim. Ryan a insisté pour que nous avalions quelque chose, assurant que la nourriture nous aiguiserait l'esprit.

Nous avons chacun commandé un sandwich à la viande fumée, des pickles, des frites et une boisson gazeuse à la cerise.

Nous avons profité de cette pause pour nous mettre mutuellement au courant de la situation.

— LaManche a relevé les empreintes du type qui n'est pas Menard. Ce sont les mêmes que sur le coupe-papier. Luc est en train de contacter le pays des fruits et des noisettes.

— Quand est-ce qu'on a enregistré les données dans le fichier de Californie ? a demandé Ryan.

— Vendredi dernier, a répondu Charbonneau.

Il a mordu dans son sandwich. De la moutarde est apparue au coin de sa bouche.

— Si on fait chou blanc avec la Californie, Luc verra avec le Canada et le reste des États-Unis, a-t-il repris.

Ryan l'a informé de ce que nous avait dit le Dr Feldman.

— Salopard de sadique ! s'est écrié Charbonneau en prenant un pickles. Et, comme si la torture ne lui suffisait pas pour garder sa quéquette en état de marche, il filmait les meilleurs moments.

Ayant fait un sort aux pickles, il a éclusé son soda, la tête rejetée en arrière.

— Ce malade essayait de recréer la vie à partir de son art. Ses images sont de pâles imitations de photos porno.

— Il y en a de D. ?

Je n'ai pas reconnu ma voix en posant la question.

Hochement de tête de Charbonneau.

— Une très bonne de son visage. Luc la fait circuler au Canada et au sud de la frontière.

— Où est-ce qu'il planquait ses vidéos ? a voulu savoir Ryan.

— Avec les autres bandes porno.

— Vous les avez emportées ?

Charbonneau a fait « oui » de la tête.

— On les visionne chez vous ou chez nous ? ai-je demandé.

— Notre magnétoscope de merde est encore en panne.

Charbonneau a fait une boule de sa serviette et l'a jetée sur son assiette. J'ai proposé :

— Nous en avons un au labo dans la salle de conférences, si vous voulez.

— Eh bien, allons voir ça, a répondu Ryan en ramassant la note.

— Merci pour ce rayon de soleil dans ma vie, a ironisé Charbonneau en repoussant sa chaise.

J'ai abandonné mon sandwich sans y avoir touché.

C'était pis encore que ce à quoi je m'attendais. Les filles étaient tantôt pendues par les bras, tantôt écartelées. Ou alors elles avaient les poignets attachés aux chevilles. Toujours la tête couverte. Toujours passives.

Nous regardions les séquences en silence. De temps à autre, Charbonneau se raclait la gorge, bougeait les pieds ou décroisait et recroisait les bras. Ryan sortait une cigarette, se rappelait l'interdiction de fumer et pianotait des doigts sur la table.

Certaines images, saccadées, donnaient l'impression d'avoir été tournées caméra à l'épaule. D'autres, plus fluides, avaient probablement été prises par une caméra posée sur un support stable ou un pied.

Les bandes étaient numérotées de 1 à 6. Nous les avions presque toutes visionnées quand Claudel a fait son entrée.

Nos trois têtes ont pivoté de concert.

— Tawny McGee, a-t-il annoncé.

Il avait l'air d'avoir avalé un citron. J'ai appuyé sur Pause.

— Vous parlez de D. ? ai-je demandé.

Il a hoché la tête avec brusquerie.

— Signalée disparue par ses parents en 1999.

— Où ça ? a demandé Ryan.

— À Maniwaki.

Claudel nous a expédié un fax à travers la table. Charbonneau y a jeté un coup d'œil et l'a passé à Ryan, qui me l'a tendu.

À la vue de ce visage d'enfant, mes cheveux se sont hérissés sur ma tête.

Des joues rondes. Des nattes. Un regard avide, curieux de tout, prêt à tout.

Un petit diable, aurait dit ma mère.

C'était comme ça qu'elle m'appelait

Et qu'à mon tour j'appelais Katy.

J'ai survolé le texte.

Tawny McGee avait disparu à l'âge de douze ans.

J'ai dégluti.

— Vous êtes sûr que c'est D. ?

Claudel a posé un autre fax sur la table. Je l'ai pris. C'était la photo qu'il avait fait circuler.

Version Auschwitz du portrait précédent. Visage plus vieux, plus maigre, avec une expression désespérée.

Non, faux. Sur cette photo, Tawny McGee n'exprimait rien du tout.

— Vous avez trouvé des choses sur le salopard qui l'a mise dans cet état ? ai-je demandé d'une voix vibrante de colère.

— Pas encore.

— Vous avez appelé les parents ?

— Ils s'en occupent, à Maniwaki.

— Est-ce que Stéphane Ménard est dans le coup ? me suis-je écriée. Où donc est-il passé, ce con ? Est-ce qu'il aurait été de mèche avec ce saligaud ? Est-ce que la SIJ a relevé d'autres empreintes dans la maison ?

Ma voix était de plus en plus stridente à chaque question.

Claudel s'est contenté de laisser tomber son regard sur nous. Charbonneau a bondi sur ses pieds.

— Je m'en occupe, de ce Ménard.

Après leur départ, j'ai renfoncé le bouton *Play* et je me suis mordu un doigt pour m'obliger au calme.

Nous avions déjà visionné vingt minutes de la deuxième bande quand le téléphone a sonné. La réceptionniste a annoncé le Dr Feldman. J'ai soufflé tout bas le nom à Ryan pendant qu'elle me mettait en ligne.

— Dr Brennan.

— Penny Feldman, de l'hôpital général.

— Comment vont-elles ?

— La petite est sortie de sa torpeur. Elle est en pleine

hystérie et ne laisse personne l'approcher. Elle dit qu'on va la tuer.

— En anglais ou en français ?

— En anglais. Elle demande la femme de la maison.

— Annick Pomerleau ?

— Non. Pomerleau est dans le lit d'à côté. Je crois que c'est de vous qu'elle veut parler. Parfois elle dit : « la femme avec le flic » ou : « la femme avec la veste ». Je n'aimerais pas la mettre sous calmant avant qu'un psychia…

— J'arrive.

— J'attends avant de lui prescrire des sédatifs.

— À propos, elle s'appelle Tawny McGee. On a prévenu les parents.

En douze minutes, nous étions rendus. Ryan n'avait pas hésité à user des grands moyens, clignotants et sirène.

Le Dr Feldman était aux urgences. Elle nous a conduits au quatrième étage. Avant d'entrer dans la chambre, j'ai observé les deux victimes par la porte entrouverte.

À croire qu'elles avaient échangé leurs rôles.

Annick Pomerleau était allongée dans son lit ; Tawny McGee assise toute droite, le visage rouge et humide, les yeux dardés devant elle. Ses doigts s'ouvraient et se refermaient sur la couverture qu'elle maintenait au ras de son menton.

Laissant Ryan dans le couloir en compagnie du Dr Feldman, je suis entrée.

— Bonjour, Annick.

Elle a roulé la tête. Son regard fixe et absent ne montrait pas plus d'émotion qu'un morceau de bois pétrifié.

Quant à Tawny McGee, elle a laissé retomber sa tête. Sa chemise de nuit a glissé, révélant une épaule émaciée. Je me suis approchée d'elle.

— Tout va bien, Tawny. Tout va aller mieux, maintenant.

Elle a rejeté la tête en arrière. Sous la peau de son cou d'une pâleur inouïe, le cartilage faisait des marques aussi pointues que des épines.

— Vous allez vous remettre.

Elle a ouvert la bouche. Un sanglot déchirant en est sorti. Les épines ont sursauté dans tous les sens.

— Je suis là.

J'ai tendu le bras pour remonter sa chemise de nuit.

Elle a renversé la tête sur sa poitrine, les doigts agrippés à la couverture. Ses ongles étaient noirs de crasse.

— Désormais, plus personne ne vous fera de mal.

D'un mouvement brutal, son visage de poupée brisée s'est tourné vers le lit voisin.

Annick Pomerleau nous regardait sans nous voir.

Tawny McGee a reporté les yeux sur moi. Rejetant sa couverture, elle a entrepris d'arracher le ruban adhésif qui maintenait la perf.

— Il faut que je parte !

— Vous êtes en sécurité, ici.

J'ai posé ma main sur la sienne. Elle s'est rigidifiée.

— Des médecins vont vous aider.

— Non ! Non !

— Annick et vous, vous irez bientôt mieux.

— Emmenez-moi avec vous !

— Je ne peux pas, Tawny.

Elle a arraché sa main à la mienne pour recommencer à griffer le sparadrap violemment. Sa respiration était entrecoupée de hoquets. Les larmes ruisselaient le long de ses joues.

Je l'ai saisie par les poignets. Elle s'est tordue et débattue, ivre de désespoir, soulevée par une force que je n'aurais pas crue possible.

Penny Feldman est accourue, suivie d'une infirmière.

Tawny McGee a empoigné mon bras.

— Emmenez-moi avec vous !

Des yeux fous.

— Je vous en supplie, emmenez-moi avec vous !

Sur un signe de la doctoresse, l'infirmière lui a fait une piqûre.

— S'il vous plaît, emmenez-moi avec vous ! Je vous en supplie !

Avec délicatesse, Penny Feldman a réussi à lui ouvrir les doigts et m'a fait signe de reculer. Je me suis éloignée du lit en tremblant.

Que pouvais-je faire ?

Je me sentais de trop, inutile. J'ai sorti une carte de visite de mon sac. J'y ai inscrit mon numéro de portable et je l'ai posée sur la table de nuit.

L'instant d'après, j'étais dans le couloir et j'écoutais les appels de Tawny diminuer d'intensité sous l'effet du sédatif. J'avais les mâchoires et les mains crispées.

Chaque fois que je repense à ce moment, je regrette de ne pas avoir fait ce que Tawny me demandait. Oh ! Seigneur ! Comme je regrette de ne pas l'avoir écoutée et comprise.

33

Autre nuit agitée. Je me suis réveillée plusieurs fois, l'esprit embrumé par les restes d'un rêve que j'avais peine à me rappeler.

Quand mon radio-réveil a donné de la voix, j'ai jeté un regard torve aux chiffres en râlant. Cinq heures et quart. Pour quelle raison avais-je réglé l'alarme à cette heure ?

J'ai écrasé le bouton avec ma paume.

La sonnerie a continué.

J'ai repris conscience lentement.

Je n'avais pas fait sonner mon réveil.

En fait, ce n'était pas le réveil.

J'ai bondi hors de mon lit pour prendre mon sac.

Lunettes de soleil. Pochette. Maquillage. Chéquier. Calendrier.

— Merde !

Furieuse, j'ai secoué mon sac au-dessus du lit et récupéré mon portable dans le tas d'objets.

La sonnerie s'est arrêtée.

L'écran annonçait que j'avais reçu un appel.

Qui donc pouvait m'appeler à cinq heures du matin ?

Katy !

Le cœur battant, j'ai activé l'afficheur.

Le numéro indiqué était celui du portable d'Anne. Oh ! mon Dieu !

J'ai appuyé sur la fonction Rappel.

Nous sommes désolés. Votre interlocuteur n'est pas accessible…

Le message que j'entendais sans relâche depuis vendredi.

Je suis revenue à la liste des appels entrants. Aujourd'hui. 5:14:44. Appel composé à partir du portable d'Anne. Or son portable n'était pas branché.

Qu'est-ce que cela voulait dire ?

Anne m'aurait-elle appelée pour couper ensuite son téléphone ? Sa batterie serait-elle à plat ? Venait-elle d'entrer dans une zone inaccessible ?

Quelqu'un d'autre utilisait-il son portable ? Qui ? Pourquoi ?

J'ai recommencé à faire défiler les choix. Envoyer un message. J'ai tapé : « Appelle-moi ! » puis la touche Envoi.

J'ai ensuite composé un autre numéro. Tom a répondu au bout de quatre sonneries. Voix groggy.

Anne n'était pas là. Elle n'avait pas appelé et elle n'avait contacté aucun de ses amis.

J'ai jeté le téléphone sur mon oreiller. En temps normal, je le pose sur ma table de nuit, mais avec le stress de ces derniers jours, j'avais oublié. Voilà comment une petite erreur de routine vous plonge dans la mouise !

Pas question de me rendormir. J'ai pris une douche, nourri le chat et suis partie pour le labo.

Ryan est entré dans mon bureau quelques minutes après huit heures.

— Claudel a gagné le gros lot.

J'ai relevé les yeux.

— Les empreintes du faux Stephen Menard sont celles d'un certain Neal Wesley Catts.

— Qui c'est ?

— Un petit gangster. Un vagabond. Il a fait de la prison pour avoir fourgué de l'herbe. C'est comme ça qu'ils ont ses empreintes dans le fichier. La Californie va nous faxer son dossier.

— C'est Claudel qui s'occupe du suivi ?

— Ouais. Et, crois-moi, il connaîtra toutes les chiottes que ce type a utilisées dans sa vie, ne serait-ce qu'une seule fois.

— Jette un œil à ça ! lui ai-je dit en tapant du bout de mon stylo sur la liste des personnes disparues que Claudel m'avait fournie.

Il a fait le tour de ma table pour se placer à côté de moi.

— J'ai marqué d'une croix les personnes plausibles.

Il a parcouru les noms. C'est-à-dire la liste entière, à quelques exceptions près.

— Je vois que tu as évacué toutes les filles qui n'étaient pas blanches.

— Et aussi celles qui étaient trop vieilles ou déjà trop grandes à l'époque de la disparition.

Son regard dubitatif m'a énervée.

— Je sais. Mais comment veux-tu que je réduise davantage quand je n'ai ni l'âge ni la taille. Ces filles ont peut-être passé des années en captivité.

Comme Angela Robinson, comme Annick Pomerleau, comme Tawny McGee, ai-je pensé tout bas, avant d'ajouter :

— J'ai prélevé des échantillons sur Angie Robinson pour un test ADN.

— La fille dans la bâche en cuir ?

— Oui. Je suis sûre que c'est elle.

— Tu as probablement raison.

— Le coroner va contacter la famille. Nous avons besoin d'un parent du côté maternel pour les comparaisons mitochondriales.

Je me suis laissée retomber sur mon dossier.

— Anne a appelé ce matin.

— Ça, c'est une bonne nouvelle !

Le visage de Ryan s'est éclairé d'un large sourire.

— Non. Au contraire.

Son sourire a disparu dès qu'il a su ce qui s'était passé.

— J'ai appelé les compagnies de taxi. Ils examinent leurs fiches pour savoir si une de leurs voitures aurait pris quelqu'un devant chez toi vendredi. Tu veux que je contacte les loueurs de voitures ?

— J'imagine qu'il est temps.

— Ça ne fait jamais que quatre jours.

— Je sais.

— Enfin… S'il lui était arrivé quelque chose, a-t-il repris après une hésitation, nous serions les premiers à le savoir.

— Je sais.

Son portable a sonné. Il a consulté l'écran et froncé les sourcils.

— Désolé…

J'ai eu droit à sa grimace de bon garçon.

— Ça aussi, je sais. Faut que tu y ailles.

Il était à peine sorti de mon bureau que mon téléphone fixe a sonné. Le bibliothécaire du labo. Il m'avait trouvé des documents sur le sadisme sexuel et le syndrome de Stockholm.

J'étais en train de lire un article dans le *Journal of Forensic Sciences* quand Claudel est entré.

— Le mort est Neal Wesley Catts.

— *S'il vous plaît, asseyez-vous**, ai-je répliqué en désignant le fauteuil en face de mon bureau.

Il y a pris place, non sans pincer les lèvres.

— Catts est né à Stockton, en Californie, en 1963. Histoire habituelle de famille brisée et de mère alcoolique, à vous arracher des sanglots.

Pour une fois, Claudel parlait anglais. Qu'est-ce que cela pouvait bien cacher ?

— En 1979, il abandonne l'école, traîne un moment avec les Banditos, n'est pas admis à porter les couleurs. Fait un séjour à Soledad pour une histoire de drogue.

— Des boulots ?

— Il a été serveur dans des bars ou des fast-foods, et il a travaillé dans une fabrique de fenêtres. Et un détail qui va vous plaire : il aimait bien reluquer les spectacles interdits, ce petit pervers.

J'écoutais sans interrompre.

— Il a été interpellé plusieurs fois pour voyeurisme.

— Ça ne m'étonne pas.

— Les flics n'ont jamais eu de quoi le faire condamner.

— Pour les délinquants sexuels, le voyeurisme, c'est le premier pas sur la voie du crime.

— Une bonne femme l'a accusé d'avoir tué son caniche. Là encore, pas de preuve et pas de condamnation.

— Où était-ce ?

— À Yuba City, en Californie.

Ce nom m'a frappée comme un coup de poing au plexus.

— Juste à côté de Chico.

Les lèvres de Claudel ont formé quelque chose qui ressemblait presque à un sourire avant de laisser filtrer :

— Et de Red Buff.

— C'était à quelle époque ?

— Fin des années 1970, début des années 1980. À partir de 85-86, plus aucun signe de lui.

— Il n'était pas tenu de se présenter régulièrement à son contrôleur judiciaire ?

— Jusqu'en 1984. Après ça, fini.

La conversation terminée, Claudel est parti à la

recherche de LaManche. Je me suis replongée dans ma lecture.

Je me rendais à la bibliothèque pour la seconde fois quand je suis tombée sur le patron.

— Belle journée hier, Temperance, n'est-ce pas ?

— Le cirque, oui ! Claudel vous cherchait.

— Je viens de lui remettre mes conclusions préliminaires sur M. Catts.

— Des surprises ?

Le patron a agité les doigts en faisant sa moue « P't-être bien que oui, p't-être bien que non ».

— C'est-à-dire ?

— Je n'ai pas retrouvé de poudre sur ses mains.

— Elles avaient été protégées pendant le transport, quand même ?

— Bien sûr !

— Il devrait avoir de la poudre dessus s'il s'est tiré une balle, non ?

— Si. C'est bien ça le hic.

— Comment expliquez-vous qu'il n'y en ait pas, alors ?

LaManche m'a répondu en haussant une épaule et les deux sourcils.

Ensuite, c'est Charbonneau qui s'est donné la peine d'élargir le cercle de mes rencontres du matin.

— Menard et Catts se connaissaient, a-t-il déclaré sans autre forme de préambule.

— Sans blague ?

— Je suis parvenu à mettre la main sur un ancien prof de Menard à l'université de Chico. Il y enseigne depuis l'époque où Truman a redécoré la Maison-Blanche. Chapeau pour la mémoire, en tout cas ! Il m'a mis sur la voie d'une ancienne petite amie de Menard. Carla Greenberg.

Un nom qui ne me disait rien.

— Elle est prof dans une petite université de Pennsylvanie. Elle dit que Menard et elle se sont fréquentés en première année de fac, jusqu'à ce qu'elle parte fouiller à Belize. Cet été-là, Menard n'a pas été embauché sur ce projet ni sur un autre. Il est resté à Chico. Quand elle est revenue, il passait la plus grande partie de son temps avec un type de Yuba City.

— Catts ?

— Tout juste.

— Comment se sont-ils rencontrés ?

— Ils se ressemblent.

— Allez…

— Je vous jure ! a fait Charbonneau en levant une main. J'invente rien. D'après Carla Greenberg, les gens n'arrêtaient pas de dire à Menard qu'il avait un sosie à Yuba City, un type qui était prêteur sur gages. Les étudiants en archéologie aimaient bien traîner leurs bottes dans son magasin parce qu'il n'était pas trop regardant sur l'origine des antiquités, si vous voyez ce que je veux dire.

— Et alors ?

— Menard est allé jeter un œil à son business. Les deux compères sont devenus copains comme cochons. Du moins, c'est ce qu'il a raconté à Carla Greenberg.

— C'est insensé.

— Regardez ce qu'elle m'a adressé par courriel.

Charbonneau m'a tendu une photo couleurs imprimée sur papier d'ordinateur. Trois personnes bras dessus bras dessous sur un quai.

Une femme trapue et musclée avec des cheveux raides et bruns et des yeux très écartés, encadrée par deux hommes grands et minces qui se ressemblaient comme une paire de serre-livres avec leurs cheveux roux et leurs taches de rousseur.

— Incroyable !

— Selon Carla Greenberg, Menard s'est mis à passer

de moins en moins de temps à Chico et il a fini par abandonner la fac. Elle, cet automne-là, elle était trop prise par sa thèse pour s'intéresser sérieusement à ses déplacements.

— Vous avez trouvé des gens à Yuba City qui se rappelaient Catts ?

— Un couple de vieux qui vivent toujours dans leur vieux mobile home stationné à côté de celui que louait Catts.

— Je vois déjà le tableau : un gentil jeune homme, tranquille et réservé.

— Exactement.

Charbonneau a repris la photo de Catts et l'a regardée comme si c'était une crotte au milieu du gazon.

— On part en virée au Vermont, avec Luc. Histoire de voir si on pourrait ressusciter de vieux souvenirs en montrant la photo aux gens du coin.

Charbonneau parti, j'ai appelé Anne sur son portable. *Nous sommes désolés. Votre interlocuteur…*

J'ai essayé de me concentrer sur les articles que le bibliothécaire m'avait dénichés. *Bristish Journal of Psychiatry. Behavioral Sciences and the Law. Bulletin of the American Academy of Science and the Law.*

Impossible. Mon esprit partait dans tous les sens.

J'ai rappelé Anne. Son portable était toujours coupé.

J'ai téléphoné à Tom. Pas de nouvelles de sa femme.

J'ai appelé les frères d'Anne dans le Mississippi. Elle n'était pas chez eux et ne les avait pas contactés.

Je me suis forcée à me replonger dans mes journaux.

Un article était consacré à Leonard Lake et Charles Ng, les deux génies californiens qui cachaient leurs esclaves sexuelles dans un bunker construit sous leur jardin.

Au procès, les avocats de Ng avaient plaidé que leur client n'était qu'un spectateur, un type à la personnalité dépendante, en quête de quelqu'un susceptible de le diriger. Selon eux, la vraie coupable, c'était l'ex-femme de Lake.

Mais oui, Charlie. C'était toi, la victime. Comme cette pauvre petite Karla Homolka.

En 1991, Leslie Mahaffy, quatorze ans, avait été retrouvée au fond d'un lac de l'Ontario, démembrée et coulée dans un bloc de béton. L'année suivante, Kristin French, quinze ans, avait été découverte dans un fossé. Morte et nue. Toutes les deux avaient subi des sévices et avaient été violées avant d'être tuées.

Par la suite, Paul Bernardo et Karla Homolka, son épouse, avaient été arrêtés. Comme ils étaient jeunes, blonds et beaux, la presse les avait surnommés les « Ken et Barbie assassins ».

En échange d'un témoignage contre son ex-mari, Karla Homolka avait été autorisée à plaider l'homicide involontaire. L'époux avait été reconnu coupable de meurtre au premier degré, d'agression sexuelle aggravée, d'emprisonnement forcé, d'enlèvement et d'indignité commise sur un corps humain. Comme Lake et Ng, les Bernardo avaient filmé leurs orgies. Sur les bandes, on avait pu voir la jeune mariée et son époux aussi enthousiastes l'un que l'autre quand il s'agissait de torturer et de tuer. Mais voilà… quand les bandes avaient été visionnées, Karla avait déjà passé un accord avec la justice.

J'entamais l'article suivant lorsque mon téléphone a sonné encore.

— Elles ont disparu !

Ryan ! Et d'une voix qui semblait venir d'Uranus.

— Qui ça ?

— Les deux filles. Annick Pomerleau et Tawny McGee.

34

— Mais comment ont-elles pu partir ?

— Leurs lits étaient vides quand l'infirmière est passée ce matin.

— Il n'y avait pas de garde ?

— Nous avions dit au Dr Feldman que la sécurité n'était pas un problème.

— Quelqu'un leur a délivré une autorisation de sortie ?

— Non.

— Elles sont parties seules ?

— Personne ne les a vues partir.

— Elles avaient reçu des visites ? ai-je demandé d'une voix trop forte. Quelqu'un de la famille ?

— Pour le moment, nous n'avons retrouvé personne de la famille d'Annick Pomerleau. Quant à Tawny McGee, sa sœur, Sandra quelque chose, a pris l'avion hier soir en Alberta. À l'heure qu'il est, elle doit avoir récupéré sa mère à Maniwaki et être en route vers ici.

Sous l'effet de l'adrénaline, j'ai hurlé :

— Menard !

— J'ai passé sa description à tous les gens de l'étage. Personne n'a vu quelqu'un lui ressemblant.

— Hier, Tawny McGee était en pleine hystérie et,

maintenant, ces crétins prétendent que les deux filles auraient pu enfiler leur petite culotte et prendre la porte tout simplement ?

— La surveillante pense qu'elles ont profité du changement d'équipe dans la journée. Ou qu'elles sont parties pendant la nuit.

— Sans rien sur le dos ?

— Il manque deux manteaux et deux paires de bottes dans la salle du personnel. Et aussi dix-sept dollars dans la cagnotte pour le café.

— Où peuvent bien aller deux femmes désorientées qui n'ont pas de toit ?

— Calme-toi !

J'ai fermé les yeux et fait de mon mieux pour ordonner à mon adrénaline de retourner là d'où elle était venue.

— Elles ont pu ne pas quitter les lieux. Cet hôpital est un labyrinthe de tunnels et de recoins, le sous-sol est carrément un dédale du Moyen Âge. J'y suis en ce moment. Si on ne les retrouve pas à l'intérieur, on passera le quartier au peigne fin.

— Et après ?

— Quand les McGee seront là, on verra si Tawny connaissait quelqu'un à Montréal.

— Putain, Ryan. La pauvre femme perd son enfant ; finit sans doute par admettre qu'elle est morte ; découvre après des années qu'elle est vivante ; et, maintenant, on va lui annoncer que sa fille a disparu ?

— On la retrouvera ! a laissé tomber Ryan d'une voix plus dure que de l'acier trempé.

— J'appelle les foyers pour femmes !

— Essaie toujours, ça ne peut pas faire de mal.

Mais c'était un coup d'épée dans l'eau. Nulle part des femmes répondant au signalement de nos fugitives n'avaient été vues de près ou de loin.

Je me suis remise à ma lecture, mais c'était pire qu'avant. J'étais incapable de rester sur ma chaise. Incapable de lire une ligne. Uniquement capable de faire exploser une montagne en granit tellement j'étais énervée.

Ces jeunes femmes avaient été kidnappées des années auparavant, Angela Robinson en 1985, Annick Pomerleau en 1990, Tawny McGee en 1999. À présent, l'homme qui les avait enlevées était mort.

Alors, pourquoi est-ce que j'éprouvais un sentiment de crainte croissant ?

Avions-nous tout fait capoter, d'une manière ou d'une autre ? Neal Wesley Catts était-il le seul ravisseur ? Avait-il eu pour complice Stephen Menard, et celui-ci était-il toujours vivant ?

Annick Pomerleau et Tawny McGee étaient-elles de nouveau entre ses mains ? Était-ce lui qui les avait fait sortir de l'hôpital ? L'avaient-elles suivi de leur plein gré, incapables de combattre l'ascendant qu'il exerçait sur elles ?

Ou bien Catts avait-il tué Menard ? Mais à quelle époque, et pour quelle raison ?

Catts aurait dû avoir de la poudre sur les mains, or, d'après LaManche, il n'en avait pas. Était-il possible que Menard soit encore vivant et qu'il ait tué Catts ?

Je me suis rappelée Tawny me suppliant de ne pas la laisser à l'hôpital.

Avait-elle réussi à convaincre Annick de s'enfuir avec elle ? Les deux femmes s'étaient-elles sauvées, tout simplement, parce qu'elles étaient terrorisées dans ce nouvel environnement ?

Fuir, mais pour aller où ?

Pourquoi avais-je le violent pressentiment qu'elles étaient en danger ? Et le pressentiment aussi que j'étais en mesure de les sauver si seulement j'étais assez maligne pour faire le tri dans tout ce que je savais ?

Pourquoi Ryan n'avait-il pas appelé ?

J'avais arraché aux ossements toutes les informations qu'ils pouvaient me livrer. J'avais passé en revue plusieurs fois la liste des personnes disparues. Que pouvais-je faire d'autre ?

Les vidéos !

J'ai foncé à la salle de conférences. Les cassettes étaient toujours là où nous les avions laissées, hier après-midi. J'ai enfoncé la touche *Play*. Une séquence après l'autre, j'ai scruté les corps d'une blancheur terrifiante de ces jeunes femmes au visage dissimulé sous un capuchon.

À force de repasser les scènes au ralenti, j'ai eu la quasi-certitude d'être en présence de trois victimes. L'une avait des seins plus gros que ses compagnes, la deuxième un grain de beauté à gauche du nombril, et la troisième semblait nettement plus grande, si l'on prenait pour référence les objets dans le fond de la salle.

Le décor était toujours le même, seuls les accessoires variaient. Un fouet. Un fil électrique. Une fiole en verre. De temps à autre, Catts entrait dans le champ pour perpétrer des sévices ou menacer la victime.

J'étais dégoûtée, malade. Ces filles accrochées par les poignets dans un sous-sol crasseux auraient dû être en train de potasser leur algèbre, de se promener avec leur amoureux, d'admirer des assiettes en porcelaine. On était au Canada, que diable ! Pas en Transylvanie au XVIe siècle.

Rarement ma rage avait été aussi violente.

Reste objective, Brennan. Trouve des associations, des caractéristiques dans la façon de filmer.

J'ai recommencé le visionnage par la bande marquée 1, notant sur un papier tout ce qui me paraissait être un modèle.

Les femmes n'étaient jamais filmées ensemble ; elles

arrivaient, l'une après l'autre. La plus grande n'apparaissait que dans la première moitié de la bande 1. Celle avec des gros seins était dans la seconde moitié de la bande 1 ainsi que dans toute la bande 2. Dans la bande 3, elle cédait la place à la femme avec le grain de beauté.

Toutes les séquences étaient muettes.

Toutes les scènes commençaient et se terminaient brutalement.

Dans certaines séquences, les images se succédaient en douceur, régulièrement. Dans d'autres, en revanche, elles étaient saccadées. Visiblement, la scène était filmée caméra à l'épaule.

Brusquement, une idée m'est venue.

Et si, dans une scène où les images sautaient, Catts apparaissait dans le champ ? Cela voudrait dire que ce n'était pas lui qui tenait la caméra.

Je visionnais les bandes depuis presque trois heures quand je suis tombée sur un moment comme celui-là.

La scène venait de se terminer brutalement et la caméra entamait un panoramique des lieux dans un mouvement inégal.

Une fille était allongée sur la table, les poignets et les chevilles immobilisés par des lanières en cuir. Derrière elle, il y avait un miroir rectangulaire d'environ trente centimètres sur soixante.

Catts était bien dans le champ, dos à l'objectif !

J'ai frémi.

Bondissant sur mes pieds, j'ai enclenché le rembobinage, puis j'ai enfoncé la touche *Play*.

Comme la caméra effectuait son mouvement de rotation, j'ai aperçu une silhouette floue dans le miroir.

Était-ce Menard ?

J'ai rembobiné la bande et l'ai repassée au ralenti. Arrivée au plan avec le miroir, j'ai arrêté le défilement.

— Merde !

Tous mes espoirs dégringolaient. Malgré le grain de

l'image, on reconnaissait parfaitement, reflétée dans le miroir, la personne qui tenait la caméra à l'autre bout de la salle.

Annick Pomerleau !

— Vachement malin, espèce de salaud !

Mon cri a résonné dans la salle déserte.

— Forcer une prisonnière à filmer les autres pendant que tu les tortures !

J'ai voulu continuer à visionner, j'en étais incapable. Je bondissais constamment de mon siège tel un bébé dans son Youpala, tantôt pour scruter le couloir, tantôt pour vérifier que personne n'avait laissé de message dans ma boîte vocale.

Au bout de vingt minutes je suis revenue dans mon bureau, en proie au dégoût, à la colère et à l'inquiétude.

J'ai voulu lire un article sur le syndrome de Stockholm. Impossible. Des images inquiétantes se succédaient devant mes yeux, m'interdisant toute concentration.

Annick Pomerleau courant autour de la salle de torture. Tawny McGee me suppliant de la sortir de l'hôpital. Colleen Stan enfermée dans un cercueil sous un lit, terrorisée.

Je pensais à toutes ces filles terrifiées, pétrifiées, retenues captives dans le noir, nues et abandonnées. Cameron Hooker avait suspendu Colleen Stan à un crochet. Il l'avait écartelée, fouettée, brûlée avec des fils électriques jusqu'à ce que son corps ne soit plus qu'une cloque. Neal Catts avait exercé sa domination en recourant à la privation, à la terreur et à la douleur jusqu'à briser la résistance de ses victimes.

J'ai essayé d'imaginer les tourments subis par ces femmes allongées dans le noir, n'entendant que le bruit de leur propre respiration et le martèlement de leur cœur. Savaient-elles seulement si c'était le jour ou la nuit ? Sursautaient-elles de terreur chaque fois qu'elles entendaient une clef tourner dans la serrure ? Avaient-elles abandonné tout espoir ? oublié à jamais leur vie d'autrefois ? Les souvenirs s'étaient-ils effacés de leur mémoire, comme le brouillard s'évapore dans l'air du matin ?

Quelque chose a durci à l'intérieur de moi. Je me suis forcée à me concentrer sur ma lecture.

J'ai commencé à prendre des notes, comme je l'avais fait en visionnant les cassettes.

Esclavage. Exaltation de la tension sexuelle par la restriction des mouvements.

Sadomasochisme. Exaltation du désir en procurant ou en subissant la douleur. Dans les cas de pathologie grave : rapt, emprisonnement, servitudes imposées à quelqu'un contre son gré.

Le syndrome de Stockholm.

Peu à peu, je commençais à me faire une idée claire de la façon dont il se formait chez les gens.

Un : enlèvement, suivi d'isolement. La victime est maintenue dans un lieu confiné, nue, humiliée et dégradée.

Deux : recours à la force ou au viol. Tout est fait pour que la victime ait conscience de sa vulnérabilité.

Trois : suppression des activités diurnes normales. La victime est maintenue dans une obscurité ou une lumière perpétuelle. Elle a les yeux bandés et la tête encapuchonnée, ou bien elle est enfermée dans une boîte.

Quatre : annihilation de toute intimité. La victime va aux toilettes sur ordre du ravisseur et en sa présence. Le ravisseur se délecte à observer sa menstruation.

Cinq : contrôle de l'alimentation par le ravisseur. Le sentiment de dépendance à son égard s'installe chez la victime.

À trois heures, Ryan a appelé. L'hôpital avait été

fouillé de fond en comble. Les jeunes filles n'y étaient pas.

Je suis retournée à mes recherches.

Six : punitions imprévisibles. La victime n'a droit à aucune explication ou justification.

Sept : interdiction d'agir sans autorisation du ravisseur, qu'il s'agisse de manger, de parler, de se lever, etc.

Huit : abus sexuels et physiques réitérés. La victime se convainc que la situation durera éternellement.

Neuf : isolement permanent. Pour la victime, tout contact avec le monde passe par le ravisseur, qui est ainsi son unique source d'information.

Ryan a rappelé à quatre heures.

— Mme McGee et Sandra sont arrivées.

— Tu les as vues ?

— Oui.

— Elles réagissent comment ?

— La mère est effondrée, la fille folle de rage.

— Où sont-elles maintenant ?

— À l'hôtel Delta.

— Est-ce que Tawny connaissait quelqu'un à Montréal ?

— D'après sa sœur, sa meilleure amie à Maniwaki avait des cousins dans un patelin de l'Ouest-de-l'île. J'y file.

Une idée m'est venue.

— Sachant que Catts était mort, Annick et Tawny ont pu se dire qu'elles seraient en sécurité à Pointe-Saint-Charles ?

— Très intelligent, Brennan. On a déjà vérifié. La maison est vide. Je te rappelle si j'ai du nouveau.

Je suis revenue aux journaux.

Dix : menace à l'encontre de la famille de la victime.

Onze : menace de livrer la victime à un ravisseur plus odieux encore.

Douze : manifestations de clémence intempestives. La victime se voit sans raison accorder des privilèges, des cadeaux, des moments de liberté.

Treize : apparitions inopinées du ravisseur. La victime tend à le croire omniprésent.

À six heures et demie, mon portable a sonné.

En entendant la voix, j'ai eu le sentiment de plonger du plus haut sommet des montagnes russes.

Une femme. Un fort accent en anglais.

— D. vous demande.

— Annick ?

— Elle a besoin d'aide.

— Je suis heureuse que vous appeliez, ai-je dit en m'efforçant de garder un ton normal. Nous étions inquiets.

— D. ne voulait pas rester à l'hôpital.

— Tout va bien ?

— Elle risque de se faire du mal.

— Où êtes-vous ?

— À la maison.

Où c'était, la maison, pour Annick ? À Mascouche ? À Pointe-Saint-Charles ?

— Vous êtes en sécurité ?

— D. veut vous voir.

— Dites-moi où vous êtes, ai-je dit en attrapant un stylo.

— Rue de Sébastopol.

— Mais les lieux ont été fouillés ! me suis-je exclamée.

Silence de mort.

Idiote, conne que j'étais !

— Nous étions très inquiets, vous savez.

— Venez seule.

— Je vais venir avec le détective Ryan.

— Non !

— Vous pouvez avoir confiance en lui. C'est un homme très bon.

— Pas d'homme ! (Voix suppliante.)

— J'arrive.

J'ai commencé à composer le numéro de Ryan. Je me suis arrêtée au milieu.

35

Je suis restée à fixer le téléphone, l'esprit en ébullition. Des milliers de questions se livraient bataille dans ma tête.

J'avais besoin de conseils. Appeler Ryan ? Claudel ? Charbonneau ? le Dr Feldman ?

Filer plutôt rue de Sébastopol sans perdre un instant ? On ne pouvait pas laisser plus longtemps ces deux jeunes filles livrées à elles-mêmes !

Oui, mais… Annick avait demandé que je vienne seule. Sans homme. D'après ce que j'avais lu, c'était une exigence compréhensible, venant d'une femme qui avait subi des sévices de la part d'un homme pendant des années.

Les émotions continuaient leur java dans mon cœur. Colère. Haine. Compassion. Urgence.

En apprenant que j'allais là-bas sans eux, les trois détectives seraient furibonds. Surtout qu'ils pouvaient m'attendre dehors.

Une fois de plus, j'ai composé le numéro de Ryan. De nouveau, je me suis arrêtée au milieu.

Et s'il insistait pour entrer avec moi dans la maison ? En l'apercevant, Annick et Tawny risquaient de se réfugier dans une cachette, car elles en avaient une, forcément. Et puis, cela pourrait briser leur confiance en moi.

D'ailleurs, qu'est-ce qui me prouvait qu'elles étaient dans cette maison ? Une fois que je serais arrivée là-bas, elles pourraient très bien me téléphoner pour me dire d'aller ailleurs. Mais cela, uniquement si j'étais venue seule. Parce que, si les détectives faisaient boucler le quartier, elles s'en rendraient compte, obligatoirement.

J'ai réentendu Tawny me suppliant d'une voix terrifiée. À nouveau, j'ai senti ses doigts agrippant mon bras, j'ai revu ses yeux désespérés.

Le sentiment d'avoir mal agi, de m'être rendue coupable d'un acte impardonnable, a eu raison de mes atermoiements.

Je n'avais pas réussi à la calmer à l'hôpital. Je n'avais fait qu'aggraver son angoisse. En me voyant avec Ryan, elle pouvait recommencer à paniquer. Pas question de répéter cette erreur.

Je me suis levée en titubant. J'ai arraché ma parka à la patère.

Cette fois, j'allais faire comme elle le voulait. Je lui devais bien ça. À elle et à Annick.

Une pensée m'a arrêtée.

Et si ces deux filles n'étaient pas seules ? Si Menard exerçait toujours sa domination sur elles ? Si cet appel visait à me faire tomber dans un piège ? Mais... oserait-il vraiment porter la main sur moi ? Et pourquoi pas ? De toute façon, il se savait déjà condamné à passer le reste de sa vie en prison, et il était malin.

Merde ! Merde ! Merde !

Qui appeler ?

J'entendais déjà le ton paternaliste de Ryan et ça m'exaspérait.

Prévenir Claudel ? Hors de question.

Le cœur battant, j'ai composé le numéro de Charbonneau. Qu'il y en ait au moins un qui sache où j'étais. Une voix de robot m'a informée que mon interlocuteur n'était pas disponible. La communication s'est coupée sans qu'on me propose de laisser un message.

Six heures quarante-deux.

Il devait être encore au Vermont avec Claudel. J'ai appelé le quartier général de la police et laissé un message à l'intention de Charbonneau. En tout cas, ils sauraient où j'étais partie.

Un silence pesant m'entourait.

Les « Et si… ? » continuaient leur sarabande dans ma tête.

Et si Tawny choisissait de se laisser mourir ?

Et si c'était une manœuvre imaginée par Menard pour m'attirer dans sa tanière ?

Pour me coller une balle dans le crâne ?

J'envisageais des scénarios, tous plus affreux les uns que les autres, quand mon portable a sonné dans ma main.

De surprise, j'ai ouvert les doigts comme s'il me brûlait. Il est allé heurter le mur pour rebondir sous mon bureau. Je me suis jetée par terre. À quatre pattes sur le carrelage, j'ai réussi à le récupérer à temps et à enfoncer le bouton de réception.

Nouveau choc : c'était Anne !

Sans aucun préambule, elle s'est lancée dans un déballage d'excuses.

Le soulagement et la rancœur ont rejoint l'armée d'émotions dont ma tête était déjà remplie.

J'ai interrompu son flot de paroles.

— Où es-tu ?

Elle a mal interprété ma frénésie.

— Je comprends que tu sois fâchée, Tempe. J'ai été une affreuse égoïste, mais tu sais…

Les secondes se dissolvaient. Des secondes pendant lesquelles Tawny pouvait se cisailler les poignets. J'ai aboyé :

— Où es-tu ?
— Je suis désolée, Tempe, vraim…
— Où es-tu ?
— Chez les sœurs de la Providence.

Le fait d'entendre la voix de mon amie ouvrait dans mon esprit un petit interstice par lequel une idée salvatrice commençait à se faufiler.

— Le couvent au coin des rues Sainte-Catherine et Fullum ?
— Oui.

C'était à moins de cinq minutes du labo.

Et Anne était une femme.

J'ai eu tôt fait de m'engouffrer dans la brèche.

— J'ai besoin que tu m'aides.
— Tout ce que tu voudras.
— Je passe te prendre.
— Quand ?
— Tout de suite.
— Je t'attends dehors.

Le cœur battant à tout rompre, j'ai filé jusqu'à ma voiture comme si je courais un marathon. Est-ce que je faisais une bêtise en impliquant dans cette aventure une Anne déjà épuisée sur le plan émotionnel ? Est-ce que je la mettais en danger ?

J'ai décidé de tout lui raconter et de la laisser décider.

Un froid nocturne pesait sur la ville. Le vent était chargé d'humidité, les nuages bas et lents semblaient ne pas savoir s'ils devaient se déverser en pluie ou en neige.

Anne se tenait devant le vieux couvent, une montagne de valises à ses pieds.

Les traînards de l'heure de pointe encombraient encore les trottoirs et les chaussées. Je roulais, le pare-brise éclaboussé de gadoue et de lumière. Tout en conduisant, j'ai mis Anne au courant de ce qui s'était produit en son absence. Elle écoutait sans rien dire, les traits crispés, tout en tripotant le bas de son écharpe desserrée.

Quand j'ai eu fini, une minute entière s'est écoulée sans qu'elle dise un mot. Je m'attendais à ce qu'elle me demande de la reconduire à la maison. Elle a soupiré :

— Dans la course à la plus belle crotte de bique du monde, je suis plutôt bien placée.

— Ne dis pas ça, Anne.

— Pendant que je rêvassais au moyen de contourner mes arrangements passés devant le Seigneur, ces pauvres gosses vivaient un cauchemar... Mais quel tordu de la testostérone peut trouver du plaisir à mutiler des jeunes filles ?

— Ne te sens pas obligée de m'accompagner. Je comprendrai très bien que tu préfères ne pas être mêlée à tout ça.

— Raté, cocotte ! Je ne vais pas laisser passer l'occasion de me distinguer.

— C'est exactement ce que tu ne vas pas faire, l'ai-je coupée sèchement, et mon ton m'a rappelé Ryan. Tu as ton portable ?

— Quelle merde, celui-là ! Quand j'ai voulu te rappeler, ce matin, la batterie était à plat. Mais j'ai mon spray anti-agression, a-t-elle ajouté en tapotant son sac.

— Prends mon téléphone !

Elle l'a sorti de mon sac pendant que je tournais dans la rue de Sébastopol.

Je me suis garée en face de l'écurie. Au moment de couper les phares, j'ai vu une grosse boule se dresser. Le chien. Il a traversé la cour à fond de train, les yeux brillants.

J'ai examiné la rue. Anne en a fait autant. À droite, les portes de l'écurie éclairées par un cône de lumière jaune tombant d'une unique ampoule. À gauche, les entrepôts noirs et déserts, et les rails qui s'étiraient à perte de vue.

La main sur la poignée de ma portière, j'ai ordonné à Anne de rester dans la voiture.

— Pas question !

— Si.

— Non.

— Si ! ai-je répété en haussant le ton.

Crissement de Nylon. Anne s'était croisé les bras sur la poitrine. Je me suis tournée vers elle. Dans le contre-jour, je pouvais voir ses dents du haut mordre sa lèvre inférieure.

J'ai pris sa main et l'ai serrée jusqu'à ce qu'elle me sourie.

— J'ai besoin que tu m'aides, Annie. Mais de loin. Ces femmes ont été maintenues en isolement pendant des années. Le monde les terrifie.

Relâchant ma pression sur ses doigts, j'ai repris sur un ton plus doux :

— Elles ne te connaissent pas.

— Elles ne te connaissent pas non plus.

— Elles m'ont appelée.

— Et si cet abruti de Menard est là ?

— Il y a un téléphone dans la maison. Si dans dix minutes je ne t'ai pas appelée, tu contactes Ryan. Il est en mémoire sur la liste des numéros automatiques.

— Et si je n'arrive pas à le joindre ?

— Appelle la police.

Je suis sortie de la voiture. Le chien de l'écurie a trotté vers la clôture et a accompagné tout du long ma progression sur le trottoir. Arrivé au bout de son enclos, il s'est dressé sur ses pattes en grondant. Pour des raisons qui ne regardaient que lui, il n'a pas jugé bon d'aboyer.

L'air de la nuit sentait le cheval, le fleuve et la neige sur le point de tomber. Au-dessus de ma tête, les fils électriques ronronnaient, les branches se heurtaient les unes les autres.

Arrivée au chemin, un cliquettement m'a projetée

contre le mur de la dernière des maisons identiques. Tapie dans l'ombre, j'ai tendu l'oreille, cherchant à percevoir un son provenant d'un être humain.

Rien.

La tête rentrée dans les épaules, je suis sortie de mon abri. Coup d'œil à droite et à gauche.

Une bouteille marron oscillait sur le chemin. Une Budweiser, m'a appris une cellule de mon cerveau déconnectée de toute rationalité, tandis que la bouteille, poussée par le vent, roulait plus loin en raclant le gravier verglacé.

J'ai fait un pas de côté pour l'éviter et je me suis engagée sur le sentier en faisant attention à ne pas trébucher. Pas le moment de me tordre la cheville.

Dans l'obscurité autour de moi, arbres et arbustes changeaient de forme comme des contorsionnistes, se soulevant et s'aplatissant à tour de rôle.

J'ai tourné en direction de la maison de Catts, silencieuse et noire. Pas un pixel de lumière n'en sortait.

J'ai grimpé les marches du perron. J'ai actionné la sonnette et attendu. Rien. J'ai encore tourné le bouton, les muscles tendus, prête à rebrousser chemin à tout berzingue.

Cliquetis de chaîne et de serrure. La porte s'est entrouverte. J'ai fait un pas en avant, plus tendue qu'un soldat pénétrant dans la zone de combat.

Un visage s'est montré. Quasiment un masque mortuaire, avec de grands yeux qui clignaient.

— C'est moi, Annick… le Dr Brennan, me suis-je entendue prononcer à voix basse.

Elle a scruté l'espace derrière moi.

— Je suis seule.

Elle a reculé et ouvert la porte en grand. Je suis entrée. L'air puait toujours l'antimite et la poussière. Elle a refermé la porte et le verrou.

Elle portait un jean noir et un sweat-shirt bleu marine.

— Tawny va bien ?

Elle s'est retournée avec une lenteur de zombie. Dans son dos, la chaîne de la porte balançait comme un pendule.

— D. va bien ? ai-je redemandé, comprenant mon erreur.

— Elle a peur. (Chuchotement rauque.)

— Je peux ? ai-je demandé en saisissant la tirette de ma fermeture Éclair.

Annick est passée devant moi pendant que je retirais ma parka. J'ai profité de ce que je la suspendais à la poignée de la porte pour ouvrir discrètement le verrou.

Annick m'a précédée dans le salon.

Le divan, à présent recouvert d'un tissu, était poussé contre le secrétaire. La lampe en cuivre et cristal éclairait la pièce d'une lueur ambrée.

Tawny était assise dans un fauteuil, les genoux pliés et la tête baissée. La même posture que dans la salle de torture, quand je l'avais vue pour la première fois. La même couverture jetée sur elle.

— Tawny ?

Elle n'a pas réagi.

— Tawny ?

Son corps frêle s'est contracté.

Je me suis avancée vers elle, l'oreille aux aguets, cherchant à percevoir le moindre signe d'une autre présence. La maison était toujours aussi sinistre.

— C'est moi, Tawny. Le Dr Brennan.

La jeune fille a tressailli, la table à côté d'elle a branlé. Les pendeloques en cristal de la lampe ont vacillé, faisant danser de minuscules taches jaunes sur ses cheveux.

Je me suis agenouillée près d'elle et j'ai posé la main sur son pied. Elle s'est crispée.

— Tout ira bien.

Elle n'a pas bronché.

J'ai cherché à prendre sa main. Sous la laine, mes doigts ont senti quelque chose de dur et de sinueux.

À cet instant, un feu roulant de coups à la porte a déchiré le silence.

Tawny s'est tassée en arrière.

Annick s'est figée.

La porte d'entrée a grincé, puis une voix a crié :

— *Bonjour** ! Hello !

Anne !

Les lèvres d'Annick se sont pincées.

— Vous m'avez menti !

Avant que j'aie le temps de répondre, Anne était apparue sur le seuil du salon, le portable dans une main, les clefs de voiture dans l'autre.

— Qu'est-ce que tu fiches ici ? ai-je crié en bondissant sur mes pieds.

— Tu as reçu un appel. J'ai pensé que tu voudrais savoir, a expliqué Anne en promenant les yeux de moi à Annick et à la forme terrifiée sous la couverture. Que vous voudriez toutes savoir.

— Ça pouvait attendre ! ai-je jeté, faisant fi de toute politesse.

Mais Anne tenait à réparer sa bévue.

— Charbonneau a laissé un message au QG de la police, a-t-elle poursuivi avec insistance en me dévisageant d'un air suppliant. Le standard a appelé ton portable.

Du coin de l'œil, j'ai vu Annick reculer dans le noir de l'entrée.

— Stephen Menard est mort. Mort depuis des années. C'est Catts qui l'a tué.

Un son est sorti de la forme blottie derrière moi. Moitié pleur, moitié gémissement.

— Je suis désolée, a marmonné Anne. Je pensais

que ça vous intéresserait de le savoir. Je retourne à la voiture.

Sur ce, elle est repartie en hâte vers l'entrée.

Je me suis accroupie, et j'ai posé la main sur le pied de Tawny.

L'espace d'un instant, elle s'est redressée, pour se tasser à nouveau. La couverture a glissé. Elle a levé le visage vers moi.

Elle était pâle comme la lune en hiver. Ses lèvres tremblaient.

— Vous êtes en sûreté, Tawny. Désormais, vous êtes toutes les deux en sécurité, Annick et vous.

Elle a secoué une épaule. La couverture est tombée sur ses genoux.

Elle avait les poignets liés à l'aide d'une corde.

Une corde ! Elle était ligotée ? Mais pourquoi ? c'était absurde !

J'ai entendu la porte d'entrée s'ouvrir.

J'ai relevé les yeux. Ceux de Tawny fixaient la porte, remplis d'horreur. J'ai regardé derrière moi. Annick reculait toujours.

Mes poumons se sont figés. Mon cœur s'est arrêté. Le sang a quitté mon visage.

Je ressentais la même angoisse qu'à l'hôpital.

Un visage derrière une caméra vidéo… Des mains sur lesquelles il n'y avait aucun résidu de poudre.

Homolka, la femme qui participait de plein gré aux jeux dépravés de son mari.

Maintenant, je comprenais !

J'ai bondi sur mes pieds.

Annick traversait l'entrée comme si elle avait le diable aux trousses. J'ai entendu un craquement sinistre, suivi d'un son mat.

J'ai foncé dans l'entrée. La porte de dehors était ouverte.

Anne était étendue à plat ventre sur le linoléum, la tête contre le chambranle, les jambes écartées.

J'ai scruté la nuit. Pas d'Annick en vue.

— Anne !

Accroupie près d'elle, j'ai tâté sa gorge à la recherche de son pouls.

J'ai perçu trop tard le mouvement derrière moi. La porte d'entrée s'est rabattue, bloquée à mi-course par la botte d'Anne.

Une lumière a explosé dans ma tête avant même que j'aie le temps de me retourner.

J'ai sombré dans le noir.

36

Quelques secondes plus tard, à ce qu'il m'a semblé, mon cerveau s'est mis à jouer des coudes à l'intérieur de mon crâne, en quête d'un espace plus grand. J'ai ouvert les yeux et bougé la tête. Des éclats de verre, voilà ce qui était éparpillé tout autour de moi. J'ai fermé les paupières et tenté de comprendre où j'étais.

Ma poitrine me brûlait. J'étais recroquevillée sur le flanc gauche. J'ai dégluti, essayé de me redresser. Mes bras et mes jambes ne répondaient pas. Je me suis rendu compte qu'ils étaient maintenus immobiles, pliés derrière moi.

Lentement, j'ai recouvré mes esprits. Je ne sentais plus mes mains. Ni mes pieds. Il fallait que je bouge.

Contractant l'abdomen, j'ai tenté de me mettre à genoux.

Accès de nausée. J'ai vomi.

Jouant de mon mieux des chevilles et des hanches, j'ai réussi à m'écarter de mon vomi. Mes haut-le-cœur ont repris plusieurs fois avant que je ne rende plus que de la bile.

Je suis restée un moment immobile à respirer profondément, essayant de toutes mes forces de trouver une explication. Où étais-je ? Et depuis combien de temps ?

J'ai fait tourner ma tête précautionneusement. La douleur m'a presque arraché des larmes.

Réfléchis ! m'a crié un neurone.

J'ai essayé. Impossible de fixer mon esprit sur des images qui veuillent dire quelque chose.

Concentre-toi sur l'instant présent !

Les odeurs !

Du moisi. Une odeur âcre. Du bois et autre chose. Un décapant. Du kérosène ?

Les sensations tactiles !

Quelque chose de rugueux contre ma joue. Des grains dans ma bouche. De la poussière dans mes narines. Serais-je sur un tapis ?

Les sons !

Le vent. Une branche grattant une vitre. Des craquements et ce léger bourdonnement qu'il y a dans toute maison.

Le sang martelant mes oreilles.

Des pas étouffés. Un claquement sourd.

Quelqu'un se déplaçait dans la pièce d'à côté ?

J'ai rouvert les yeux.

J'étais sur un tapis très sale. Non sans mal, j'ai reconnu un pied en bois sculpté, un tissu d'ameublement canneberge, un bord de couverture effiloché.

J'étais par terre dans le salon de Catts. Sauf que la lampe était éteinte.

Une porte a claqué. Le silence est retombé.

Un fauteuil devant moi.

Second claquement de porte plus lointain.

Mon cerveau assimilait les informations à la vitesse de la dérive des continents.

Est-ce que quelqu'un était entré par une porte de service ? Une porte donnant sur la cuisine ?

Où était la cuisine… ? J'ai essayé de me rappeler le plan de la maison. Aucun souvenir ne me revenait.

J'ai retenu mon souffle. Pas un bruit à l'intérieur de la

maison. Le sang continuait à me tambouriner le crâne. Le temps d'un battement de cœur s'est écoulé. D'une douzaine. De plusieurs milliers.

Une porte lointaine a claqué de nouveau. Des pas pressés se rapprochaient. Je me suis figée, les yeux fermés, les muscles en feu.

J'ai entendu un grognement, puis le bruit d'un liquide qui gicle.

L'odeur a assailli mes narines. Mes doigts se sont crispés.

De l'essence !

Mes paupières se sont levées d'un coup, j'ai pu identifier deux formes.

Tawny McGee avachie dans le fauteuil.

Annick Pomerleau déversant un liquide d'un grand bidon.

La peur a court-circuité les derniers vestiges de ma raison si difficilement récupérée. Que faire ? Parler à Annick ? à Tawny ? Jouer la morte ?

J'ai gardé les paupières baissées, prêtant l'oreille au glouglou de la mort terrible qui m'attendait.

Quelques secondes plus tard, j'ai perçu un dernier floc, puis des pas qui reculaient. Une porte a claqué.

J'ai rouvert les yeux. Une boîte de café était posée à côté de la plinthe.

Annick était-elle allée chercher un autre bidon d'essence ? Où ça ? dans un hangar dehors ? Combien de temps lui avait pris son premier voyage ? une minute ? deux ?

Mon esprit s'acharnait sur une unique pensée : comment sortir d'ici ?

Images stroboscopiques : Anne. Annick. La corde autour des poignets de Tawny.

Était-elle attachée au fauteuil ? Avait-elle les pieds ligotés ? J'ai passé la main sur une de ses chevilles. Je n'ai rien senti. Lueur d'espoir.

— Tawny ?

Silence.

— Tawny ?

Un mouvement dans le fauteuil ?

J'ai soulevé la tête. La salle était une mer d'obscurité d'où émergeaient vaguement les contours des meubles.

— Q. s'apprête à mettre le feu à la maison. Il faut fuir.

Bruit d'une inspiration ?

— Je comprends tout, maintenant. Ce qu'elle vous a fait.

La porte arrière a claqué. Des pas se sont hâtés vers nous. J'ai baissé la tête.

À travers mes cils, j'ai vu Annick entrer, lestée d'un bidon neuf, et imbiber le secrétaire et le divan. Le bidon vidé, elle l'a jeté par terre et est repartie, probablement en chercher un autre.

— Personne ne sait que nous sommes ici, Tawny…

Le silence renforçait l'impression d'obscurité et de mort.

— Personne ne va venir nous sauver. Nous ne pouvons compter que sur nous.

Pas de réponse.

— Si j'arrive à m'approcher de vous, est-ce que vous pouvez me délier ?

Silence.

— Est-ce que vous êtes en état de marcher ?

C'était comme de parler à un mort.

Prise de frénésie, j'ai lutté avec mes liens, me débattant et me tortillant jusqu'à avoir la peau à vif. Les nœuds tenaient bon.

La porte du fond a claqué.

J'ai fermé les yeux et me suis relâchée.

Annick revenait en effet. Avec de l'essence ?

Dieu du ciel ! Où était Anne ? Elle n'était pas dans cette pièce. Est-ce que j'arriverais à la sortir d'ici avec

Tawny ? Allions-nous mourir toutes les trois avant l'arrivée des secours ?

Et si je parlais à Annick ? Peut-être arriverais-je à entamer une discussion ? à faire naître en elle une pensée qui nous donne un peu de temps ?

Est-ce que ça en valait la peine ? La maison avait été fouillée ce matin sans qu'on n'y retrouve rien. Je n'avais pas prévenu Ryan que je m'y rendais. Peut-être que Charbonneau n'avait pas reçu mon message ?

Les larmes ont jailli malgré moi. J'ai recommencé de plus belle à tirer sur mes liens.

Me libérer et maîtriser Annick, cet imposteur d'être humain. L'empêcher de mener à terme son abominable projet.

Je suis restée sans bouger.

À présent, l'odeur d'essence était omniprésente. La bile m'est montée à la bouche, des spasmes ont agité ma langue.

Un autre bidon a atterri sur le plancher. J'ai vu les pieds d'Annick s'éloigner.

Cette fois la porte de service n'a pas claqué.

J'ai tenté de deviner d'où venait le bruit de ses pas. De l'entrée. D'une pièce dans le fond.

— Tawny, il faut partir !

C'était sans espoir. J'allais devoir agir seule.

Contractant le dos, arc-boutant les moindres fibres de mon corps, j'ai tiré, pour tenter de séparer mes chevilles et mes poignets. Les nœuds ne se défaisaient pas. J'en aurais pleuré de douleur et de rage.

Les pas d'Annick ont retenti dans l'entrée et se sont éloignés à nouveau. Quelques secondes plus tard, elle revenait dans le salon.

Je me suis laissée retomber sur le plancher.

Trop tard.

Les pas ont accéléré, se sont dirigés vers le fauteuil.

Un cri, plus un feulement qu'un cri d'être humain. Puis les pas ont viré vers moi.

— Ah, ah, mes petites dormeuses sont toutes les deux réveillées ?

À quoi bon rester passive ? Rassemblant toutes les forces que m'insufflait l'adrénaline, j'ai réussi à rouler sur les genoux et à lever la tête.

La silhouette d'Annick se découpait dans l'obscurité, forme ébène sur fond noir. Forme tenant une boîte à café.

La pièce empestait l'essence.

La peur s'est propagée en moi de nerf en nerf.

Sympathiser avec elle ? La cajoler ? L'accuser ? La supplier ?

— Où est mon amie ?

Anne avait-elle réussi à s'enfuir ?

— Oh, elle n'a pas duré. (Rire hideux d'Annick.) Elle est tombée à travers le miroir.

Écœurée, je me suis écriée :

— Ce n'est pas Catts qui a tué ces filles. C'est vous !

Annick a fait un pas vers moi. Une barre grise coupait en deux son visage clair.

— Tuer ? Quel plaisir y a-t-il à cela ?

Il y avait du dépit dans sa voix.

— Vous les avez torturées, vous les avez laissées mourir de faim !

— Elles sont tombées à travers mon miroir.

— Angie Robinson.

J'ai senti, plus que je n'ai vu, Annick se raidir. J'ai insisté :

— Pourquoi ?

— Vous voulez la vérité ou un défi ? (Ton mélodieux.)

— Qu'est-ce que vous avez fait à mon amie ?

— Vérité ou défi ?

Grand Dieu, ça l'amusait !

— Vous avez martyrisé Tawny.

— Encore une Alice qui aura visité mon pays des merveilles… (Sourire de reptile.)

— Ce n'était que des enfants, et vous les avez tuées.

— Certaines résistent, d'autres pas.

— Donnez-moi leurs noms.

— Pourquoi ?

— Leurs familles ont le droit de savoir.

— Leurs familles ? Elles peuvent pourrir en enfer. Vous ne leur direz rien, idiote que vous êtes ! Vous ne direz plus rien à personne.

— Vos parents vous ont tant recherchée. (Je passais au mode plaidoyer.)

— Pas assez fort, faut croire. (Elle restait bloquée sur le mode amertume.)

— Vous leur manquez, ai-je menti. Ils veulent vous revoir.

— Aucune chance pour que je revienne en arrière !

— Des gens vous aideront.

— Des fissures dans le miroir.

Vision de mon appartement ravagé. Les tableaux déchiquetés, le verre brisé. Les miroirs aussi.

— Tous les soldats du roi et tous les cavaliers du roi ne sauront réparer les dégâts[1], a-t-elle chantonné.

— Qu'est-ce qui est arrivé à Angie Robinson ?

— Une autre fille perdue, c'est tout.

— Perdue ? Ou détruite ?

— De la saleté à nettoyer, rien de plus.

Continuer à la faire parler !

— Quand est-ce qu'elle est morte ?

— Avant mon époque.

— Je sais ce qui s'est produit, Annick. Je comprends. Catts vous a fait du mal et, après, il vous a forcée à faire du mal à d'autres.

1. Paroles d'une célèbre comptine anglaise. *(N.d.T.)*

— Qui c'est, Catts ?

— Ménard. Le type qui a tué Menard et a pris son nom.

— Menard... Catts... (Elle a eu un pfuit méprisant.) Du travail d'amateur.

— Il était mauvais. Il vous a torturée. Il a torturé Angie Robinson. Pour lui plaire, vous avez été obligée de participer à ses jeux.

— Je ne jouais pas. Je commandais. Je régnais, s'est-elle écriée en se frappant le sternum. C'était moi la reine.

— Q. pour *queen*. La reine de cœur. Vous avez fait ce qu'il fallait pour avoir la vie sauve.

— Vous n'y êtes pas du tout ! Je suis la reine, pas le lapin.

Surtout la suivre sur cette voie.

— Je sais, Annick. C'est vous l'être fort dans cette histoire. Vous avez abattu Catts.

— Il commençait à faiblir.

— Vous avez étouffé Louise Parent.

— Par pitié.

Subitement, je n'ai plus pu me contrôler. Sa désinvolture et son indifférence déclenchaient en moi une colère sauvage. À quoi bon dialoguer ? J'ai recommencé à me débattre et à me contorsionner. La sueur coulait sur mon visage, dégoulinait le long de ma colonne vertébrale.

— Espèce de pourriture !

Annick me regardait en se balançant d'avant en arrière comme un enfant ravi. J'ai fini par me laisser retomber, épuisée et hors d'haleine.

— Vous ne vous en tirerez pas, la police vous retrouvera.

Elle a passé le doigt sous le collier clouté autour de son cou. Un sourire venimeux s'est répandu sur son visage pâle comme la mort. Elle a recommencé à chantonner :

— Trois corps ont été retirés des cendres. Dieu soit loué, l'une des victimes a échappé aux flammes.

Renversant son bidon, elle a arrosé mes vêtements d'essence.

Mon estomac a été agité de soubresauts. J'ai été prise de hoquets.

Me calmer ! Rester calme avant tout !

Annick a laissé tomber son bidon, je l'ai entendue traverser le salon et fourrager dans la cuisine. Elle est passée dans la chambre du fond et, de là, dans la salle à côté de la nôtre, marquant un arrêt dans chaque pièce.

Où était Anne ?

Annie, excuse-moi je t'en supplie. J'ai été idiote, si tu savais comme je m'en veux ! Je n'aurais jamais dû te mêler à ça.

Une odeur âcre a empli l'air.

Doux Jésus !

— Debout, Tawny ! Il faut fuir !

Je hurlais, me tordant dans tous les sens, la poitrine en feu. La douleur me labourait le crâne.

Quelques minutes plus tard, Annick revenait vers nous, une émotion étrange gravée sur les traits. Exaltation ? Joie ? J'ai hurlé :

— Vous n'irez pas loin. Les voisins appelleront les pompiers.

— Vous serez déjà mortes asphyxiées.

Elle a gratté une allumette et regardé la petite flamme s'embraser et grandir.

— À la revoyure au pays de cocagne !

Sa main m'a effleurée.

J'ai entendu un « whouff ». J'ai senti de la chaleur dans mon dos. Une lumière orange et clignotante a embrasé le salon.

37

Après l'embrasement initial, les flammes ont perdu de leur éclat. Une fumée noire et âcre a commencé à envahir le salon.

J'étais incapable de me mettre debout. Les cordes qui ligotaient mes chevilles à mes poignets me maintenaient tordue en arrière. Basculant sur le côté, je me suis redressée sur les genoux.

Les yeux me brûlaient. J'avais la gorge à vif et je tremblais de tout mon corps malgré la chaleur.

L'incendie ne s'éteindrait pas tout seul. Si je ne fuyais pas, j'allais mourir.

Je faisais de mon mieux pour réfléchir, mais j'étais bien incapable de contrôler mes pensées. Des images de terreur se succédaient dans ma tête.

Terreur en d'autres lieux et en d'autres temps.

Ossements d'un blanc crayeux parmi les cendres d'un poêle à bois. Squelette carbonisé dans un sous-sol incendié. Deux corps noircis dans un Cessna en flammes.

— Arrête tes conneries, Brennan. Réfléchis ! ai-je hurlé à haute voix.

J'ai pris une série de petites inspirations. J'ai toussé et recommencé à respirer.

— Réfléchis ! ai-je hurlé encore.

Des spasmes m'ont noué le ventre. J'ai dégluti. J'ai recommencé à parler tout haut, m'adressant à Tawny, l'autre captive.

— Tawny ! Vous m'entendez ?

Le feu bondissait derrière moi avec des grésillements. Du côté de Tawny, il n'y avait plus qu'une fumée épaisse.

— Tawny !

Je me suis laissée retomber sur le flanc et me suis propulsée vers elle, pliant et dépliant les genoux, roulant sur les hanches et prenant appui sur l'épaule pour me pousser en avant. Le tapis me raclait la peau du visage, je n'y faisais pas attention.

J'en étais à ma troisième tentative quand une forme blanche s'est levée du fauteuil en poussant des cris perçants.

Je me suis immobilisée, terrifiée.

— Tawny !

La lamentation a continué sur une note stridente pleine de panique.

Sainte mère de Dieu ! Avait-elle pris feu ?

— Tawny, vous pouvez marcher ?

L'appel a diminué, remplacé par une quinte de toux.

— Du calme, soldat ! J'arrive, ai-je crié, plus à mon intention qu'à la sienne.

Trois autres poussées m'ont propulsée jusqu'au fauteuil. L'essence et la poussière faisaient comme une pâte sur ma peau.

— Couvrez-vous la bouche, ai-je crié aussi fort que je le pouvais entre deux halètements. Et jetez-vous par terre !

Sa toux était de plus en plus frénétique.

Ayant réussi à me relever sur les genoux, je me suis mise à pousser de toutes mes forces sur son siège pour le renverser.

— Tawny ! Par terre ! Tout de suite !

Un souffle violent a retenti derrière nous : un mur venait de s'embraser. Les flammes lancées à l'assaut du plafond déversaient sur la pièce une lumière mouvante.

J'ai senti un mouvement. Tawny s'était écroulée sur les genoux, mes bras serrés contre elle, ramassée en boule à côté de moi.

Les nausées, la douleur et la terreur reprenaient le dessus. Je pouvais à peine respirer, à peine réfléchir. Pourtant, aussi ramolli soit-il, mon cerveau avait compris ce que mes yeux n'avaient pas enregistré : Tawny n'était pas ligotée !

La corde autour de ses poignets était en fait une laisse attachée à son collier de chien !

J'ai pivoté sur les genoux.

— Tawny, ai-je crié entre deux quintes de toux, vous devez m'aider ! Vous seule pouvez nous sauver. Oui, Tawny, vous pouvez nous sauver !

La boule humaine s'est contractée.

Réfléchis, Brennan, réfléchis ! Qu'est-ce qui la fait agir, la peur ou le commandement ?

Les ordres avaient-ils plus d'effet sur elle que la douceur ? Était-elle programmée pour répondre à tous les ordres, quels qu'ils soient ?

Je n'avais rien à perdre.

— Tawny, déliez-moi !

Son cou maigre s'est relevé à la façon d'une tortue.

— Maintenant, Tawny, immédiatement !

Son visage s'est arrondi. Quand j'ai croisé son regard, j'ai senti ma fermeté vaciller. Prise de pitié, j'ai haleté :

— Vous allez rentrer chez vous, ma chérie. À Maniwaki. Auprès de votre mère.

J'avais la poitrine en feu. Une toux incontrôlable m'a imposé le silence.

— Auprès de Sandra, ai-je réussi à expulser.

Un clignotement est passé dans ses yeux cavés.

— Auprès de Sandra, ai-je répété.

Un monde qu'elle croyait perdu venait de se reformer devant ses yeux. Son visage s'est relâché. Sa bouche s'est ouverte, ses lèvres ont tremblé et se sont immobilisées dans un O.

— Sandra, ai-je répété une nouvelle fois.

Sans dire un mot, elle est partie vers le fond de la maison, rampant sous le rideau de fumée.

J'ai voulu la retenir. Liée comme je l'étais, je n'ai pas réussi.

— Tawny !

Ma voix s'est brisée. J'ai toussé si fort qu'un goût de sang a empli ma bouche.

Le spasme a passé. J'ai pu recommencer à me tortiller tout en fouillant des yeux la direction prise par Tawny.

Rien, sinon une épaisse fumée noire.

Je me suis sentie chavirer. J'étais livrée à moi-même.

Dieu du ciel ! Étais-je seule ? Anne était-elle déjà morte ?

— Tawny ! ai-je crié sur le ton du commandement. S'il vous plaît !

Sans résultat.

Comme avant, j'ai recommencé à me débattre en tous sens et, comme avant, je me suis effondrée sur le tapis crasseux, épuisée, la peau à vif, les poumons déchirés.

La salle a commencé à reculer. Dans un état hypnotique, j'ai pensé : Je vais mourir. Je vais mourir. Je vais mourir…

J'ai perçu alors au-dessus du vacarme des raclements et des « boum », comme des tiroirs qu'on ouvre frénétiquement. L'instant d'après, une forme sombre et titubante surgissait de la fumée.

Le visage de Tawny étincelait comme de l'albâtre. Elle se couvrait la bouche d'une main, de l'autre brandissait un objet long et plat.

Quoi donc ?

Elle oscillait convulsivement. L'objet a jeté un éclat dans la lumière du feu.

Un couteau !

Elle avait les articulations toutes blanches, comme si le sang s'était retiré de ses doigts. Elle restait là, plantée devant moi, à fixer cette lame comme si elle venait de la découvrir dans ses mains.

Puis elle a bondi, m'envoyant rouler sur le côté. Mon visage s'est écrasé sur le tapis.

J'ai senti mon dos s'affaisser sous un poids, un souffle haletant a balayé mon cou.

Mon Dieu, elle allait me poignarder ! Elle était toujours sous l'emprise de Q.

J'ai attendu qu'elle frappe.

Mais, au lieu d'un coup, j'ai senti une pression sur mes poignets et un mouvement de scie.

Elle tranchait mes liens !

Tournant la tête sur le côté, j'ai aspiré une goulée d'air.

— Plus vite, Tawny. Plus vite !

Je tirais au maximum sur mes cordes pour l'aider dans son mouvement de va-et-vient. J'avais beau avoir les bras gourds, je sentais la corde se trancher, une fibre après l'autre.

Une éternité plus tard, je pouvais lever les bras sur le côté. Tout en roulant sur le dos, j'ai étendu les jambes.

Une douleur atroce s'est propagée tout le long de ma colonne vertébrale, des épaules aux hanches. Ma vision s'est brouillée. J'ai haleté :

— Le couteau !

J'ai vu deux Tawny tendre le bras et s'écrouler par terre en toussant. J'ai eu le temps d'attraper le couteau, mais pas la force de le tenir.

J'ai frotté mes mains l'une contre l'autre, je les ai secouées, je les ai tapées violemment contre le plancher.

Quand j'ai repris le couteau, mes doigts avaient assez de force pour le manier.

En l'espace de quelques secondes, j'ai libéré mes chevilles.

J'ai voulu me lever. Impossible.

Près de moi, Tawny toussait et s'étouffait.

À tâtons, j'ai trouvé un coussin. En deux temps trois mouvements, je l'ai éventré, j'en ai arraché la housse et je l'ai découpée en deux. J'en ai fourré une moitié sur le nez et la bouche de Tawny et j'ai posé sa main dessus. L'autre, je l'ai appliquée contre mon propre visage.

Un engourdissement glacial se propageait de mes orteils jusqu'en haut de mes jambes. Je me suis dressée sur les genoux, j'ai réussi à en plier un devant moi. M'appuyant sur une main, j'ai monté l'autre. Mes membres fonctionnaient.

Agrippant Tawny par le bras, je l'ai forcée à se baisser. Ensemble, nous nous sommes élancées vers l'avant de la maison où l'incendie était moins fort, progressant tant bien que mal, un peu comme dans les courses de village quand deux personnes partagent un pantalon à trois jambes.

À deux mètres de l'entrée, un filet d'air m'a chatouillé les narines. Restant le plus possible à ras de terre, j'ai traversé le vestibule aussi vite que je le pouvais. Au moment d'atteindre la porte, je me suis pris les pieds dans ma parka. Je l'ai envoyée valser dehors et j'ai plongé dans l'air glacé, entraînant Tawny dans mon sillage.

La nuit m'a offert tout à la fois le soulagement d'être vivante, la brûlure du froid pénétrant dans mes poumons et une horrible odeur de crottin. En un instant, le vent a solidifié la sueur qui dégoulinait sur mon visage. Des grains de glace m'ont piqué les joues, ont rebondi sur mes épaules et sur ma tête.

J'ai essuyé les larmes qui coulaient de mes yeux et vu

Tawny toute nue, effondrée dans la neige. Elle pleurait en se balançant comme un enfant effrayé.

Je me suis retournée pour regarder la maison.

Des tourbillons de fumée s'échappaient de plusieurs fenêtres et une colonne opaque sortait de la porte d'entrée. Les flammes, avivées par l'afflux d'air, grandissaient rapidement. En dehors de ça, aucun signe de la tragédie qui se jouait à l'intérieur.

Ma poitrine s'est figée au milieu d'une respiration.

J'ai tendu l'oreille.

Pas de sirène. Personne ne venait à notre secours !

Anne n'avait pas téléphoné ! Personne n'avait appelé !

Anne... Était-elle vivante ? Q. avait parlé de trois corps dans les cendres. Est-ce que cela signifiait qu'Anne était à l'intérieur ?

J'ai filé récupérer ma parka sur le perron et je suis revenue auprès de Tawny pour l'en envelopper. Le grésil a rebondi sur le nylon de la veste.

— Vous avez vu une autre femme à l'intérieur ?

Mais Tawny continuait de se balancer en pleurant.

Je l'ai attrapée par les épaules et j'ai répété ma question.

Elle a hoché la tête.

— Où ça ?

Ses épaules osseuses ont tremblé.

— Où ça ?

Je hurlais.

— Au rez-de-chaussée.

— Dans quelle pièce ?

Elle a levé la tête, sans dire un mot.

— Quelle pièce, Tawny. Quelle pièce ?

Je l'ai secouée en répétant la question.

— Dans le fond. À la cave. Je n-ne s-sais pas.

Elle avait des plaques de suie sur le visage, les cheveux collés par la sueur.

Je restais plantée devant elle, ne sachant que faire.

L'odeur âcre de l'incendie a frappé mes narines. La lueur orangée grandissait.

Anne n'avait pas eu le temps d'appeler les secours ! Il fallait que je retourne à l'intérieur !

Mais j'étais imbibée d'essence.

Les doigts tremblants, j'ai dénoué mes lacets et retiré mes bottes. Puis j'ai enlevé mes vêtements, ne gardant sur moi que mon soutien-gorge et mon slip, et j'ai rechaussé mes bottes, pieds nus. J'ai imbibé de neige le chiffon dont je m'étais servie pour me couvrir la bouche et j'ai couru vers la maison. Une douleur atroce me déchirait le crâne. Arrivée à la porte grande ouverte, je me suis laissée tomber accroupie et j'ai plongé dans la fumée, marchant comme un canard.

En titubant, j'ai atteint le fauteuil de Tawny. J'ai jeté la couverture sur mes épaules et suis repartie à tâtons vers le fond de la maison.

De nouveau, j'ai tenté de me rappeler la disposition des lieux. Cette fois-ci, mon cerveau torturé a réussi à recomposer un vague plan. La cuisine à gauche. Le salon à droite. Un bureau ou une chambre à coucher dans le fond. Un escalier pentu conduisant à la cave.

Le vestibule, encore oublié par les flammes, était noir de fumée. J'avançais à l'aveuglette, la poitrine et la gorge en feu.

Mes jarrets hurlaient leur protestation. À tout moment, je me cognais le coude ou le tibia. Une main tendue devant moi, l'autre me couvrant la bouche, je m'écartais de l'obstacle, animée par une seule pensée : Anne !

Mes doigts ont enfin heurté quelque chose de dur. Une porte. Mon estomac a vacillé. Ma bouche s'est emplie de bile.

J'ai passé la main sur le battant. Le bois était chaud. Et de plus en plus chaud, à mesure que je faisais remonter ma main.

Non ! Pitié !

J'ai saisi la poignée. Chaude, elle aussi. J'ai entrouvert. À peine. Juste de quoi glisser un œil.

Les flammes dansaient sur le lit, escaladaient les rideaux dans le fond de la pièce. J'ai repéré une forme sur le plancher.

— Anne !

J'ai ouvert la porte en grand.

La forme n'a pas remué.

— Annie !

Pas de réaction.

J'ai rampé vers elle, lâchant le morceau de tissu dont je me couvrais la bouche. J'ai arraché la couverture de mes épaules, je l'ai pliée dans le sens de la longueur et je l'ai déposée par terre, le long du corps de mon amie. Je me suis laissée tomber sur le plancher.

Une douleur violente a éclaté dans ma tête. Avec toute l'énergie dont j'étais capable, j'ai bloqué le martèlement à la base de mon crâne.

Battant le rappel de mes dernières forces – et elles s'amenuisaient de seconde en seconde –, j'ai passé la main sous le corps d'Anne et saisi le bord du tissu. Les plis se sont déroulés, le tissu a glissé sous elle. Saisissant un coin de la couverture, je l'ai enroulé autour de mon poignet. J'ai réitéré l'opération à l'autre extrémité. À présent, regagner l'entrée !

J'avançais à reculons. Anne pesait une tonne. J'ai voulu la rassurer, une quinte de toux m'en a empêchée.

Était-elle vivante ? Je n'avais pas pris son pouls.

Mon Dieu ! Je vous en supplie !

Tirant sur cette civière improvisée, je progressais de quelques centimètres à chaque pas. J'avais les bras et les jambes en caoutchouc.

Je soulevais la couverture, tirais et soulevais encore, toussant et haletant. Toutes les cellules de mon corps me hurlaient leur besoin d'air frais. À certains moments, surprise par l'explosion d'un objet quelque part, je lâchais presque le tissu. Arrivée au salon, j'ai regardé derrière moi pour évaluer la situation. À travers la fumée, je pouvais voir les flammes monter à l'assaut des murs. Seul un étroit passage au centre de la pièce était encore épargné par le feu.

Des heures plus tard, j'ai enfin débouché dans l'entrée. Les yeux me brûlaient. La poitrine me brûlait. Mon ventre me brûlait.

Me retenant au chambranle de la porte, je me suis pliée en deux et j'ai vomi. De la bile, cette fois encore. Je n'avais plus qu'un désir : me recroqueviller et dormir.

Mon estomac calmé, j'ai repris la couverture et recommencé à tirer de toutes mes forces. Mes bras et mes jambes tremblaient, je titubais à chaque pas, je marchais à reculons sans rien voir.

À présent, le salon était transformé en brasier. Les flammes assaillaient les lambris, dévoraient le secrétaire. Elles avaient déjà englouti le divan. Les objets sautaient en l'air et chutaient dans des giclées d'étincelles. Je n'avais plus de sensations. Je ne pensais plus. Je ne savais qu'une chose : que je devais tirer, reculer d'un pas ou de deux, et tirer encore.

La porte d'entrée n'était plus qu'à cinq mètres derrière moi.

Trois mètres.

Deux mètres.

Mentalement, je me suis mise à réciter un mantra, suppliant mon corps de ne pas m'abandonner.

Traverse l'entrée.

Franchis le seuil.

Sors sur le perron.

Ayant réussi à dégager Anne de la porte, je me suis laissée tomber à terre et j'ai placé mes doigts sur sa gorge.

Pas de pouls !

Je me suis effondrée sur elle.

— Courage, ma vieille, ça va aller !

Des points noirs ont tourbillonné derrière mes paupières.

Le grésil me griffait le dos. Sous mes genoux, le sol était glacé.

Tout autour de moi, c'était le vacarme. Parmi le tohu-bohu, j'ai cru distinguer un sanglot.

Était-ce Anne ? Était-ce Tawny ?

Les flammes hurlaient et crachaient.

Floc floc. De la pluie frappait un magnolia ? Non. Pas à Montréal ! Pas rue de Sébastopol. Plutôt le grésil frappant les camions-citernes du dépôt ferroviaire. Quel dépôt ?

J'ai perçu un grondement de moteurs au loin. Des klaxons étouffés.

Des coyotes hurlaient dans le désert ? Non, pas des coyotes. Des sirènes !

Les diverses taches de noir autour de moi n'en ont plus formé qu'une seule qui m'a plongée dans l'obscurité totale.

38

À mon sens, les hôpitaux sont l'endroit au monde à éviter. Parce qu'on y meurt.

Dix heures après mon arrivée en ambulance, je me suis levée. J'ai enfilé le survêtement que Charbonneau m'avait donné la nuit d'avant et je me suis tirée.

Comment ça ? En franchissant la porte, tout bonnement. Comme Annick et Tawny. Facile comme bonjour.

Sauf que j'ai laissé un mot d'adieu au personnel soignant, le dégageant de toute responsabilité. Et ça, ça a été le plus dur, vu que j'avais les deux mains bandées.

Un taxi m'a ramenée chez moi en dix minutes. Vingt minutes plus tard, j'avais Ryan au bout du fil.

— Tu es folle ?

— Je n'ai que des brûlures légères et une bosse. Tes compatriotes qui viennent chez nous dans le Sud ont souvent des coups de soleil bien plus graves.

— Tu as besoin de repos.

— Je dormirai mieux ici.

— Ta complice s'est fait la malle, elle aussi ?

Le sourire qui a étiré mes lèvres m'a donné l'impression qu'un shrapnel m'explosait au visage.

— Elle ne souffre que d'une commotion. Elle peut prendre l'avion sans danger.

— C'est évidemment elle, le cerveau de l'organisation.

— Elle quittera l'hôpital demain. Et vendredi, nous partons pour Charlotte.

— Où l'hiver est considéré comme un léger désagrément.

— Pas de moufles et pas de neige à déblayer.

— Elle a vraiment joué la nana qui entre au carmel ?

— Elle avait besoin de solitude. Et d'un endroit bon marché. Le couvent propose des chambres propres, des repas acceptables et toute la solitude qu'on peut souhaiter.

Rembobinage des souvenirs : le grésil sur mon dos, le verglas sous mon ventre, les flammes devant mes yeux. Charbonneau aboyant des ordres, Claudel me couvrant avec quelque chose de chaud et de doux.

— Des nouvelles d'Annick ? ai-je demandé.

— Elle n'ira pas loin.

— Tu parles ! Elle est peut-être déjà en Ontario, à cette heure. Ou de l'autre côté de la frontière.

— On a découvert un vieux scooter dans le hangar. Ce devait être son principal moyen de transport.

— À ton avis, comment est-ce qu'elle a réussi à faire sortir Tawny de l'hôpital et à l'emmener à Pointe-Saint-Charles ?

— En taxi. En autobus. En métro. En auto-stop.

— Et où est Tawny, maintenant ?

— Toujours à l'hôpital.

— Quoi de neuf, rue de Sébastopol ?

— La SIJ a découvert une deuxième fausse cloison dans la cave.

— Et c'est là qu'Annick avait caché Tawny pendant la fouille de la maison ?

— Probablement. On y a retrouvé l'ordinateur d'Anne et son appareil photo.

— C'est Annick Pomerleau qui a mis à sac mon appartement ?

— On dirait bien. Peut-être aidée de Catts.

— Pour m'effrayer ? Pour que j'abandonne les recherches sur les ossements trouvés au sous-sol de la pizzeria ?

— C'est ce que je dirais. Elle a dû voir l'ordinateur et l'appareil photo pendant qu'elle bousillait tout et se dire que c'était les tiens. Qu'ils contenaient peut-être des preuves concernant les squelettes. Elle nous dira ça quand on l'aura chopée.

— Comment a-t-elle pu savoir mon adresse ?

— Grâce à *La Presse*. Ton joli minois et l'endroit où tu travailles sont connus de tout le monde. Elle avait un scooter. Elle a pu t'attendre devant l'édifice Wilfrid-Derome, te suivre jusque chez toi et voir quelles lumières s'allumaient dans l'immeuble.

— Je crois qu'elle a la phobie des miroirs.

— Cette dame a des problèmes nettement plus graves qu'une phobie.

— Plutôt rusée, sa façon de nous mettre sur la mauvaise route.

— Tu te colles un collier de chien, tu te mets à poil et tu joues la victime.

— Je l'ai crue, Ryan. Quand je l'ai vue dans ce cachot, j'en ai presque pleuré.

— On s'est tous fait avoir. Tu as reçu mon bouquet ?

Je me suis retournée. Le bouquet qui trônait sur la table de la salle à manger était plus grand que la ville de Laramie, dans le Wyoming.

— Il est superbe. Je vais devoir demander à Hydro-Québec de m'ajouter une canalisation.

Je sentais mes forces diminuer. Ryan a perçu ma fatigue.

— Claudel et Charbonneau auront bien des choses à te raconter, dès tu te sentiras en état de les entendre.

Pour l'instant, mange quelque chose, débranche ton téléphone et couche-toi, beauté.

C'est ce que j'ai fait. Et j'ai dormi jusqu'au milieu de l'après-midi.

Au réveil, j'étais prête à affronter tous les événements qui pointeraient à l'horizon. Je me sentais en pleine forme. Revigorée. Débordante d'une vitalité toute-puissante. Capable de marcher sur les eaux.

Jusqu'à ce que j'aperçoive ma bobine dans le miroir.

Le teint brouillé, le visage couvert d'écorchures, les cheveux brûlés. De ma frange et de mes cheveux, il ne restait que des pointes hérissées et frisottées au bout.

Une douche n'a pas changé grand-chose à la situation. Et le maquillage n'a rien amélioré.

— Putain de merde !

J'ai imaginé la réaction de Katy, vendredi. Je me suis représenté Claudel et son côté couverture de magazine.

J'ai refait les bandages de mes mains et je suis partie pour la SPVM.

— *Les sergents détectives Charbonneau ou Claudel, s'il vous plaît**, ai-je demandé au planton à l'accueil.

— La nuit a été mouvementée ? a-t-il demandé en anglais, le visage impénétrable.

— Un vrai bonheur !

Je me suis revue en petite tenue, le cul comme la lune dans la nuit. Génial ! Il n'y avait pas de mots pour ça. Une belle partie de rigolade pour mes collègues hommes qui ruaient dans les brancards du *politically correct*.

Charbonneau est descendu me faire passer les contrôles de sécurité. Après m'avoir demandé comment je me sentais, il m'a emmenée à la salle de garde en regardant fixement devant lui.

Sifflements et applaudissements ont salué mon entrée.

Le sergent détective Alain Thibaut a dégagé un sac de dessous son bureau et s'est avancé vers moi. Il avait tout du bulldog dans un film Disney. Sachant que c'était le clown de l'escouade, je me suis attendue au pire.

— Vous savez qu'on n'est pas à Dixie, Doc. Il fait frisquet par chez nous. On a donc raclé nos fonds de tiroirs pour vous offrir une tenue adéquate.

Dans un geste pompeux, il m'a remis son paquet.

Un sweat-shirt bleu portant un texte rouge cerise :

Rien de pire que le mauvais temps,
sauf les tenues mal adaptées.

Dicton du vieux pêcheur écossais

En dessous était dessinée une femme en train de faire un bonhomme de neige en plein blizzard. Elle avait les cheveux orange et la peau rose vif. Le bonhomme portait un chapeau ; la femme des talons aiguilles, un slip, un soutien-gorge et basta.

J'ai levé les yeux au ciel. Ayant fourré le cadeau dans son papier, j'ai slalomé entre les bureaux à la suite de Charbonneau vers la table de Claudel, évitant poubelles et croche-pieds.

— Si Claudel vous fait payer le manteau, refilez la note au capitaine, a lancé une voix dans mon dos.

— La peau léopard, c'est pour le mardi, doc ? a insisté Tibo.

— Paraît que le mercredi, c'est la totale, a renchéri un autre.

J'ai regardé Charbonneau en levant ce qui me restait de sourcils. Il a voulu dire quelque chose, Tibo l'a coupé.

— Z'inquiétez pas pour Claudel, doc. Il a reçu toute une boîte de boxer-shorts avec des petits visages souriants. Ça lui fera rire le cul pendant que le reste boude.

Claudel s'est levé, un dossier à la main. Nous nous sommes dirigés tous les trois vers une salle de réunion.

— Ma culotte a été hissée au rang de pièce à conviction, à ce que je vois.

Ma voix aurait pu tenir au froid une bombe glacée pendant toute une semaine.

— On ne peut pas empêcher le bouche à oreille, a rétorqué Claudel.

— Ben voyons !

— On n'y est pour rien, nous ! a ajouté Charbonneau. Je vous le jure devant Dieu, doc.

Bizarrement, je l'ai cru.

Nous nous sommes installés autour d'une table vétuste, comme on en trouve dans toutes les administrations.

— Je déduis de votre présence ici que vous vous sentez mieux, a déclaré Claudel.

— Oui.

Ainsi, il avait sacrifié pour moi son pardessus en cachemire ? Ça méritait un merci.

Il l'a accepté d'un hochement de tête.

Un ange est passé. J'ai demandé :

— Menard est mort ?

Nouvel hochement de tête de Claudel.

— Vous en êtes sûr ?

Il m'a tendu une photo prise dans son dossier.

— Trouvée chez Menard, au Vermont.

Une photo d'amateur en noir et blanc, mal cadrée et développée sans talent. Elle avait perdu de sa netteté mais on distinguait parfaitement ce qu'elle représentait : un homme grand et mince gisant dans une tombe, les genoux pliés, les poignets attachés aux chevilles. Menard sans aucun doute, même si les affres de la mort tordaient ses traits.

J'ai retourné la photo. Au dos était écrit en majuscule : S M, suivi d'une date : 26/9/85.

— Catts a tué Menard en Californie en septembre 1985, et il a conservé la photo du cadavre ?

— Le shérif va faire fouiller sa vieille roulotte, a dit Claudel.

— Angela Robinson a disparu en octobre 1985, ai-je repris. D'après des voisins, Menard est revenu au Vermont en janvier 1986.

— Sauf que ce n'était pas Menard, est intervenu Charbonneau en se penchant en avant, les deux bras en appui sur la table. Nous pensons que c'est le battage fait par les médias autour de l'affaire Cameron Hooker-Colleen Stan qui a inspiré à Catts l'idée de sa petite collection d'horreurs. À l'époque, la presse beurrait épais à propos de la fille dans la boîte. Ce salaud habitait Yuba City, juste à côté de Red Buff.

— C'est vers cette époque que Catts s'est lié avec Stephen Menard, l'a interrompu Claudel. Il n'a pas voulu répéter l'erreur de Hooker en restant près du lieu des tortures. La ferme du Vermont lui a paru l'endroit idéal pour mettre en scène ce qui lui passait par la tête. Il a donc tué Menard et, après, a attendu sa proie.

— Angie Robinson, ai-je dit.

— Oui, il l'a enlevée et emmenée avec lui, a poursuivi Claudel. Une fois là-bas, il a exploité sa ressemblance avec Menard.

— Je vois. Il s'est fait pousser les cheveux et une barbe d'un roux flamboyant, et il a évité de se mêler aux gens du coin.

— Vous avez tout compris, m'a dit Charbonneau en agitant le doigt en l'air.

Il s'est laissé retomber sur le dossier de son siège.

— Mais pourquoi quitter le Vermont ? ai-je demandé.

— Peut-être que ça commençait à sentir le roussi pour lui, a émis Claudel. Il devait y avoir des gens qui connaissaient le vrai Menard. Ou peut-être qu'Angie Robinson est morte.

— Selon mes calculs, elle a vécu à peu près jusqu'à

l'âge de dix-huit ans. Ce qui nous mène en 1988, l'année où sont morts les grands-parents Corneau.

— Va falloir qu'on regarde de ce côté-là aussi, a réagi Charbonneau.

— Peut-être que Catts aimait bien l'idée de vivre dans un pays sans peine de mort, a suggéré Claudel. Il s'est peut-être dit qu'on le retrouverait moins facilement de l'autre côté de la frontière. Que personne ne connaissait Menard à Montréal. Quelles qu'aient été ses raisons, toujours est-il qu'il a mis les voiles vers le nord.

— Avec Angie, ai-je ajouté. Morte ou vive.

— Le gros malin arrive à tromper son monde, se fait passer pour francophone, change son nom en Stéphane Ménard, loue le local appartenant à Cyr et ouvre un business pareil à celui qu'il avait à Yuba City, a résumé Charbonneau.

— Objets de collection, ai-je dit.

— Comme collectionneur, il se posait là, le salaud !

Claudel m'a fait passer une seconde photo, manifestement prise sur les lieux d'un crime, à en juger d'après l'étiquette de la SIJ l'identifiant.

L'objet au centre de l'image était une planche recouverte d'un morceau de feutre. Y étaient exposées trois oreilles humaines montées à la façon des insectes : étirées et maintenues dans cette position à l'aide d'épingles. Deux oreilles entières, la troisième incomplète.

Mon estomac m'a renvoyé un goût acide.

— Ce tordu conservait des morceaux du corps de ses victimes, a expliqué Charbonneau.

Je me suis rappelé les traces de découpe sur les crânes.

— L'idée de garder des souvenirs a pu lui venir d'Annick.

— Ah bon ?

J'ai désigné l'oreille incomplète.

— Sur le crâne d'Angie Robinson, elle a été retirée

longtemps après la mort, quand les os étaient complètement desséchés. Sur les autres crânes, les oreilles ont été retirées alors que l'os était frais. Autrement dit, ce n'est pas une chose que Catts a pratiquée dès le début.

— Vous pouvez dire ça d'après les traces de découpe ?

J'ai hoché la tête et dégluti.

— Neuf ans séparent les enlèvements d'Annick et de Tawny. Je crois que pendant cette période l'équilibre des forces est passé du ravisseur à la captive.

— Le syndrome de Stockholm à l'envers, a fait Charbonneau en passant la main dans ses cheveux.

— Patty Hearst a été retenue prisonnière dans un placard pendant huit semaines, ai-je rappelé. Colleen Stan, sept ans dans sa boîte. Annick Pomerleau a été enlevée en 1990. Elle n'avait que quinze ans à l'époque.

Le silence est tombé. À combien d'horreurs avait-elle pu assister ou participer, sur une aussi longue période ?

C'est Claudel qui a repris la parole le premier.

— Annick a été torturée. Elle a peut-être suggéré à Catts une autre victime. Pour lui faire plaisir.

— Ou peut-être que c'était l'idée de Catts, de se trouver de la chair fraîche, a objecté Charbonneau. Peut-être qu'il avait envie d'accroître sa collection et qu'Annick a vu dans la nouvelle venue le moyen de s'élever sur la chaîne alimentaire. En torturant Tawny, elle faisait plaisir à Catts. Petit à petit, elle y a pris goût, elle aussi.

— De soumise, elle est devenue dominatrice, ai-je dit. Annick et Catts se sont fondus l'un dans l'autre.

Comme Homolka et Bernardo, ai-je pensé. Et j'ai ajouté tout haut :

— Entre Annick et Tawny, Catts a enlevé au moins deux autres filles. Des filles d'ici, à en croire le test au strontium.

— Vous pouvez être sûre que nous finirons bien par savoir leurs noms, a promis Claudel d'une voix dure.

— J'ai une question, doc, a lancé Charbonneau en se penchant de nouveau sur la table. Angie Robinson, c'était bien la première fille enlevée par Catts ? Alors pourquoi est-ce que c'est sur ses ossements à elle qu'il y avait cette matière qu'on trouve dans les tombes, et pas sur les autres ?

Je m'étais déjà posé cette question.

— L'acide tannique du cuir agit en tant que protecteur, il modifie le temps de décomposition. Et puis, Angie a pu être enterrée ailleurs au début, dans un endroit plus humide que ce sous-sol.

— C'est ce qu'on s'était dit, a-t-il repris en désignant Claudel du menton. On s'est dit qu'elle avait dû mourir au Vermont, que Catts l'avait enterrée là-bas et qu'il était revenu plus tard chercher son cadavre. On s'est drôlement creusé la cervelle pour essayer de comprendre pourquoi il s'était donné tout ce mal. L'oreille, là, ça pourrait être le chaînon manquant.

— Vous voulez dire que Catts serait retourné chercher l'oreille et aurait rapporté le corps entier à Montréal ? Mais pourquoi ?

— Peut-être qu'il se sentait plus en sécurité en la sachant sous ses pieds.

— Sauf que Cyr l'a mis à la porte en 1998. Si Catts avait déjà déterré une fois Angie Robinson, pourquoi l'a-t-il laissée derrière lui dans ce bâtiment, avec les deux autres filles ?

Charbonneau a haussé les épaules.

— Il avait fait du chemin depuis son premier kidnapping en 1985. Peut-être qu'il en était venu à se croire invincible. Et puis, où est-ce qu'il aurait enterré des corps ailleurs ? Il ne pouvait pas creuser des tombes au beau milieu du jardinet de la maison des grands-parents Corneau.

— Oui… Et sa cave était déjà occupée, ai-je dit sur un ton amer.

Il y a eu un moment de silence pendant que nous réfléchissions. C'est moi qui l'ai rompu.

— À votre avis, quelle est la fille que Louise Parent a aperçue ?

— Annick. Ou une autre, a dit Charbonneau. Peut-être que Catts gardait les filles prisonnières sous sa boutique pendant qu'il préparait un endroit pour elles à Pointe-Saint-Charles.

— Annick a avoué qu'elle avait tué Louise Parent, ai-je déclaré.

— Elle est dans le coup jusqu'aux yeux, c'est clair comme de l'eau de roche. La SIJ a retrouvé l'adresse de Rose Fisher dans la cave de la rue de Sébastopol. Mais le meurtre de Louise Parent a pu être programmé à l'instigation de Catts. Il a probablement dit à Annick que la vieille dame l'avait aperçu avec des captives. Ils devaient l'avoir à l'œil. Quand les corps ont été découverts, ils se seront imaginé qu'ils devaient agir avant elle.

Charbonneau a secoué la tête et ajouté :

— Quelle ironie, quand même, que la cave où ils cachaient tout, rue de Sébastopol, soit le seul endroit épargné par l'incendie.

— C'est peut-être la raison pour laquelle Annick n'y a pas enfermé votre amie, a déclaré Claudel. Elle a dû vouloir descendre Mme Turnip à la cave et changer d'avis en chemin. Se dire que le feu risquait de ne pas se propager aussi loin.

— Ou peut-être qu'elle en a eu marre de la porter.

J'ai senti mes poings se serrer.

— Pour les boutons, vous aviez vu juste, a brusquement déclaré Claudel en me regardant droit dans les yeux. Ils n'ont rien à voir avec les corps. Ils ont dû tomber de la poche de Catts pendant qu'il était à la cave.

Le fait d'avoir raison ne m'a procuré aucune satisfaction. Ça a seulement augmenté mon chagrin.

Et mon épuisement.

J'ai eu l'impression de n'être qu'une vieille chaussette.

J'ai allongé les mains et croisé les doigts. Il me manquait une dernière réponse.

— Quand avez-vous su que j'étais allée rue de Sébastopol ?

— Sur la route, en rentrant du Vermont, a dit Charbonneau. Nous savions, grâce à la photo, que le vrai Menard était mort, tué par Catts. Nous savions qu'Annick et Tawny avaient disparu. Nous savions que Catts était mort. De retour au QG, on a trouvé un rapport selon lequel le pistolet soi-disant utilisé par Catts pour se faire sauter le ciboulot portait les empreintes d'Annick.

— Et pas les siennes, ai-je terminé pour lui.

— Ouais. LaManche avait dit qu'il n'y avait pas de trace de poudre sur ses doigts. On s'est rappelé ce que vous nous aviez dit sur le lavage de cerveau. On a fait 2 + 2, et on s'est magné le cul, rue de Sébastopol, en pariant qu'on arriverait avant que vous ne regrettiez amèrement d'avoir retrouvé Annick.

— Merci.

— Je n'ai fait que mon devoir, ma'am, a grimacé Charbonneau.

Je me suis tournée vers Claudel.

— Merci, détective. Et je suis vraiment désolée pour votre manteau.

Claudel a hoché la tête.

— Vous avez fait preuve de beaucoup de ressource et de courage.

— Merci encore. À tous les deux.

Nous nous sommes levés en chœur. J'ai fait un pas en direction de la porte.

— Docteur Brennan ?

Je me suis retournée.

Les coins de la bouche de Claudel esquissaient quelque chose qui se voulait un sourire.

— Jusqu'à l'autre jour, je n'avais jamais particulièrement aimé la peau de léopard. Vous m'en avez fait découvrir la beauté cachée.

39

J'ai à peine ouvert un œil quand Ryan m'a téléphoné mercredi soir. J'ai marmonné des « Mm » et des « Han-han » et j'ai à nouveau sombré dans l'oubli.

Jusqu'à ce que le soleil filtre par la fenêtre et que je découvre en même temps : que mon réveil indiquait dix heures et demie ; que Birdie avait le museau à quelques centimètres de mon nez ; et que ma sonnette gazouillait.

Attrapant mon peignoir au passage, j'ai trébuché jusqu'à l'écran de contrôle. À l'image, un Ryan coiffé d'un bonnet de Père Noël avec *Le Père Noël** brodé au-dessus du liséré en fourrure.

J'ai rabattu mes cheveux derrière mes oreilles et souri comme les petites têtes rigolotes sur les slips de Claudel.

Sur l'écran, j'ai vu s'ouvrir la porte extérieure et une jeune femme entrer dans le vestibule. Immense. Des boucles noires en tire-bouchon et des anneaux aux oreilles assez grands pour servir d'arceaux au croquet.

Ryan l'a étreinte. Elle lui a retiré son chapeau.

La fameuse nana.

Ma main s'est immobilisée à mi-chemin du bouton

qui actionne l'ouverture de la porte. Envolé, mon sourire. À la place, un iceberg au milieu de la poitrine.

La nana s'est retournée. Teint café-au-lait. L'air de préférer se trouver à mille lieues d'ici. À Tikrit. À Kaboul. N'importe où, mais pas dans ce hall d'entrée.

Ryan lui a souri et l'a serrée de nouveau contre lui. La fille s'est dégagée et lui a remis son chapeau sur la tête.

Dieu du ciel ! Est-ce que ce salopard d'égoïste avait l'intention de me la présenter ?!

J'ai aperçu un bout de moi-même dans le miroir de l'entrée : un vieux peignoir rose en tissu éponge complètement râpé, des joues grenat, une coiffure qui avait tout d'un mollusque.

— D'accord, mec. Ramène-moi ta gonzesse ! me suis-je écriée en moi-même tout en appuyant sur le bouton.

Lorsque j'ai ouvert ma porte, Ryan était seul sur le palier. Derrière lui, le hall était vide.

Il avait caché sa minette ! Parfait ! De mieux en mieux.

— Oui ?

Chez moi, un ton glacial.

Chez Ryan, un grand sourire tandis qu'il m'inspectait des pieds à la tête.

— Tu attends DiCaprio ?

Je suis restée de marbre.

Ryan a scruté mon visage.

— Marrant, les sourcils. C'est un truc qu'on ne remarque pas vraiment jusqu'à ce qu'ils posent un problème.

Il a tendu la main vers mon front. Je me suis reculée.

— Ou qu'ils disparaissent sans laisser d'adresse.

— Tu es venu pour critiquer mes sourcils ?

— Quels sourcils ?

Pas même l'ombre d'un sourire.

Ryan a croisé les bras.

— Je voudrais te parler.

— Ce n'est pas le moment.

— Je te trouve sublime.

J'ai retenu une réplique mordante où le mot « starlette » était en bonne place pour me cantonner à un simple : « Si tu te crois drôle ! »

J'ai senti mon front se plisser à l'endroit où je n'avais plus de sourcils.

— C'est fumeux, je sais.

Les plis ont formé des fronces parfaites.

— Je peux revenir dans dix minutes, si je promets de ne plus faire de plaisanteries à propos de l'incendie ? Belle comme tu es, tu n'as pas besoin de plus pour te retaper.

J'ai commencé par refuser.

— S'il te plaît…

La sincérité dans ses lapis-lazuli. À leur vue ma libido a pointé le bout de son nez. Je l'ai envoyée se faire voir jusqu'à demain.

— Bien sûr, Ryan. Pourquoi pas ?

Café. Jeans et chandail. Dents. Bandages neufs.

Cheveux ? Maquillage ?

Inutile.

Quinze minutes plus tard, la sonnette gazouillait.

J'ai ouvert. « Elle » était avec lui.

Je me suis raidie.

Les yeux de Ryan se sont plantés dans les miens.

— Je voudrais te présenter Lily.

— Ryan…, je t'en prie.

— Ma fille.

Bouche bée, je me suis concentrée sur le sens de ce mot.

— Lily, je te présente Tempe.

Ladite s'est dandinée sur place.

— Bonjour. (Voix bredouillante.)

— Ravie de vous rencontrer, Lily.

Sa fille ? Oh, mon Dieu !

J'ai lancé un regard interrogateur à Ryan.

— Lily vit à Halifax.

Je me suis tournée vers elle.

— En Nouvelle-Écosse ?

Imbécile ! Bien sûr, en Nouvelle-Écosse.

— Oui, a fait Lily.

Elle détaillait mes cheveux grillés et ma peau boursouflée, mais elle s'est abstenue de tout commentaire.

— Lily est à Montréal depuis le 3, a précisé Ryan.

Le jour où je témoignais au procès Petit.

— Ces derniers mois, nous avons eu l'occasion de faire plus ample connaissance, continuait Ryan.

Lily a levé une épaule et remonté la bandoulière de son sac.

— Je me suis dit que les femmes de ma vie devraient faire connaissance.

Les femmes de sa vie ?

— Je suis ravie, Lily.

J'étais à moi toute seule un dictionnaire entier de clichés et de phrases toutes faites.

Les yeux de Lily ont dévié vers Ryan. Il a eu un hochement de tête presque imperceptible.

— Je m'excuse de vous avoir traitée d'idiote, l'autre jour au téléphone. Je n'aurais pas dû.

Ainsi c'était Lily qui m'avait répondu chez Ryan, jeudi dernier ?!

— Je comprends, ai-je répondu avec un sourire. Ce n'est pas drôle de devoir partager son père.

Second haussement des épaules avant de se tourner vers Ryan.

— Je peux y aller, maintenant ?

Il a hoché la tête.

— Tu as ta clef ?

Elle a tapoté son sac et tourné les talons.

— Entre… papa, ai-je dit en reculant pour ouvrir la porte.

Il m'a suivie dans le salon. Il a déboutonné sa veste et s'est laissé tomber sur le divan.

— Pour une surprise, c'est une surprise, ai-je dit en me pliant moi-même dans un fauteuil.

— Plutôt.

— J'ignorais que tu avais une fille.

— Moi aussi. Jusqu'au mois d'août.

L'époque où il était parti à l'improviste de chez moi à Charlotte pour aller voir sa sœur à Halifax.

— Le problème, ce n'était pas ta nièce ?

— Si, au début. Je suis effectivement allé en Nouvelle-Écosse aider ma sœur à trouver un programme de postcure pour Danielle, après son overdose. Il s'est trouvé que j'avais connu une des aides-soignantes à l'époque où j'étais étudiant.

— À Saint-François-Xavier ?

Ryan a secoué la tête.

— Moi oui, pas elle. Comme tu le sais, j'ai pas mal déconné pendant mes deux premières années de fac. Dans les tavernes que je fréquentais, il y avait un groupe de jeunes dames turbulentes qui se faisaient appeler « les saintes sœurs de l'amour négocié ». L'une d'elles s'appelait Lutetia.

J'ai replié les pieds sous mes fesses.

— Mon équipée sauvage s'est terminée à l'hôpital avec une artère sectionnée et la décision de prendre un nouveau départ dans ma vie, comme je te l'ai déjà raconté. Nos chemins, à Lutetia et à moi, se sont séparés. Je l'ai revue plus tard, peut-être cinq ans après, en rendant visite à mes parents. Nous avons partagé une dernière… expérience religieuse, dirons-nous. Après, je suis rentré à Montréal et Lutetia, chez elle, aux Bahamas. Nous avons perdu toute trace l'un de l'autre.

— Et Lily est la fille de Lutetia ?

Hochement de tête de Ryan.

— Elle ne t'a jamais dit qu'elle était enceinte ?

— Elle avait peur que je la force à rester au Canada.

— Elle s'est mariée ?

— Oui, à Abacos. Le mariage s'est brisé quand Lily avait douze ans. Lutetia est alors retournée à Halifax.

Birdie est venu se frotter contre mon fauteuil. Je lui ai donné une caresse distraite.

— Pourquoi est-ce que tu me dis tout ça maintenant ?

— Lily commençait à poser des questions sur son père biologique. Et elle commençait à faire les mêmes bêtises que Danielle. Quand j'ai débarqué à Montréal...

Ryan a ouvert les mains.

— Tu l'as découverte sur ton paillasson ?

— Exactement. On a sonné, j'ai ouvert. Elle était là. Cette petite idiote était venue en auto-stop.

Birdie a recommencé à se frotter contre moi. Je l'ai caressé, me sentant... comment dire ? Soulagée que la starlette ne soit pas une petite amie de Ryan ? Déçue qu'il ne se soit pas confié à moi plus tôt ?

— Pourquoi tu ne m'as rien dit ?

— Nos rapports ont été un peu tendus ces derniers temps, a répondu Ryan avec un sourire. C'est probablement de ma faute. J'ai eu pas mal de pression. Lily. Le gros coup avec les stups.

Il a tapoté sa poche de chemise. Se rappelant l'interdiction de fumer dans l'appartement, il a laissé retomber ses mains sur ses genoux.

— Surtout, j'attendais d'être sûr.

— Tu as fait faire un test de paternité ?

Il a hoché la tête.

— Comment Lily a pris la chose ?

— Elle est devenue hystérique. Elle s'est mise à faire n'importe quoi.

Son refuge dans le tabac. Ses yeux hagards. Oui, Ryan avait eu des raisons de stresser beaucoup plus sérieuses que les miennes.

— J'ai reçu le résultat des analyses ADN la semaine dernière.

J'ai attendu la suite.

— Lily est bien ma fille.

— C'est formidable, Ryan.

— Oui. Sauf que c'est une bombe à retardement, cette gosse. Et moi, je ne connais pas grand-chose à la fonction de papa.

— Qu'est-ce que vous avez décidé pour l'avenir ?

— Elle a du plomb dans la tête, grâce à sa mère. Elle l'aime et continuera à vivre avec elle. Si elle veut un père dans la vie, je serai là pour elle quoi qu'il arrive.

Je suis allée m'asseoir sur le divan à côté de Ryan. Il m'a regardée avec des yeux de petit garçon. J'ai pris sa main.

— Tu seras un père merveilleux.

— Je vais avoir besoin d'un coup de main.

— Tu peux compter sur moi, cow-boy.

J'ai approché mon visage du sien, j'ai frotté ma joue contre sa joue rugueuse.

Il m'a serrée un moment contre lui puis m'a écartée et s'est levé.

— Attends ici.

J'ai obtempéré, non sans me demander ce qu'il avait encore inventé pour m'épater. La porte d'entrée s'est ouverte. Des secondes ont passé, puis la porte s'est refermée. J'ai entendu un cliquetis. Une clochette.

Ryan est réapparu, le chapeau de Père Noël sur la tête et une cage de la taille d'une salle de gymnastique au bout du bras. À l'intérieur, un cockatiel sur une balançoire.

— Joyeux Noël, a dit Ryan en déposant la cage sur la table basse.

Il s'est laissé tomber à côté de moi et a passé le bras autour de mes épaules. L'oiseau a ralenti son balancement pour nous considérer.

— Charlie, je te présente Tempe.

L'oscillation a repris. Charlie m'a lancé deux regards. Le premier de l'œil gauche, le second de l'œil droit.

— Je ne peux pas avoir d'oiseau, ai-je objecté. Je voyage trop.

Charlie a sauté de sa balançoire pour sautiller jusqu'à son plat de graines.

À l'autre bout de la salle, Birdie s'est levé, la queue hérissée, les yeux fixés sur la perruche.

— Birdie, je te présente Charlie, a déclaré Ryan.

Le chat a traversé la pièce, tel un léopard blanc en quête de nourriture à l'aube. Les pattes avant posées sur la table basse, il a tendu le cou vers la cage. L'extrémité de sa queue frémissait.

Charlie a fixé le chat, la tête penchée sur le côté, puis il a reporté son attention sur ses graines.

— Il est très beau, Ryan.

C'était vrai. Un plumage gris et une tête jaune pâle.

Birdie a sauté sur la table. Il est resté un long moment immobile sur ses quatre pattes avant de s'asseoir, sans lâcher la perruche des yeux.

— C'est une jolie idée, Ryan, mais c'est impossible.

L'oiseau avait des taches orange vif sur les joues.

Birdie, à présent en position de sphinx, les pattes serrées contre son ventre, gardait les yeux rivés sur Charlie.

Ses douces raies blanches sur les ailes.

Birdie a commencé à ronronner. Je l'ai regardé, étonnée.

— Birdie a l'air de bien l'aimer, a constaté Ryan.

— Je ne peux pas faire des allées et venues en avion avec un chat et un oiseau.

— J'ai une idée.

J'ai regardé Ryan.

— Tu n'as qu'à vivre avec moi.

— Quoi ?

— Viens vivre chez moi !

Je suis restée ahurie. L'idée de cohabiter avec lui ne m'avait jamais traversé l'esprit.

Est-ce que je voulais vivre avec Ryan ?

Oui… Non… Je n'aurais pas su le dire…

J'ai cherché la réponse qui convenait. « Peut-être » manquait un peu d'élégance, et « Non » était trop définitif.

Ryan n'a pas insisté.

— Plan B : Garde partagée de l'animal. Quand tu es dans le Sud, Charlie emménage chez moi.

J'ai regardé le cockatiel.

Il était vraiment beau.

Et Birdie avait l'air de l'aimer.

J'ai tendu la main.

— Tope là !

Nous avons échangé une poignée de main.

— En attendant, le plan A reste ouvert.

Vivre avec Ryan ?

Peut-être…

Juste peut-être.

Dans l'après-midi, j'ai décidé de passer au bureau. J'y étais depuis une heure environ quand mon téléphone a sonné.

— Docteur Brennan ?

— Oui.

— Je m'appelle Pamela Lindahl. Je suis la psychiatre des services sociaux chargée d'évaluer l'état de Tawny McGee. Est-ce que vous serez dans votre bureau d'ici trois quarts d'heure ?

— Oui.

— Je voudrais vous voir un petit instant. Vous pourriez faire en sorte que la sécurité me laisse passer ?

— Certainement.

Sitôt que j'ai eu raccroché, j'ai regretté d'avoir accepté ce rendez-vous. J'ai beau savoir combien il est important de fournir au personnel soignant tous les renseignements disponibles, je ne me sentais pas la force de décrire au Dr Lindahl la dépravation et l'horreur que j'avais vues dans ce cachot. J'ai failli lui retéléphoner pour lui demander d'annuler la visite. Le sens du devoir m'a retenue. J'ai prévenu la sécurité de son arrivée et j'ai commencé à faire mentalement la liste des choses à lui communiquer.

Quarante minutes plus tard, on frappait à ma porte.

— Entrez.

Une fille de petite taille en imperméable, avec des cheveux bruns dépassant d'un béret marron, est entrée dans la pièce, suivie d'une dame plus âgée, en manteau de laine mais sans chapeau.

— Bonjour, Tawny, me suis-je écriée après une seconde de confusion.

Je suis sortie de derrière mon bureau pour m'avancer vers elle, les deux mains tendues.

Elle a eu un mouvement de recul et n'a pas levé la main.

J'ai baissé les bras et croisé les mains devant moi. Puis j'ai ajouté :

— Que je suis contente de vous voir. Je voulais vous remercier de m'avoir sauvé la vie.

Au début, pas de réponse. Puis :

— C'est vous qui m'avez sauvée.

Elle a repris, après une hésitation, en parlant lentement :

— J'ai demandé à vous rencontrer parce que je voulais que vous voyiez comment je suis réellement. Que vous voyiez que je suis une personne, et pas une créature enfermée dans une cave.

Cette fois, quand je me suis approchée d'elle, Tawny n'a pas reculé. Je l'ai serrée dans mes bras, ma tête contre la sienne. J'étais submergée par l'émotion, par une multitude de sentiments à son égard, à l'égard de ma fille Katy, à l'égard de toutes les jeunes femmes du monde, adorées ou maltraitées. Je n'ai pu retenir mes larmes.

Tawny n'a pas pleuré. Toutefois, elle ne s'est pas écartée de moi.

C'est moi qui me suis détachée d'elle, lui tenant toujours les deux mains.

— Je n'ai jamais pensé à vous autrement que comme à une personne, Tawny. Et les gens qui s'occupent de vous maintenant sont comme moi. Je suis sûre que votre famille est très impatiente de vous avoir de nouveau parmi elle.

Elle a laissé retomber ses mains sur les côtés et a reculé, les yeux fixés sur moi.

— Au revoir, Dr Brennan.

Son visage était sans expression. Cependant, il y avait dans son regard une profondeur bien différente de son apathie des jours précédents.

— Au revoir, Tawny. Je suis vraiment heureuse que vous soyez venue.

Le Dr Lindahl m'a souri. Les deux femmes sont sorties.

Je suis retombée sur ma chaise, épuisée, mais le cœur en fête.

40

Les vacances sont arrivées et se sont envolées. Le soleil d'hiver s'est levé et s'est couché sur une succession de lundis.

Anne et Tom-Ted s'en sont remis aux bons soins d'un conseiller conjugal. Anne a pris des leçons de golf. Tom-Ted a acheté des livres de jardinage. Ensemble, ils ont planté un million d'azalées.

La fouille de la cave, rue de Sébastopol, a fait apparaître une douzaine de boîtes. Dans l'une d'elles, les enquêteurs ont découvert un journal avec une liste de noms : Angela Robinson, Kimberly Hamilton, Annick Pomerleau, Marie-Joëlle Bastien, Marion Violette, Tawny McGee.

Les restes portant le nº LSJML-38 427 ont été identifiés comme étant ceux de Marie-Joëlle Bastien, une Acadienne de seize ans, originaire de Bouctouche, au Nouveau-Brunswick, portée disparue au printemps 1994. Au fil des années, le dossier de cette jeune fille avait été égaré et son nom effacé de la liste des personnes disparues. Mes calculs en matière d'âge et de taille ont laissé supposer qu'elle était décédée peu de temps après son enlèvement.

La fille dont les ossements avaient été rassemblés

dans la caisse de Dr Energy s'est révélée être Marion Violette, une Montréalaise de quinze ans disparue à l'automne 1994, enlevée six mois après Marie-Joëlle Bastien. D'après la taille de son squelette et son âge probable au moment de la mort, elle avait dû vivre plusieurs années en captivité.

En mars, les ossements d'Angie Robinson, de Marie-Joëlle Bastien et de Marion Violette ont pu être rendus à leurs familles. Les trois jeunes filles ont été portées en terre au cours d'une cérémonie silencieuse. Quant à Kimberly Hamilton, elle n'a jamais été retrouvée.

Je n'ai pas eu d'autre contact avec Tawny McGee. Elle a passé des semaines à l'hôpital en soins psychiatriques avant de rentrer chez elle à Maniwaki. Le chemin serait long jusqu'à la guérison, mais les médecins étaient optimistes.

La photo d'Annick Pomerleau a été placardée d'un bout à l'autre du continent. Le SPVM et la SQ ont reçu des douzaines de tuyaux.

Annick Pomerleau aurait été vue rue Sherbrooke. À Albany. À Tampa. À Thunder Bay.

La chasse continue.

Pour retrouver Annick Pomerleau.

Pour retrouver Kimberly Hamilton.

Pour retrouver toutes les filles disparues.

EXTRAITS DES DOSSIERS PERSONNELS DU DOCTEUR REICHS

Pour des raisons juridiques aussi bien qu'éthiques, je ne puis évoquer les cas réels qui m'ont inspiré *Meurtres à la carte*. Néanmoins, je peux faire part de certaines expériences qui ont contribué à la construction de l'intrigue.

En cette semaine de septembre, un soleil éclatant brillait sur Montréal. Il faisait un temps à se promener en bras de chemise : l'été indien avant neuf mois de glace.

Le vendredi 14 septembre était une journée idéale pour partir en balade sur la Montagne, pour jouer au tennis ou pour faire du vélo le long du canal Lachine. Mais voilà, j'ai reçu un appel du laboratoire.

Quand je suis arrivée, une *Demande d'expertise en anthropologie** m'attendait sur mon bureau et des ossements sur ma paillasse. J'ai commencé par lire le dossier.

Numéro du labo. Numéro de la morgue. Numéro de la police. Nom du policier responsable de l'enquête. Nom du coroner. Nom du pathologiste. Description des spécimens : restes de squelettes incomplets. Expertise réclamée : profil biologique des décédés, circonstances des décès, temps écoulé depuis la mort.

J'ai considéré les trois sacs de papier brun fermés à l'aide d'un ruban adhésif rouge.

Bon.

D'après le résumé des faits, l'affaire avait débuté par une histoire de toilettes bouchées chez un marchand de pizzas à emporter. L'écoulement ne se faisant plus, le propriétaire avait fait appel à un plombier, lequel avait repéré une trappe derrière les toilettes pendant qu'il effectuait ses réparations.

De tempérament curieux, l'homme avait soulevé la trappe à l'aide d'un levier et, après un coup d'œil, avait décidé de s'aventurer sous terre. Là, le rayon de sa lampe torche avait accroché un os à moitié enterré. Aussitôt, il était remonté à la surface pour prévenir le propriétaire. À eux deux, ils avaient déterré quantité d'ossements. En consultant *L'Anatomie pour les artistes*, ils avaient pu se convaincre que l'os qu'ils avaient emporté avec eux à la bibliothèque était bel et bien un fémur humain. Ils avaient donc averti la police.

La fouille du sous-sol avait fait apparaître au grand jour une bouteille, une pièce de monnaie et deux douzaines d'os immédiatement transportés à la morgue. Le coroner avait fait appel au Laboratoire des sciences judiciaires et de médecine légale. Le pathologiste avait examiné les restes et déclaré irrecevable ma requête de promenade au soleil.

Plusieurs heures de tri et d'analyses m'avaient été nécessaires pour établir que j'avais sur ma table trois individus distincts : un jeune adulte entre dix-huit et vingt-quatre ans, un adulte d'âge moyen et un adulte plus âgé souffrant d'arthrite. Le plus jeune portait sur le crâne, la mâchoire, le sacrum, le fémur et le tibia des traces laissées par un instrument à lame pointue.

J'ai contacté les détectives. De leur côté, ils m'ont

informée que la bouteille était récente, alors que la pièce de monnaie datait de la fin du XIXᵉ siècle. Ils n'avaient pas réussi à trouver de lien entre la pièce de monnaie et les squelettes. Je leur ai dit de retourner au sous-sol. J'avais besoin de plus d'ossements.

Une semaine a passé.

Mauvaise nouvelle : aucun cimetière n'avait jamais occupé les lieux. Ni à l'endroit où se trouvait la pizzeria, ni à proximité.

Autre mauvaise nouvelle : il était possible qu'un occupant des lieux ait eu des liens avec la Mafia, quelque quarante ans plus tôt.

J'ai réitéré ma demande d'effectuer une nouvelle fouille des lieux. J'ai même proposé de m'associer à l'équipe chargée de l'exécuter.

Une autre semaine a passé. Une troisième.

Pourquoi les techniciens montraient-ils aussi peu d'empressement à retourner dans cette cave ?

Quand je leur ai posé la question, leur réponse a tenu en deux mots :

Les rats !

Nous sommes parvenus à un compromis. Je prouvais que les morts n'avaient pas eu lieu dans la dernière moitié du siècle passé, et ils fouilleraient la cave de fond en comble. Et merde pour les rongeurs !

Mon analyse s'est donc concentrée sur le temps écoulé depuis la mort. Tous les ossements, entiers ou sous forme de fragments, étaient secs, dépourvus de chair et d'odeur. Une seule technique pouvait être utilisée.

J'ai expliqué à qui de droit comment le carbone 14 artificiel, dit « carbone 14 de la bombe », permettait de déterminer le temps écoulé depuis la mort pour les matériaux organiques modernes. Le Bureau du coroner a autorisé la dépense afférente à ce test. J'ai prélevé des échantillons sur deux individus et les ai envoyés à Beta Analytic Inc., un laboratoire de Miami spécialisé dans la datation au radiocarbone. Une semaine plus tard, nous avions la réponse.

Bien que l'interprétation des résultats soit sujette à discussion, une chose était certaine : les victimes trouvées sous la pizzeria étaient décédées avant 1955.

Victoire des techniciens de la police. Pas de rappel pour la chasse aux *Rattus rattus* ; entrée en lice des archéologues.

Aujourd'hui, l'affaire est classée. Pourtant, je continue de m'interroger sur ces ossements. L'idée que des morts puissent être ensevelis sans sépulture et qu'au-dessus d'eux on vende des pizzas ne me laisse pas en repos.

Un Pepsi et une poivron-fromage à emporter !

Qu'est-ce qu'ils en penseraient ?

REMERCIEMENTS

Merci à Darden Hood, directeur à la Beta Analytic Inc., pour ses conseils sur la datation au radiocarbone, à W. Alan Gorman et James K.W. Lee, du département des sciences géologiques de la Queens University de Kingston dans l'Ontario, de même qu'à Brian Beard, du département de géologie de l'université du Wisconsin, pour m'avoir fait part de leurs connaissances sur la géologie des roches en place et sur l'analyse isotopique par strontium.

Michael Finnegan, du département d'anthropologie de l'université d'État du Kansas, m'a fourni de précieux renseignements sur le vieillissement des os sous lumière UV. Robert B.J. Dorion, du Laboratoire des sciences judiciaires et de médecine légale du Québec, m'a indiqué comment effectuer les recherches en matière de propriété foncière à Montréal. Le sergent Pierre Marineau, officier spécial à la Sécurité publique, m'a fait visiter le tribunal de Montréal. Claude Pothel, du Laboratoire des sciences judiciaires et de médecine légale, a répondu à mes questions sur la pathologie et les autopsies. Michael Abel m'a fait bénéficier de ses connaissances dans le domaine des traditions juives. Jim Junot a vérifié d'innombrables détails.

Paul Reichs m'a offert ses conseils sur le choix et l'approbation des experts au cours des procès. Comme toujours, ses commentaires sur le manuscrit m'ont été d'un grand secours.

Mon amie Michelle Phillips m'a autorisée à utiliser gracieusement les paroles de la chanson *Monday, Monday.*

Toute ma gratitude va vers James Woodward, recteur de l'université de Caroline du Nord, section de Charlotte, pour le soutien qu'il m'a manifesté continuellement. Enfin, *merci* à André Lauzon, chef de service, et à tous mes collègues du Laboratoire des sciences judiciaires et de médecine légale.

Comme toujours, ma rédactrice, Susanne Kirk, et mon agent, Jennifer Walsh, ont été des modèles de patience et de compréhension et ont fait preuve d'un enthousiasme sans faille.

Imprimé en France par

CPI
BRODARD & TAUPIN

à La Flèche (Sarthe)
en novembre 2013

POCKET – 12, avenue d'Italie – 75627 Paris Cedex 13

N° d'impression : 3002578
Date initiale de dépôt légal : mars 2007
Dépôt légal de la nouvelle édition : novembre 2013
S24786/61